한국 현대시의 공간연구 2

한국 현대시의 공간연구 2

김태형, 박성준, 박은지, 박주택
육송이, 이지영, 정은기, 조창규, 한주영

국학자료원

머리말

프락시스 연구회에서 공간 연구를 테마로 한 두 번째 연구서를 묶는다. 그간 대학원에서의 수업 또는 근대 자료 읽기 세미나 등을 통해 함께 연구하며 고민한 흔적들을 논문으로 등재하고, 이를 수정 보완하여 다시 한 권의 연구서로 묶어냈다. 여기에 모인 논문들은 연구자들이 저마다 가지고 있는 관심 주제와 시인, 작품 등의 연구 대상으로부터 촉발된 개별 결과물에 해당한다. 독창적인 관점과 문제인식, 실증에 대한 집요함 등은 각각의 연구들이 그 자체만으로도 완결성을 갖춘 의미있는 결실임을 보여주고 있다. 그러나 모든 연구 성과가 그렇듯이, 한 권의 책 속에 배치된 연구들은 독자적 의미를 넘어 문학사라는 맥락 속에서 그 좌표를 형성하게 된다. 선행 연구가 후속 연구의 자리를 마련하기도 하고, 후속 연구를 통해 선행 연구의 주제가 강화되거나 수정되기도 한다. 그렇게 하나의 의미망을 형성할 때 개별 연구자들의 성과는 의미를 가질 수 있기 때문이다.

공간을 점유하고 있는 다양한 기표들이 공간의 의미를 생성하고, 분위기를 형성하며, 그곳에 거주하는 세계-내-존재들의 일정한 삶의 방식을 창출해 내는 것처럼『한국 현대시의 공간연구2』에 모인 개별 연구들은, 공간이라는 테마를 중심으로 우리 시문학사의 주요 시인들의 시편 또는 시론들을 하나의 의미망 속에서 체계화하고 있다. 첫 번째 연구서『한국

현대시의 공간 연구』가 이론적 고찰을 통해 공간의 의미와 개념을 이해하고, 그것을 관련 작품을 통해 확인하는 총론 성격의 포괄적 연구였다면, 이번에 출간하는 두 번째 연구서는 주제적인 측면에서 보다 통일성을 갖춘 성과라 할 수 있다. 김소월에 대한 연구를 필두로 하여 해방공간의 김수영에 대한 연구까지, 의도한 것은 아니지만 공교롭게도 우리의 연구 주제는 근대성과 공간으로 압축이 가능하다. 근대성을 경유하며 근대적 공간이 어떻게 구성되고 있는지, 또 그 속에서 우리의 시문학이 어떠한 의미를 지니고 있는지 확인할 수 있기 때문이다.

근대는 이전의 세계와 격렬한 단절을 통해 형성되었다. 또 아직 의미를 얻지 못한 다양한 기표들이 혼재하는 공간이었다. 전통적 방식으로 설명해 낼 수 없는 새로운 개념, 전통적 언어관으로 설명하지 못하는 다양한 사물들의 이름이 밀려드는 공간이었다. 그래서 육안으로 감각되는 대상에만 국한 되는 것이 아니라, 근대라는 공간 속에서 각각의 이름들이 어떠한 의미를 지니고 조선인의 삶을 구현하고 있는지 성찰할 시간이 우리에게는 없었다. 우리가 부르고 있는 노래가 어떠한 리듬으로 구성되어 있는지, 조선에서 불리는 노래의 소리가 지니는 물질적 속성은 어떻게 공간의 일부이면서, 또 시의 일부로 존재하고 있는지에 대해서 따져볼 만한 시간적 여유가 없었다.

이러한 관점에서 이번 연구서에서 묶어내고 있는 우리의 연구들은 한국현대시가 한국현대시일 수밖에 없는 고유한 특징들을 형성하는 우리의 근대를, 공간이라는 주제에 입각해서 설명하고 있는 의미있는 작업이라 할 수 있다. 우리 시문학사를 구성하고 있는 수많은 시편들을 통해 발원하는 공동체 구성원들의 공통감각이 어디에서 기원하고 있는지 아는 것은 매우 중요한 일이기 때문이다. 그리고 프락시스 연구회의 이러한 의도와 그에 대한 성과는 개별 연구의 성과를 통해서 보다 분명하게 뒷받침되고 있음을 확인할 수 있다.

조창규의 연구는 김소월 시에 나타난 '산'과 '거리'라는 기표를 중심으로 공간의 의미를 분석하고 있다. 그러나 이는 단순히 공간의 의미를 이분법적으로 나누어 대비시키는 것을 목적으로 하지 않는다. 공간의 대비를 통해 공간을 점유하고 있는 다양한 기표가 어떻게 공간의 의미를 생성하고, 분위기를 형성하며, 그곳에 거주하는 세계-내-존재로서 시인 또는 시적 화자의 새로운 삶의 방식을 창출하고 있는지 보여주고 있다는 점에서 의미있는 연구라 할 것이다.

정은기의 연구는 김억이 주장하는 '향토성', '조선적인 것'이 세계문학이라는 보편을 향하고 있는 조선문학의 특수성이라는 전제에서 출발한다. 이때 조선은 조선인이 거주하는 물리적 공간이라는 기표를 넘어, 우리 시에 남아 있는 노래의 흔적, 언어를 통해 '의미'와 함께 전달되는 '의미 이외의 것'이며, 함께 노래 부르는 원리로서 조선시의 규칙과 연관되어 있는 개념에 해당한다.

박주택 교수님의 연구는 이번 연구서의 전반적인 방향을 제시하는 핵심 연구에 해당한다. 김기림이 활동했던 1930년대에 주목하고, 정치, 경제적으로 자율성을 지닌 시민들의 자본주의 국가라는 일반적인 욕망이

제국의 식민지라는 현실 속에서 어떻게 왜곡되고 있는지에 대한 고찰이라 할 수 있다. 비록 김기림이 제시하고 있는 진보와 과학이라는 보편 규범을 통해서 세계사적 보편에 해당하는 국민국가를 형성하지 못했지만, 그 가운데서 주체가 겪을 수밖에 없는 상실감 또는 상실감이 투영된 식민지 지식인으로서의 근대 공간 체현은 1930년대 모더니즘 형성에 중요한 의미를 지니고 있음을 지적하고 있다. 다시말해 김기림의 시가 '근대'와 '근대 공간' 속에서 어떻게 투영되어 나타나고 있는지 보여주고 있다는 점에서 의미있는 연구라 할 수 있다.

육송이의 연구도 김기림을 연구 대상으로 하고 있다. 그러나 앞서 거시적인 안목에서 1930년대 모더니즘의 의미를 다루고 있는 박주택의 연구와 달리, 김기림이 그의 시론에서 은유로 사용한 '건축'의 의미를 해명하고, 그것이 시편에서 어떻게 반영되고 있는지 살피는데 한정하고 있다. 특히 김기림의 제시하고 있는 건축이 목적을 가진 능동적 주체에 의해 수행되는 '전체시론'을 대변하고 있는 비유라는 지적이 눈에 띄는 부분이라 하겠다.

한주영의 연구는 정은기와 연구와 유사한 맥락에서 살펴볼 수 있다. 정지용 문학에 나타나는 '조선'이라는 국토의 이미지가 '조선적인 것'에 대한 담론을 형성하고, 이것이 '민족' 정체성에 긴밀한 영향 관계를 가진다는 점에 주목하고 있다. 그의 '기행 산문'과 '고향 시편'이 지니는 의미는 여기에서 연유한다고 할 수 있다. 정지용 후기 작품들의 역할을 소재적인 측면에서 전통으로의 회기로 귀결짓고 있는 앞선 연구들과 대비되고 있다는 점에서 의미를 지닌다 할 수 있다.

이지영의 연구는 오장환의 시에 나타난 '신체'가 어떻게 '공간'과 연결되고 있는지 살피는 작업이다. '신체'와 '공간'이 상호 배타적으로 분절되어 있는 것이 아니라, 현실과 길항하는 가운데, 주체를 생산하는 하나의 벡터로 다루어야 한다고 주장하고 있다. 이를 위해서는 무엇보다 '신체공간'이 주체가 드러나는 사건의 장이라는 사실을 명확하게 인지해야 한다. 이러한 논의를 바탕으로 주체에 대한 확장적 이해가 가능할 때, 단지 이미지 차원이 아니라 실재로서 현실에 응전하며 주체성을 확보할 수 있게 되는 것이다.

김태형의 논문은 '날짐승' 시어가 공간 개념과의 연관 속에서 어떻게 의미화되고 있는지 분석하고 있다는 점에서 흥미를 끄는 연구이다. 특히, 회귀, 탈출, 왕복, 전유의 개념을 도입하여 공간과 공간이 '날짐승' 시어를 통해 어떻게 매개 되고 있는지 살피고 있어 작품을 섬세하게 분석, 의미를 풍부하게 하고 있다는 점에서 좋은 참조점을 제공하고 있는 연구라 할 수 있다.

박성준의 연구는 공간체험을 통해 윤동주의 시에 대한 해석의 범주를 낭만성으로까지 확대할 수 있음을 보여주고 있다. 기존의 윤동주 연구가 윤동주 시의 의미를 종교성 또는 저항성에 한정하고 있다고 지적하며, 「病院」(1940)이라는 작품을 기점으로 해서는 낭만적 비전을 내재화하는 것으로 한 차원 고양된 윤리의식을 자신의 작품에 투사할 수 있었다고 주장한다. 아울러 이를 통해 저항성의 그늘에 가려 주로 연구되지 않았던 '낭만성의 문제'

를 재검토하고 있다는 데 그 의의가 있다고 하겠다.

마지막으로 박은지의 연구는 다양한 목소리가 내재하고 있었던 해방 공간을 푸코의 헤테로토피아 개념으로 설명하며, 이를 토대로 신시론 동인의 '새로운 도시와 시민들의 합창'을 재해석해 내고 있다. 독립된 국민국가에 대한 열망이 이념의 대립, 열강의 대결 구도, 자본주의의 본격화 등으로 어려움을 겪고 있는 당대에 대한 이해를 '새로운 도시'를 꿈꾸기 위한 상상으로 연결짓고 있는 부분이 의미를 지닌다 할 것이다.

지금까지 살펴본 바와 같이 각 연구는 개별적 논문 그 자체로도 의미를 지니고 있지만, 목차의 구성이라는 전체적 맥락 속에서 큰 의미를 지닌다. 우리의 '근대'를 '근대적 공간'이 새롭게 재편되면서 이전의 시대와 배타적으로 단절하려는 욕망이라고 간주하거나, 식민지 조선이라는 특수한 사태를 세계시민이라는 보편성을 지향하는 열망이라 가정한다면, 프락시스 연구회의 본 연구서는 우리의 근대문학이 어떠한 과정을 거치며 형성되어 왔고, 또 앞으로 어떻게 공간 내에 거주하는 주체와 상호 연관을 맺고 있을지에 대해 의미있는 전망을 제시할 수 있으리라 기대한다.

그러나 한 권의 책을 묶어내는 일은 많은 아쉬움이 따르는 일이다. 이는 판이 늘어가고, 권수가 늘어가면서 익숙해지는 감각이 아니라, 더 첨예하지 못했음에, 더 정확하고 논리적이지 못했음에 부끄러움이 커져가는 감각이다. 그럼에도 이러한 아쉬움과 부끄러움이 앞으로 우리의 연구의 동력이 되리라 믿는다. 오래된 자료 속에서 뭉개진 활자를 읽어내고, 그것을 다시 의미화하고, 논문으로 체계화하는 일은 쉬운 일이 아님을 알고 있기에, 고생한 모든 연구원들에게 미안한 마음이 앞선다. 모두에게 고마운 마음을 전한다. 또, 『한국 현대시 공간 연구1』에 이어 출판의 전 과정에서 수고를 아끼지 않은 박성준 연구원에게 고마운 마음을 전한다. 그러나 무엇보다 이번 작업이, 함께 연구하고 논문을 쓰는 것의 가치를 일깨워주신 박주택 교수님의 지도가 없었다면 불가능한 일이었음을 우리 모두는 잘 알고 있다. 이 자리를 빌어 진심으로 깊은 감사의 마음을 드린다.

2019년 11월
프락시스 연구회 일동

목차

김소월 시에 나타난 '산'과 '거리'의 장소화 연구

조창규

1. 서론

김소월은 1902년 평안북도 구성에서 태어나 1920년『창조』2호에 시
<浪人의 봄>, <夜의 雨滴>, <午過의 泣>, <그리워>, <春崗>을 발
표하며 작품 활동을 시작하였다. 그는 1934년 범속하지 않은 죽음으로
소천하기까지 200여 편의 시와 12여 편의 산문을 남겼다. 한국 시단에서
김소월은 "민중의 정감과 한(恨)의 가락을 서정시로 형상화하는 데 탁월
한 솜씨를 보여"[1]주었다. 김소월이 33년 동안 체험했던 삶의 공간은 그
의 문학적 장소에 직간접적으로 구현된다.[2] 문학 속에 나타난 공간이란,

---

1) 조연향,『김소월 백석 시의 민속성』, 푸른사상, 2013, 20면.
2) "체험공간은 인간의 구체적인 삶에 열려 있는 공간을 뜻한다. ……(중략)…… 체험공
간이란 말은 자칫 주관적인 의미로 받아들여질 여지가 있다. 즉 공간 자체는 인간의
체험 방식과 무관하게 존재하는 상태에서 인간이 그 공간을 체험하는 나름의 방식
으로 해석될 수 있다. 다시 말해 "체험된다"는 표현은 단지 공간에 덧씌워지는 주관
적인 색체를 뜻할 수 있다는 말이다. ……(중략)…… 그러나 오해를 막기 위해 다시 한
번 강조하지만, 체험공간은 결코 심리적인 것, 단순히 경험하거나 상상하거나 공상
으로 지어낸 것이 아니라 실제로 존재하는 곳이다. 체험공간은 우리의 삶이 진행되
는 현실의 구체적인 공간이다.(오토 프리드리히 볼노,『인간과 공간』, 이기숙 역, 에
코리브르, 2011, 17-19쪽.) "경험적으로 공간의 의미는 종종 장소의 의미와 융합된
다. "공간"은 "장소"보다 추상적이다. 무차별적인 공간에서 출발하여 우리가 공간을
더 잘 알게 되고 공간에 가치를 부여하게 됨에 따라 공간이 장소가 된다."(이-푸 투

"문학이 현실세계와 유추적 관련을 맺는다는 점"에서 그 사실이 실제로 존재하든지 안 하든지 간에 "작품 속에 나타나는 구체적 사물과 대상을 통해 드러"[3]나기 때문이다. <金잔듸> 시 속에 나타난 무덤은 '금잔디'라는 역동적인 사물과 '님'이라는 부동적인 대상을 통해 생명력이 증폭된 공간이다. 그런데 삶의 공간은 사물과 대상을 포함한 특별한 경험에 의해 장소화되는데, 소월이 집중적으로 시를 발표했던 1920년에서 1926년 사이 그가 거처(去處)했던 공간을 살펴보면 고향인 정주에서 출발하여 서울 → 동경 → 서울 → 다시 정주(구성)로 돌아오는 구조이다. 이 각각의 공간을 구체적 사물과 대상을 통해 김소월이 경험했던 친밀한 세계로 규명한다면 "인간의 의도나 태도나 목적이 집중되어 초점으로 작용하는 특별한 공간"[4]인 장소로 명명해도 타당할 것이다.

김소월 문학에 대한 연구는 다양한 논점으로 활발히 진행되어왔다. 한국시의 근대성과 관련하여, 김소월 시의 미적 특이성을 밝히려는 작업[5]과 소월 시의 형식상 특징이 한국 시가의 민요적 전통을 근대적으로 변용

안, 『공간과 장소』, 구동회·심승회 역, 도서출판 대윤, 2011, 19면.) 여기서 우리가 공간을 더 친밀하게 알게 될 수 있는 방법은 "목적적 운동과 지각(시각과 촉각의)을 통해" 그 공간에서 존재하는 "개별 대상들의 친밀한 세계를 경험"할 때이다. 따라서 "장소는 특별한 종류의 대상"이며 "사람이 거주할 수 있는 대상"이라는 점에서 공간과 유사하다. 좀 더 상세히 부연하자면 "공간은 대상들이나 장소들의 상대적 위치로, 혹은 장소들을 분리시키거나 연결시키는 거리와 넓은 구역으로, 그리고 ― 보다 추상적으로는 장소들의 네트워크에 의해 정의되는 지역으로 다양하게 경험될 수 있다."(이―푸 투안, 위의 책, 29면.) 즉, '서울'이라는 공간은 'A'라는 사람이 사랑을 경험한 '이태원', 'B'라는 사람이 직장에 다니는 '삼성동', 'C'라는 사람이 가족과 함께 거주하는 '성북구 국민주택 아파트' 등으로 구성된 포괄적인 장소일 수 있다.
3) 김은자, 『現代詩의 空間과 構造』, 문학과비평사, 1988, 17쪽.
4) 이혜원, 「김소월과 장소의 시학」, 『상허학보』 17권, 상허학회, 2006, 80쪽.
5) 이광호는 "'시선 주체'의 문제를 중심으로 김소월 문학의 미적 특이성이 가지는 근대성과 미적 근대성의 문제를 재문맥화하였다."(이광호, 「김소월 시의 시선 주체와 미적 근대성」, 『국제한인문학연구』 11권, 국제한인문학회, 2013.)

한 것임을 명증하고자 한 연구6), '백석', '정지용' 등 동시대 시인들과의 상관연구를 통해 생태학적 시학을 탐구하려는 노력 등이 대표적이다.7) 또한, 소월 시의 여성 편향적인 경향과 관련하여 그 의미와 구체적인 양태들을 고찰하고자 한 연구도 중요한 시도8) 중 하나였다.

김소월 시에 나타난 공간적 특징에 대해서도 많은 선행논문이 발표되었다. 심재휘는 근대적 개인의 경험들이 소월 시의 공간에 삼투되어 근대성을 구현하고 있다고 밝히면서, 그 구체적인 경험으로 '님과 고향의 부재'를 들고 있다.9) 김소월의 지리적 능력10)을 높게 평가한 이혜원은 식민통치로 인한 집과 고향의 상실이 그의 시에서 장소애로 결부되는 경우가 많다고 파악하면서 "구체적인 지명에 보편적인 감정의 이미지를 부가하는 방식"을 구사하고 있다고 밝힌다. 그런가 하면 1920년대와 1930년대 시기의 기층신앙과 상생론적 관점 및 풍수설화적 시각에서 <금잔디>를 분석한 김숙이는 김소월이 "자연환생물인 금잔디를 통하여 무덤이 좋은

---

6) 이영광의 「김소월 시의 수미 상관과 전통의 창조적 계승」(『어문논집』 36권, 안암어문학회, 1997.), 이동순의 「김소월 시의 전통시가 변용 양상」(『現代文學理論硏究』 31권, 현대문학이론학회, 20007.), 최윤정의 「1920년대 민요담론의 타자성 연구」(『한민족문화연구』 36권, 한민족문화학회, 2011.), 장철환의 「김소월 시의 리듬 연구 : {진달래꽃}을 중심으로」(연세대학교 대학원 박사학위논문, 2010.) 등이 있다.

7) 이문재의 「김소월·백석 시의 시간과 공간의식 연구 : 생태시학의 가능성을 중심으로」(경희대학교 대학원 박사학위 논문, 2008.), 배한봉의 「김소월과 정지용 시의 생태학적 연구」(경희대학교 대학원 박사학위 논문, 2016.) 등을 들 수 있다.

8) 문혜원의 「김소월 시의 여성성에 대한 고찰」(『한국시학연구』 2권, 한국시학회, 1999.), 신범순의 「김소월 시의 여성주의적 이상향과 민요시적 성과 (1), (2)」(『冠嶽語文硏究』 32—33권, 서울대학교 국어국문학과, 20007.) 등이 대표적이다.

9) 심재휘, 「김소월 시에 나타나는 공간의 근대성」, 『우리文學硏究』 56권, 우리문학회, 2017.

10) "지리적 능력이란 특정 장소에 존재하는 개인이며, 동시에 광범위한 환경적·사회적 힘으로 이루어진 네트워크의 한 부분으로 존재하는 우리가 삶의 직접성을 깨닫는 능력을 말한다."(이혜원, 위의 글, 94쪽.)

장소임을 알려주려” 했다고 논증하고 있다.11) ‘산’, ‘뫼’, ‘멧기슭’, ‘嶺’의 시어가 쓰인 총 52편의 작품을 대상으로 산의 장소체험과 공간적 의미를 살펴고자한 노철은 소월 시에서 산은 “들, 길 등과 대비되어 중심적인 세계를 구성하고 있다.”라고 진단한다.12)

본고는 소월 시의 문학사적 혼종의 특징을 밝히려는 작업보다는 그가 거처했던 ‘정주’, ‘구성’, ‘서울’이라는 공간을 장소로 규명하고자 식민사적인 굴곡의 시대사를 부첨했으며, 이와 연관된 구체적 대상과 사물을 경험한 사례를 유추하고자 힘썼다. ‘정주’, ‘구성’은 전근대적인 공간으로써 자연적 매개체인 수직적인 ‘산’이라는 장소를 통해서, ‘서울’은 수평적인 ‘거리’라는 장소를 통해서 밝히고자 하였다. 또한, 소월이 수직적인 장소에서 수평적인 장소로 나아가고자 했던 연유도 개인적, 역사적 체험을 통해 밝히고자 하였다.

2. ‘님’과의 정감적인 고향 ‘정주’와 ‘구성’ : ‘산’ 체험

무한하게 확장될 수 있는 공간은 “우주적 및 우주 외적 몰렉이 되어” 그 식욕으로 “장소 내의 온갖 미립자”를 다 흡수한다. 그렇게 됨으로 케이시는 장소에 대해 “공간의 단순한 ‘변용(modificaton)’”으로 여겨지기에 이른다고 의인화법으로 표현하고 있다. 이렇게 장소가 공간에 흡입될 위험성이 있었던 중요한 요소는 ‘시간중심주의’였다. “장소는 여러 소재(所在, location), 즉 물리적 존재의 운동이 발생하는 소재로 환원됨으로써”

---

11) 김숙이, 「김소월 시에 나타난 공간 인식 ―「금잔디」의 토포필리아적 성격을 중심으로 ―」, 『민족문화논총』 34권, 영남대학교 민족문화연구소, 2006.)
12) 노철, 「김소월 시에 나타난 山의 장소체험과 공간의 의미」, 『現代文學理論研究』 65권, 현대문학이론학회, 2016.

시간과 공간에 완전히 흡입되었다.[13] 장소가 인간의 경험을 친밀하게 추구하고 나누는 감정적 운동이 발생하는 곳이 아니라 친밀하지 않은 단조롭고 건축적인 동작이 발생하는 소재로 그침으로써 장소는 그 매력을 잃어버린 것이다.[14]

그러나 시간 속에 장소가 흡입되는 것이 아니라 오히려 장소가 "고유한 시간성을 소유"한다면 "그 시간성은 개체의 존재적 사회진화 과정에 부응한다." 즉 시적 공간은 화자의 체험으로 말미암아 장소가 되며, 이때 장소에 고여 있는 시간은 "개인의 삶의 기간과 일치"하는데, 특히 사회주체성으로서의 시간인 "역사에 의존"하게 된다.[15] 베르크는 "이런 시간성은 역사적 사건들을 객관적으로" 나열해놓은 "선線적인 것이 아니라" 주위의 세계에 투영되는 시간성으로서, "각 존재 안에 시간의 모든 단계가 결합하고 있다."라고 말한다. 김소월의 시에 나타난 공간을 장소로 규명하고자 할 때, 그의 '정체성'이 겪은 체험들을 역사의 시간과 무관하게 볼 수 없는 이유가 바로 여기에 있다. 인간의 존재는 '나', '너', '그', '누구'라는 인칭적, 물리적 육신으로 국한되지 않는다. 모든 인간 속에는 '정체성'의 모든 장소가 연결되어 있으며 그 '정체성'은 "실존적으로 세계의 끝까지 혹은 그 너머까지로 확장된다."[16]

김소월이 유년에 거주했던 고향인 정주는 수륙 교통이 발달한 곳으로, 북쪽으로 능한산, 남으로는 서해가 있고, 연안을 따라 넓은 갯벌과 충적

---

13) 에드워드 S. 케이시, 『장소의 운명』, 박성관 역, 에코리브르, 2016, 15쪽.
14) 장소가 "이른바 사이트(site)라고 부를 수 있는 변용, 즉 건축을 비롯해 인간이 여러 사업을 하기 위한 단조롭고 납작한 공간으로 여겨지기에 이른 것이다."(에드워드 S. 케이시, 위의 책, 15쪽.)
15) 오귀스탱 베르크, 『대지에서 인간으로 산다는 것』, 김주경 역, 미다스북스, 2011, 169쪽.
16) 오귀스탱 베르크, 위의 책, 155−156쪽.

평야가 깔린 풍요로운 고장이었다. 소월의 시에 산이 자주 등장하고 바다가 종종 나오는 것은 이러한 자연환경의 영향이 크다. 김소월에게 고향 정주는 그의 시가 배태된 근원적 심상 장소이다. 정주는 원래 "山川"이 영험하여 인물들을 많이 배출한 고장으로 소월의 스승인 김억에 말에 따르면 "素月은 凌漢山의 정기를 타고 났다"고 한다.17)

그러나 소월이 그의 시에 "산"을 시적 장소로 설정한 것은 단순히 이러한 자연환경의 영향과 풍수지리학적인 이유만은 아니다. "산"을 오른다는 것은 "세속적 공간에서 탈속적 공간으로" 몸을 실질적으로 이동시키는 것을 의미한다. 즉, 하방공간에서 상방공간으로의 단순한 높이의 이동이 아니라, "하방공간의 질서와 의미를 떠나 상방공간의 질서와 의미에 대한 새로운 체험을 의미한다."18) 따라서, 산 등정의 과정을 소월의 새로운 체험으로 의미화 시킨다면, '산'은 단순한 자연적인 공간이 아니라 시적인 장소가 될 수 있을 것이다.

山우헤올나섯서 바라다보면
가루막킨바다를 마주건너서
님게시는 마을이 내눈압프로
쑴하눌 하눌가치 써오릅니다

흰모래 모래빗긴船倉싸에는
한가한배노래가 멀니자즈며
날점을고 안개는 깁피덥퍼서
흐터지는 물꼿뿐 안득입니다

---

17) 오세영, 『한국현대시인 연구—⑤ 김소월』, 문학세계사, 1996, 274쪽.
18) 정유화, 「집—나무—산'의 공간기호체계 연구 -정지용론—」, 『우리文學硏究』, 25권, 우리문학회, 2008.

이윽고 밤어둡는물새가 울면
물썰조차 하나둘 배는써나서
저멀니 한바다르 아주바다로
마치 가랑닙가치 써나갑니다

나는 혼자山에서 밤을새우고
아츰해붉은볏혜 몸을 씻츠며
귀기울고 솔곳이 엿듯노라면
님게신窓아래로 가는물노래
흔들어쌔우치는 물노래에는
내님이놀나 니러차즈신대도
내몸은 山우헤서 그山우헤서
고히깁피 잠드러 다 모릅니다

　　　　　— <그山우> 부분(『東亞日報』1921. 4)

　'산'은 "하늘을 향해 높이 솟아 있는 그 수직성 때문에 부정적인 공간에
서 긍정적인 공간으로 향하는 초월의 과정과 연관된다."[19] 고층빌딩과
같은 건축물이 없었던 그의 고향인 정주 곽산에서 '산'은 사방을 멀리 내
려다볼 수 있는 지상에서 가장 높은 유일한 곳이었다. 일반적으로 산의
심상이 드러내는 조망과 모색의 위상은 고도에 따라 결정된다.[20] 소월은
'바다'를 바라보기 위해 '산' 위로 올라간다. '근해'를 보기 위해서라면 굳
이 정상에 오를 필요는 없다. 해안가에서도 충분히 가까운 바다를 볼 수
있기 때문이다. 하지만 '원해'를 보기 위해서라면 높은 '산' 위로 올라가야
하는데, 이것은 '원해'라는 공간이 소월에게 특별한 경험의 장소로 인식
되었기 때문이다. "저멀니 한바다"는 "님게시는 마을"을 가로막는 장소
이다. "님"의 부재로 인해 소월은 비애감을 느끼는데, 이러한 "현실의 비

---

19) 이어령,『공간의 기호학』, 민음사, 2000, 96쪽.
20) 김은자, 앞의 책, 58쪽.

애와 고뇌"로 인해 소월은 산을 올랐을 것이다.21) 즉, "님"이 계신 이상적 장소인 '먼 바다' 건너 "마을"을 조망하기 위해 '산'에 올랐던 것이다.

이때 '산'은 '바다'라는 경관을 바라보기 위한 장소이다. 경관은 한 지점에서 볼 수 있는 "지표면의 어떤 부분"을 일컫는 말이다. 경관은 철저하게 시야적인 개념인데, 관찰자는 자신이 전망하고 싶은 풍경을 가장 이상적으로 볼 수 있는 장소에 이른다. 이 시에서 소월은 '바다'라는 경관을 보기 위해 경관 밖인 '산'에 위치한다. '경관'의 특성이 화자가 '살아가는 곳'이 아니라 '바라보는 곳'이라는 점을 이해한다면 소월은 '님'이 계신 '바다'를 '산'에서 바라볼 수밖에 없다. 그러나 소월에게 "산"은 "딴 세계" 즉, 이 시에서 "바다"를 동경하는 출발 장소이지만 그 "바다"를 쉽게 찾아갈 수 없는 장소로서 단지 "바다"를 관망해야만 하는 불완전한 장소가 된다.22)

김소월 시의 서정주체는 이러한 불완전한 장소인 "산"에서 "바다"의 수면 위 어느 한 곳을 바라본다. 그곳은 광활하며 유동적으로 흐르는 바다와 하늘 사이의 공간이다. 가로막힌 바다를 마주 건너 있는 "님게시는 마을"은 꿈같이 바다 위를 떠올라 하늘 같이 소월의 눈앞에 아른거린다. 또, 그 바다와 하늘 사이의 공간은 "물새", "아츰해"가 하늘로 떠오르는 장소이다. "물새"와 "아츰해"는 산에 정박하여 단지 이상 세계를 바라볼 수밖에 없는 소월과는 다르게 자유롭게 바다를 건너가고, 탈세속적 세계

---

21) 소월이 산을 오르는 이유를 김은자는 "현실의 비애와 고뇌가 없다면 素月은 산을 치어다보지도, 오르지도 않을 것이다."라고 말한다(김은자, 앞의 책, 58면.). 노철은 "'먼 바다'에서 '먼'은 바다 건너를 향한 시선을 드러내며, '우두커니'는 바다를 관망하는 자세를 드러낸다. 바다는 지금 이곳의 결여를 벗어나기 위한 공간인 것이다. 결여를 벗어나기 위한 기도는 산을 오르는 행위로 나타나기도 한다."라고 말한다. (노철, 앞의 글, 110쪽.)

22) "산은 현실공간에서 놓인 高度로 하여 현실인식의 조감적 거처가 되고 동시에 그 고도가 갖는 상징성으로 하여 딴 세계에 대한 동경의 출발점이라는 이중적 의미를 띤다."(김은자, 앞의 책, 58면.) 그러나 <그山우>에서 "산"은 단지 "동경의 출발점"에 그치고, "동경의 도착점"으로서 기능은 상실한 불완전한 장소이다.

인 하늘로 떠오를 수 있는 존재이다.

"산"은 김소월의 내면과 "물새", "아츰해"가 떠오르는 자연적 공간을 수직축으로 이어주면서 김소월의 내면을 "바다"라는 이상적 공간의 수평면으로 확대해준다. 즉 김소월은 수직적 장소인 "산"에서 "님"이 계신 이상 세계에 대한 교감을 이루기 위해 "바다"라는 수평적 아래쪽에 흐르는 "물노래"를 듣는 것이다.[23]

공간이 장소를 흡수해 거대해진 '몰렉'이 되었다면, "지리학 문헌에서 장소와 함께 자주 출현하는 또 하나의 개념인 경관" 역시 공간에 흡수당할 위험이 있다.[24]소월의 '바다'에 대한 기억은 '님'과 관련된 공간이다. 그렇다면 역사적 시간 속에서 이 "님"이 누구를 표상하고 있는지를 밝힌다면, 이 '바

---

23) 이육사 시의 서정주체는 <일식(日蝕)>, <자야곡(子夜曲) 가운데서>에서 보다시피 "불안정한 현실 삶의 수면 위 어느 한 곳에 자리 잡는다." 그리고 그 "장소 위 한 점으로 놓인 서정주체 개인공간에는" "우주적 경관에 투사되고 있는 신념이라는 미리 주어져 있는 내면 중심이 존재한다. 그것에 힘입어 그는 현실 삶의 유동성을 벗어난다. 이것이 그의 내면과 우주경관을 잇는 수직축을 새로이 마련해주면서 현실공간의 수평면 확대가 아니라, 우주적 순행이라는 굳건한 천체 질서와의 만남을 되풀이하도록 이끌고" 있다." 그러나 이육사와 달리 김소월의 내면적 장소인 "산"은 서정주체와 자연 경관을 잇는 수직축을 마련해주면서도 "바다"라는 이상적 공간인 수평면으로 확대되고 있다는 점이다. 또한 이육사가 "우주적 교감을 이루"기 위해 우주의 "수직축 위쪽에 굳건하게 떠 있는" 별을 노래했다면, 김소월은 "님"과의 자연적 교감을 이루기 위해 수평면 아래에 흐르는 물노래를 들었다.(박태일,『한국 근대시의 공간과 장소』, 소명출판, 1999, 101―102쪽.)

24) "경관이란 일정한 땅의 물리적 형태(보이는 것)에 시각 개념(보이는 방식)을 결합시킨 것이다. ……(중략)…… 경관에 대한 대부분의 정의에서, 보는 주체는 경관 밖에 위치한다. 경관이 장소와 다른 중요한 특징이 바로 이것이다. 장소는 많은 것이 그 안에 존재한다. ……(중략)…… 경관은 땅조각의 형태, 즉 물리적 지형을 말한다. 이것은 분명히 (비록 지표면의 어떤 부분도 인간의 손이 닿지 않은 곳이 거의 없을지라도) 자연 경관이거나 또는 도시 경관처럼 확실히 인문적이거나 문화적인 경관일 수 있다. 그러나 우리는 경관 속에 살지 않는다. 우리는 경관을 바라볼 뿐이다." (팀 크레스웰,『짧은 지리학 개론 시리즈 : 장소』, 심승희 역, ㈜시그마프레스, 2012, 16―17쪽.) 김소월에게 있어 '산'은 '바다'의 경관을 바라볼 수 있는 곳으로 유년시절부터 친숙하게 올랐던 장소이다.

다'를 전망하는 공간인 '산'은 소월의 시적 장소로 규명될 수 있을 것이다.

김소월은 기미만세의거에 적극적으로 참여하였다. 하지만 그 여파로 모교인 오산학교가 폐교되고 존경하는 스승이었던 이승훈이 감옥에 갇힌 억울한 민족의 현실을 체험함으로써 좌절과 실의에 빠진다.[25] <그山우> 시가『東亞日報』에 발표된 것은 기미만세의거로부터 2년 후인 1921년도로 소월이 오산학교 중학부를 졸업한 때이다.[26] 이 시에서 소월은 '님'을 그리워하면서도 '님'을 구하는 편이라기보다는 '님'을 구하지 않는 편에 서 있다.[27] 단지 "저멀니 한바다르 아주바다로 마치 가랑닙가치 써나"가는 "배"의 모습만을 무기력하게 지켜볼 뿐이다. "바다"를 건너야 '님이 계신 마을'로 갈 수 있는데 소월은 항해를 시도하지 않는다. 소월이 적극적으로 항해를 시도하지 않는 이유는 그가 참여했던 기미만세의거가 실패로 끝남으로 인해 조국의 독립을 위해서 아무 것도 할 수 없는 무기력감을 느꼈기 때문일 것이다. '능한산'은 단순히 소월이 '바다'를 관망

---

25) "1919년 기미만세의거 이후 일본 침략자들은 오산학교를 폐교시켰다. 소월은 다음 해 오산중학을 졸업할 예정이었으나, ……(중략)…… 졸업예정자로 수료장을 받을 수밖에 없었다. 소월은 기미만세의거 때 적극적으로 활동하였다. 일본 침략자들은 오산학교를 광복의거의 진원지로 지목하여 학교를 불태워 없애버리려는 만행을 저질렀다. 이를 직접 목격한 소월은 큰 충격을 받아 잠자다가도 '대한독립만세'를 외칠 정도였다고 한다."(김한호, 『김소월 시 연구 슬픈 시인의 노래』, 문예마당, 2000, 29쪽.)

26) 김소월이 오산학교에 재학한 시기에 대해서는 대표적으로 두 가지 의견이 있다. ① 1915년에서 1919년까지 재학했다는 설(김학동, 『김소월평전』, 새문사, 2013)과 ② 1917년에서 1921년까지 재학했다는 설(김용직 편, 『김소월전집』, 서울대학교출판부, 1996)이 있는데, 이 장에서는 ②의 견해를 토대로 논지를 전개하였다.

27) 김동리는 "소월의 화자가 '님'을 즐기는 편이라기보다는 구하는 편에 서 있다"라고 말한다. 여기서 '구하다'라는 뜻은 '찾다'라는 뜻으로 해석된다. 이는 이 다음 문장 "'님' 부재 현상에서 오는 정서의 기초를 마련하는 계기가 되었다."를 통해 유추할 수 있다. 그러나 본고는 '구하다'라는 뜻을 '위태롭거나 어려운 지경에서 벗어나게 하다'라는 뜻으로 해석하고자 하며 소월의 화자가 적극적으로 '님'을 구하지 않는 편에 서 있다라고 논지를 전개했다.

할 수밖에 없는 정적인 장소로 '님'이 계신 마을, 즉 해방된 조국을 그리워하는 이타향의 장소가 된 것이다. 여기서 '님'은 해방된 조국에서 사는 동포로 유추할 수 있는데, 그가 꿈꿨던 이상 세계는 시대상으로 봤을 때 해방된 조국이었기 때문이다.

물로사흘 배사흘
먼三千里
더더구나 거러넘는 먼三千里
朔州龜城은 산을 넘은 六千里요

물마자 함쌕히저즌 제비도
가다가 비에걸녀 오노랍니다
저녁에는 놉푼山
밤에 놉푼山

朔州龜城은 山넘어
먼六千里
각금각금 꿈에는 四五千里
가다오다 도라오는길이겟지요
서로 써난몸이길내 몸이그리워
님을 둔곳이길내 곳이그리워
못보앗소 새들도 집이그리워
南北으로 오며가며 안이합듸싸

들싯테 나라가는 나는구름은
밤쯤은 어듸 바로 가잇슬텐고
朔州龜城은 山넘어
먼六千里

—<朔州龜城> 부분(『開闢』1923. 10)

'삭주구성'은 '정주'와 그리 멀지 않은 곳으로 8여 년 가까이 소월이 생업을 꾸리며 살았던 실제 지역이다. 소월은 '삭주구성', '신재령', '영변', '왕십리', '장별리' 등 향토 고유 지명을 작품 속에 공교하게 도입함으로써 민족적 정감과 의식을 의도적으로 환기시키고 있다.[28] 소월은 구성에서 태어나 정주 → 서울 → 동경 → 서울로 거처를 옮기며 살다가 그가 죽기 8년 전인 1926년 구성으로 다시 돌아온다. <朔州龜城>은 아직 소월이 구성으로 회향하기 전에 쓴 시로 당시 동경 유학에서 돌아와 서울에 거주하며 발표했던 작품이다. 그가 '삭주구성'을 그리워한 것은 고향과 지척에 있는 곳이기도 하지만, "님을 둔곳"이기 때문이다.

이 시에서 "산"은 소월 시의 서정 주체와 하늘을 떠도는 "새들", "구름"을 수직적으로 이어주는 장소이다. 이 "새들", "구름"은 "님을 둔곳", "집"을 그리워하는 존재로 "삭주구성"으로 가기 위해 "산"을 넘어가고자 하는 존재이다. '삭주구성'이 소월에게 특별한 개인적인 체험이 없는 곳이라면 단순히 '삼천리', '육천리'라는 지리적으로 먼 거리에 있는 공간에 불과하다. 그러나 '삼천리', '육천리'가 '1,179km', '2,358km'로 치수화된 거리를 상징하는 것이 아니라 그리운 '님'과의 절대화된 거리를 표상하는 것이기 때문에[29] 시적 장소로 변전될 수 있다. 전정구는 '님'과의 절대화된 거리

---

28) 이혜원은 "김소월의 시에서 향토 지명은 감정의 이미지를 각인시키는 작용을 한다." 라고 말한다.(이혜원, 앞의 글, 87면.) 또한 소월이 "지명과 화자의 심리를 절묘하게 부합시켜 그것에 독특한 정서를 부여한다."라고 부연하면서 '영변'이 시적 공간으로 등장한 「진달내꽃」을 예로 들어 다음과 같이 설명하고 있다. "나보기가 역겨워/ 가실 째에는/ 말업시 고히 보내드리우리다// 寧邊에藥山/진달내꽃/ 아름싸다 가실길에 쑤리우리다"(「진달내꽃」)에서 "寧邊에藥山/ 진달내꽃"이라는 짧은 시구는 민족문학의 보편성이 지역문화의 특수성을 배제함으로써가 아니라 바로 그것으로부터 도출된다는 사실을 웅변적으로 보여주는 산 증거이다."(이혜원, 「한용운·김소월 시의 비유구조와 욕망의 존재방식」, 『현대시의 욕망과 이미지』, 시와시학사, 1998, 53~54쪽.)
29) '삼천리', '육천리'를 '님'과의 "절대적인 거리감"으로 파악하는 것은 직접적인, 의식적인, 무의식적인 체험의 세계를 중시하는 인문학적 지리학으로 볼 수 있다.

를 시간의 흐름을 통한 거리로 설명하고 있는데 "물"이라는 유동적인 존재를 통하여 흘러간 시간만큼 먼 '님'과의 거리를 나타내고 있다.[30]

즉, 공간이 고유한 시간을 소유할 때, 그곳은 장소가 되며, 그 시간들은 화자의 체험과 밀접한 연관이 있는 역사가 되는 것이다. '삭주구성'이라는 공간은 소월에게는 '님'이 계신 곳이라는 의식적인 체험의 장소이다. 그렇다면 이 시에서도 '님'이 누구인지 진술한다면 그 의식적인 체험이 무엇인지도 짐작할 수 있을 것이다. 그 실마리는 흥미롭게도 1923년인 그 당시의 시간이 아닌 3년 후인 1926년 미래의 역사적 시간에서 찾을 수 있다. 1926년 소월은 구성군 남시(南市)에서 동아일보 지국을 경영했지만 경제적 수탈과 영육적(靈肉的) 핍박 등의 가혹한 일제 통치를 고문과 궁핍으로 몸소 체험하면서 술과 약물로 좌절과 실의를 견뎌야만 했다.

'님'을 둔 '삭주구성'은 '높은 산'을 넘어야 갈 수 있는 장소이다. 이 시에서 '산'은 "'님'을 향하는 길을 가로막는 모순으로써"[31] 쉽게 넘을 수 있는 공간이 아니다. "물 맞아 함빡히 젖은 제비"가 가다가 다시 돌아와야 할 만큼 높고, 먼 곳이다. '밤'을 일제강점기의 암울한 시대적 상황을 환

---

30) 전정구는 '님'과의 절대화된 거리를 시간의 흐름을 통한 거리로 설명하고 있는데 "물로사흘"에 나타난 흐름은 지속적인 동작을 지시한다. 이것은 시간의 흐름과 관련을 맺고 있다. 다시 말하면 끊임없는 동작의 측면을 부각시키는 물의 흐름은 지속적인 시간의 흐름과 맥을 같이 하고 있다. <朔州龜城삭주구성>은 흐름의 의미를 통하여 공간의 거리를 표현한 시이다. 때문에 부동·멈춤의 의미로 파악되는 공간의 의미가 배제되어 있고, 유동·움직임의 의미로 파악되는 시간의 의미가 이 시에 충만해 있다. 소월시에 나타난 공간은 멈추어 있는 공간이 아니라 유동하는 공간이다."라고 말한다. 즉 "삭주구성"은 '산'이라는 장소로 둘러싸인 정주해있고 정박해 있는 공간으로 보이지만, 배를 타고 가는 "주관적인 동시에 움직임을 수반하는 시간경험"으로 인해 항해해가는 공간으로 여겨질 수 있다.(전정구, 앞의 책, 132—133쪽.) 이 시에서 "물"은 <그山우>의 "물"과 같이 '님'과의 교감을 이루려고 하는 매개체이다.
31) 조연향, 앞의 책, 139쪽.

유한다고 본다면 '님'은 그 어둠의 시기를 넘어 '들 끝에 날아가는 나는 구름'과 '새들'이 자유롭게 '남북으로 오며가며' 할 수 있는 해방된 조국에 사는 동포라고 할 수 있다.[32] 지금까지 김소월 삶의 출발 장소인 정주와 마감의 장소인 구성을 '산'을 공통 매개체로 하여 당시의 시대적 상황과 연계하여 '님'과의 회감적인 체험을 유추함으로써 '님'을 '해방된 조국에 사는 동포'라고 밝히고자 하였다.

소월은 집에서 놀면서 가문을 잇는 것보다는 '님'이 있는 마을로 가기 위해 '바다'를 동경했다. 여기서 '바다'는 수평적인 공간으로 기능한다. 소월에게 있어 '서울의 거리'는 '바다'와 마찬가지로 이상적 세계로 확대된 수평적 공간으로 '님'이 계신 마을로 가기 위한 장소였다.[33] 그렇다면, 김소월이 1921년에서 1926년 사이에 잠깐 거처하는 서울의 공간은 역사적 시기와 관련하여 어떻게 장소로 규명되는지 '거리 체험'을 통해 살펴보도록 하자.

3. 무기력하고 음울한 식민지 도시 '서울': '거리' 체험

<서울의거리>는 소월이 오산학교를 졸업한 후 서울시 정동에 소재

---

32) 김은자는 김소월이 '朔州龜城', '定州郭山', '山水甲山' 등의 "지명의 호출을" 통해 "구체적인 지역 주민, 나아가 민족을 호명한다"고 말한다.(김은자, 앞의 책, 28면.) 또한 "조국상실은 고향상실과, 가족상실로 연결되고 '님'의 부재와 동일한 의미의 범주를 형성"한다고 볼 때, '님'은 '조국' 또는 '조국에 사는 동포'라고 해석해도 타당할 것이다.(조연향, 앞의 책, 169쪽.)
33) 김소월의 조부는 소월이 타지로 나가는 것을 극구 반대하였다. 소월의 큰고모부가 독립운동가로 큰 고초를 겪은 것이 신학문을 공부한 것 때문이라고 생각하였고, 또 소월의 아버지가 정신 이상자로 폐인이 되었기 때문에 소월이 公州 金氏 가문을 이어주길 바랐던 것이다. 그러나 소월은 그의 고향인 정주를 떠나 다시 구성으로 돌아오기까지 그의 조부의 반대를 무릅쓰고, 경성과 동경으로 떠나 타지 생활을 했다.(오세영, 앞의 책, 286-287쪽)

한 배재고등보통학교에 5학년으로 편입학하기 전에 『學生界』 현상모집에 입선돼 발표한 작품이다.[34] <서울의거리>는 김소월이 15년의 작품 활동 기간 속에서도 1920년부터 1925년 사이에 집중적으로 발표했던 시들을 묶은 생전에 낸 유일한 시집인 『진달내꼿』에 수록되지 않은 작품이다. 이 시는 김소월이 서울로 상경하기 전에 쓴 것으로 고향인 평북 정주에서 거주하던 외부인의 시각으로 '서울의 거리'를 바라보았다.[35]

> 서울의거리!
> 山그늘에 주저안젓는 서울의거리!
> 이리저리 씨어진 서울의거리!
> 어둑축축한 六月밤 서울의거리!
> 蒼白色의서울의거리!
> 거리거리電燈은 소리업시울어라!
> 漢江의물도 울어라!
> 어둑축축한 六月밤의
> 蒼白色의 서울의거리여!
> 支離한 霖雨에 썩어진物件은
> 구역나는 臭氣를 흘녀저으며
> 집집의窓틈으로 쓰러들어라.
> 陰濕하고 무거운灰色空間에
> 商店과會社의建物들은

---

34) 이 장에서는 소월이 오산학교에 재학한 시기를 ① 1915년에서 1919년까지 재학했다는 견해(김학동, 『김소월평전』, 새문사, 2013)를 토대로 논지를 전개한다.

35) 소월이 서울로 상경한 후에 쓴 시로도 볼 수 있지만, <서울의거리> "작품과 함께 수록된 정보에서 "平安北道定州郡郭山南山"으로 거주지를 소개하는 것으로 보아 당시 김소월은 평안도에 적을 두고 있었고, 오산학교 학생이라는 내용이 기재되어 있지 않으므로 오산학교를 졸업한 후 배재고등보통학교에 편입하기 이전의 상황에 작품을 발표한 것"으로 보인다."(김동희, 「김소월의 「서울의 거리」 연구 – 시형과 매체의 상관성을 중심으로」, 『한국근대문학연구』 19권, 한국근대문학회, 2018, 171쪽.)

히스테리의女子의거름과도갓치
어슬어슬 흔들니며 멕기여가면서
검누른거리우에서 彷徨하여라!
이러할째러라, 白堊의人形인듯한
貴婦人, 紳士, 또는男女의學生과
學校의敎師, 妓生, 또는商女는
하나둘식 아득이면 써돌아라.
아아 풀낡은갈바람에 쑴을쌔힌쟝지배암의
憂鬱은 흘너라 그림자가 써돌아라········
사흘이나 굴믄거지는 밉쌀스럽게도
스러질듯한 애닯은목소리의
『나리마님! 積善합시요, 積善합시요!』·········
거리거리는 고요하여라!
집집의窓들은 눈을감아라!
이째러라, 사람사람, 또는 왼物件은
깁픈잠속으로 들러하여라
그대도쓸쓸한幽靈과갓튼陰鬱은
오히려 그嘔逆나는臭氣를 불고잇서라.
아아 히스테리의女子의괴롭운가슴엣숨!
썰렁썰렁 요란한鐘을울니며,
막電車는왓서라, 아아 지내갓서라.
아아 보아라, 들어라, 사람도업서라,
고요하여라, 소리좃차업서라!
아아 電車은 파르르썰면서 울어라!
어둑축축한 六月밤의서울거리여,
그리하고 히스테리의女子도只今은 업서라.
　　　　　　　—<서울의거리> 전문(『學生界』 5호, 1920. 12)

　'거리'는 수평적인 공간으로 '사람이나 차가 많이 다니는 길'이라는 뜻
이다. '길'은 여러 사람이 여러 번 지나가면서 생긴다. 이렇게 만들어진

길은 "사람들의 통행을 유발하고" "통행량이 증가하면 길에 대한" 확충 요구도 늘어난다. 즉, "길이 도로가 되는 것인데, 확충 형식은 당대의 기술적 상태에 따라 달라진다."[36] 1900년대 서울의 거리는 전차와 임대승용차가 중요한 대중교통 수단이 될 만큼 도로화되었다[37]. 즉, '거리'는 어떠한 목적지를 가기 위해서 인위적으로 넓힌 길로써 이상 세계로 가고자 하는 데 있어 편의성을 추구하기 위해 만들어진 공간이다. 그러나 서울의 거리는 일제의 식민정책과 수탈정책을 효과적으로 수행하기 위해 인위적으로 신설되고 확장된 것이었다. 김소월이 '능한산'에서 '님'이 계신 곳을 동경하면서 먼 바다를 가로질러 가는 '배'를 관망한 것처럼, 이 시에서는 '전차'를 관망한다.

일본은 서울의 거리를 전차가 달릴 수 있도록 궤도를 깔기 위하여 동대문과 서대문 부근의 성곽과 남대문 부근 성곽의 일부를 철거하였다. 근대화로 표상되는 '전차'는 중세적 유물인 성곽을 허물고 지었다는 점에서 전통의 보전보다는 식민 통치의 효율성을 가져다 준 폭압적인 수단이었다. 또한, 자동차의 교통로를 위하여 남대문 북쪽 성곽을 철거하고 남지를 매워버린 후 새로운 도로를 개설하였다.[38] 분뇨와 오물이 넘쳐흐르던

---

36) 오토 프리드리히 볼노, 앞의 책, 127−128쪽.
37) "1899년 4월에 운행을 시작한 경성의 전차는 이미 1911년에는 시내 대부분의 전차 노선이 복선화될 정도로 서울 사람들의 주요한 대중교통 수단이 되었던 것이다." (이경재, 『한국 현대문학의 공간과 장소 미쓰비시 사택에서 뉴욕의 맨해튼까지』, 소명출판, 2017, 218−219쪽.)
38) "1899년 5월 서대문과 청량리 사이에 전차가 개통되어 운행되기 시작했고, ……(중략)…… 1903년에 황실용승용차가 도입되었다. 이러한 새로운 대중 교통기관들의 등장은 그간 도성의 상징이었던 성곽을 장애물로 만들었다. 따라서 성곽은 도로 확장이라는 구실 아래 철거되었으며, 성곽 철거는 지금까지 서울의 공간구조를 근본적으로 바꾸는 결정적인 계기가 되었다. 우선 1899년 전차 개통을 위한 궤도 부설로 동대문과 서대문 부근의 성곽 일부가 철거당했다. 또 광무 4년(1900)에는 종로와 용산 사이에 전차궤도가 부설됨으로써 남대문 부근 성곽 일부도 철거되었다. 이후 광무 9년(1905)에 일본공사 하야시 곤스케林權助가 경인·경부·경의선이 각각

서울의 더럽고 좁은 길은 도로 개설과 정비에 의해 깨끗해지고 넓어져, 전차와 승용차 등의 교통수단이 달릴 수 있는 거리가 되었으나 이러한 근대화의 이면에는 서울을 식민기지로 만들려는 일본의 계획이었다.

도로와 궤도는 장소를 무장소성으로 만드는데 직접적으로 관련이 있다. 도로와 궤도는 사람들이 오가던 길을 좀 더 확장함으로써 주변 경관으로부터 장소와 장소를 분리시킨다. 그래서 장소가 고유하게 갖고 있던 의미를 무의미화 시킨다. 길을 좀 더 정비하고 확장하는 이유는 많은 사람들과 화물 등을 이동시키기 위한 것이다. 이러한 '대량 이동성', '대량 유용성'은 장소에 대해 진실한 태도를 갖는 "진정성authenticity"을 결여시킴으로써 존재의 실존성과 정체성을 인식하지 못하게 한다. 근대화가 갖는 거리의 이러한 특성에 매몰되지 않는 방법은 자신만의 시간과 경험을 거리에서 갖는 것이다. 소월은 이러한 비진정성의 장소인 거리에서 당시 시대와 진정한 관계를 맺는 체험을 겪음으로써 거리를 장소화하고 있다.39)

그렇다면 소월은 왜 '경성'에 있는 동안 "거리"에 집착할 수밖에 없었을까? 소월이 '경성'을 배경으로 한 시에서 "거리"를 시적 장소로 설정한 것은 그의 새로운 체험과 연계된다. 그의 고향인 정주는 자연풍광이 뛰어난 대신에 근대 교통수단인 전차가 다니지 않았고 여전히 비 포장된 길들만이 깔려있었다. 그가 고향에서는 이상향의 세계를 바라보기 위해 "산"

완공되어 모두 남대문역(서울역)에 집결되어 앞으로 여행객과 화물 등 교통량이 폭주할 것인데 남대문의 폭이 2간 정도로 매우 좁고 위험하므로 남대문 양쪽을 우회하는 2개 도로와 또 하나의 대로를 뚫을 것을 외부대신 이하영李夏榮에게 요청한 바 있었다. 이 요청은 융희 원년(1907) 일본 황태자의 한국 방문을 계기로 실행되었다. 3월에, 동대문·남대문 좌우 성첩城堞 훼철毁撤 건>으로 고종의 재가를 받아 7월에 남대문 북쪽 성곽 철거에 착수하였고, 10월에 남대문 부근의 남지南池를 매워버리고 좌우 성곽을 헐어 성 내외를 통하는 폭 8간의 새 도로가 완성되었다."(오세훈,『서울의 길』, 서울특별시사편찬위원회, 130-131쪽.)
39) 팀 크레스웰, 앞의 책, 71-73쪽.

에 올랐다면, 경성에서는 그 이상향의 세계로 이동할 수 있는 희망적인 수단인 "전차"가 놓여있었다. 즉 소월은 이제 세속적 공간인 하방공간의 질서와 의미를 찾기 위해 수평적인 '거리'를 해매는 것이다. 그 하방공간의 진정한 의미는 음울한 식민 현실을 벗어날 수 있는 이상향의 세계로 이동하는 장소를 발견하려는 것이었고, 그 장소가 "거리"였다.

<서울의거리>에서 김소월은 "막電車는왓서라, 아아 지내갓서라."의 구절을 통해 그때 당시에 궤도가 부설돼 전차가 달릴 수 있었던 서대문과 청량리 또는 종로와 용산 사이의 거리를 거닐고 있었다. 그러나 서울의 도로화된 거리도 '밤'이 되면 전차가 운행을 멈추고 택시도 통행이 줄어듦으로써 한적한 공간이 된다. 또한 비까지 내린다면 사람들의 왕래마저 줄어들어 더 음산한 곳이 된다. 소월은 비가 오는 6월의 서울 밤거리를 방황하는 화자를 내세워 '서울의 거리'를 음울하게 환기시킨다. 이제까지 서울에서 거소한 적이 없는 소월의 이러한 간접적인 체험의 교술은 '서울'을 공간이 아닌 '장소'로 전변시킨다.

1920년 6월 서울의 어두운 밤거리는 장마로 인해 습하며, 불쾌한 곡성이 들릴 것만 같이 우울하며, "막電車"가 왔지만 태울 사람이 없어서 금방 지나갈 만큼 쓸쓸하고, "히스테리의女子도" 없는 "고요"한 장소이다. 화자가 이렇게 서울에 대해 음울하게 반감하는 이유는 "1919년 3·1 운동이 실패로 끝난 후 대면하게 된 1920년 무기력한 식민지 현실이라는 시대적 배경이 요인"[40]이었다. 김소월은 서울의 정비되고 개설된 도로를 산책함으로써 근대화된 도시 문명이 식민통치의 효과적인 수단으로 사용됨을 음울하게 접할 수 있었다. 근대 서울은 식민지 현실을 체감할 수 있는 "구역나는 臭氣"를 풍기는 곳이었다. 민족의 독립 염원이 좌절된 채

---

40) 김동희, 앞의 글, 171쪽.

험을 겪은 화자는 '서울의 밤거리'를 "彷徨"할 수밖에 없는데, 화자뿐만이 아닌, '귀부인', '신사', '남녀의 학생'과 '학교 교사', '기생', '장사하는 여자', '거지' 그리고 "그대"도 '서울의 밤거리'를 배회한다. 소월은 그대를 "幽靈"으로 직유하여 식민지 현실 치하에서 지회하는 무기력하고 "蒼白"한 '님'을 형상화했다. 따라서 "그대"와 마찬가지로 귀천을 막론한 대부분의 서울 시민들은 이 '灰色空間'에서 정주하지 못하고 갈 길을 몰라 "써돌"수밖에 없는 것이다. 즉, 전차가 놓인 수평적인 공간인 '서울의 거리'에서 이상향으로 달려갈 가능성을 찾고자 했던 소월은 그 희망을 찾지 못한 채 암울한 상태에 놓여있다.

　　　　푸른電灯.
　　　　넓다란거리면 푸른電灯.
　　　　막다른골목이면 붉은電灯.
　　　　電灯은반짝입니다.
　　　　電灯은그무립니다.
　　　　電灯은 쏘다시 어스렷합니다.
　　　　電灯은 죽은듯한긴밤을 직힘니다.

　　　　나의가슴의 속모를곳의
　　　　어둡고밝은 그속에서도
　　　　붉은電灯이 흐득여웁니다,
　　　　푸른灯電이 흐득여웁니다.

　　　　붉은電灯.
　　　　푸른電灯.
　　　　머나먼밤하늘은 새캄합니다.
　　　　머나먼밤하눌은 색캄합니다.
　　　　서울거리가 죠타고해요,

서울밤이 죠타고해요.

붉은電灯.

프른電灯.

나의가슴의 속모를곳의

프른電灯은 孤寂합니다.

붉은電灯은 孤寂합니다.

　　　　　─<서울밤> 전문(『진달내꼿』, 賣文社, 1925. 12)

　정확한 창작 시기를 알 수 없는 이 시에서도 역시 '서울의 밤거리'가 배경 무대이다. 거리가 목적지를 가기 위해 통행하는 도로라고 규정할 때, '길거리'가 내포한 "현실적인 이동 혹은 가능한 이동은" "공간을 열어준다."[41] 하지만 가야할 '길거리'를 전혀 눈으로 볼 수 없는 '밤'이라면 '길거리'의 이러한 개방적 속성에도 불구하고 공간은 보행자에게 열리지 않는다. 그러나 '서울의 밤거리'엔 "붉은電灯"과 "푸른電灯"이 가로등처럼 놓여있다. '전등'은 어둠을 밝히는 것으로 야간에도 '전차'와 '보행자들'의 통행을 원활하게 해주는 근대적 산물이다. '전차'는 기본적으로 수평적인 공간 위를 달린다. 따라서 전차 궤도를 위해 인위적으로 넓힌 도로 역시 수평적이며, 그 도로를 밝히기 위해 '전등'들은 줄지어서 수평적으로 일정한 간격을 두고 설치되어 있다.

　이 시에서 '나'는 「서울의거리」를 배회하는 것과는 반대로 가로 電灯처럼 정주하고 있다. 소월이 관동대지진으로 일본에서 귀국한 후 약 4개월간 서울 청진동에서 유숙하였다[42]는 전기적 사실에 기반한다면 '나'는 종각 근처의 전차가 지나가는 거리에 밤에 홀로 있음을 유추할 수 있다. 그렇다면 '나'는 왜 거리에서 방황하지 않고 정주하고 있는 것일까? '나'와

---

41) 오토 프리드리히 볼노, 앞의 책, 126쪽.

42) 오세영, 앞의 책, 324쪽.

'電灯'을 상관하여 살펴보자. 1900년도 4월 종로에 가로등이 최초로 켜졌다.43) '전등'은 '전차', '전화'와 더불어 근대화의 대표적 상징물이다. '電灯'은 푸르고 붉은 빛을 '반짝'이면서 한 장소에서 묵묵히 "죽은듯한긴밤을" 지킨다. "머나먼 새캄"한 "밤하늘"은 제국일본에 합병되어 그 빛을 잃어버린 조국의 암울한 현실을 상징한다. 그래서 "나의 가슴 속" 깊은 "모를 곳"에서 "붉은電灯"과 "푸른電灯"은 "흐득여"울 수밖에 없다. 어둠이 싫어서, 서울거리가 싫어서 떠난다면, 조국으로 표상되는 서울은 아무도 지키고 돌보지 않는 "죽은듯한" 상태의 폐허 장소가 될 수밖에 없을 것이다. 孤寂한 화자는 경종을 울리듯이 '서울거리가 좋다'고 '서울밤이 좋다'고 애절하게 반복하여 우리에게 들려준다. 즉, 소월은 의식적 체험으로서 '서울의 거리'를 조국 광복의 가능성을 열어줄 장소로 찾아왔지만, 끝내 그는 '밤'으로 은유되는 암울한 식민지 현실 속에서 좌절할 수밖에 없는 애절한 모습으로 존재할 수밖에 없었다. 이제는 소월이 '동경'에서 겪었던 직간접적 체험들을 유추하여 '서울'을 열린 장소로 추론하고자 한다.

김소월이 도일하여 동경상대에 재학하던 중 관동대지진으로 불가피하게 귀국하여 이 시를 썼다고 가정해보자. 소월이 재일 중 '관동대지진'이 발생해 그 지진의 연유를 '조선인'으로 몰아간 "관동조선인대학살" 사건에 목숨의 위기를 느끼고 귀국했다면,44) '서울'이라는 공간은 비록 식민

---

43) "전기회사에서 작일(昨日)부터 종로에 전등 삼좌를 연하였더라."(1900년 4월11일자 『皇城新聞』)

44) "素月은 배재 고보를 졸업하던 그 해(1923년) 도일하여 東京商大 豫科에 입학하였으나 관동 대지진으로 인해 그 해 10월경 귀국함으로써 짧은 일본 유학 생활은 끝난다. 이미 가산이 기울어져서 그의 뒤를 댈 경제적 여유도 없었지만, 위험한 객지(관동 대지진으로 조선인이 많이 학살되었다)에 가문의 장손을 더 이상 내버려 둘 수 없다는 조부의 강경한 태도 때문이었다."(오세영, 앞의 책, 288쪽.) 그러나 오산학교 재학 시절에도 조부의 반대를 무릅쓰고 타지인 서울로 유학 온 소월의 강경한 태도로 보아 조부의 귀국 권면의 이유도 있겠지만, 일본인의 조선 학살로 인한 신

치하의 암울한 장소이기는 하지만 '동경'보다는 정주하고 싶은 장소가 되었을 것이다. 다만 이 논의는 소월이 '관동대지진'으로 귀국하였다는 역사적 사실에만 근거해 유추했을 뿐 그가 직접 '관동조선인대학살'에 대해 소회를 밝힌 구체적인 자료가 없다는 점에서 한계를 지닌다. 그럼에도 불구하고 이 모든 근본적 연유가 식민 치하라는 역사적 현실을 벗어날 수 없기 때문에 일본 유학생인 근대 지식인의 눈으로 바라본 '서울'은 여전히 암울하고 절망적인 장소인 것이다.[45]

서울이라는 공간은 김소월의 직접적, 의식적 길거리 체험으로 인해 장소화된다. 그런데 하나같이 어둡고, 쓸쓸하고, 으스스한 분위기로 전경화함으로써 당시 암울했던 일제 치하의 현실을 정서적으로 환기시켜준다. '전차'가 달리고 '전등'이 켜진 근대 도시 서울에서도 김소월은 정주와 구상에서 느꼈던 조국상실의 아픔을 똑같이 느끼며 이는 일제강점기라는 민족적 불운의 시대가 우리나라의 모든 장소에서 동일하게 작용했음을 보여준다. "우리는 근대성이 모든 장소를 하나의 보편적인 공간으로 동일시함으로써 장소의 특성을 약화시켰다는 사실을 알고 있다."[46] 하지만 본고는 소월 시에 있어 일제가 무단 통치했던 역사적 시기는 공간을 흡수할 위험성을 내포한 시간이 직접적인, 의식적인 체험으로 인해 공간에 고여 있을 때, 공간은 함몰되지 않을뿐더러, 공간이 장소로 변모한다는 것을 밝히고자 하였다.

변 위협이 그의 귀국을 종용한 것으로 보인다.

45) "<서울의 거리(1920년)>를 비롯하여 <서울밤> 등의 초기작에서 시적 주체가 보여준 불안한 시선, 즉 식민지적 근대화가 가져온 문명으로부터 느끼는 피로나 정신적 분열은 김소월이 식민지적 근대의 거대한 심연을 발견하고 허무와 불안에 사로잡혀 있었음을 보여준다."(남기혁, 「김소월 시의 근대와 반근대 의식」, 『한국시학연구』 11권, 한국시학회, 2004, 256쪽.)

46) 오귀스트 베르크, 앞의 책, 214쪽.

4. 결론

김소월은 민요·영시·일본시·한시 등의 다양한 시적 자산을 토대로 자신만의 시세계를 펼쳤다. 오늘날까지도, 많은 사람들이 김소월의 시를 애송하는 이유는 이러한 다양한 시적 자산을 토대로 하여 서정적이고 즐겨 외우기 쉬운 특성을 가지고 있기 때문이다. 그는 한편의 시를 여러 차례 개작하면서까지 시적 완성도를 꾀했다. 김소월의 이러한 시적 노력은 불운하고 짧았던 그의 생애 가운데 감정적 인식으로 드러난다. 일제 강점기라는 역사적 상황은 김소월에게 있어 애이불상(哀而不傷)의 감정적 인식을 요구하였다. 김소월이 사회 현실로부터 슬픔과 무력감을 느낀 것은 식민 현실의 직접적 체험 때문이었다.

이 글은 김소월이 겪은 역사적 체험이 그가 거처했던 '정주', '구성', '서울' 공간을 장소로 어떻게 유의미화 시키는지 구체적인 대상인 '님', '나'의 관계를 통해 살펴보고자 하였다. 그 과정에서 아직 전근대적인 소월의 고향인 '정주'와 '구성'은 자연 장소인 '산'을 중심으로, 근대적인 식민지 도시인 '서울'은 인위 장소인 '거리'를 중심으로 고찰하였다.

장소는 공간이 고유한 시간을 소유할 때 비로소 존재 가치를 증명하는데, 그 구체적 체험과 대상을 통해 입증될 수 있다. 김소월 시에 나타난 공간은 일제강점기라는 불운한 민족사적 시대 상황과 관련하여, 화자가 안주하며 행복과 평안을 영위하는 곳이 아니라, 조국의 상실로 인해 느끼는 비애와 암울을 절제할 수밖에 없는 장소가 되었다. 구체적으로 '정주'와 '구성'을 배경으로 한 소월 시에서 수직적인 '산'은 '님'에 대한 갈망과 지향을 애원하는 공간으로 수평적인 이상 세계인 '바다' 건너를 지향하는 장소가 된다.

수평적인 공간인 '서울'을 배경으로 한 작품에서도 김소월은 '거리'를 걷고, 머무르는 체험을 통해 '전차', '전등'으로 표상되는 근대적 도시의 풍경 속에서 피식민으로서 고뇌하는 모습을 보여준다. 특히, 근대화로 표상되는 '전차'는 중세적 유물인 성곽을 허물고 지었다는 점에서 전통의 보전보다는 식민 통치의 효율성을 가져다 준 폭압적인 수단이었다.'서울'은 단순히 소월에게 유학하는 동안 거처했던 공간이 아니라, 근대로 포장된 식민 현실을 음울하게 느낀 장소가 된 것이다. 즉, 김소월 시에서 서정 주체가 수직적인 장소인 '산'에서 수평적인 장소인 '바다'를 동경하고 '거리'를 체험하는 것은 새로운 이상향의 공간으로 진입하고자 하는 욕구였지만, 그 수평적이며 열린 '거리'라는 장소마저 식민지 상황이라는 현실이 타개되지 않는 이상 닫힌 공간이 될 수밖에 없다.

김소월은 일제의 가혹한 통치하에 있는 암울한 조국의 현실을 타개할 방도의 동력을 3·1 운동의 실패로 잃어버림으로써 좌절과 실의에 빠진다. 소월이 그의 말년을 시가 아닌 술과 약물로 견딜 수밖에 없었던 이유는 진정한 삶의 가치로 여겼던 자신이 속한 국가와 공동체가 폐허의 세계가 되어 생명력을 잃어버렸기 때문이다. 이는 김소월에게 있어 개인의 문제가 아니라 전체의 문제였고 나아가 참혹한 식민 현실로부터 도피할 수 없었던 역사의 문제였던 것이다.

---

* 조창규, 「김소월 시에 나타난 '산'과 '거리'의 장소화 연구」, 『국제한인문학연구』 24, 국제한인문학회, 2019, 89-117쪽.

참고문헌

김동희, 「김소월의 「서울의 거리」 연구 – 시형과 매체의 상관성을 중심으로」, 『한국근대문학연구』 19집, 한국근대문학회, 2018.

김숙이, 「김소월 시에 나타난 공

간인식, 「금잔디」의 토포필리아적 성격을 중심으로 ―」, 『민족문화논총』 34집, 영남대학교 민족문화연구소, 2006.

김용직 편, 『김소월전집』, 서울대학교출판부, 1996

김은자, 『現代詩의 空間과 構造』, 문학과비평사, 1988.

김학동, 『김소월평전』, 새문사, 2013

김한호, 『슬픈 시인의 노래』, 문예마당, 2000.

남기혁, 「김소월 시의 근대와 반근대 의식」, 『한국시학연구』 11집, 한국시학회, 2004.

노 철, 「김소월 시에 나타난 山의 장소체험과 공간의 의미」, 『현대문학이론연구』 65집, 현대문학이론학회, 2016.

박태일, 『한국 근대시의 공간과 장소』, 소명출판, 1999.

심재휘, 「김소월 시에 나타나는 공간의 근대성」, 『우리文學硏究』 56집, 우리문학회, 2017.

오세영, 『한국현대시인연구―⑤ 김소월』, 문학세계사, 1996.

오세훈, 「서울의 길」, 서울특별시사편찬위원회, 2009.

이경재, 『한국 현대문학의 공간과 장소 미쓰비시 사택에서 뉴욕의 맨해튼까지』, 소명출판, 2017.

이어령, 『공간의 기호학』, ㈜민음사, 2000.

이혜원, 「김소월과 장소의 시학」, 『상허학보』 17집, 상허학회, 2006.

장석주, 『장소의 탄생 ― 우리시의 문학지리학』, 작가정신, 2006.

전정구, 『김정식 작품 연구』, 소명출판, 2007.

정유화, 「'집―나무―산'의 공간기호체계 연구 ―정지용론―」, 『우리文學硏究』 25집, 우리문학회, 2008.

조연향, 『김소월 백석 시의 민속성』, 푸른사상, 2013.

함종호, 「김소월의 「산유화」에 나타난 변화와 생성으로서의 시공간」, 『현대문학이론연구』62집, 현대문학이론학회, 2015.

Berque, Augustin, 『대지에서 인간으로 산다는 것』, 김주경 역, 미다스북스, 2001.

EDWARD S. CASEY, 『장소의 운명』, 박성관 역, 에코리브르, 2016.

Otto Friedrich Bollnow, 『인간과 공간』, 이기숙 역, 에코리브르, 2011.

Tim Cresswell, 『짧은 지리학 개론 시리즈 : 장소』, 심승희 역, ㈜시그마프레스, 2012.

Yi-Fu Tuan, 『공간과 장소』, 구동회·심승희 역, 도서출판 대윤, 2011.

조선어에 대한 존중과 향토성

- 김억의 시론(詩論)을 중심으로

정은기

1.문제제기

본 연구는 근대시 형성기 자유시 성립의 전개 방향과 지향점을 '율'과 '문'의 일치라는 관점으로 설정하고, 김억의 논의를 중심으로 이에 대해 논증하는 것을 목적으로 한다. 일반적으로 근대의 문턱에서 우리 시가 근대의 새로운 시형(詩形)으로 선택한 것은 자유시였다.[1] 이때 근대의 시형으로서 자유시는 크게 두 가지 측면에서 규정되었다.[2] 첫째 주제적인 측면에서 근대적인 내용을 포함하고 있어야 했다. 이는 새로운 시대를 지칭하는 근대적인 개념어들의 수용일 수도 있고, 근대적 개인의 발견을 뒷받침하는 근대적 주체의 인식을 보여줄 수 있는 것이기도 했다. 둘째는 형식적인 측면에서 근대 이전의 정형률에서 벗어나 자유율을 획득해 가는

---

* 이 논문 또는 저서는 2016년 대한민국 교육부와 한국연구재단의 지원을 받아 수행된 연구임 (NRF-2016S1A5A2A02927342)

** 『기호학연구』 제60집에 게재한 논문과 동일한 논문임을 밝혀둠.

1) 대표적으로 김억의 「쓰란스 詩壇」(『태서문예신보』, 1918.12.7.~14), 황석우의 「朝鮮 詩壇의 發足點과 自由詩」(『매일신보』, 1919. 11.10.)을 참고할 수 있다. 두 글 모두 근대적 주체로서 시인의 개성을 전제로 하며, 음수, 체재 등의 형식적 제약으로부터 벗어날 것을 근대시의 조건으로 제시하고 있다.

2) 정우택, 『한국 근대 자유시의 이념과 형성』, 소명출판, 2004.

과정으로 정리할 수 있다. 이때 시의 장르적 속성을 구분하는 것으로서 운율에 대한 논의를 피해 갈 수 없다. 그러나 이와 같은 근대시에 대한 이분법적 이해는 시의 운율을 형식적 차원에 한정하여 의미론적 이해와 무관한 것으로 이해하는 경향으로 이어졌다. 형식적 층위에서 가시적으로 유형화할 수 있는 율격만으로는 의미의 차원을 온전하게 설명할 수 없는 문제가 발생하기 때문이다. 당대 자유시를 근대의 새로운 시형으로 제시했던 많은 논자들은 이와 같은 문제에 대해 구체적 시형을 제시하지 못하고, 당위적 의견을 제시하는 선에 그치고 말았다. 즉 자유시의 내재율을 규명하는데 있어서 내용과 형식의 이분법적 구도는 시의 율격, 리듬을 설명하는데 적합하지 않았다. 근대시 형성기 우리 시의 율격, 리듬을 규명하고 있는 근자의 논의들3)은 자유시의 내재율에 대한 기존 시각의 문제점을 간파해낸 결과들이다.

　　사실 율격에 대한 초창기 연구자들의 논의는, 음수율과 음수율의 경직성에 대한 비판으로 등장한 음보율에 초점을 맞추고 있다.4) 이러한 논의들은 시를 다른 장르와 변별하는 시가의 운율 자질 규명을 목표로 하는

---

3) 이에 대해서는 장철환의 연구(『김소월 시의 리듬 연구』, 연세대 박사학위논문, 2009)와 박슬기의 연구(『한국 근대시의 형성과 율의 이념』, 소명출판, 2014.)를 참조할 수 있다. 장철환은 에밀 벤브니스트와 앙리 메쇼닉의 이론을 통해 시적 리듬이 시의 조직화의 원리이며, '의미-형식의 통합체'라 전제한 후, 김소월 시의 리듬을 단지 형식적 차원에 한정하여 이해하는 것을 경계하고 있다. 보편적 율격체계를 수립하여 개별작품을 이해하기보다 개별 작품의 미적 특질에 주목하는 방식이다. 박슬기는 전통적 율(律)의 개념이 한시의 문자배열의 원리가 아니라 기록된 문자를 통해 감지되는 음악성으로 정리한다. 이를 통해 소리의 중요성을 강조하며 시와 노래의 일치를 모색하는 근거를 마련하고 있다.

4) 율격론에 대한 통시적 고찰은 김홍규와(「韓國 詩歌 律格의 理論 I : 理論的 基盤의 摸索」, 『민족문화연구』 13집, 1978) 예창해(「한국시가 운율연구에 대한 통시적 고찰」, 『한국학보』 4권2호, 1978)의 논의를 요약적으로 검토하였다. 이들의 논의에 의하면, 초기 음수율은 조윤제의 「시조 자수고」에서 최초 정리되었고, 이후 정병욱의 「고시가 운율론 서설」에서 음보율을 통해 그 한계를 비판적으로 극복하고 있다.

연구들로, 종국에는 '시란 무엇인가?'라는 본질적인 질문으로 귀결된다. 그러나 근대시가 형성되어가는 시기는, 막 시작된 국자(國字)에 대한 인식만으로 일반언어로부터 시어를 구별해 낼 수 있는 언어환경이 체계적으로 갖추어지지 않은 상황이었다. 우리말은 한자와 같이 음의 고저장단이 존재하지 않아 문자만으로는 음성적 층위를 표현할 수 없는, 음률(音律)적으로 빈약한 언어라는 인식이 지배적이었다.5) 또한 많은 수의 작품이 창작, 누적되어 있지 않아 개별적 사례로부터 보편적 질서를 도출해낼 수 있는 환경도 아니었다. 이러한 이유로 근대초 자유시의 운율에 대한 논의들은 대개 개별작품의 미학적 가치를 파악하여 그 가치를 드러내기보다 실재하지 않는 추상으로서의 율격에 한정되어 수행되었다. 그러나 시를 다른 장르와 구별해내는 고유한 특질로서의 율격은, 음수율, 음보율과 같이, 단순히 자수를 일정하게 유지하거나 동일한 어구의 반복만으로 형성되는 유형적 율격에 한정되는 것이 아니다. 즉 우리 시가의 전통에서 추출한 율격체계로 다양한 개별작품을 모두 포괄하는 것은 무리가 따르는 일이었다.

근대시 형성기 조선 시단의 고민 역시, '시란 무엇인가'라는 원론적 질문으로부터 시작하여 '조선시란 무엇인가?'라는 특수한 형태의 물음으로 전환하는 과정이라 할 수 있다. 근대시의 새로운 시형을 모색했던 신문학 담당자들의 논의는 모두 이 두 질문을 양극단에 두고, 그 격차를 좁히는 과정이라 할 수 있다. 이에 본고에서는 근대시 형성기 조선의 새로운 시형을 모색한 대표적 인물로 김억을 선정하고, 그의 논의를 중심으로 자유시와 자유시의 내적 원리에 대해 살펴볼 것이다. 이를 통해 당대 신문학 담당자들의 고민이 '인쇄된 문자와 노래의 흔적으로 남아 있는 말의 음성

---

5) 이는 김억뿐 아니라 당대 문학담당자층의 일반적 견해였다.

적 충위(律)를 어떻게 일치시킬 수 있을까'에 집중되고 있음을 고찰할 것이다. 이것은 구어적 문장과 문어적 문장의 일치를 추구하는 언문일치[6]의 범주를 한참 넘어선다. 개인의 '정(情)'을 드러내면서 동시에 민족을 식별해 낼 수 있는 소리의 질서를 구현해야 하기 때문이다.

시인의 내면에서 형성된, 대상에 대한 감동 즉, 정(情)으로 대변되는 시인의 주관을 외형적 율격만으로 표현하기는 쉽지 않다. 당대 신문학 담당자[7]들이 이전 시대의 양식과 변별되며, 산문으로부터 시 장르를 구별해 내는 속성이 율격 또는 리듬에 있음을 감지했음에도, 실제 작품으로 규명하지 못한 것은 어찌보면 당연한 일이라 할 수 있다. 이것은 조선의 문자와 조선인의 감정, 주관을 반영하는 소리가 초과와 결핍없이 일치를 이루고 있는 상태를 지향하는 일이고, 내재율은 이것을 지칭하는 개념인 셈이다.

이에 본고에서는 김억의 논의를 살펴보고 김억이 근대시의 새로운 시형으로 모색했던 다양한 시도들이 율(律)과 문(文)을 일치시키려는 시도였음을 밝힐 것이다. 그리고 이러한 노력을 실제 작품 창작의 구체적인 방법으로 제안하고자 했던 「格調詩形論小考」 분석을 통해 밝혀보고자 한다.

---

6) 문학의 영역에서는 '구어체 문장 운동'으로 확장되어 구어체와 문어체의 일치를 지향하지만, 구어체의 특성상 말의 뒤바뀜, 생략, 음운적 표현 차이 등은 문어체와 정확하게 일치되는 것은 불가능하다. (김미형, 「한국어 언문일치의 정체는 무엇인가?」, 『한글』, 한글학회, 2004, 178~179쪽. 참고)

7) 본 연구에서 참조한 근대시 형성기 새로운 시형을 모색한 논자들은 다음과 같다. 신채호(「天喜堂詩話」, 『대한매일신보』, 1909. 11. 9.~12.4.), 황석우(「朝鮮 詩壇의 發足點과 自由詩」, 『매일신보』, 1919. 11.10.; 「시화」, 『매일신보』, 1919. 10. 13.; 「犧牲花와 新詩를 읽고」, 『개벽』 제6호, 1920.12.; 「注文치 아니한 詩의 定義를 일러주겟다는 玄哲君에게」, 『개벽』 제7호, 1921.1.), 양주동(「詩란엇더한것인가?」, 『금성』 제2호, 1924.), 주요한(「노래를 지으시려는 이에게」, 『조선문단』 3호, 1924. 5.). 본 연구자는 이들 논의의 공통된 문제의식을 '말이 지니고 있는 음성적 충위와 문자의 일치 문제라 판단하였다. 본 연구는 김억의 논의를 중심으로 이들의 문제의식을 증명하는 방식으로 수행되었다.

2. 자유시의 내적 원리로서의 '音律'

　김억은 상징주의 시론의 수용을 통해 조선에 적합한 시형을 모색했다. 상징주의 시론은 작자가 속해 있는 현실세계와 작자가 모방하고자 하는 원본으로서 미(美), 진(眞), 선(善)의 이상 세계로 이원화된 구조라 할 수 있다. 원본은 완벽하고 절대적인 것이지만, 작자는 "生命을 全肯定"[8]하는 것을 통해 대상의 본질을 마주하게 된다. 대상을 직접 언급하지 않고, 다른 것을 매개로 하여 독자의 마음 속에 대상을 재현시킨다. 이를 통해 시는 소리, 냄새, 눈에 보이는 구체적인 대상 등의 감각적 차원으로부터 추상적인 관념 또는 개인적인 감정에 이르는 전과정을 포괄하는 것이 가능해진다.[9] 다시 김억의 표현으로 바꾸면, '全肯定'은 "不完全한 實在를 向上식이며, 創造식이며, 發展식이여, 完全한 곳으로 잇그는 힘"[10]이다. 따라서 대상에 대한 전긍정의 시는, 현실을 초월해 있다고 가정되는 존재의 본질적 형상과 재현된 시편 상호 간에 완전한 교환이 성사된 상태로 간주할 수 있다.

　그러나 우리가 일상에서 사용하고 있는 언어로는 초과와 결핍이 없는 완전한 재현이 성립되지 않는다. 김억의 시쓰기가 '요구'와 '회한' 사이의 괴리로 인해, 초월적인 것을 추구하다 얻지 못한 데서 오는 비애와 괴로움에 그 연원을 두고 있는 것도 같은 이유라 할 수 있다.[11] 이것은 언어의 지시적 기능만으로는 시인이 마주한 대상의 본질적 형상을 전긍정할 수

---

8) 김　억, 「藝術的 生活(H君에게)」, 『학지광』, 1915. 7. 23.

9) Charles Chadwick, 『상징주의』, 박희진 역, 서울대학교출판부, 1984, 19쪽.

10) 김　억, 「쯔란스 詩壇」, 『태서문예신보』 제10~11호, 1918. 12. 7~12.14

11) "美를 求하다가 엇지못하야의醜, 진을 찾다가, 찻지못하야의僞, 善을 求하다가, 엇지못하야의惡, - 이들을 맛보게되며, 쏘는 거긔에 憧憬하게된다."(김억, 「要求와 悔恨」, 『학지광』, 1916. 9. 4.)

없음을 의미한다. 김억의 표현대로라면 "物件을 가르처 이러이러하다 흠은 詩味의 四分一 이나 업시하는 것이다. 조곰식조곰식 推想하여 가는데 詩라는 眞味"를 얻을 수 있는 것이다. 바꾸어 말하면 '언'과 '문'의 일치만으로 일상의 문장과 시의 문장이 통용될 수 없음을 의미한다. '기술(記述)' 대신 '암시(暗示)'를 내세우는 것[12]도 '전궁정'되지 않고 남는, 대상의 본질 또는 관념의 세계를 인쇄된 문자를 매개로 시편 속에 포괄하기 위한 상징주의의 시적 방법이라 할 수 있다. 이렇듯 상징주의 시는 언어의 지시적 의미를 통해 세계를 이해한다기보다, 언어 그 자체로 세계를 인식하는 방법[13]이다. 분명 시의 언어는 일반언어와는 다른 관습을 지니고 있다. 그럼에도 불구하고 시의 언어가 가지는 조건을 분석함에 있어서는 일반 언어의 구조 분석을 그 토대로 할 수밖에 없다.[14] 그러나 내용을 중심으로 한 분석만으로는 시를 다른 장르로부터 변별해 내는 것이 불가능하다.

　상징주의 시론이 "음악과 갓치 神經에 닷치는 음향의 자극" 즉 "情調

---

12) 김 억, 앞의 글.
13) "우리가 감각기능의 힘을 빌어 인식한 어떤 대상에게 약정된 언어로 이름을 붙임으로써 그것의 존립성이 확정되는 순간, 사실은 우리는 그 대상을 있는 그것으로 파악하는 것이 아니라 그것의 지시어에 은밀하게 묻혀버린 대상의 이를테면 관념 혹은 개념을 인식하는 것이다. 예를 들어 우리가 미루나무에 앉은 까치를 보고 그것을 '까치'라 언표했을 때, 우리의 시각에 비쳐지 까치는 비쳐진 한에서는 순수하게 객관적인 대상으로 거기 존재하지만, 그것에게 '까지'라는 약정된 단어를 부여하자마자 우리의 인식 속에는 순수하게 객관적인 대상으로서의 까치가 아닌 언어를 통한, 그리고 언어 속에 까치 그것 자체가 은밀하게 묻혀 버린 이를테면 관념화된 까치가 비쳐지는 것이다. 이렇게 될 대 우리는 '까치'라는 언어 관념을 통해 까치를 인식하는 것이지, 까치 그것 자체를 인식하는 것이 아니다."(김기봉, 『프랑스 상징주의와 시인들』, 조합공동체 소나무, 2000, 121쪽.) 졸고, 『한국 근대시 형성기 '순수' 담론 고찰』, 경희대 박사학위논문, 2016, 76쪽에서 재인용함.
14) 어건주, 「로뜨만의 구조 시학과 언어학적 분석 방법」, 『언어와 언어학』, 한국외국어대학교 언어연구소, 2004, 123~124쪽 언어는 계층적 구조를 지니며, 이는 다른 차원의 성분들로 구성된다. 음소, 형태소, 어휘, 문장 등으로 나누어지며 이는 예술작품으로서 시에 대한 언어학적 구조분석을 가능하게 한다.

의 음률"에 주목하는 이유도 여기에 있다. 상징주의 시가 언어의 음악성을 강조하는 것은 의미만으로 온전하게 옮겨놓을 수 없는 대상에 대한 초과 또는 결핍을 해소하는 방안으로 음악의 환기성 내지 일회성이 주요하게 기능하기 때문이다. 근대의 새로운 시형을 모색했던 많은 신문학 담당자들 역시, '언'과 '문'의 이원화된 구도를 넘어서기 위해 "情調의 음률"에 해당하는 별도의 항을 개념화[15]하고 있음도 같은 이유라 할 수 있다. 이들은 모두 소리 차원의 질서를 율격 또는 리듬으로 정의하여 시가의 고유한 특징으로 상정한 것이다. 그러나 이러한 논의들의 대부분은 "情調의 음률"을 자수 또는 동일한 음절의 주기적 반복 등으로 구현되는 형식의 차원에 한정하여 논의를 전개하고 있다. 즉 시의 음악적 요소를 유형화된 율격에서 구현하려 하다보니, 필연적으로 자유시의 이념과 상충될 수밖에 없다. 이들의 논의가 구체적인 시형을 제시하지 못하고 추상적인 요청에 그치고 만 것은 이러한 이유 때문이다. 더욱이 근대 이후 시가 향유되는 방식은 가창[16]을 전제로 창작되던 방식에서 인쇄된 문자를 통해 묵독

---

15) 신채호는 동국어(東國語), 동국문(東國文), 동국음((東國音)의 일치를 동국시의 조건을 제시하고 있으며(「天喜堂詩話」, 『대한매일신보』, 1909. 11. 9.~12.4.), 황석우는 자유시의 율격을 지칭하는 말로, 內容律, 內在律, 內心律, 內律, 心律 등을 '靈律'이라는 개념으로 정리하고 있다.(「시화」, 『매일신보』, 1919. 10. 13.) 또, 양주동은 音律的言語라는 표현으로 시의 음악적 요소를 설명하며, 이를 리듬(rhythm)이라 지칭한다. 같은 글에서 시를 사람의 정서를 언어-문자로, 음악적으로 표현한 것이라 설명하며, 시를 산문과 음악의 중간예술이라 정의하고 있다.(「詩란엇더한것인가?」, 『금성』 제2호, 1924.) 주요한 역시, 앞으로의 근대시가 민요와 동요에 기반해야 한다고 주장하면서 노래가 지니고 있는 음악적 속성에 주목한다.(「노래를 지으시려는 이에게」, 『조선문단』 3호, 1924. 5.) 이러한 논의의 공통된 속성은 모두 시를 다른 장르와 구별해 내는 변별 자질로 음성적 층위에 주목하고 있다는 점이다.

16) 19세기 이전까지 시라는 영역에서 쓰여진 것은 모두 한시(漢詩)뿐이었고, 가(歌)의 영역에서는 우리말로 된 노래가 있었을 뿐이다.(고은지, 「「천희당시화」에 나타난 애국계몽기 시가인식의 특질과 그 의미」, 『韓國詩歌研究』 第15輯. 328쪽) 이 시기에 대부분의 시를 노래로 불렀거나 독특한 방식의 吟詠을 통해 읽어 나갔다. 20세기 이후의 시 읽기는 오늘날과 흡사한 朗讀의 방식으로 전환되었다.(김대행, 『우리

하는 방식으로 전환되었다. 또 전통적으로 연행의 현장에서 가창의 형태로 향유되던 시가(詩歌)는 특정 상황 맥락을 상정하여 창작되었다. 한시의 경우에는 고저장단의 성조를 통해 노래가 지니고 있던 흔적을 문자에 반영하는 것이 가능했다. 그러나 인쇄된 문자로 향유되는 시는 탈맥락적인 상황에서 구성된다. 시편 속에서 창작되는 내용은 시가 창작되고 있는 현장으로부터 시공간적 거리를 두고 구성될 수밖에 없다. 즉 발화주체의 행위가 주체 외부의 특정 상황 맥락 속에 있는 것이 아니라, 발화주체의 내면을 전제할 수밖에 없는 것이다. 또한 근대초 국자(國字)에 대한 자각을 바탕으로 국민국가의 토대를 마련하고자 했지만, 조선어는 아직 문학의 언어로 체계를 갖추어 가는 과정 중에 머물러 있었다.

결국 김억이 근대의 시형으로 설정한 자유시는 상징주의의 보편적 언어관을 전제로 할 때에나 가능한 것이었다. 그러나 일반언어로부터 시어를 구별해 낼 때, "情調의 음율"과 같은 언어의 음성적 차원을 감지했음에도, 이를 구현하는 방법에 대해서는 아직 구체적인 입장이 없었다. 김억이 근대의 새로운 시형으로 자유시를 제시하고 있지만, 이는 상징주의 시론을 통해 원론적인 선에서 시를 이해한 결과에 불과한 것이다. 즉, 세계문학이라는 보편적 이념은 수용하고 있었지만 이를 통해 조선문학이라는 구체적 현실은 상상해내지는 못한 것이었다.

> 자유시는 누구가 발명하엿나? 람보가 산문시(Les Limination)에서 발명하엿다. (…생략…) 엇지 하엿스나 상징파 시가에 特筆홀 가치잇는데 재래의 시형과 定規을 무시ㅎ고 자유자재로 사상의 微韻을 잡으랴 하는 - 다시 말하면 平仄라든가 押韻이라든가를 重視치 안이ㅎ고 모든 제약, 유형적 律格을 바리고 美妙한 「언어의 음악」으로 직접, 시인의 내부생명을 표현하랴 ㅎ는 산문시다.[17]

詩의 틀』, 문학과비평사, 1989, 11쪽.)

서두에서도 언급하였지만, 근대시 형성기 우리 시의 새로운 형태는 자유시로 귀결되는 추세였다. 이때 김억이 소개하는 자유시는 "모든 제약, 유형적 律格을 바리고 美妙한 「언어의 음악」으로 직접, 시인의 내부생명을 표현"하는 산문시이다. 이는 압운이나, 동일한 음절의 주기적 반복과 같이 외형적으로 가시화되는 형식적 차원의 율격이 아니다. "시의 음율만 아름다우면 행자수는 관계가 없"[18]는 것이었다. 즉 시의 음율은 '행자수'와 같이 단순히 형식적 차원에만 한정하여 논의할 수 있는 대상이 아니다. 이는 독자의 내면에서 환기되는 음악적 효과로 의미작용을 조직하는 내적 원리로 기능하고 있음을 의미한다. 결국 이후, 조선 시단에서 새롭게 요청되는 시의 형태는 이러한 자유시의 내재율을 어떻게 설명하느냐에 따라 결정되는 것이다. 즉 자유시라는 이념을 조선어를 통해 어떻게 구현하느냐의 문제를 해결해야 한다. 왜냐하면 당위적인 요청이 아니라 구체적 실체를 구현할 때, '시란 무엇인가?'라는 원론적인 질문을 비로소 '조선시란 무엇인가?'라는 특수한 형태의 물음으로 전환하는 것이 가능하기 때문이다. 아직 "朝鮮말로의 엇더한 詩形이 適當한 것"인지 조선시의 구체적 시형이 마련되지 않은 상황이기에 보다 논리적 대응이 필요했던 것이다.

> 詩라는 것은 刹那의 生命을 刹那에 늣기게하는 藝術이라 하겠습니다. 하기 쌔문에 그 刹那에 늣기는 衝動이 서로 사람마다 달를 줄은 짐작합니다만은 廣義로의 한 民族의 共通되는 衝動은 갓틀 것이여요. 웨스웬트가 <poety is breath>라고 하엿습니다. 딋단히 조흔 말이어요. 呼吸이지요. 詩人의 呼吸을 刹那에 表現한 것은 詩歌이지요. 一般的으로 呼吸과 衝動이 잘 調和되면 ▢ ▢ ▢ ▢ 다 좃타고 하는 것이겟지

17) 김 억,「으란스 詩壇」,『태서문예신보』, 1918.12.7.~14.
18) 김 억, 앞의 글.

요. □□□ 意味의 詩歌는 表現할 수가 업고 그 呼吸과 鼓動을 늣기는 그 詩人에게만 詩味를 理解할 수 잇는 沈黙의 詩밧게는 업술줄 압니다. 言語 쏘는 文字의 形式을 알게되면 詩味의 半分은 업서진 것이오. 言語와 文字는 衝動을 그려내일 수 업지요.[19]

김억은 예술에 있어서 작자 개개인의 고유한 내면, 내부 생명의 중요성을 끝내 포기하지 않는다. 이는 "얼굴과 눈과 코가 사람마다 다른 것"과 같이 개인의 예술성 역시 저마다 고유한 차이를 지니고 있으며, 다른 예술 주체 간에 서로 환원될 수 없는 것으로 간주되었다. 김억의 초기 시론을 본격적으로 보여주고 있는 이 글은 개인적 차원의 충동, 호흡이 민족이라는 공동체적 차원으로 확장되고 있음을 설명한다. 즉 각 민족에게는 각 민족의 고유한 속성이 존재하는데, 이것을 드러내는 공동의 호흡, 공통 감각으로서의 음율을 구현하는 것이 무엇보다 중요한 것이다. 그리고 이 역시 "言語와 文字"만으로는 구현하기 어려운 부분임을 알고 있다. 이렇게 되면 이제 시가 지녀야 하는 음율의 속성이 보다 구체화되었다 할 수 있다. 무엇보다 음율은 개개인의 고유한 호흡과 같이, 주체간 완벽하게 환원될 수 없는 고유성을 바탕으로 하면서도, 조선이라는 민족적 공통 감각을 드러낼 수 있는 것이어야 한다. "民族과 民族과의 사이에 서로 다른 藝術을 가지게 된 것도 民族의 共通的 調和"가 다르다는 사실에 기인한다. 그런 까닭에 "支那사람에게는 支那사람다운 調和가 잇고 프란쓰사람들에게는 프란쓰사람다운 調和"가 있는 것이다. 그렇다면 이제 남은 문제는 조선어에 어울리는 시형을 모색하기 위해서는 조선사람다운 조화가 어떤 것인지, 공통감각으로 공유할 수 있는 '조선적인 것'은 무엇인지, 또 이를 바탕으로하여 '조선적인 음율'은 어떠한 것인지에 대한 문제

19) 김 억, 「詩形의 音律과 呼吸」, 『태서문예신보』 제14호, 1919.1.13.

를 해결해야 한다.

3. '純正한 서정시가'와 조선시의 조건

앞서 김억은 근대시의 새로운 형태를 "모든 제약, 유형적 율격"으로부터 벗어난 "언어의 음악", 즉 "시인의 내부생명을 표현"하는 산문시로 규정하고 있었다. 그런데 『朝鮮文壇』에 연재하기 시작한 「作詩法」[20]에서는 변화된 모습이 감지된다. 여기에서 김억은 시가(詩歌)의 종류를 분류하며 "純正한 抒情詩歌"라는 개념을 사용한다. 여기에서 순정한 서정시가의 하위 항에는 민요(民謠), 시가(詩歌)(모든 시가를 전부포함), 시조(時調)를 두고 있다. 이는 얼핏 보기에도 앞서 김억이 언급한 자유시와는 거리를 두고 있는 장르임에 분명하다. 때문에 『조선문단』을 중심으로 한 국민문학파의 민요, 시조에 대한 관심과 궤를 같이하여, 김억이 지향하는 근대시의 방향이 수정되었다고 이해하는 경우도 있다. 그러나 이 무렵 동아일보에 발표한 글은 이후 김억의 행보에 대한 구체적인 설명을 제시하고 있다.

> ① 우리詩壇에 發表되는 대개의 詩歌는 암만하여도 朝鮮의思想과 感情을 背景한 것이 아니고, 엇지말하면 구드를신고 갓을 쓴듯한 創作도 飜譯도아닌 作品임니다(…중략…) 우리의 周圍의 詩作에는 우리의 周圍를 背景삼은 思想과 感情은 하나도 엄고 남의 主位를 背景삼은 思想과 感情을 빌어다가 우리의 詩作을 삼는 傾向이 잇슴에 싸라 眞正한 「朝鮮現代의 詩歌」를 어더볼수가 업게됨니다.[21]

---

20) 김 억, 「作詩法」, 『朝鮮文壇』 12호, 1925. 10
21) 김 억, 「조선심을 배경삼아」, 『동아일보』, 1924. 1. 1.

② 우리들은 너무도 자기의 고유한 향토성이란 것을 잊어버리고 남의 것에 심취하야 남의 것에 대하여 너무많은 대가를 지출하면서 그 것을 소화시키지도 아니하고 그대로 내것을 삼는 경향이 있습니다. 예술의 천지에는 진화의 원리가 의심될만합니다만은 진화의 원리로 보아도 물건이란 한 곳에서 다른 곳으로 옮겨가면 반드시 그곳의 풍습과 기후에 적합한 것이 되지 아니하고는 생존을 보전하지 못합니다. (…중략…)

세상에는 시가에 종사한다는 인사중에도 언어란 표현의 수단에 지나지 않는다는 생각을 가진 이가 있습니다. 그러치 않습니다. (…중략…) 시를 떠나서는 언어가 없을 것이니 시구에 담긴 언어 그 자신이 곧 사상이며 감정이며 목적이며 가치입니다. 하야 이것은 둘이면서 하나로 어디까지든지 떠나서는 존재할 수 없는 것입니다.[22]

앞서 김억의 자유시는 시적 발화 행위의 주체로서 시인, 즉 근대적 개인이 전제되어야 했으며, 예술적 생활, 미적 활동으로서의 시쓰기는 근대적 개인의 고유한 내면을 전제로 독립적인 가치를 지니는 것이었다. 그리고 이것이 민족적 차원으로 확대되어 공동체 내에서 공통감각으로 공유될 수 있는 어떤 것을 "情調의 음율"을 통해 표현해 낼수 있는 것이어야 했다. 그리고 이것은 초기 상징주의 시론을 수용하는 과정에서 근대시의 시형으로 선택된 자유시가, 아직 조선이라는 특수한 상황 맥락을 고려할 수 없었기에, 세계문학이라는 보편을 당위적으로 수용한 것이었음을 살펴보았다. 조선시를 추출해 내기 위해서는 양적으로도 보다 많은 수의 작품이 창작, 누적되어야 했고, 질적으로도 조선시를 대표할 만한 걸작이 필요한 상황이었다. 위에서 제시하고 있는 글 ①은 당시 조선 문단의 관심이, 세계문학이라는 보편에서 조선문단의 특수한 현실로 옮겨가고 있음을 보여준다. 시기적으로 김소월의 『진달래꽃』(1925)을 예비하고 있

---

22) 김 억, 「현시단」, 『동아일보』, 1926. 1. 14.

는 상황이라는 점을 감안할 때, "朝鮮의思想과 感情을 背景"으로 한 조선
적인 것에 대한 인식이 어느 정도 확장되고 있음을 확인 할 수 있다.

역시집 『잃어진 진주』(1924)를 발간하고, 『朝鮮文壇』에 「作詩法」을
연재하는 기간을 거치는 동안, 근대시에 대한 김억의 논의도 조선적인 것
에 대한 인식이 확장되며, 점차 체계를 갖추기 시작한다. "純正한 抒情詩
歌"와 같이 『朝鮮文壇』의 「作詩法」에 이르러 시가에 대한 분류[23]가 보
다 정교해졌고, 비슷한 시기에 조선에서 창작된 시가의 조건(제시문 ②)
으로 "향토성을 담을 것"과 "언어를 존중히 할 것"을 제시하고 있다. 만약
내용과 형식이라는 이분법적 구도 속에서 시의 율격체계 또는 리듬을 이
해한다면, 김억의 근대시 지향을 자유시에서 전근대적 시형으로의 회기
라고 설명할 수밖에 없을 것이다. 그러나 앞서 '언'과 '문'의 일치만으로
전달할 수 없는 지점을 언어의 음성적 차원, 즉 음악성을 통해 환기시키
려는 시도로 이해한다면, '향토성'과 '언어에 대한 존중'은, 이후 전개될
조선의 자유시가 담지해야 하는 내재율을 지칭하는 것이라 할 수 있다.
이는 상징주의 수용의 초기 단계에서 신문학 담당자들의 고민이 '시란 무
엇인가?'라는 보편문학에 대한 질문이었다면, 1920년대 중반 '純正한 抒
情詩歌'에 대한 김억의 의도는 '조선시란 무엇인가?'라는 조선의 특수한

---

23) 이미 『조선문단』에 연재하기 이전에, 『잃어진 진주』 서문에서 김억은 시(詩)를 戱
曲詩(아우스트갓튼것입니다.), 敍事詩(오뒷시갓튼것입니다.), 抒情詩로 분류하였
다. 그리고 서정시(抒情詩)를 다시, '理智詩, 寫實詩, 象徵詩, 自由詩, 民謠詩, 立體詩,
後期印象詩, 未來詩, 寫像詩, 民衆詩'로 분류하고 있다. (김 억, 「序文代身에」, 『잃
어진 진주』, 1924. 2. 20.) 이는 문학개론류의 서적을 통해 일본에 소개된 내용을 번
역해서 소개하고 있는 것으로 보인다. (구인모, 「시, 혹은 조선이란 무엇인가-김억
의 작시법(1925)에 대하여」, 『한국문학연구』 25호, 2002.) 『잃어진 진주』에서는
보편주의적 관점에서 서구의 분류체계를 그대로 차용하고 있지만, 『朝鮮文壇』에
「作詩法」에서는 조선의 특수한 현실을 감안하여, "朝鮮의思想과 感情을 背景"으로
시가의 체계를 재조정하고 있음을 알 수 있다.

상황 맥락에 맞추어져 있음을 의미한다. 또한 전자가 문학 일반의 보편적인 언어 인식을 바탕으로 한 것이었다면, 후자는 '조선어'에 대한 인식을 바탕으로 '조선적인 것'을 모색하는 과정이라 할 수 있다. 이것은 내용과 형식의 차원으로 이원화되는 것이 아니라, 내용이며 곧 형식인, "시구에 담긴 언어 그 자신이 곧 사상이며 감정이며 목적이며 가치"인 개념으로 이해하는 것이 타당하다.

> 인죵이 그 풍토의 품부흔 토음에 뎍당흔 말을 지어쓰고 쏘 그말 음의 뎍당흔 글을 지어쓰는 거시니 이럼으로 흔 나라에 특별흔 말과 글이 잇는 거슨 곳 그 나라가 이 셰상에 텬연으로 흔목 즈쥬국 되는 표요 그 말과 그글을 쓰는 인민은 곳 그 나라에 쇽ㅎ여흔 단톄되는 표라[24)

위의 주시경의 글에서 설명하고 있는 토음에 근거한다면, 사실 향토성과 언어의식은 별개의 것으로 나누어 설명할 수 있는 대상이 아니다. 여기에서 설명하고 있는 '토음'은 역사 속에서 구성된 문화적 산물로, 향토성과 언어의 음성적 층위가 결합된 개념으로 이해할 수 있다. 이는 해당 지역의 풍기(風氣) 또는 민족적 기질 등을 토음에 적당한 말을 통해, 시로 환원하는 것이 가능함을 의미한다. 이는 언어를 통해 발화 행위 주체가 특수한 상황 맥락 속에서 재구성 될 수밖에 없음을 보여주는 것이다. 더욱 중요한 것은 1920년대 중반, 향토성과 언어의식으로 구체화된 당대 근대시 담당자들의 고민이 1920년대에 갑작스럽게 출현했다 사라진 현상이 아니라는 사실이다. 1930년대 시문학파의 특징을 남도 지방의 향토성과 언어의 조탁으로 설명하는 이후의 연구들은 1920년대 중반, '조선

---

24) 주시경, 「국어와 국문의 필요」, 『서우』 제2호, 1907. 1. 1

의 사상과 감정을 배경'으로 '조선어'에 맞는 시형을 모색했던 1920년대의 고민이 최대치로 발현된 지점임을 입증하는 사례라 할 수 있다. 그리고 김억의 이러한 생각은 1930년 동아일보에 발표한 「格調詩形論小考」를 통해 구체적으로 제시된다. 아직 한번도 존재하지 않았던(존재할 수 없는) 근대시형에 대해, 시를 창작하고 담론을 주도해가는 입장에서 조바심이 있었을 것으로 여겨지기도 한다. 그러나 조선 근대시의 지향점을 당위적으로 요청하는 선에서 마무리한 다른 논자들과 달리, 김억은 시창작, 외국시 번역, 비평을 통해 조선시의 담론을 생산하고, 이를 구체적인 시형을 통해 제기하고 있다는 점에서 중요하다 할 수 있다.

4. 「格調詩形論小考」, '율'과 '문'의 일치 가능성

앞서 설명한 내용을 토대로 김억이 요청하고 있는 근대시형은 조선어에 대한 명확한 인식을 바탕으로 '조선적인 것'을 구현할 수 있는 시형이다. 이러한 관점에서 지금까지 김억의 논의를 살펴보면 근대시가 나아갈 방향을 두 가지 관점에서 정리할 수 있다. 하나는 자유시의 내재율을 통해 근대시를 정초하고자 한 것이고, 또 다른 관점은 '조선적인 것'을 배경으로 조선의 근대시를 세계문학이라는 보편문학의 질서 속에 위치시키고자 하는 것이었다. 그러나 지금까지의 논의를 통해 여기에서 제기하고 있는 두 가지의 문제의식이 별개의 것이 아니라는 사실도 확인할 수 있었다. 시편 속 문자를 통해 전달되는 지시적 의미 이외의 것을 조선적인 '情調의 음율'을 통해 시로 구축할 수 있을 때, 조선시의 고유성은 물론 세계문학으로서의 문학적 보편성을 성취할 수 있는 것이기 때문이다. 그럼에도 내재율의 수용은 근대적 개인의 내면, 자아, 주관성을 옹호한다는 측면에서 근대시의 속성이 될 수 있었지만, 산문과의 변별점을 만들어내지 못한다는 차원에서 불완전하다고 여겨질 수밖에 없었다. 적어도 김억에게 있어서는 형식적 차원에서 가시적으로 확인할 수 있는 부분이 없기에 개인의 정(情)을 규율하는 내적 원리에 의지하는 수밖에 없었다. 김억이 생각하기에 근대적 주체의 내면, 자아, 주관성과 같은 가치는 예술이 독자적으로 가치를 지니고 존재하기 위해 반드시 옹호되어야 하는 가치들이다. "詩人의 詩感에서 흘러나오는 것을 如實하게 가장 自然스럽게 表現"할 수 있는 시형이라는 점에서 김억은 자유시형의 가치를 인정하고 있다. 특히, 그의 예술론이 개별적 주체의 환원되지 않는 고유성을 전제하고 있다는 점에서도 자유시는 쉽게 포기될 수 있는 시형이 아니었다. 다만 자유시의 내재율이 쉽게 확인이 되지 않는다는 점에서 근대시 논의에서 새로운 시형으로 자유시를 밀고 나가는 동력을 상실했는지 모른다. 김억이 새롭게 제시하고 있는 「格調詩形論小考」는 바로 이러한 문제의식하에서 제출된 것이라 할 수 있다.

> 그것은 빗갈만이 꽃이 아닌 것이나 마찬가지외다. 꽃에는 색채이외에도 잡을 수도 없고 볼 수도 없는 아름다운 방향이 있는 것을 잊을 수가 없습니다. 그와 마찬가지로 시가에는 뜻밖에 뜻이 있고 말밖에 말이 있습니다. 그것은 음률과 내용과의 혼연히 조화된 곳에서 느낄 수있는 암시 그것이외다. 이 암시를 몰라본다면 시가에 대한 감상이란 얻을 수가 없는 것이다. 한갓되히 문자만 핥다만 것에 지내지 아니하는 것이다.[25]

김억이 「格調詩形論小考」를 통해 제시하고 있는 격조시는 시가(詩歌)에서 언어를 어떻게 사용할 것인가에 대한 형식론적 문제제기로 시작한

---

25) 김 억, 「格調詩形論小考」一, 『동아일보』, 1930. 1. 16.

다. 물론 언어 일반에 대한 인식은 상징주의 이론에서 크게 벗어나지 않는다. 위에서 제시하고 있는 바와 같이 시에는 언어가 가지고 있는 기호적 측면 또는, 언어가 지시하고 있는 의미만으로 전달되지 않는 지점이 존재한다. 김억은 이 부분을 '음율'이라는 언어의 음악성을 통해 보충할 수 있다고 피력한다. 그러나 이때 음률은 단순히 시의 형식적 차원에만 국한되는 것이 아니다. 하나의 형식이면서도 내용을 조직하는 원리로 기능하게 된다. 이러한 내재율의 원리를 인정하면서, 이를 시가의 형식적 차원에서 구현하는 것이 '格調詩'의 핵심이라 할 수 있다.

　이를 위해 김억은 '음력(音力)'이라는 개념을 도입한다. 여기에서 음력은 발성기관의 특성에 근거에 음절을 배치하는 규칙이다. 발성 기관의 성질상 한번에 하나 또는 두 개의 음절을 발음할 수 밖에 없다는 것이다. 예를 들어 '해바레기'는 그 의미로는 나누어질 수 없는 하나의 단어이지만, '음력'이라는 개념에 의해, '해바'와 '레기'로 나눌 수 있다. 같은 원리로, "半달여울의 여튼물에"라는 김소월의 「대숲풀노래」의 첫행은 "半달∥여울∥의∥여튼∥물에"(22122)와 같이 나누어 읽게 된다. 이때 하나의 음절(반음)이나 두 개의 음절(전음)은 동일한 시간동안 지속된다. 이러한 전제하에 '반음'과 '전음'이 교차되면서 음율미가 발생한다는 것이 김억의 주장이다. 또한 음력에 의해 음절을 나누다 보니, '해바'와 '레기'와 같이 의미단위와 음율의 단위가 일치하지 않는 경우가 발생한다. 김억은 이를 '의의적 요구'와 '음율적 요구'로 나누어 설명하는데, 이것이 일치 또는 불일치를 이루며 역동성을 형성하고, 이로 인해 시가의 묘미를 형성한다는 것이다. 또한 김억은 221과 같이 반음을 포함하고 있는 경우를 기수조(奇數調), 22와 같이 전음으로만 구성된 음군을 우수조(偶數調)라 칭한다. 이러한 전제하에, 기수조는 음율의 변화가 많아 종지성을 지니고, 우수조는 전음으로만 구성되어 있어 변화가 적고 연속성을 지니게 된다고 설명하는 것이다.

이렇듯 김억은 나름의 논리를 갖추어 격조시의 원리를 체계화하고 있다. 그러나 '음력'에 대한 과학적 근거나, '전음'과 '반음' 등에 대한 구체적 설명을 제시하지 못해 주관적 견해로 그 의미가 한정되는 인상을 지울 수 없다. 그럼에도 김억의 격조시가 의미를 지니는 것은 '음율'에 대한 이해와 그 이해를 바탕으로 구체적인 시형을 제시하고 있다는 점이다. 즉 김억이 판단하는 음율은 시의 내용, 형식과 같이 배타적으로 구획된 이분법적 체계 속에서 이해되는 것이 아니라, '의의적 요구'와 '음율적 요구'에 대한 설명과 같이 시의 내용과 형식이 상호 교섭하며 시의 변별자질로 기능하고 있다는 점에서 의의를 지닌다. 그러나 격조시의 구성원리를 음절의 배치라는 측면에만 초점을 맞추고 이해한다면, 김억의 격조시형 제시를 자유시에서 정형시로의 급격한 회귀로 이해하는 것이 가능해 보인다. 그런데 이 규칙은 시형의 차원에서 정해진 규칙이라기보다는 시를 창작하거나, 읽는 사람의 호흡에 근거해, 개인의 호흡[26]에 따라 사후적으로 재구성되는 규칙이라 할 수 있다. 즉, 약속, 제제, 통일 등의 규칙을 가진 음절의 배치를 통해 산문과의 변별점을 만들어내면서도, 내재율의 근거가 되는 개인의 주관성을 보존하는 양식이라 할 수 있다. 다시 말하면, 격조시를 통해 김억은 자유시를 완전히 포기하지 않으면서, 시가만의 고유한 영역을 구축하고 있는 셈이다. 한자와 달리 고저장단이 존재하지 않는 조선어에 느슨한 질서, 규칙 등을 부여해 음율적 빈약을 해소하고 있는 것이다.

---

26) 발성기관의 성질을 통해 음력을 나눈다는 점에서, 개인의 '순간의 호흡'을 음률의 근거로 이해했던 초기의 시론(「詩形의 音律과 呼吸」, 『태서문예신보』 제14호, 1919.1.13.)과의 연관성을 추정해볼 수 있다.

김억에 따르면, 이미 조선에는 "일정한 시형으로는 시조형식이 있고 그 자신에 난잡한 감은 있으나마 자유시형도 수입되어 누구나 지금 그 시형을 사용"하는 것이 가능했다. 여기에서 시조형은 당대 조선의 사상과 감정을 담아 놓기에 자유롭지 못했고, 자유시형은 어떠한 제약도 없이 시인으로부터 흘러나오는 시감(詩感)을 기록할 수 있다는 점에서는 가치가 있지만, 내재율이 확인되지 않는 점에서 한계를 지닐 수밖에 없는 시형이었다. 결국 김억의 격조시형은 시조시형과 자유시형의 사이에 위치하며, 발화 행위의 주체로서 시인이, 자신의 내면에서 흘러나오는 시감(詩感)을 자유롭게 기록, 초과와 결핍없이 일치시킬 수 있는 시형으로 정의할 수 있다. 분명 격조시는 논리적으로 납득하기 어려운 부분이 많다 이후 격조시에 대한 재논의가 발견되지 않는다는 점에서 일회적 제안에 그치고 있다고 판단되지만, 격조시를 통해 김억이 의도하고 있는 조선시의 조건이 '율(律)'과 '문(文)'의 일치에 있음을 확인할 수 있다는 점에서 의미를 지닌다 하겠다.

5. 남은 문제

지금까지 근대시 형성기 문학장에서 자유시가 형성되어 가는 과정을 '율(律)'과 '문(文)'의 일치라는 관점에서 살펴보았다. 이를 통해, 일차적으로는 '시란 무엇인가?'라는 존재론적 물음에 대해, 조선의 근대시형을 모색한 문학담당자들의 시에 대한 보편적 이해를 확인하는 데에 초점을 두었고, 궁극적으로는 '조선시란 무엇인가?'라는 물음을 통해, 국민국가의 창출과 연동되는 시의 역할을 입증하고자 했다.

일반적으로 근대의 문턱에서 우리 시가 새로운 시형으로 선택한 것은 상징주의 영향 하에서의 자유시였다. 그리고 이 경우, 무엇보다 내재율의 정체를 규명해 내는 것이 중요했다. 분명 시의 언어가 일반언어의 관습과 변별점을 지니고 있지만, 시어의 조건을 분석하기 위해서는 일반언어의 구조 분석 방법을 활용할 수밖에 없었다. 특히 율격에 대한 문제는 언어의 음성적 층위에 집중되어 있었다. 전통적으로는 한시와 구별되는 것으로서 공동체 내에서 함께 가창해 온 노래의 측면이 있었고, 다른 한편으로는 근대 초기 상징주의 시론의 영향하에서 소개된 시적 언어의 음악적 속성이 존재했다. 그럼에도 시를 일반언어 또는 다른 장르와 변별해 내는 율격은 시의 형식적 차원에 한정되어 이해되어 온 것이 사실이다. 그러다 보니 근대시 형성기 새로운 시형에 대한 모색은 주로 유형화되어 가시적으로 확인 가능한 형태를 전제로 시도되었다.

당대 근대시를 모색한 신문학 담당자들 역시, 상징주의 시론의 소개와 함께 수용된 자유시라는 보편 이념을 당위적으로 받아들이긴 했지만, 이것을 실재 작품으로 구현한 경우는 없었다. 국자(國字)에 대한 명확한 인식을 마련하지 못했고, 아직 근대를 온전하게 기술할 만큼의 언어를 마련하지 못한 상황이었다. 또한 양적으로도 근대시의 특성을 추출해 낼 만큼의 풍부한 작품이 창작, 누적되지 않았고, 질적으로도 조선시를 대표할 만한 걸작이 출현하지 않은 상황이었다. 상황이 이렇다 보니, 신문학 담당자들은 시의 변별자질이 율격 또는 리듬에 있음을 감지했음에도 논리적인 설명과 함께 구체적 작품으로 대응하지 못했다. 그런 이유로 근대 초기 서구문학의 수용을 통해 새로운 시형을 모색하는 단계에서는 '시란 무엇인가?'라는 원론적 물음을 통해 시의 보편적 속성에 대한 응답이 주를 이룰 수밖에 없었다.

그러나 이후, 조선어 및 '조선적인 것'에 대한 관심을 바탕으로 '조선시란 무엇인가?'라는 특수한 상황 맥락 속에서, 조선시에 대한 고민에 집중되었다. 김억은 '향토성을 담을 것'과 '언어에 대한 존중'을 조선시의 조건으로 제시했고, 이 과정에서 김억의 시론은 언어의 음성적 층위에 해당하는 율격, 리듬 등을 형식적 차원에서 이해할 것인지, 의미의 차원에서 이해할 것인지의 고민을 보여주었다. 개인의 '정(情)'을 드러내면서 동시에 민족을 식별해 낼 수 있는 소리를 인쇄된 문자를 통해 구현해 낼 수 있어야 하기 때문이다. 이것은 결국 '시란 무엇인가?'라는 원론적인 질문을 '조선시란 무엇인가'라는 특수한 질문으로 전유하는 과정이며, 이는 조선의 문자와 음성적 구조를 어떻게 일치시킬 것인가의 문제로 귀결되었다.

결국 김억이 「格調詩形論小考」에서 보여주고 있는 것은 시를 창작하거나, 읽는 사람의 호흡에 근거해, 사후적으로 재구성되는 규칙을 마련하는 것이었다. 즉, 규칙을 가진 음절의 배치를 통해 산문과의 변별점을 만들어내면서도, 내재율의 근거가 되는 개인의 주관성을 보존하는 양식이라 할 수 있다. 그러나 이론적으로 '율(律)'과 '문(文)'이 완벽하게 일치된 상태에 도달하는 것이 가능한지는 여전히 의문으로 남는다. 공동체 내에서 끊임없이 재구성되는 과정 중에 놓인 시적 주체의 내면이 언어를 통해 온전하게 전환되는 것은 불가능한 일이기 때문이다.

---

* 정은기, 「근대시 형성기의 율문일치(律文一致) 개념정립을 위한 시론(試論) - 김억의 시론(詩論)를 중심으로」, 『기호학 연구』 제60집, 기호학회, 2019, 81-103쪽.

참고문헌

박경수 편,『안서 김억 전집』, 한국문화사, 1987.

단재신채호전집 편찬위원회,『신채호전집』제6권, 한국독립운동사연구소, 2007.

구인모,『한국 근대시의 이상과 허상-1920년대 '국민문학'의 논리』, 소명출판, 2008.

김대행,『우리 詩의 틀』, 문학과비평사, 1989,

김기봉,『프랑스 상징주의와 시인들』, 조합공동체 소나무, 2000.

박슬기,『한국 근대시의 형성과 율의 이념』, 소명출판, 2014.

구인모,「국문운동과 언문일치」,『국어국문학논집』18집, 동국대 국어국문학부, 1998.

김신정,「한국 근대 자유시의 형성과 의미」,『상허학보』10, 상허학회, 2003.

박슬기,「김억의 번역론, 조선적 운율의 정초 가능성」,『한국 현대문학연구』30집, 한국현대문학회, 2010. 4.

정우택,『한국 근대 자유시의 이념과 형성』, 소명출판, 2004.

김흥규,「韓國 詩歌 律格의 理論 I : 理論的 基盤의 摸索」,『민족문화연구』13집, 1978.

예창해,「한국시가 운율연구에 대한 통시적 고찰」,『한국학보』4권2호, 1978.

정은기,「근대계몽기 순수 담론 연구」,『한국언어문화』56호, 2015.

_____,「'순수'문학 개념의 전개와 변용」,『현대문학이론연구』62집, 2015.

장철환,『김소월 시의 리듬 연구』, 연세대 박사학위논문, 2009.

_____,「1920년대 시적 리듬 개념의 형성 과정」,『한국시학연구』24집, 한국시학회, 2009.

_____,「김소월 시에서 민요조 율격의 위상」,『현대문학의연구』38, 2009.

_____,「김억 시의 리듬 연구」,『한국시학연구』30, 2011.

Bourassa, L.,『앙리 메쇼닉』, 조재룡 역, 인간사랑, 2007.

Charles Chadwick,『상징주의』, 박희진 역, 서울대학교출판부, 1984,

김기림 시의 근대와 근대 공간 체현

1. 서론

　1930년대는 전년대보다 문학적 상황뿐만 아니라 식민지 조선을 둘러싼 제반 여건이 달라지는 시기였다. 문학적으로는 ≪백조≫의 낭만주의적 색채가 퇴조를 보이고 ≪카프≫의 경향문학 역시 모더니즘에 밀려 흐름이 약화된 상황이었다. 정치적으로는 수탈과 동화, 전쟁과 같은 제국주의적 혼란기가 자리 잡고 있었다. 이 시기 김기림은 「詩에 잇서서의 技巧主義의 反省과 發展」[1]에서 기교주의 발생과 환경을 이야기하면서 감상(感傷)과 시(詩)를 혼동하는 로맨티시즘을 구식(舊式)이라 비판하고, 이것의 복장을 바꿔 입은 내용주의 역시 소박한 사상이나 감정의 자연적 노출에 불과하다고 지적한다. 또한 '순수시파', '형태시(포말리즘)', '초현실주의 시'가 '한 개의 혼돈한 상태'를 편향되게 시화(詩化)하는 '야만(野蠻)'이라 규정하고, 기술과 정신의 각 부분이 통일되고 종합된 전체시론(全體詩論)을 주장한다. 이에 임화는 「技巧派와 朝鮮詩壇」[2]에서 김기림이 제

---

1) ≪조선일보≫, 1935. 2. 10. － 2. 14.
2) 『中央』 제28호, 1936. 2.

김기림 시의 근대와 근대 공간 체현 - 박주택　65

기하고 있는 기교주의와 전체시론에 대해 1930년대 이전의 프로시가 내용 편중 공식주의(公式主義)에 있었다는 주장은 정당하며, 내용과 형식의 통일이 양자가 등가적으로 균형되어 있는 것이 아니라, 변증법적으로 통일을 이루어야 한다며 완성을 향해 가는 '푸로레타리아 시'를 조선 근대시의 가장 옳은 계승자라고 주장한다. 이에 대해 박용철은 「技巧主義 說의 虛妄」[3]에서 김기림 자신의 시가 자신이 규정한 기교주의에 속하는가 아닌가에 대한 명확한 표시가 없다고 비판하고, 임화에 대해서도 일반 문학사에서 구체적인 역사를 갖지 않은 기교주의라는 개념을 자명한 개념으로 통용하는 것은 온당한 것도 아닐뿐더러, 기교(技巧)라는 것은 수련과 체험의 결과로 얻어진 목적과 완성에 도달하는 도정(道程)의 충동이라 주장한다. 그러나 김기림이 이제부터 시인은 기교주의를 탈피하고 새로운 방법들을 종합하여 한 개의 전체로서의 시를 파악하여야[4]한다고 주장했을 때, 그것은 종합이라는 것이 단순히 기술의 문제에 그치는 것이 아니라, 능동적인 시 정신과 생활 속의 행동 속에서 발견할 수 있는 인간 정신에 있다[5]는 것을 의미했다.

　김기림이 주로 활동했던 1930년대 조선은 '근대'의 지속 과정 중에 있었다. 근대가 국민국가의 성립이나 자본주의 발전과 체제의 공고화 등 정치 경제의 영향뿐만 아니라, 인간의 자율성이나 시민 정신의 발양과 같은 문화적 속성을 지니고 있다면 일제 강점기의 근대는 보다 복잡한 양상으로 식민지적 근대 혹은 반식민지적 근대가 착종되는 시기였다. 이 시기 '경성'으로 대변되는 도시화와 문명화는 새로운 환경에 대한 발견으로부터 출발하였다. 시간에 있어서도 속도가 빨라짐에 따라 전통적 시간관과

---

3) ≪동아일보≫, 1936.3.18.─3.25.
4) 김기림, 『김기림 전집 2』, 김학동 편저, 심설당, 1988, 107쪽.
5) 위의 책, 107쪽.

는 단절되고 공간적으로도 전통 건물과 대비되는 새로운 양식의 건물들로 채우기 시작했다. 전근대와 근대가 혼재한 경성은 이제 새로운 삶의 가능성과 기대로 가득 차게 되었고 이는 근대문학과 근대시에 있어서도 예외가 아니었다. 김기림이 지성과 객관을 바탕으로 과학주의를 내세우고 임화가 계급분화에 따른 자본과 노동의 세속화와 대립해 새 국가 건설을 위한 해방의 정치를 내세운 것도 바로 '근대'의 얼굴을 발견하고자 했던 주체의 결과였다. 이 같은 시기 세계정세나 국내정세에 밝을 수밖에 없었던 기자로서의 김기림은 경험이 개인에게 그치는 것이 아니라 사회를 계도하고 변화시킬 수 있는 위치에 있었다. 말하자면 식민지 근대 속에 겪게 되는 식민지 주체의 고민과 가능성을 거느렸던 것이다.6)

그럼에도 불구하고 유기체, 통일, 종합과 같은 전체성을 강조하여 예술과 개인이 지닐 수 있는 개별화에 대해서는 소홀히 한 감이 없지 않은데 이는 아방가르드에 속하는 시파에 대해서 일관된 부정과 비판에서도 드러나듯이 발생론적인 것을 소거하고 있는 것이 단적인 예이다. 사회·문화·경제·정치 등과 같은 복잡한 세계 질서 속에서 '근대 공간'과 '시'에 대한 뚜렷한 자각이 요구되는 것은 당연한 이치였다. 이 점에서 지식으로서, 시인으로서, 기자로서 악전고투(惡戰苦鬪)에도 불구하고 과연 시 속에 그가 상상한 미적 근대가 잘 형상화되어 있는가는 의문의 여지를 남긴다. 이 점은 시적 성취도뿐만 아니라 최소한 그의 산문에서 서술하고 있

---

6) 두 번에 걸친 일본 유학과 일본 경험을 체중한 결과로서, 조선을 바라보는 근대 주체의 시선이 기자와 시인으로서의 지식 계층의 교양이 복수적으로 겹쳐 서양과 일본, 일본과 조선, 근대와 전근대, 전통과 모더니티 등의 대립적 개념들이 가치의 분화를 일으켰던 것이다. 이 과정에서 미처 김기림이 깨닫지 못한 것은 '식민지 근대성'에 대한 특수성이었다. 일본의 근대가 서양을 본질화 했듯, 조선에 대한 일본의 근대이식은 일본 내의 서양에 대한 반성만큼 조선에 있어서도 저항의 담론이 필요했던 것이다. 조선의 근대(성)의 수용은 서양을 본질화하지 않고, 저항과 협력, 모방과 창조 등이 이루어졌다는 점에서 '식민지 근대'라는 복잡한 구도에 놓여 있었다.

는 근대(modern)에 대한 의미가 잘 체득(體得)되었는지도 마찬가지다. 그가 내세우고 있는 지성(이성), 진보, 과학과 같은 보편적 규범들이 이미 모더니즘(모더니티)의 극복의 대상이 되는 시기였고 포괄적인 의미에서는 '근대' 역시 극복의 대상이 되었기 때문이다. 그러나 이러한 점을 염두에 두고서라도 근대 문학 이행기에 김기림의 역할은 세계 문학 속에 우리 문학을 대비적으로 살펴볼 수 있는 계기와 발판을 마련하고 시간의 내재성 속에 미래의 문학을 구성하려했던 것은 중요하게 평가된다. 더욱이 '근대'와 '공간'의 모범들을 자신만의 상상으로 구축하려 했다는 점은 단연 선구자적이라 할 수 있겠다.

　김기림의 '공간'에 대한 인식은 이처럼 '근대'와 관련한 것이었다. 그가 내세우고 있던 모더니티 역시 '근대'와 불가분의 관계를 맺고 있었다. 그에게 있어 모던(근대적)은 하나의 태도였다. 시에 있어서 과학과 지성을 강조한 것도 '경성(도시—조선)'이라는 의미 공간을 문화적인 공간으로 채우려는 의지에서 비롯했고 의심할 바 없이 미적 모더니티와 모더니즘을 옹호한 것도 근대적 주체의 미적 표명이었다. 인간이 구역, 장소, 곳, 위치, 자리 등과 같은 공간 영역과 함께 삶을 관계 맺는 방식으로 존재한다7)고 할 때, 김기림이 복잡한 근대 질서 속에서 시인으로서 기자로서 시 속에 자신이 상상한 근대를 미적으로 형상화시키고 있는 것도 '근대'와 '근대 공간'에 대한 자각에서 비롯됐다고 볼 수 있다.8) 비록 김기림이 내세우고 있는 진보와 과학과 같은 보편적 규범들이 국민국가를 형성하지

---

7) 오토 프리드리히 볼노, 이기숙 옮김, 『인간과 공간』, 에코리브르, 2011, 17—21쪽.
8) 이 과정에서 김기림 자신 식민지 근대의 특수성을 모더니즘 문학과 깊이 있게 매개하지 못한 것은 과도한 계도 의식과 모더니즘에 대한 포괄적인 이해 부족을 드러낸다. 유기체, 통일, 종합과 같은 전체성을 강조하여 예술과 개인이 지닐 수 있는 개별화에 대해서는 소홀히 한 것과 아방가르드에 속하는 시파에 대해서 일관된 부정과 비판이 단적인 예다.

못한 주체가 겪을 수밖에 없는 상실된 공간 속에 제대로 투영되고 있는가가 의심의 여지를 남기고는 있지만, 식민지 지식인으로의 근대 공간 체현은 1930년 모더니즘 형성기에 매우 중요한 의미를 지니는 것이었다. 이런 의미에서 '조선'은 하나의 공간이 아니었다. 공간이 수많은 관계들로 이루어진 다양체이고[9] '조선'은 이런 다양체가 혼합을 이루며 시끌벅적한 번화가와 백화점과 같이 활기찬 움직임이 생활 터전으로 자리 잡고 있었다. 이 글은 이와 같은 논의를 바탕으로 김기림의 시가 '근대'와 '근대 공간' 속에 어떻게 투영되어 나타나는지를 살펴보고자 하는 데 있다. 이를 위해 김기림 펴낸 4권의 시집[10]의 시와 산문을 통해 시적 주체가 공간을 어떻게 표상하는지에 주목하고자 한다.

2.『太陽의 風俗』— 속도와 근대 풍경

김기림은 근대시사에서 자신의 시론을 바탕으로 시를 쓰고 평론집과 문학 이론서 등의 논저를 펴내며 왕성하게 활동했다. 문학의 르네상스라 불러도 좋을 만큼 많은 시인들의 활약이 두드러졌던 30년대는 정지용, 김광균, 김영랑, 이상, 백석, 임화, 이용악, 오장환, 서정주, 신석정 등과 같은 시인이 전 시대와는 다른 양상으로 다양하게 시적 세계를 펼쳐 보였다. 이 가운데 정지용은 김기림과 함께 모더니즘 시를 선명하게 각인시켰다고 평가할 수 있다. 김기림이 시를 언어의 한 형태로 인식하고, 시의 미적 인식에 천착하며 비옥한 정신을 구현하고자 한 것과 마찬가지로, 정지용 역시 언어의 감각을 통해 문명과 현실의 문제를 환기하고 있었던 까닭이다.

---

9) 마르쿠스 슈뢰르, 정인모·배정희 옮김,『공간, 장소, 경계』, 에코리브르, 2018, 25쪽.
10)『氣象圖』(1936),『太陽의 風俗』(1939),『바다와 나비』(1946),『새노래』(1948).

이처럼 30년대 모더니즘을 논급함에 있어 정지용을 주목하지 않을 수 없는 이유는 모더니즘이 최재서, 이양하, 백철, 김기림 등에 의해 소개되기는 했지만[11] 1926년 일본 유학생 잡지인『學潮』창간호에 정지용의 시「카페 프란스」에 의해 그 서막이 시작되었다고 할 수 있기 때문이다. 그러나 이때 정지용에 의해 촉발된 모더니즘은 사조로서 자리 잡기에는 20년대의 감상적 문학과 프로시의 편내용주의적 경향이 주를 이루었고 이들 문학이 조선의 현실에서 비롯한 감정과 재현의 문제에 착목하고 있었다.

김기림이 미적 가치를 내세우며 언어에 그 시적인 의미를 부여하고 있다면 그것은 전 시대의 문학에 대한 반성에서 비롯한다. "한 시대의 시대정신 즉 그 시대의「이데」(이데아—필자 주)는 그것에 가장 적응한 구상작용으로서의 양식을 요구한다."[12]라고 했을 때 그것은「이데」와 양식이 불가분의 관계를 맺는 것이며, 시대정신을 올바르게 획득했을 때 시의

---

11) 최재서는「현대 주지주의 문학이론의 건설」에서 영국 비평의 주류를 살피며, 리챠즈, 엘리오트, 리이드, 루이스를 광명과 길을 찾는 건전하고 진지한 비평가라 칭하며, 흄의 불연속적 실재관을 살핀다. 그에 따르면, 흄은 과거 전통에 대한 시대적 불만을 이론적으로 인식하고, 낭만주의에 대한 대립적 시각으로 과거의 종교성에 대응할 만한 과학적 절대 태도와 반인본적 경향을 띠고 있다고 명언한다. 엘리오트에 대해서도 최재서는「전통과 개인의 재능」에서처럼, 낭만주의와는 정반대의 이지적 경향의 문학관을 건설을 기도하고 있다고 설명한다. 즉 최재서는 객관적 규준에 의해 개개의 작품을 판단할 것을 언명하며 사실(事實)에 대한 감각을 문명의 진보로 등치시킨다.「현대 주지주의 문학이론의 건설」의 속편에 해당하는「비평과 과학」에서도 최재서는 현대 정신이 과학에 기대를 가지고 있다고 진단하며 리이드와 리챠즈의 이론을 소개하고 있는데, 이 글에서 리이드의 정신분석학 비평을 살피며, 시인이란 보편적 환상을 창조할 능력을 가진 사람이며, 예술은 원시적 이메지와 본능적 감정의 샘물과 외부 세계의 현실기구를 생명의 통일적 흐름 속에 용해시키는 것임을 강조한다. 또한 리챠즈의「시와 과학」을 논급하며 시와 과학은 결코 대립하는 모순개념이 아니라 가장 밀접히 연관되는 개념이며 이 두 개념을 연관시킴으로써 현대의 혼돈은 위대한 질서를 획득할 수 있다고 말한다. 결국 최재서는 서구 문학의 이해를 바탕으로 시에 있어서 김기림과 마찬가지로 지성과 과학을 주장하고 있다.

12) 김기림, 앞의 책, 73쪽.

혁명이 완성될 수 있다는 믿음에 기초한 것이었다. 그렇다면 그가 말하는 시의 혁명은 무엇일까? 많은 논자들의 이견에도 불구하고 이 문제는 의외로 간단하다. 그것은 의식에 떠오르는 (주관적)상념을 정돈하여 목적에 맞게 선택하여 객관화시키는 것이다. 다시 말해 언어를 통해 현실의 숨은 의미를 부단히 발굴하여 새로운 현실을 창조하는 시의 기술[13]인 것이다. 그렇다면 그가 내세우고 있는 시의 방법으로서 기술은 무엇일까? 그것은 발생적 동기로서의 미를 "한 개의 목적=가치의 창조로 향하여 활동하는 것이"[14]다. 즉 센티멘탈한 리듬이나 현실을 재생하는 리듬이 아니라, 섬광(太陽)이 있는 엑스터시에 따라 움직이는 것이며 주지적 태도에 입각한 의식과 목적적 방법에 의한 가치 창조다. 이 점은 김기림이 아폴리네르의 입체시 「비」를 형태에 치우친 시로 취급하거나, '다다이즘'을 파괴가 목적이라고 언명하거나 '쉬르리얼리즘'을 인공적 분열로 몰아세우거나 하는 것에서 확인된다.[15]

이런 의미에서 『太陽의 風俗』은 김기림 자신이 세운 시작 상의 입론에 의해 창작된 시라고 해도 좋을 것이다. 이 시집에서 드러난 언어적 감각은 도시(경성)의 '전문명의 力學'[16]과 지평과 수평을 통해 의식을 확장하는 공간의 넓힘이다. 이 시집은 시사적인 언어는 물론 외래어와 문명어 등이 시집 전체를 가득 채우고 있다. 이는 동시대 여타의 시인과 비교할 때에도 확연하게 두드러진다. 언어는 그것이 환기하는 공간을 가지고 의미 연상을 통해 의식을 지배한다. 즉, 언어는 언어 그 자체뿐만 아니라 언

---

13) 김기림, 앞의 책, 75쪽.
14) _____, 위의 책, 78쪽.
15) 이들의 시나 유파가 생겨난 제반 조건들을 고려하지 않은 채 단순히 의미가 생성되지 않는다는 이유로 또한 리얼리즘을 일상과 만나는 현실과 다름없다는 뜻에서 '의미의 결여'로 비판하고 있는 것은 본질적이지 못하다.
16) 김기림, 위의 책, 81쪽.

어의 관계들 속에서 의미 공간을 생성한다. 시인은 언어를 사용할 때 정
항(定向)을 지니며 미적 가치를 구성한다. 이런 점에서 시는 언어가 그려
내는 지형학이다. 김기림이 "조선에 있어서 지금까지의 신문화의 코스를
한마디로 요약한다면 그것은 '근대'의 추구"[17]라고 했을 때 그것은 변경
의 가능성을 내재한 것이었다. 모더니즘, 휴머니즘, 행동주의, 주지주의
등이 구라파의 하잘 것 없는 신음이었고, '근대'의 말기적 경련이었으며
파산의 국면에 소집되었을 뿐[18]인 까닭이다. 이 이면에는 김기림의 시대
적 감각이 깔려 있다. 모방과 수입 형식을 빌은 근대와 근대정신(근대성)
은 동양의 후진성에서 비롯한 비정상적 근대화 과정[19]이었다는 날카로
운 통찰이 바로 그것이다. 그럼에도 불구하고 그가 30년대 신문학 운동
을 "르네상스" 운동이라 평가하며 새로운 세계, 새로운 문명을 위해 구라
파라는 현란한 표본을 끌어들여 이를 새롭게 건설하는 것이 필요하고, 이
런 의미에서(라도) 우리(자신)는 문화주의자요 이상주의자[20]가 될 수밖
에 없다고 설파하고 있는 것도 바로 이 같은 시대적 해석에 기인한다.

　이렇게 본다면 『太陽의 風俗』은 언어를 통해 기획된 조선 내의 '근대'
와 '근대 공간'의 구상물이다. "살림의 깨어진 地上"(「午後의 꿈은 날줄을
모른다」)이나 "地下室" (「屋上庭園」)은 언어가 만든 조선의 현실 공간을
환기하기도 하지만 그러나, 『太陽의 風俗』에서 보이고 있는 공간은 비탄
의 공간이 아니다. 그것은 "窓 살을 흔드는 汽笛"(「첫사랑」)이 울려 퍼지
고, "「뿌라질」의 「커피」잔에서 푸른 水蒸氣에 젖은 地中海의 하눌빛을 마
시며 世界의 모—든 구석으로 向하야 날아"(「호텔」)가는 전진과 비행의

---

17) ____, 위의 책. 43−52쪽.
18) 김기림, 앞의 책, 43−52쪽.
19) ____, 위의 책, 47쪽.
20) ____, 위의 책, 121쪽.

속도가 있는 공간이다. 속도는 관계들의 장소인 시간의 연속성 속에서 느리거나 빠르거나 하는 운동성을 지니며 삶의 가능성과 관계한다. 그러나 속도는 시간이 그렇듯 객관적인 것이 아니라 상대적인 것이다. 주관적 경험과 지각에 따라 다르게 느껴지기 때문이다. 또한 도로, 레일, 천로(天路), 바닷길과 같은 길의 탄생은 다른 장소로 이동하는 것은 물론 새로운 공간의 열림을 통해 새로운 속도를 경험하게 한다. 이런 의미에서 길은 속도와 매개하며 생활과 문화라는 활동들과 밀접한 관계를 갖는다. 30년대는 시·공간을 압축하는 기기(機器)들이 경성을 중심으로 급속하게 보급되었으며, 이는 공간의 고립성을 해결하고 사고의 고립성을 해결하는 것이었다. 김기림이 "(내가) 차라리 貨物自動車라면 꿈들의 破片을 걷어 실고 저 먼—港口로 밤을 피하야 가거나 할 터인데⋯⋯(「貨物自動車」)"라고 했을 때 그것은 속도를 동반하며 종착지에 닿는 것이었다. 이처럼 기차와 자동차가 달리는 속도와 관계하며 시·공간의 압축을 하는 것이라면, 비행기는 천상의 공간을 통해 시·공간을 압축한다.

근대가 속도와 매개하며 시·공간의 압축을 통해 새로운 세계를 만나는 것이라 했을 때 기차와 비행기는 특별한 의미를 지닌다. 특히 비행기는 근대 문물의 상징이자 물질적 방해를 받지 않는다는 점에서 의식의 자유로움을 표상한다. "할닥할닥 숨이 차서도 이슬에 젖은 靑葡萄의 하눌을 분주히 돌아댕기며 도망하는 구름의 치맛짜락을 주름잡"(「飛行機」)는 '날개 돋힌 비행기'는, 김기림이 근대를 상상하는 발전의 대유(代喩)이자 근대 풍속을 단축하는 속도를 표현한다. 도보가 길을 통해 경관과 위치, 지역과 장소를 경유하며 천천히 공간을 살피며 걷는 것이라면, 기차(열차)와 비행기는 빠른 속도를 동반하며 앞쪽으로 이동한다. 앞쪽은 방위적으로 전진을 의미한다. 김기림이 시선을 앞쪽에 고정시켜 놓고, 『太陽

의 風俗』에서 '가다', '오전', '해상', '새로운' 과 같은 시작과 앞쪽을 의미하는 어휘를 많이 등장시키고 있는 것은 앞으로 나아가고자 하는 욕망과 관련한다. 이 욕망이 근대를 향한 욕망이라는 것은 말할 것도 없다. 공간의 정체성을 지속적으로 살피며[21] 「旗빨」과 「噴水」, '午前'과 '행진곡'과 같은 '새로운 生活'과 「出發」을 꿈꾸었다. 「스케이팅」에서 "太陽의 느림을 비웃는 두 칼날……"이라고 하며, 나는 "全혀 奔放한 한 速度의 騎士다."라고 했을 때 그것이 전진과 진보를 향한 속도의 선언으로 읽히고 있는 것도 바로 이 때문이다.[22] 김기림은 자신이 딛고 있는 중심 공간에 상상의 경관을 펼치며 근대 공간을 열고자 했다. 「씨네마 風景」 연작시와 「三月의 씨네마」 연작시에서 극명하게 보여주듯이 『太陽의 風俗』은 김기림이 꿈꾸고 있는 상상적 모델에 의한 근대의 풍경이었다.

3. 『氣象圖』－電波와 揭示板

김기림이 시에 있어 과학적 태도를 중시한 것은 사실에 대한 면밀한 관찰과 분석[23]을 요구하는 것이었다. 기교주의 논쟁에서도 드러나듯이 그는 특정 경향에 맞춰 쓰는 일면적 편향을 부정하며 음악성을 강조하는 '시문학파'나 회화성을 강조하는 '이미지즘'을 모두 형이상학적 관념론으로 치부해 버린다. 또한 '감상적 낭만주의'와 '경향파'의 문학을 형식과 내용이 유기적 전체성을 이루고 있지 못하다는 점에서 비판한다. 김기림이

---

21) 김기림, 앞의 책, 43－52쪽.
22) "우리는 世界의 市民 世界는 우리들의 「올리피아－드」"라며 언술하고 있는 것도, 김기림이 근대를 어떻게 인식하고 있는지를 보여주고 있다.(「旅行」)
23) 김기림, 앞의 책, 127쪽.

주장하고 있는 과학은 실재에 대한 인식을 주관적 경험과 결합하여 일반적 정식(定式)으로 종합하여야 한다는 보편론에 입각한 것이었다. 시인이 현실을 뚫어지게 노려보고 각각으로 변하는 현실에 대한 예리한 비판자가 될 때 과학자 이상의 냉철한 분석과 인과 관계의 추구[24]를 요구하는 것이었다. 결국 김기림이 말하는 과학이란 '통일된 현실의 정체'[25]를 가리키는 것이었다. 이렇게 볼 때 김기림의 시간과 공간에 대한 인식이 어떠한가를 아는 것은 매우 중요하다. 그는 "사물을 공간적으로 인식할 때 평면적임에 그치는 것을 인식의 不具라 비판"하며 "평면 저편에 숨어 있는 비밀"[26]을 파악하기 위해서는 변화의 가능성을 발견하는 각도가 중요하다는 것을 강조한다. 『氣象圖』는 이 점에서 김기림이 현실을 바라보는 각도와 시선의 위치가 잘 드러난다. 이 시집은 『太陽의 風俗』보다 뒤늦게 씌었음에도 불구하고 먼저 발표된 시집이다. 따라서 『氣象圖』는 김기림의 의도와 신념이 배어 있는 시집이라 할 수 있다.

각도의 지향성은 시선 주체의 의식을 반영하고 공간과 매개할 때 보다 생생한 무한성의 공간과 마주한다. 김기림의 시가 내부보다는 외부, 잠듦보다는 깨어남, 거주보다는 활동에 더 무게를 두는 것은 '바깥과 먼 곳'에 상관한다. 그의 시선은 언제나 움직이고 있는 것들이다. 시에 유독 동사가 많이 등장하는 것도 이와 무관하지 않다. 『氣象圖』의 공간은 광활한 공간이다. 이 공간은 『太陽의 風俗』과 마찬가지로 상상된 공간이다. 이 상상의 공간에 김기림은 자신이 생각하고 있는 지도를 펼쳐 놓는다.[27] 『氣象圖』의 배경은 세계이다. 국제 열차, 비행기, 여객선 등은 경계를 넘나드

---

24) _____, 위의 책, 125쪽.
25) _____, 위의 책, 125쪽.
26) _____, 위의 책, 169쪽.
27) 그러나 이 지도는 치열하게 현실과 싸워 얻어진 지도가 아니다. 근대 주체로서 근대(성)에 대한 열망이 강했던 김기림을 생각한다면 이 그림은 초라하기까지 하다.

는 속도의 도구들이다. 라디오, 전파, 수화기 등은 근대 매체로서 국가와 인간을 이어주는 뉴스, 통신, 소통 등의 연결망을 표상한다. 또한 아라비아, 스마트라, 伊太利, 巴里, 和蘭, 南米, 亞細亞, 맥도날드 등과 같은 어휘는 이 시집이 세계를 배경으로 하고 있음을 보여준다. 화자의 위치는 지도를 바라볼 때처럼 위(上)에서 아래(下)로 내려다보는 각도를 취한다. 옆과 뒤, 앞과 밑의 각도가 아니라, 위(上)에서 아래(下)를 내려다보는 각도라는 점은 주체의 사회적 위치와 위계로 전이된다.28) 『氣象圖』에서 그려져 있는 지구의 모습은 태풍이 몰아쳐 난파되기 직전의 배처럼 폭우에 휩싸여 있다.

이 사실은 국제 정세나 조선의 현실이 바람직하지 않다는 사실에 기인한다. 풍자적 어조가 단적인 예이다. 정상성의 측면에서 풍자는 각도의 뒤틀림이나 의식의 뒤틀림을 뜻한다. 따라서 여기에 등장하는 국가나 사건 등은 모두 풍자의 대상이 된다. 즉 광활한 세계의 공간은 종교, 인종, 계급 등이 균형을 이루지 못하는 곳이며, 전쟁과 분쟁이 있는 곳이며, "등불도 별도 피"지 않는 "썩은 歎息"이 있는 「病든 風景」이 있는 곳이다. 세계는 곧 바다처럼 태풍에 휩싸인 채 기상 상황을 살펴볼 수밖에 없는 형국에 놓여 있다. 말하자면 "中央氣象臺의 기사의 손"이 "世界의 1500餘 구석의 支所에서 오는 電波를 번역하기에 분주"할 정도로 위기에 처해 있는 세계적 현실이다. 이것은 S.O.S(「海上」)의 공간이다. 근대를 생각함에 있어 김기림에게 서구는 그다지 호감 가는 것이 아니었다. 일본에서도 서구 근대에 대한 반성으로 아시아(亞細亞)의 단결과 결속을

---

28) 여기에 등장하는 공간은 1930년대 세계이다. 이 때문에 이 시는 신문을 펼쳐 기사를 읽는다는 느낌에서 크게 벗어나지 않는다. 국제란, 정치란, 경제란, 문화란을 차례차례 펼치며 읽어내려가듯 위(上)에서 아래(下)로 내려다보는 각도의 개입은 주체가 우위(優位)에 있다는 것을 지시한다.

강조하는 논리가 조선 내에서도 팽배해져 있을 때, 『氣象圖』가 서구 현실을 풍자하고 있는 것은 이상할 것이 못된다. 그러나 『氣象圖』는 치열한 현실 인식 끝에 얻어진 것이 아니라, 시사적(時事的)인 의미가 짙고 미적 형상화에 있어서도 인식의 부족을 드러내는 것이었다. 그렇지만, 세계의 현실을 조망하고 미래를 가늠해보는 근대에 대한 반성이라는 측면에서, 이 장시(長詩)는 현실과 의식의 개진을 전제하며 새로운 공간의 구축을 요구한다.

『氣象圖』에서 "電波"와 "揭示板"은 알림과 경고의 뜻을 지니며 공간을 점유한다. 전파는 공간의 확대와 축소의 기능을 한다. 전파는 가시적인 것이 아니다. 그러나 이 전파를 통해 인간의 의식 공간과 행동 공간을 이끌어낸다. 이를 통해 저기압(低氣壓), 북상(北上)중인 태풍 등 세계가 처한 현실 공간과 마주한다. 전파는 근대의 산물로 정치적, 경제적, 사회적, 문화적 이데올로기적 환경과 공간의 정체성을 구성한다. 이 점에서 전파는 단순히 물질적인 것이 아니라 속도, 양, 배분 등과 관련하며 의식을 결정짓는다. 속도의 측면에서 빠른 속도로 정보를 운반하고, 이로 인해 공간을 단축할 수 있는 까닭이다. 근대 사회로 전이하는 과정에서 전파는 초국가적 정보를 공유하며 근대 주체로서 인식을 가능하게 했다. 이는 사실상 시간과 공간의 정복이다. 『氣象圖』가 근대의 위기와 서구 근대에 대한 비판적 시각을 이른 바, "지구호(地球號)"라는 배를 통해 경계, 각오, 책임, 의지 등을 반영하는 것이라 할 때, 세계(世界)의 위험을 경고하고 있는 전파는 청각 공간을 시각 공간으로 변환시킨 김기림의 시선을 반영한다. "揭示板"은 "電波"와 같이 정보 양식이라는 점에서 공통점을 지니고 있으나, 고정된 공간을 통해 의사를 전달한다는 점에서 보다 공간적이다. 게시판은 태풍 상황 속에서 시민(市民)이 취해야 할 행동과 지침

사항을 알려준다. 상황과 결과를 결정짓는 게시판은 이 점에서 공간의 축소판이다. 『氣象圖』에서 점유하고 있는 '두 개의 게시판'은 각각 경고(颱風)와 경고 해제(太陽)의 의미를 지닌다. 엘리오트의 「荒蕪地」와 영향 관계에 있다고 알려져 있는 『氣象圖』는 그러나, 세계가 안고 있는 문제들을 며칠간의 기상 상태에 비유함으로써, 복잡한 세계적 현실을 단순화시키고 있을 뿐만 아니라, 근대가 안고 있는 여러 문제를 과정이 생략된 채로 해결된 방식을 취한다. "우울과 질투와 분노와 끝없는 탄식과 원한의 장마"에서 보는 바와 같이 근대의 문제를 감정의 문제로 치환하고 있다.

김기림은 "시 속에서 시인이 시대에 대한 해석을 의식적으로 기도할 때에 거기는 벌써 비판이 나타난다. 나는 그것을 문명비판이라 불러 왔다"며 "이 비판의 정신은 「새타이어」(풍자)의 문학을 배태할 것"29)이라고 선언한다. 이 같은 발언의 바탕에는 인간성의 결핍과 근대 문명 자체의 병폐에 대한 비판이 깔려 있다. "시인에게 그가 호흡하고 있는 현실 그것에 肉迫하기를 요구하며, 현실의 순간을 입체적으로 이해하는 것을 명령한다."30)고 했을 때 그것은 현실을 다각도로 통찰하고 종합하는 지성이 필요하다는 것을 역설하는 것이었다. 『氣象圖』는 바로 언어를 통해 개진하고자 하는 세계와 공간의 풍경이다. 이 풍경은 세계와 현실 그리고 인간에 대한 끝없는 탐험과 새로운 인식을 발견하여 질서와 생명을 구체화하는 것이었다. 김기림이 "시는 언어의 건축이다."31)라고 했을 때 그것은 질서를 공간적으로 인식하고 있는 시적 인식을 드러내는 것이었다.

---

29) 김기림, 앞의 책, 157쪽.
30) _____, 위의 책, 157쪽.
31) 김기림, 앞의 책, 162쪽.

4.『바다와 나비』— 텅 빈 공간의 공동체

『太陽의 風俗』과 『氣象圖』는 「첫사랑」과 「아츰 飛行機」와 같은 「출발」을 꿈꾸는 것이었다. 비록 현실을 '파선(破船)'으로 인식하고 있고 '병실'로 인식하고 있었지만 죽음을 노래하지는 않았다. 김기림이 저항한 것은 허무, 비탄, 감상과 같은 비극적 충동이었기 때문이다. 그러나, 김기림이 문학에 관한 뛰어난 지식과 탁월한 미적 모더니티를 지니고 있음에도 불구하고, 시가 관념으로 흐르고 만 것은 역사 인식에 대한 깊이 부족 때문이었다. 또한 형식과 내용의 유기적 전체성을 강조하고 있지만, 내용에 지나치게 치우쳐 있는 것도 지적 계몽을 드러내는 것이었다. 미적 형상화에 있어서 의미 단위의 한자어나 생경한 일상어를 끌어들이고 있는 것도 미적 감응을 소홀히 하고 있다는 측면을 반증한다. 이런 까닭에 도저한 그의 산문에 비해 오히려 시가 투박한 인상을 주는 것은 모두 이 같은 간극에서 발생한다. 근대가 국민국가를 배경으로 하는 것이라면 김기림의 시는 주거 상실이나 고향 상실과 같은 정치성이 반영되어 있지 않다. 이는 동시대 정지용, 백석, 임화, 이용악 등과 비교하면 확연하게 실감된다. 김기림이 근대에 대한 인식과 미적 주체로서 근대성을 드러내긴 했었어도, 국민국가를 인식하고 염원하는 발언은 아니었다. 해방이 되어서야 민족과 국가에 대한 논급을 하고 있는데. 김기림은 1946년 2월 '전국문학자대회'에서 다음과 같은 내용의 강연을 한다.

민족문화의 가장 적절 유효한 전달표현의 수단이었던 우리말은 다시 우리 손에 돌아왔다. 적의 무장과 압력이 하루아침 결정적으로 무너진 이 땅 위에는 우리들의 자유와 행복과 정의의 실현을 약속하는 새로운 공화국의 희망이 갑자기 찾아왔던 것이다. 정치도 산업도 문화도 모든 것이 우리들 앞에 새로운 건설의 영야로서 가로놓여지게 되었다. 지식인과 평민과 학생은 이 위대한 창의와 이상의 무한한 가능성에 대하여 말할 수 없는 흥분과 감격에 휩싸였으며 적의 무모한 침략전쟁의 노예였던 대중은 그들의 팔 다리에 감겼던 쇠사슬이 녹아 물러남을 따라 막연하나마 그들의 끝 모르던 굴욕과 착취의 역사는 벌써 끝났고 새로운 희망에 찬 시대가 시작되면서 있다고 하는 것을 느꼈던 것이다.32)

이 강연 원고 초입에 김기림은 일본에 대해 적개심을 드러내며 문화의 '침략, 말의 '약탈', 시정신의 '학살과 같은 제국주의에 의한 희생을 말하고 있다. 그러면서도 정치를 기피한 이유를 시의 "피해를 될 수 있는 대로 적게 하기 위하여, 정치로부터 비통한 대피와 퇴각을 결행하는 일을 가졌던 것이다."33)라고 주장한다. 이유야 어떻든, 김기림이 왕성하게 활동했던 1930년대는 국가 사회주의의 전면적 등장과 일본의 대륙 침략, 세계적 공황과 전쟁의 시기였다. 이 시기 김기림이 겪을 수밖에 없었던 논리는 미적 근대성과 같은 저항이었다. 이 점에서 '근대'와 '주체'에 대해 남다르게 인식하고 있던 임화와는 차이가 있을 수밖에 없었다. 임화가 계급적 관점에서 민족과 주체, 자유와 해방의 논리를 펼치는 것에는 '근대'가 개인을 넘어 공동체적 '주체'와 관련하는 것이었다. 이 점은 임화가 국가 사회주의의 등장과 함께 좌절을 겪는 데에서도 확인할 수 있다. 그러나 김기림은 일본에 의해 제기된 근대 초극의 논리를 수용하는 한편 문명, 진보, 과학, 지식과 같은 근대의 서구 모델을 받아들이는 한에서 '근대'와 '개인 주체', '미적 모더니티'를 논급해왔던 것이다. 김기림이 바라 본 현실은 어둠과 오후였다. 이 과정에서 그가 할 수 있는 일은 계몽의 빛을 비추는 일이었

---

32) 김기림, 앞의 책, 136쪽; '전국문학자대회' 강연 원고, 1946. 2. 8.
33) _____, 위의 책, 136-137쪽.

다. 『太陽의 風俗』을 부재 공간 속에 채우는 일이었고, 『氣象圖』를 확인하며 태풍을 대비하는 일이었다. 결국 그의 시에서 곳곳에서 발견되는 "어린"이라는 어휘가 뒷받침 해주듯이, 그는 조선의 현실에서 '근대'의 이름으로, '모더니티'의 이름으로, '과학'의 이름으로, 미성숙한 아이와 같은 조선의 변화 가능성을 위해 보호자를 자처했던 것이다.[34]

해방 후 펴낸 『바다와 나비』에서 김기림은 "찬란한 自由의 새나라 첩첩한 가시덤불 저편에 아직도 머"니 "가시冠 달게 쓰"고 "즐거히 거러가"(「모다들 도라와 있고나」)자고 하고 있다. 그러나 김기림이 꿈꾸었던 새 나라의 모습은 이 시집에서 좀처럼 찾아볼 수 없다. 이 시집이 『太陽의 風俗』과 『氣象圖』 이후 1939년까지의 시를 대부분 싣고 있기 때문이다. 따라서 『바다와 나비』에는 김기림이 상상한 모델로서의 공간이 잘 드러나 있지 않다. 오히려 세속적 공간으로 전화되어 우울한 성취감이 차 있는 공간이 나타난다. 공간이 인간의 정체성과 관계하는 것이라면, 공간의 회복은 안도감을 준다. 그것은 위치의 회복이며 방위(方位)의 회복이다. 다시 말해, 주체와 타자가 분리된 낯선 곳이 아니라, 근원으로서의 평온과 삶의 중심이 있는 공간이다. 그러나 김기림이 꿈꾼 "새 나라"는 "첩첩한 가시덤불 저편에 아직" 멀어 "가시冠"을 쓰고 가야 새 나라이다. 휴식과 기쁨을 맛보기 전, 다시 더 먼 곳으로 떠나야 하는 정처 없음의 길

---

34) 『바다와 나비』에서 김기림은 "「非」近代的「反」近代的인 雰圍氣와 作詩上의 風俗 (센티멘탈리즘과 카프의 편내용주의—필자주)을 휩쓸어버리지 않고는, 「近代」라 는 것에조차 우리는 눈을 뜨지 못한 시골떠기요 半島의 개고리가 되고 말 것을 두 려워했다. 이 두 가지의 低氣壓과 不連續線을 휩쓸어 버리기 위한 가장 힘 있는 武 器는 다름 아닌 知性의 太陽이 필요하였던 것이다."라며 "黎明의 前哨에 눈을 뜬 사 람 또 먼저 먼 기이한 발자취에 귀가 밝은 사람들의 꾸준하고도 끈직한 努力만이 새로운 世界의 門을 열어 제낄 수 있을 것이다."라고 하고 있다. 그것이 일본 근대 이든, 서구 근대이든, 대극성에 대한 간극을 동질화하려는 근대(성)에 대한 노력을 타자 인식을 통해 구현하고자 하였던 것이다.

위에 서 있었다. 인간은 떠남과 돌아옴, 만남과 헤어짐을 계속할 수밖에 없는 길 위의 운명적인 존재이다. 따라서 "오─우리들의 八月로 도라가자"(「우리들의 八月로 도라가자」)라고 했을 때 그곳은 '벌거숭이'와 '눈물'과 '착한 마음'이 있는 '곳'이었다.[35] 새 나라는 의미 있는 장소가 될 수 없었다. 공간은 회복되었지만, 낯선 공간은 텅 빈 공간에 불과했다. 그러나 김기림의 공간 인식은 그것을 긍정적 인식으로 환원하는 데 있다. "거짓 많은 고약한 都市"(「전날밤」)처럼 인간의 추악이 북적거릴지라도, 또한 내부에 공간을 둔 채 어두운 현실을 담아내더라도, 낙관적 미래를 담보한 과정으로서의 공간이었다. 이는 자신이 설계한 세계에 대해 자신 스스로 책임을 다하며 공간을 창조하는 윤리에 대한 압박감에 다름 아닐 터이다.

김기림 시는 개인 공간 체험을 드러낸 시보다는 공동체 공간을 노래한 것이 많다. 자신의 존재 내부의 공간보다는, 외부를 향해 열린 공간이 많다는 것은 공간의 사회성을 의미하는 것으로, 이때 시 속의 이미지들은 공유 공간으로 확산된다. 개인적 관계 속에서 파생될 수 있는 신념을 공동체적 관계로 통합하고자 하는 의지가 숨어 있기 때문이다. 이것은 모든 요소들의 총합이 유기적으로 연결된 과학적 전체시론을 그가 끊임없이 역설했음을 상기할 때 더욱 분명해지는데, 이는 그의 시론을 장악하고 있는 시적 인식이 사회적 관계로서의 시적 형식과 내용에 투사되고 있음을 의미한다. 이 점에서 『바다와 나비』는 공적 정체성으로서 열린 외부성에 깊이 관여한다. 김기림에게 있어 전체는 관계 속에 있는 존재를 뜻한다. 그런데 개별적 존재가 이상을 가질 때는 당연히 동경을 지니게 된다. 동경은 결핍에서 비롯한다. 따라서 개별적인 것이 전체의 보편에 포함될 때 보다 안전한 이상체를 갖는다. 김기림이 끊임없이 그의 시론에서 전체성을 강조한

---

35) 극복해야 할 의미로서의 '앞쪽'과 해방의 감격과 기쁨으로서의 '뒤쪽'이 서로 길항하며 '또 다른 곳'으로 위치를 이동한다.

것도 바로 '근대'라는 이름의 충족되지 않은 것에서 출발하였고, '앞쪽'과 '午前'을 향한 전진의 행보도 이상을 향한 것이었다. 이런 뜻에서 '간다', '솟아오른다', '일어나다' 등의 운동성이 강한 시어들은 모두 그의 동경의 충동을 반영하며 새로운 세계의 공간 진입을 과제로 하는 것이라 하겠다.

해방의 기쁨과 함께 부정을 통해 새로운 인식에 도달하고자 하는 것은, 존재하지 않는 방향이지만 존재해야만 하는 미래의 방향과 연결된다. 김기림의 시가 회상하는 시가 드물고, 앞으로 기대되는 현재에 천착한 시가 많다는 것은 연속성에 포함된 보다 나은 세계에 관한 믿음에서 비롯한다. 이렇게 본다면, 『바다와 나비』에 나타난 공간은 민족, 국가, 공동체 등과 같은 내용들과 결합하여 완전성을 향하는 인식에서 출발한다. 그가 '근대' 공간을 인식함에 있어 "황량한 「근대」의 남은 터"(「知慧에게 바치는 노래」)라고 했을 때, 그것은 부정을 동반한 지속이었다. 또한 "그늘에 감춰온 마음의 財産/ 우리들의 오래인 꿈 共和國이어/ 음산한 「근대」의 葬列에서 빼앗은 奇蹟"(「어린 共和國이여」)이라고 했을 때, 그것은 채워진 이상(理想) 공간을 노래하는 것이었다. 김기림이 『바다와 나비』에 「殉敎者」, 「두견새」, 「共同墓地」 등의 시를 수록하고 있는 것은 지나간 시대에 대한 헌사였다. 특히 이상(李箱)의 영전에 바친 「쥬피타 追放」은 '근대'를 절망적으로 살다간 이상을 애도하고, "焚香도 없"는 추모지만 이러한 제의(祭儀)를 통해 역사는 새로운 생명을 시작할 수 있다는 믿음 때문이었다.

5. 『새노래』— 틈과 사이, 견고한 바닥

김기림이 펴낸 4권의 시집 중 『太陽의 風俗』과 『氣象圖』는 해방 이전이고, 『바다와 나비』와 『새노래』는 각각 1946년과 1948년에 펴낸 것이었다. 해방을 기점으로 나눌 수 있는 김기림 시집의 전·후기는 시대가 주는 양단(兩斷)식의 편의성을 고려하지 않더라도 확연한 차이를 느낄 수 있다. 우선 앞의 두 시집이 '근대'의 착목과 관련한 초조와 불안을 "知性의 太陽"과 연결하며, 제국주의 하에서 조선 내의 이상적 세계를 관념화하고 있다면, 뒤의 두 시집은 전망이 도래한 희망을 견인하고 있다. 공간적인 측면에서 앞의 두 시집이 '앞쪽'을 향해 있다면 뒤의 두 시집은 '옆쪽'을 향해 있다. 즉 식민지 체제 하에 근대의 문제가 국민국가의 건설과 자본주의적 체제, 자율적인 삶 등을 어떻게 경험할 것이냐의 일차적인 문제와 더불어, 조선의 현실에서 길항할 수밖에 없는 절망과 패배의식을 "太陽"과 "午前"을 통해 전진하고자 했다면, 해방 후 근대의 문제는 국민국가의 실질적 건설을 위해 실천적인 정치성이 강하게 띠고 있었다. 이와 관련하여 『바다와 나비』와 『새노래』는 그간 견지하고 있던 냉정하고 차가운 시선과 음성 대신, 감정을 자유롭게 분출하는 기쁨의 감각을 드러낸다. 이 같은 점은 그가 이제껏 주장해 온 지적 태도와는 다른 실재를 보여준다. 원근법의 측면에서도 앞의 두 시집이 무한한 먼 공간을 지향하고 있다면, 뒤의 두 시집은 정지된 공간의 세계를 보여준다. 이 거리의 이동은 심리적 거리이지만, 존재적인 정체성과 상관한다. 저기에서 여기로의 이동, 내일에서 오늘로의 이동을 통해 공간 속에 여러 상황을 세워 놓고 공간이 처한 주관성을 표출한다.

『바다와 나비』가 시의 반 이상을 해방 전 시들을 시집 속에 수록하여, 시대성에 대한 배려가 부족한 것에 비한다면, 『새노래』는 해방 후에 쓴 시라는 점에서 김기림 시의 변모를 잘 살필 수 있는 시집이다. 이 시집의 가장 두드러진 특징 중의 하나는 祖國, 나라, 인민, 백성, 등과 같은 동시대를 반영하는 정치적 어휘들이 빈번해졌다는 점이다. 인간이 특정한 입장을 중심으로 제한된 시야에 갇혀 벗어날 수 없는 지평에 묶여 있다는 면에서 본질적이다36)라는 지적은 김기림이 '근대'와 관련하여 그 자신의 위치를 규정하고, 각도를 입체적으로 바라보려는 시선에서도 발견된다. 해방 후 현실에 자신을 위치시켜 놓고, 자신을 둘러싸고 있는 공간을 이해하고 해석하고 있는 점은 그가 끊임없이 공간을 주시하고 있음을 보여준다. 김기림은『새노래』후기에서 "저 野獸的인 時代에 살기가 싫었고 좀 더 透明하게 살고 싶었"다고 고백하고 있는데, 이는 "實踐의 慧知와 情熱 속에서 統一하는 한 全 人間의 소리라야 했"듯이 "떳떳하게 살아가려는" 방향 감각에서 나온 것이었다. 비록 김기림이 '쎈티멘탈 로맨티시즘'과 '편내용중심주의'를 공격하고, 기교주의 논쟁에서 드러나듯 어떤 주의를 천명할 때 확고한 신념에서 출발했지만, 그것이 역설적으로 독단론에 흐르기 쉽다는 오류의 가능성을 포함하고는 있었더라도, 김기림이『새노래』에서 보여준 실천적인 정치성의 「이데(이데아)」는 간과할 수 없는 것이었다.

공간은 실제로 경험되고 인지되기도 하지만 상상으로 이루어지기도 한다. 김기림이「午前의 詩論」에서 주장하고 있는 것도 건강하고 활기찬 시의 공간이었다. 이 공간을 통해 상상된 조선의 현실과 상상된 근대는 문명의 정체를 응시하고, 본질을 발견함으로써 새로 향하여야 할 방향까지를 찾아보는37) 것이었다. 김기림이 지닌 현실 인식이 두드러지는 것은, 문명이 행복과 자유와 같은 인간적 가치를 가져다 줄 수 없다는 전제된 통찰이었다. 또한, 인간(영혼)과 육체(물질)가 협동에 의해, 생명적인 것으로 앙양되어야 한다는 모든 가치들의 종합과 역사의 다음 단계로의 발전을 확신38)했다는 점이다. 말하자면, 30년대를 둘러싸고 있는 기술과

---

36) 오토 프리드리히 볼노, 앞의 책, 101쪽.
37) 김기림, 앞의 책, 166쪽.

문명에 대한 조선 내의 현실을 통각하고, 앞으로 다가오는 상상된 현실을 '낡은 것에 대한 潔癖'을 통해 '새로운 것에 대한 정열'을 조감하고자 했다는 것이다. 이 점에서, 『새노래』는 상상된 현실이 어떻게 현현되었는지를 살필 수 있고, "詩를 읽는 것만으로는 만족하지 못했고, 歷史를 만들어가는 民族의 노래를 부르고 싶었다[39]"라는 후기(「새노래에 대하여」)에서 드러나듯이, 문제를 인식하고 그것을 조정하여, 성장과 도약을 위한 발판으로 삼은 김기림의 윤리를 가늠할 수 있는 것이었다. 이것은, "서투른 내노래 속에서/ 헐벗고 괄시받던 나의 이웃들/ 그대 우름을 울라 아낌없이 울라/ 憤을 뿜으라"(「나의 노래」)는 한 인간으로서의 음성이자, '수직'에서 '수평'으로 이동하는 열정의 각도였다. "넓고 푸른 하늘, 바다에 연이은 초록빛 들판, 海棠花를 수놓은 白沙場, 넘실거리는 보리이삭은 우리 모두의 것이었다 (「우리들 모두의 꿈이 아니냐」)"라는 새로운 공간에 대한 인식을 바탕으로, "다사론 땅"을 만들어, "아모도 흔들 수 없는 새나라를 세워가"기 위해, "녹쓰른 軌道에 우리들의 機關車"(「새나라頌」)를 달리고자 하는 것이었다.

일찍이 김기림의 '우리'에 대한 인식은 '바닥이 없는 현실'이었다. 그러나 "支配와 屈辱이 좀먹던 部落"에다 "새나라 굳은 터 다져가자"(「새나라頌」)했을 때 그것은, '바닥이 있는 현실'이었다. '바닥'은 이런 의미에서, 삶의 희망이자 노래이며, 실천하는 생활의 공간이었다. 바닥 없는 삶에서, 바닥 있는 삶으로 변화는 그가 꿈꾸었던 진보하는 문명과 문화가 있는 '우리들 노래'가 울리는 곳이었다. 따라서 "아스팔트 고루다저 물을 뿌려" 두고 "노래 부르며/ 어깨걸고 나가기 좋은 길"에는 "支配者의 軍隊와 그들의 앞재비" 대신 "人民의 行列"과 "백성의 行列"이 "勝利로 가는"(「부

---

38) 김기림, 앞의 책, 165쪽.
39) ＿＿＿, 위의 책, 264쪽.

풀어 오른 五月달 아스팔트는」) 아스팔트길이어야 하는 것이었다. 서 있는 '곳'과 어디로 가야하는 지의 '방향'을 선택할 수 있는 지면은 견고한 지표라는 의미를 갖는다. 땅의 견고함과 수평의 안정은, 집을 세우거나 건물을 세우는 물질적인 안정감 뿐 아니라, 대지 상실이라는 불안을 안도의 감정으로 바꾼다. 바닥이 없는 삶은 불안을 동반한다. 동시에 지표면의 부재는 추락의 공포를 동반한다. 이런 뜻에서 '새나라' 회복은 길이와 넓이 공간의 획득이자, 정신 내부 공간의 획득이다. 이 공간은 떠나간 것들이 돌아오는 공간이다. 신기한 音樂, 장미꽃과 眞珠, 가슴마다 기른 노래가(「다시 八月에」) 돌아오는 공간이다. 『太陽의 風俗』과 『氣象圖』가 언젠가는 다가올, 있을 수도 있고, 없을 수도 있는 가상적 시·공간을 추상하고자 했다면, 『새노래』는 실제적 여기의 공간을 감각한다. 그리하여, 떠나가고 부재하였던 다른 곳이었던 곳이 이제 모든 것이 되어 노래로 돌아온다. 그러나 이 돌아옴은 먼 곳으로부터 다시 돌아오는 것이 아니라, 고유성을 잃은 낯이 선 타자 공간을 자기 공간으로 인식하는 사유의 전회와 관계한다. 김기림이 "八月"을 『새노래』 곳곳에 경이와 기쁨을 지닌 채 출발의 旗빨로 묘사하고, 薔薇 빛깔의 시간으로 전화한 것도 바로 '바닥' 공간 위에서 가능한 것이었다. 공간은 과거의 공간이라 해서 단순히 기억과 망각의 공간으로 인식되지도 않고, 미래의 공간이라고 해서 진보와 희망의 공간이라고도 볼 수 없다. 이런 측면에서 바닥 없는 세계에서 바닥 있는 세계로의 변모, "八月"에 의해 떠나가고 잃어버렸던 것들이 다시 돌아오는 공간은, 당연히 분열과 틈을 경험할 수밖에 없다. 분열과 틈은 김기림이 사유하고 있던 의식뿐만 아니라, 공간을 장면적으로 바라볼 때 생기는 사이이다. "八月"이전과 이후의 틈과 사이는 그러므로, 공간은 비호감적인 공간이 된다.

'근대'를 사유함에 있어 김기림은 과학과 기술, 지식과 문화와 같은 지

(知)적인 표상과 함께 '르네상스'적인 것에 관심을 기울였고, 시 또한 구성의 상호 관계 속에 통일을 이루는 것이었다. 그러나 그가 헤겔의 변증법적 사유를 받아들였든, 받아들이지 않았든 공간을 구성할 때에는 삶과 현실의 비균질성을 어떤 방식으로라도 매개할 수밖에 없었다. '근대의 위기'를 인식할 수밖에 없었을 때, 그가 할 수 있었던 것은 비록 친숙한 공간일지라도, 거기에는 공간이 인식과의 관계 속에서 틈을 일으킬 수밖에 없는 공간성이 존재했다. 이와 같은 판단 하에, 바닥을 마련하기는 했지만, 전적으로 환대 공간으로 전회할 수 없는 까닭은 공간의 위험성 때문이었다. 이는 도식과 대한 실재의 차이에서 오는 것이었다. 따라서 『새노래』에서 빈번하게 보이고 있는, '가다', '오다'라는 시어는 분열과 틈이 거느리고 있는 부정과 긍정의 요소들이 복잡하게 얽혀 있는 현실태를 상정한다. 결국, 상상적인 공간들이 위상적(位相的)인 공간들과 부딪치며 '헤테르토피아'적 공간을 예기하는 일일 수 있다. "묻어져 가는 帝國/ 關節이 부은 資本主義/「피샤」의 塔을 지탱하는 物理學도/ 드디어 건질 수 없는/ 기우러지는 것들의 運命" 속에서도, "萬 가슴 萬萬 가슴을 견딜 수 없이 구루는 것은/ 未來로 뻗은 두 줄기 빛나는 鋼鐵/ 보랏빛 未明에 감기운 길이"(「우리들의 握手」)있었기 때문에 가능한 일이었다.

그저, 하도, 다시, 새로 등과 같은 어휘는 불안, 포기, 망설임, 결단과 같은 김기림 내부 공간의 분열과 틈을 드러낸다. 동시에 "民族과 歷史와 원한과 소원을 한 데 묶은 터질 듯"한 "것잡을 수 없는 소리"(「萬歲 소리」)가 외부 공간을 충격하는 것은, "개방의 한 결과"이며, "무제한한 건설의 가능성"과 "민족 공동 복리의 실현"[40]을 위한 책무에서 비롯됐다. 진정한 시작은 현실에 대한 자각에서 출발한다. 이럴 때, 천직(天職)으로서 순교자를 자처할 수 있다. "壁을 헐자/ 그대들과 우리들 사이의/ 그대들 속

---

40) 김기림, 앞의 책, 150-151쪽.

의 작은 그대들과 또 다른 그대들 사이의/ 우리들 속의 작은 우리들과 또 다른 우리들 사이의// 아마도 그것은 金 과 銀과 象牙로 쌓은 恥辱의 城일지라도/ 모른다 그러면 더욱 헐자"(「壁을 헐자」)라는 외침은 "가난과 不潔과 懷疑와 연기/ 모두가 倭敵이 남기고 간 상채기뿐"(「아메리카」)은 분열과 틈에 대한 통찰을 통해 새로운 공간을 만들기 위한 함성이라고 할 수 있다. 이처럼, 『새노래』는 공간을 소리로 채우고 있다. 소리는 부정과 긍정이 뒤섞여 있는 방향을 갖는 소리로, 이 속에서 김기림이 "門 이 아니라 壁인 것 같다"(「오늘은 惡魔의 것이냐」)며 "별"과 "薔薇와 무지개"를 바라보았던 것은 새노래'가 울려 퍼지는 공간에 대한 성장을 믿었기 때문이었다.

6. 결론

김기림은 근대 계몽기의 이행기인 근대시를 지나, 1930년대의 도시 형성기에 '근대'의 의미와 '근대'의 자각을 일찍이 인식한 이론가이자, 자신이 체중한 지적 경험을 시로 체화시킨 시인이었다. 그는 도회 공간에 주목하여 그 속에서 변화되고 있는 삶의 양태들을 지적 언어로 담아내고자 했다. 이 논문은 이와 같은 근거를 바탕으로 이제까지 김기림 시에 있어 소홀히 다루고 있었던 공간 연구를 통해 그의 시적 기원을 살펴보고자 하였다. 이 글에서 다루고 있는 4권의 시집은 시간 상의 거리만큼 공간 인식에 대한 차이가 있고 특히 마지막 시집인 『새노래』의 경우, 그 이전에 나타났던 근대 공간에 대한 몰입이 해방된 공간으로 변화하면서 의미적인 성찰이 더 강화되고 있다.

이 과정에서 그는 근대에 대한 자신의 확고한 인식을 '시론' 곳곳에 편재(遍在)하고, 문명에 대한 가치에 우선을 두고 서구 근대를 상상하고 있었다. 서구 근대가 '황혼'을 맞이하여 이미 쇠퇴의 국면에 들었다고 인식하고 있음에도 불구하고,『太陽의 風俗』과『氣象圖』에서 보여주고 있는 세계는 여전히 서구 근대를 상기하는 주체 인식을 보여준다. 국민국가에 대한 통찰이나 미적 근대성으로서 현실에 대한 비판적 저항이 해방 전 글에서는 잘 보이지 않는다는 점은 김기림이 근대를 인식하는 시선과 각도가 그 자신 강조하고 있는 입체성에 비해 효율적이지 못하다는 것을 드러내는 것이었다. 그가 모더니즘과 아방가르드를 명확하게 구분하지 못하고 있는 것은 논외로 하더라도 '센티멘탈 로만티시즘'을 감정의 분출로 단순화하여 그 속에 내밀화되어 있는 민족 감정이나 정념(情念)을 외면시하거나, '신경향파를 편내용주의라고 몰아붙이며 '근대성'에 대한 통찰을 '미적 주체'의 결락으로 파악한 채, 해방 후의 시집인『새노래』후기에까지 지속적으로 부정하고 있는 것은 인식의 편협성을 드러내는 것이고, 그의 시를 옹호하고자 그의 시론이 쓰였다는 시각에서도 자유로울 수 없었다.

그럼에도 불구하고 김기림의 시와 시론이 근대시사에 두드러지게 기여한 것은 '근대'의 기제로 시민과 민중이라는 공동체에 대한 자각이 있었고 시민사회의 풍속 지도를 그리려 했다는 점이다. 뿐만 아니라 미적 주체로서 언어에 대한 감각적 이해와 모더니티로서의 아포리아를 양식(養殖)했다는 점이다. 자신의 시를 위해 입론 성격의 시론을 의장(意匠)시키고 있지만 30년대 근대시 이행기에 시의 근대적 감수성을 요구하는 강령들은 분명 교의(敎義)에 해당했다. 그는 앞날을 내다보며 아직 도달하지 않은 세상에 대해 낙관적인 시선을 거두지 않았다.『太陽의 風俗』에서와 같이 '앞'과 '동쪽'을 향한 시선을 끝까지 버리지 않았으며 나아가고자 하는 전진의 욕구를 멈추지 않았다. 다분히 헤겔적인 정합적 진보 원리, 과학 기술에 바탕을 둔 문명, 르네상스적인 휴머니즘의 추구, 자유를 향한 신념 등은 '근대'를 향한 투쟁 의지에서 비롯했다. '午前'의 시간을 통해서는 활기찬 미래를 향해 나아가고자 했다. '각도'에 있어서 그는 입체를 강조하며 전체성과 통일성을 내세웠다. 그가 기교주의 논쟁에서 일관했듯이, 시의 특정 부분을 양식화하는 것에 대해서는 비판적인 태도를 거두지 않았다. 30년대를 꽃피우고 있었던 '시문학파', '이미지즘', '다다이즘', '초현실주의' 등의 아방가르드 시는 철저하게 부정의 대상이 되었으며 혁신성과 지성으로서의 주지주의를 옹호하며 승인받고자 했다. 그에게 미적 모더니티란 '근대'를 상상하고, 세련된 지적 교양으로서 이성을 강조하는 것이었지만, '경성'을 기반하고 있던 자본과 소비에 대해서 관대했다는 점에서는 '미적 근대성'으로서 인식이 부족했음을 드러내는 것이었다.

　이 점은 『氣象圖』에서 서구 근대의 쇠락을 냉소하며 새로운 세계의 도래를 설계하고자 했지만, 과정을 생략한 채 근대 이후를 태풍의 '몰아침'과 '갬'이라는 기상에 전유함으로써 예정론을 벗어나지 못한 것에서도 발견된다. 해방 후 김기림이 보여 준 '근대'와 '근대 공간'에 대한 인식은 '옆'의 상상력으로, 그것은 공동체와의 연대를 끌어내는 것이었다. 그가 해방 전까지 민족과 국가와 같은 표지를 구성한 바가 없었다는 사실은 '미적 자율성'으로서 그의 시적 자질을 함의하는 것이었다. 그러나 해방 이후 『바다와 나비』에서 보여주고 있는 세계는 역사의 균열과 파행을 명시하는 것이었고 애써 도피했던 시선을 조선 내부의 공간에 투시하는 것이었다. 이 공간이 보여주고 있는 것은 근대적이라고 느끼기에는 낯선 불행이었으나 이 공간 안에서 그는 민족과 국가의 현실을 모사하고 재현하는 정부(政府)적인 사유를 보여준다. 김기림에게는 모더니즘 시 혹은 모더니즘 예술에서 볼 수 있는 '소외'를 거의 찾아 볼 수 없다. 고독, 허무, 분노 등과 같은 감정의 탐닉을 극도로 적대한 개인적인 성격에서 기인한 것을 감안하더라도 과학, 객관, 전체 등에 대한 공리적인 태도는 그를 계몽의 완고한 수호자로 보이도록 한다. 이러한 층위에서, '옆'은 '앞과 달리 공간의 내부를 새롭게 채우고자 하는 의미에서 재건과 건설이라는 『氣象圖』의 신화를 상기시킨다. 그러나 이 시집의 상당 부분의 구성이 해방 전에 발표한 시를 1946년에 수록하는 차원에 그치고 말아 해방 후의 심회를 깊이 있게 찾아볼 수 없다. 다시 말해,『氣象圖』의 빈 공간을 다른 공간으로 채우고자 했던 신화는『바다와 나비』에서 지속하지만 근대의 건설이 또 다르게 유예되는 공간의 분열과 틈이 발생한다. 그것은 부수고, 짓고, 세우는 과정들 속에서 갈등이 드러날 수밖에 없고 이러한 차이로 신화는 지연될 수밖에 없었다.

김기림이 자신만의 내부 공간이 외부 공간과 결합을 이루고 그 흔적들을 노래로 바꾸어 묶은『새노래』는 제목 그대로 시집 곳곳에서 노래가 울려 퍼진다. 이 노래는 합창이다. 이 합창은 먼 곳이 아니라 이곳, 미래가 아니라 '지금'이라는 의미를 획득하는 공간 지정(指定)을 통하여『바다와 나비』에서 보이고 있던 틈새와 균열은『새노래』에서 '바닥의 견고함'으로 변화한다. '바닥'은 다른 곳을 이곳으로 고정시켜 지평을 확대한다. 이런 의미에서『太陽의 風俗』,『氣象圖』,『바다와 나비』에서 모티프로 작동했던 '바다'는 먼 곳, 먼 훗날이라는 공간적 의미가 확장되어 비로소「새노래」에 와서 우리 땅, 우리나라라는 공간의 정신성을 획득한다. 다른 곳이 아니라 이곳으로의 공간의 흡인력을 통하여 '가다'에서 '오다'로, '개인'에서 '공동'이라는 전화된 윤리를 보여준다. 이는 공간의 탄생에서 기인한다. 이 탄생을 통하여 부재했던 공간 없음의 공간은 공간 있음의 공간으로 변모하고, '깃빨', '太陽', '午前', '警報 解除', '薔薇', '行進曲의 파토스'를 담지한다. 하지만 상상과 현실의 차이가 공리(公理)가 될 때 성취는 불가역적인 것이 되고 역설적이지만 이 간극에 합창이 울려 퍼진다. 이 때문에 합창은 다시 공간의 연가(「戀歌」)가 되고 만다.

---

* 박주택,「김기림 시의 근대와 근대 공간 체현」,『비교한국학』27(2), 국제비교한국학회, 2019, 277-308쪽.

참고문헌

1. 기본 자료

김기림, 『김기림 전집 1』, 김학동 편, 심설당, 1988.
_____, 『김기림 전집 2』, 심설당, 1988.

2. 단행본

김기림, 『氣象圖』, 창문사, 1936.
_____, 『바다와 나비』, 신문화연구소, 1946.
_____, 『새노래』, 아문각, 1948.
_____, 『太陽의 風俗』, 학예사, 1939.
마르쿠스 슈뢰르, 정인모·배정희 옮김, 『공간, 장소, 경계』, 에코리브르, 2018.
오토 프리드리히 볼노, 이기숙 옮김, 『인간과 공간』, 에코리브르, 2011.

3. 평문 및 신문자료

≪동아일보≫, 1936.3.18.─3.25.
≪조선일보≫, 1935.2.10.─2.14.
『中央』, 제 28호, 1936.2.
최재서, 「현대 주지주의 문학이론의 건설」, ≪조선일보≫, 1934.8.7.─8.12.

김기림 문학에서의 근대 표상 재고

— '대건축'과 '대양(大洋)'의 기표를 중심으로

육송이

1. 문제제기

김기림은 그의 시론에서 "시는 언어의 건축"[1]이라고 언명하였다. 시는 계획적으로 설계되고 구성되어야 한다는 것이다. 설계에서 무엇보다 중요한 것은 '목적'에 적합하도록 결과물을 구성하는 일이다. 김기림 역시 이 사실을 명확히 인식하고 있었음은 그가 자신의 또 다른 시론에서 "시는 시인이 자신의 의식과 목적에 맞게 변별한 언어가 약동하는 것"[2]이라고 주장한 바로도 확인할 수 있다. 김기림의 건축학은 뚜렷한 목적이나 의식을 가지고 "창조하고 형성하고 축조하는 것을 실행하는 힘"이다. 그렇다면 김기림은 무엇을 창조하려고 하는가? 바로 새로운 시대, 새로운 현실이다. 김기림은 오늘의 시인은 "낡은 시대의 치명적인 침묵"을 깨뜨리고 "그 자신의 독창적 세계의 건축"을 시작해야 한다고 말한다.[3]

김기림은 「科學과 批評과 詩」, 「科學으로서의 詩學」, 「詩와 科學과 會話」 등 그의 시론에서 '과학'을 자주 언급하며 그 중요성을 부각한다. 이

---

* 경희대학교 국어국문학과 박사수료

1) 김기림, 「東洋人」, 『김기림전집 2』, 김학동·김세환 편, 심설당, 1988, 162쪽. (앞으로는 『전집No.』 쪽수로 표기한다.)

2) _____, 『전집2』, 75쪽, 「詩의 技術 認識 現實 등 諸問題」, ≪朝鮮日報≫, 1931. 2. 11—2. 14.

3) _____, 『전집2』, 59쪽; 「1933년 시단의 회고」, ≪朝鮮日報≫, 1933. 12. 7—13.

는 김기림에 관한 선행연구들이 김기림을 이해하는 핵심 키워드로 '과학'을 삼는 근거가 되어왔다. 김기림에 대해 본격적으로 언급한 논자 중 송욱은 김기림의 '과학적 시론'은 한낱 몽상에 불과하며, 리차즈의 시론에서 얻은 "단편적 지식의 두루뭉수리"일 뿐이라고 비판했다.[4] 오세영 역시 김기림이 지향한 새로운 과학적 시론은 결국 당대 영미에서 크게 유행하던 리차즈 이론이었다고 주장[5]하며, 송욱과 의견을 같이 한다. 김유중은 김기림의 과학적 시학이 리차즈의 영향을 받았음을 전제로 하면서 그의 과학적 태도는 곧 '지성'임을 해명하였다.[6] 반면, 윤대석은 김기림의 '과학'이 리차즈의 것과는 다른 의미를 내포하고 있으며, 이는 자연과학의 방법론을 의미한다고 주장하였다.[7]

기존 선행연구들은 '과학'에 방점을 두고 김기림을 이해하려는 행보를 주로 보였으며, 상대적으로 김기림이 시론에서 밝힌 '건축'은 주목받지 못했다. "어대로 가느냐고? 그것은 내 발길도 모르는 일이다. 다만 어대로든지 가고 있을 것만은 사실일게다."[8] 김기림이 『太陽의 風俗』 서문 마지막에서 밝힌 것처럼, 그는 의식적으로 변화를 추구하며 '오전', '태양' 등으로 표상되는 새로운 근대문명으로 나아간다.[9] 이러한 김기림의 태도를 이해하기 위해서는 김기림이 언명한 '건축'을 바로 해명할 필요가 있다.

김행숙은 이상(李箱)에 대해 논하면서 김기림의 '건축'에 함께 주목한 바 있다. 김행숙에 따르면 김기림에게 '건축'은 자체의 원리와 체계를 가

---

4) 송욱, 「김기림 즉 모더니즘의 구호」,『김기림』, 김유중 편, 문학세계사, 1996, 239쪽.
5) 오세영, 「과학으로서의 시학과 새로운 시」,『한국현대시인연구』, 월인, 2003.
6) 김유중, 「김기림의 주지주의적 시론 연구」, 서울대 석사학위논문, 1989.
7) 윤대석, 「김기림 시론에서의 '과학'」,『한국근대문학연구』7, 한국근대문학회, 2006.
8) 김기림,『전집1』, 15쪽;「어떤 親한「詩의 벗」에게」,『太陽의 風俗』, 學藝社, 1939, 5쪽.
9) 장도준은 김기림의 시적 주체를 강렬한 정체성을 가지고 자신의 주장을 펴는 "모더니즘적 계몽주의의 주체"로 정의하였다. (장도준,「한국 현대시 텍스트의 시적 주체 분열에 대한 연구」,『배달말』31, 배달말학회, 2002, 247-248쪽.)

진 완결된 구조물로 이는 능동적인 주체를 전제로 삼았을 때 가능하다.[10] 능동적인 주체란 현실의 단편을 선택하여 설계하고 제작할 수 있는 존재이다. 논자들은 김기림이 능동적 주체로서 자신의 의도에 따라 현실의 일면을 부분적으로 취사선택하여 조명했지만, 정작 그의 시에서 시적 주체는 현실을 직면하고 성찰하는 대신 관망할 뿐[11]이라는 점을 지적한다. 이러한 지적은 결국 김기림이 그가 처한 현실을 피상적이고 도식적으로 인식했다는 판단으로 확장되며, 김기림의 시대 인식과 관련하여 지금까지도 우세한 비판의 지점을 점유하고 있다.[12]

본고는 김기림이 그의 시론에서 은유로 사용한 '건축'의 의미를 해명하고, 그것이 시편에서 어떻게 적용되는지 살피는 데 목적을 둔다. 김기림의 시론과 시는 괴리되지 않았으며, 시론에서의 주장이 시적 실천으로 드러난다는 점을 확인한다. 특히, 「꿈꾸는 眞珠여 바다로 가자」, 「제비의 家族」에서 드러나는 바다는 '태평양'으로 볼 수 있으며, 김기림은 『氣象圖』의 '태풍'을 통해 적도의 바다, '태평양'을 자신이 위치한 현실의 바다로 옮겨오는 작업을 실행하였다. 김기림의 시는 시대에 대한 그의 고뇌의 결과물이자 현실을 변

---

10) 김기림에 따르면 시는 말의 예술인데, 시인은 사람의 관념계에 딩구는 잠자고 있는 말을 주워다가 그의 목적 때문에 생명을 불어넣어 산 말을 만든다. 말은 항상 목적 때문에만 살 수 있는데 이는 다시 말하자면, 시인의 시야를 채우며 또 그 의식에 떠오르는 수없는 현실의 단편을 그 자신의 목적에로 향하여 선택하여 새로운 의미 세계를 만드는 것을 의미한다. 즉 시는 말을 건축자재로 삼아 시인의 목적에 맞게 설계되는 것이므로 한 편의 시를 제작(건축)하기 위해 가장 중요한 것은 시인이다. (김기림,『전집2』, 75쪽;「시와 인식」, ≪朝鮮日報≫, 1931. 2. 11ー2. 14.)

11) 염철은 김기림 시에 나타나는 화자 대부분이 자신의 구체적 생활 경험을 드러내기보다는 관념적인 시대정신을 드러내고 있다는 점에서 몰개성적인 성격을 띤다고 보았다. (염철,「김기림 시에 나타난 주체의 양상」,『어문론집』37, 중앙어문학회, 2007, 269쪽.)

12) 김우창,「한국시와 형이상」,『궁핍한 시대의 시인』, 민음사 1982, 50쪽;박철희,「김기림의 모더니티」,『한국시사연구』, 일조각, 1984, 228ー240쪽;최학출,「1930년대 한국 모더니즘의 근대성과 주체의 욕망체계에 대한 연구」, 서강대 박사논문, 1994, 82쪽.

화시키려는 능동적인 가능성을 담고 있는 하나의 건축물이다.

2. 시론에서의 '건축'의 의미

김기림은 「東洋人」에서 동양인들이 그들의 사고에 갇혀 큰 건축("대건축")을 하지 못함을 문제 삼는다. 김기림이 지적하는 사고란 "이조 오백년의 꿈이 그대로 잠자는" 인습이다. 김기림은 30년대 초 시단이 이러한 '인습'을 골자로 한 낡은 시론에서 불균형한 영양을 얻어 비만하고 병적인 육체를 가졌다고 말한다. 더욱이 이러한 결함을 자각하여 고치지는 않고 오히려 자위하는 의견이 있다는 점에 크게 탄식한다. 그는 "동양적인 것의 본질이 情的인데 있다는 자기 도취"가 우리의 예술을 시들어버리게 만든다고 보았다.

> 서양인의 피아노는 키가 수십 개나 되는데 동양인의 피리는 구멍이 다섯 개 밖에 아니된다. 타고어가 그만한 성공을 한 것은 우연하게도 그가 위대한 우울의 시대를 타고난 까닭인가 한다. 우리의 감정은 T.S엘리엇의 시보다도 예츠의 울음 소리에 얼마나 신통하게도 적응하느냐.
> 그처럼 떠드는 한 사람의 발자크나 한 사람의 드라이저조차가 동양에서는 한 어색한 문학적 異邦人일지도 모른다. 인간의 결핍이 아니라 지성의 결핍은 동양의 목가적 성격의 결함인 것같다.
> 건축을 한대도 밤낮없이 3간초옥이나 짓는 데 익숙하다. 그러한 집은 타고어가 살기에 얼마나 알맞은 집이냐. 주밀한 설계도는 물론 해본 일이 없고 거대한 구조를 가진 대건축에 우리는 어떻게 서투른지 모른다.13)

"동양인"의 문제는 "사물을 전체적으로 통솔하는 지성이 결여한 것"이

---

13) 김기림, 『전집2』, 161쪽; 「東洋人」, ≪朝鮮日報≫, 1935. 4. 25.

다. 김기림은 이를 "피아노"와 "피리"라는 두 악기의 비교를 통해 비유한다. 88개 건반을 활용하는 피아노와 5개의 구멍을 가진 피리는 기본적으로 만들어내는 음역대 역시 차이가 나지만, 김기림은 피아노와 피리를 단순하게 양적 비교한 것이 아니다. 피아노가 피리보다 더 다채롭고 풍성한 음악을 만들 수 있는 것은 자명한 사실인데, 피리와 달리 피아노는 화성(하모니)이 가능하기 때문이다.[14] 선율이 음의 순차적 연결이라고 할 때, 하모니는 두 개 이상의 음을 동시에 연결하는 수직적 구조를 형성한다.[15] 음악에서 하모니는 회화의 공간에 비유될 수 있기에 피아노를 통해 구현되는 음악은 음악과 회화의 종합이자 하나의 건축물이라고 볼 수 있다. 원근법이 그림에 삼차원적 공간을 부여하듯이 하모니는 이차원적인 음악에 깊이라는 삼차원적인 느낌을 부여[16]하기 때문이다.

　김기림은 "우리의 주위에서 들려오는 피리 소리는 너무나 단조롭고 한결같다"[17]고 표현한 바 있다. 이러한 한결같음은 선대의 가치를 소중히

---

14) 리듬·멜로디(선율)·하모니(화성)는 음악의 3요소이다. 피아노는 이 세 가지의 요소를 모두 충족시킬 수 있지만, 피리는 두 개 이상의 피리를 사용하지 않는 이상 화음조차 만들 수 없다. 높이가 다른 두 개 이상의 음이 동시에 울리는 것을 화음이라고 하며, 여러 화음들이 수직적·수평적으로 연결되어 조화를 이루는 것이 화성(하모니)이다.

15) 음악의 짜임새, 즉 조직의 문제는 음악의 횡적 측면만이 고려된 단선율 음악에서는 운위될 수 없으며, 오직 횡적 현상과 종적 현상이 동시에 일어나고 있는 이른바 다선율 음악에서만 운위될 수 있다. (이강숙,『음악의 이해』, 민음사, 2009, 103－107쪽.) 이처럼 음악에서 종적 현상, 즉 '화성'을 고려하는 의식구조는 김기림의 '건축'의 과정과 흡사하다. 김기림이 건축을 "동결한 음악"으로 비유한 괴테의 말을 인용한 것은 그 역시 건축과 음악 간의 유사성을 인식했기 때문이다. 여기서 김기림의 '건축'에 대한 이해의 단초를 얻을 수 있다. 화성이 서로 다른 선율과 리듬을 의식적으로 조직하여 조화롭고 균형감 있는 음악을 만들어낸다면, 김기림의 '건축'은 의식적으로 조직되어 형태상 견고하지만 그 내부에 어떠한 생동감과 움직임을 지녔다는 점에서 일반적으로 정의되는 '건축'과 차이를 지닌다. 이 부분은 본문에서 자세히 보충하여 설명하고자 한다.

16) 최현석,『인간의 모든 감각』, 서해문집, 2009, 196쪽.

여기는 동양적 미덕에서 기인했으나, 오독되어 퇴영적인 현실이라는 결과를 불러왔다. 새로운 시대에는 그에 걸맞은 새로운 감각이 필요한 법이다. 김기림은 "문학의 형식에서 시간성을 전연 무시하는 그러한 무지와 고풍의 취미는 좀 냄새가 난다"[18]며 시대감각에 맞지 않는 단순 회고를 강하게 비판한다. 김기림에게 '知性'을 고조한다는 것은 "육체적 비만과 동양의 성격적 결함"과 같은 인습을 타파하고 새로움을 추구하는 것이며, 여기서 김기림이 목표하는 것은 '새로운' 어떤 대상이 아니라 '새로운 것을 추구하는 태도'임을 확인할 수 있다.

김기림의 이러한 목표는 그의 생애에서도 엿볼 수 있다. 김기림은 1936년 박귀송과의 대담[19]에서 옛날에 사숙한 시인은 예츠(Yeats)였으며, 지금은 이미지즘파의 올딩튼(Aldington)이라고 답한 바 있다. 대담에서 그가 사숙한 대상이 예츠에서 올딩튼으로 바뀐 명확한 이유는 찾을 순 없으나, 대담 곳곳에서는 새로움을 향한 김기림의 지향을 확인할 수 있다.[20] 김기림은 그의 시에서 "朝鮮的 情緒라던지 또는 東洋的 感情이 없는 듯한데 그것은 어떠한 主見아래서 時作하기 때문"이냐는 박귀송의 질문에 이렇게 답한다. "저는 어떤 한 詩論을 세웠다가도, 批判하고, 反省하기 때문에 늘 새로운 것을 쓰게 되고 自然히 새로운 것을 찾게 됩니다." 그가

---

17) 김기림, 『전집2』, 169쪽; 「角度의 問題」, ≪朝鮮日報≫, 1935. 6. 4―20.

18) ____, 『전집3』, 229쪽; 「新民族主義 문학운동」, ≪東亞日報≫, 1932. 1. 10.

19) 박귀송, 「새 것을 찾는 김기림」, 『新人文學』, 三月號, 1936, 88―92쪽.

20) 김기림은 "요지음 발표하는 무명시인들의 시"에 대한 의견을 묻는 박귀송에게 이렇게 답한다. "늘 남의 밟은자리를 다시 밟는다는것은 좋지 못한 일이라 봅니다. 우리는 늘 停止못하고 한발자옥이래도 내딛일려고 애를 쓰니깐요. 벌서 우리는 散漫하고 낡은시에는 ×症이 났으니깐요. 하하하 지금부터 詩作하는 분들은 적어도 새로운 境地를 開拓해야만 될것입니다." 여기에서도 현재의 시를 "산만하고 낡은" 것으로 여기며 현재에 만족하거나 안주하지 말고 "한발자옥이래도 내딛"어서 "새로운 경지"를 개척하려는 김기림의 인습 타파 의지와 도전 정신을 확인할 수 있다. (밑줄 강조 인용자) 박귀송, 위의 글, 90쪽.

늘 새로움을 찾을 수 있는 이유는 "科學的으로 分節하고 主知적으로 생리적으로 나가게되어서 倦怠라던지 실증을 느끼지 않"기 때문이다. 이러한 대답을 미루어 볼 때, 김기림은 그가 「동양인」에서 지적한 바처럼 낡은 동양의 인습을 의식적으로 비판·반성하고 "主知적"으로 새로운 것을 배우고 추구하였음을 알 수 있다.

김기림은 허버트 리드(Herbert Read)의 표현을 빌려 당시 30년대 시단이 "센티멘탈·로맨티시즘의 일종에 불과"[21]한 것이 장악하고 있었다고 말한다. 이러한 상황에 이르게 된 원인은 김기림이 1939년 발표한 평론 「모더니즘의 歷史的 位置」에서 확인할 수 있다. 일본, 중국, 인도 등 동양에서 일어난 신문학은 서양문학의 모방에서 시작되었는데, 동양의 젊은 시인들은 "아직까지도 자신의 고유한 성향을 대부분 그대로 가지고 있는" 탓에 그들의 재래적 정서에 가까운 로맨티시즘과 세기말의 시를 먼저 수용하였다. 이는 우리 문단 역시 마찬가지였는데, 김기림은 여기에 부합하는 시인이 예츠와 타고르였다고 말한다. 서양에서 로맨티시즘은 비록 새로움의 건설은 아닐지언정 기존의 것을 부정하는 혁명성이 존재했지만, 동양에서는 "신문학의 건설이라는 위대한 목표를 바라보면서 돌진하기"는커녕 동양적 인습을 회상하는 "황혼의 기분"을 누리는 "태만"에 불과했다. 이것이 김기림이 예츠를 버리고 이미지즘의 대표 기수 중 한 명인 리차즈 올딩튼을 주목한 이유이다.

이미지즘은 1930년대 초반 사상과 시인들로부터 회화성만을 추구하는 기법적 측면에 경도된 기교주의라는 비판을 받기도 했으나[22], 김기림

---

21) 김기림, 『전집2』, 59쪽; 「1933年 詩壇의 回顧와 展望」, ≪朝鮮日報≫, 1933. 12. 7–13.
22) 영미 이미지즘은 1919년 황석우에 의해 한국 문단에 처음 소개되었다. 황석우는 이미지즘을 내용보다는 형식적인 면을 중시하는 유파로 인식했는데, 이러한 판단은 영미 이미지즘의 주역인 에즈라 파운드와 흄의 이론이 결여된 데서 기인한다. 핵심이 빠진 표피적인 차원의 이미지즘 도입은 기법으로서의 회화성만을 강조한

이 선택한 이미지즘은 결코 기교에 편중된 것이 아니었다. 김기림은 20세기에 걸맞은 시의 새로움은 음악적인 운율 대신 회화성이라고 판단했다. 다만 이것이 운율을 배격하고 회화성만을 추구하는 것을 의미하진 않는다. 김기림은 "시에 있어서 음악성만을 고조하는 것은 病的이다. 그와 동시에 극단으로 회화성을 주장하는 것도 病的"[23]이라고 말한다. 김기림은 시에서 회화성이 기교적으로만 사용되는 것 역시 문제적이라고 지적한다. 김기림이 이미지즘을 선택한 것은 앞서 언급한 것처럼 이미지즘이 당대 센티멘탈·로맨티시즘에서 벗어나 새로운 가치를 추구하는 일이었기 때문이다. 물론 이와 같은 새로움의 추구가 이전 것의 배격을 의미하는 것은 아니다.

> 이미지스트는 정서까지를 아주 떨어 버리지는 못하였지마는 이미 그 내부에 서정시의 강대한 敵을 기르면서 있었다. 조소성에의 추구가 그것이다. 그것은 다른 방면으로 보면 회화에의 동경이다. 다시 말하면 이미지스트의 시 속에는 서정시와 또한 서정시를 부정하는 것이 함께 깃들어 있었던 것이다.[24]

인용한 글에서 보이듯이 김기림은 이미지즘이 완전한 반감정주의라고 생각하지 않는다. 이미지즘 역시 "서정시의 범주를 아직 완전히 벗어나지 못했다"고 평가했다. 그럼에도 불구하고 이미지즘을 선택한 이유는 그에게 중요한 것은 시에서 감정을 완전히 제외하는 것이 아니요, 감정에

기교주의로 탈선할 위험성을 안고 있었다. 30년대에 들어 이미지즘의 이론적 토대를 제공한 흄의 사상이 소개되었고, 이로써 이미지즘은 단순한 표현기법이나 형식상의 차원을 넘어서서 그 이론적 배경에 이르는 깊이를 획득하게 되었다. (홍은택, 「영미이미지즘 이론의 한국적 수용 양상」, 『국제어문』 27, 국제어문학회, 2003, 167-167쪽.)

23) 김기림, 『전집2』, 107쪽; 「現代詩의 技術—詩의 繪畫性」, 『詩苑』, 1935. 2.

24) _____ , 위의 글, 104쪽.

의 함몰을 경계하고 새로움을 추구하는 자세를 가지는 것이기 때문이다. 이미지즘에는 서정시에 대한 '부정'이 깃들어 있었다. 기존의 것에 안주하지 않고 반기를 들며 새로움을 추구하는 자세가 있었다. 김기림은 대척점에 있는 양자 중 어느 것 하나만을 택일하는 자세를 취하지 않는다. 어떠한 편이든 극단을 경계하면서 양자의 긍정적인 부분들을 수용하여 조화를 이루는 방향을 선택하는데, 이것이 김기림이 지속적으로 호명하는 '새로움'이자 그의 태도라고 볼 수 있다.

김기림의 이러한 태도는 그의 시론 연구의 주요 키워드로 명명되는 '전체시론'과 무관하지 않다. 일반적으로 김기림은 '기교주의 논쟁'을 기점으로 초기 시론에서 '전체주의 시론'으로 그 방향이 달라졌다고 평가받으나, 김기림은 초기 시론에서부터 '전체시론'에서 드러나는 통합적 사유를 드러낸다. 김기림의 시론을 연속성으로 파악하는 연구 중 김기림이 직·간접적으로 영향을 받은 영미 모더니즘의 기저에 낭만주의의 유기체론적 사유가 전제되어 있음을 밝힌 논의[25]는 주목할 만하다. 이분법적인 요소들을 유기적으로 통합하는 이러한 사유를 '객관적 태도'로 판단하고, 김기림의 '객관주의'가 세계의 '차이'를 하나의 입체성으로 회복하는 종합의 과정을 내재하며 '전체'에의 지향으로 뻗어 나간다는 논의[26]도 있었다. 또한 김기림이 '전체시론'을 통해 다양성과 차이를 유지하는 통일이자 종합을 드러낸다는 점에 동의하면서, '전체시론'에서의 '전체'는 결코 완성된 것이 아닌 과정이며, 그 도달이 불가능하다는 점에서 완전한 현실 인식이 영원히 불가능함을 내포한 열린 개념으로 재고되어야 한다는 논의[27]도 있었다.

---

25) 주영중, 「김기림 시론 연구」, 『한국시학연구』 34호, 한국시학회, 2012, 251−253쪽.
26) 김정수, 「김기림 시론에 나타난 객관주의의 의미」, 『대동문화연구』 88권, 성균관대학교 대동문화연구원, 2014, 226−227쪽.

본고 역시 김기림이 감성/이성, 낭만주의/고전주의, 인간성/지성, 운율/
회화 등 차이를 전제한 양자 중 하나를 선택하고 나머지 하나를 배격하는
방향이 아니라, 과거에 안주하지 않고 차이를 종합·조화시켜 새로움을 만
들어내는 태도를 지녔다고 보았다. 김기림의 이와 같은 태도는 30년대 중
반부터 본격적으로 전개된 전체시론으로 연결되는데, 이러한 의식과정은
그가 시론에서 비유로써 지속적으로 드러내는 '건축'과 매우 유사하다.

　　한 덩어리의 흙덩이에 어떠한 모양을 줌으로써 그것은 벽돌이 된
　다. 그 개개의 벽돌이 어떠한 질서에 의하여 배열되고 쌓여질 때 그것
　은 건축의 외곽이라는 별다른 형태를 얻는다. 거기서 선과 면의 작용
　은 한 덩어리의 흙 그것에서 애초에 기대할 수조차 없었던 효과인 것
　은 분명하다.
　　그런데 벽돌에 있어서 그 개개의 벽돌이 이루어지는 데는 한 개의
　질서(또는 원리라고 해도 좋고, 목적이라고 해도 좋다)가 필요하였고
　전건축에 있어서는 한 개의 전체적인 질서가 필요하였던 것이다. 그
　래서 그 경우에 흙은 한 외재적 질서에 향하여 변통성을 내재해 가지
　고 있을 뿐으로서 면이라든지 선은 건축에 있어서 흙덩이가 가질 수
　있는 형태의 극한이었다. 형태는 항상 외방으로부터 부여된 질서의
　소산이었다. 다만 그것뿐이었다.

　　그러나 시의 재료로서 쓰여지는 말은 개개의 말 속에 의미의 가능
　성을 내재해 가지고 있는 것이다. 우리는 말의 소리와 모양의 운동과
　자세에 의하여 생겨나는 물리적인 효과는 필연적으로 거기에 나타나
　는 의미를 어떻게 막을 수 없다. 말은 의미를 떨어버릴 수가 없고 따라
　서 시는 의미를 가지도록 숙명되어 있다.[28](밑줄 강조 인용자)

---

27) 강정구·김종회, 「김기림의 전체시론 재고」, 『우리문학연구』 36권, 우리문학회,
　　2012, 139−141쪽.
28) 김기림, 『전집2』, 173−175쪽; 「意味와 主題」, ≪朝鮮日報≫, 1935. 10. 1−4.

인용된 글 초반에는 일반적으로 정의되는 '건축'의 의미가 드러나 있다. 건축자는 확실한 목적 혹은 원리를 가지고 기둥을 세우고 벽돌을 쌓아서 뚜렷한 질서의 결과로 형태를 지닌 결과물을 만들어낸다. 김기림이 "시는 곧 언어의 건축"이라고 주장한 것은 시가 건축물처럼 시인의 의식 아래 방법론을 가지고 제작되어야 한다는 점에 기인했다고 볼 수 있다. 그러나 더욱 중요하게 살필 부분은 마지막 문단이다. 시의 재료로 쓰인다는 점에서 "말"은 건축물의 재료인 "벽돌"과 같다고 볼 수 있는데, 벽돌이 그저 조직된 형태(흙덩어리)에 그치는 데 반해, 말은 그 속에 "의미와 가능성"을 내재한 것으로 "소리와 운동과 자세"를 지닌 유동적인 것이다. 즉 김기림의 건축은 견고하고 안정된 형태를 지녔으되, 그 내부에는 유동성과 운동성이 포함된 언어를 시인의 능동적인 기획에 따라 쌓고 확장해 나가는 것이라고 볼 수 있다.[29)]

김기림은 「藝術에 있어서의 精神과 技術」에서 "예술이란 한 내부 갈등의 발전의 표현"이라고 정의한다. "동기로서의 관념이 형상을 갖추면

---

29) 근세의 초기부터 18세기에 이르는 고전주의 내지 의고주의 시대에는 유동하지 않는 것, 안정된 것, 가관적인 것, 가능적인 것을 추구하는 그 정신적 방향의 발로로서 건축·조각·회화가 중시되었으며, (중략) 19세기 초엽의 낭만주의는 음악에서 그 분방성·정서성·유동성을 위한 가장 알맞은 표현 형태를 얻었던 것이다. (김기림, 『전집3』, 64−65쪽;「문학과 예술」, 『文學槪論』, 文友印書館, 1946. 12.) 위의 내용을 편의상 분류하면 다음과 같다.

18세기 고전주의	19세기 낭만주의
고정성 안정성 가관성(시각적) 가능성	분방성 정서성 유동성
건축·조각·회화	음악

일반적(역사적)으로 건축은 고정성·안정성에 가까운 성향으로 분류될 수 있으나, 김기림이 주장한 건축은 고정성·안정성과 분방성·유동성이라는 정반대의 요소가 조화롭게 종합된 '새로운' 시도의 건축이라고 볼 수 있다.

서 다시 생기는 관념과의 대립·반발·통일의 과정을 밟아 더 높고 더 큰 형상의 조직으로 발전하며 그러한 발전의 完結體가 작품"[30]이라고 말한다. 김기림은 예술가의 정신이 대립·반발·통일의 과정을 겪는 것을 "運動"이라고 지칭하는데, 이러한 실체 없는 움직임은 "함부로 하는 선택이 아니라" 능동적인 주체가 "일정한 효과를 노리고 하는 의식적 활동"이다. "자기 부정과 긍정"이라는 대립적인 양자를 끊임없이 반복함으로써 시인은 결국 작품이라는 새롭고 "통일 있는" 건축물을 축조해낼 수 있다. "주밀한 설계도는 물론 해본 일이 없고 거대한 구조를 가진 대건축에 우리는 어떻게 서투른지 모른다"[31]며 한탄하던 시대의 지성은 서구 이론의 도입과 수용 속에서 자신의 '건축론'을 세워가며, "더 높고 더 큰 형상의 조직"인 "대건축"의 실현을 희구한 것이다.[32]

3. '바다'의 의미 재론

한국 시사에서 근대가 '바다'와 함께 등장하였음은 주지의 사실이다. 바다는 자연의 일부이지만 여타의 자연과는 차이를 지닌다는 점에서 문제적이다. 전통적으로 인간은 자연을 인간화시키는 '물아일체'를 통해 자연에 복종하면서 지배한다는 샤머니즘적 전략을 취해왔으나, 바다에는 이러한 전략이 적용되지 않았다.[33] 따라서 바다는 오랜 시간 시적 대상

---

30) 김기림, 『전집3』, 150쪽;「藝術에 있어서의 精神과 技術」,『文章』, 1948. 10.

31) _____,『전집2』, 161쪽;「東洋人」, ≪朝鮮日報≫, 1935. 4. 25.

32) 김기림이 은유로써 사용한 '건축'은 현재에 안주하지 않고 새로운 가치를 추구하던 김기림의 태도와 일제강점기라는 시대적 특수성 아래 시에서 '태평양'을 호명한 그의 시대 인식과 맞물려 생각할 때 그 의미를 보다 예각적으로 살필 수 있다.

33) 물아일체란 인공과 자연이 대립하지 않은 상태로써, 모든 자연이 낯설거나 두려운 존재가 아니라 인간화되어 친숙한 공간으로 변모했을 때 인간은 물아일체를 경험할 수 있다. 자연에 대한 인간의 동일시 전략은 인간이 자연을 지배할 수 없을 때에 자

으로 거론되지 않거나 혹은 육지의 연장선으로만 취급되었다. 바다가 자신의 독자적인 지위를 획득하며 현대시의 중요한 모티브로 호출되기 시작한 것은 최남선의 「해에게서 소년에게」 이후이다. 계몽주의자인 최남선이 그의 시에서 등장시킨 바다는 "太山갓흔 놉흔뫼, 딥태 갓흔 바위ㅅ 돌"로 표상되는 기존 조선 사회의 구조적 모순과 불합리를 부숴 버릴 수 있는 강력한 힘과 생명[34]을 품은 존재였다.[35] 바다를 기존 질서에 반한 근대의 새로운 질서로 의미화한 것은 최남선 이래 수많은 지식인들의 공통된 인식이었다.

최남선 이후 바다를 시적 대상으로 삼은 대표적인 시인 중 하나로 정지용을 꼽을 수 있는데, 그가 일본을 오가는 현해탄 위에서 쓴 초기 시 「甲板 우」에는 근대라는 열린 세계에 대한 기대와 열망이 여실히 드러난다.[36] 현해탄은 이 시기 지식인들에게 계몽의 통로이자 신지식의 공급로

연에 동화되어 복종하는 숭배의 태도이자 동시에 자연을 통제하여 정복하고자 했던 샤머니즘적 관습의 연장선이기도 하다. 그러나 바다는 압도적인 깊이와 넓이를 가진 두려운 존재였기에 인간은 바다 앞에서 자신의 한계를 인식하고 자신을 성찰하는 한편, 자신의 한계를 넘어서는 세계에 대한 상상력과 갈망을 함께 가지게 되었다. (오문석, 「시인과 바다」, 『한국시학연구』 51, 한국시학회, 2017, 228−231쪽 참조.)

34) 바다가 '생명'의 상징으로 표현되는 이유는 고정불변한 산이나 대륙과 달리 끊임없이 변화하는 유동성을 지녔기 때문이다. 최남선은 잘못된 관행으로 젖어 무기력한 당시의 사회 문제를 해결하기 위해서 가변성과 역동성을 존재인 바다를 호출했다. 한편 바다가 '홍수'처럼 거칠고 성난 물의 이미지로 대변될 때에는 '정화'의 상징으로 사용된다. 이러한 바다의 이미지는 바다가 문명에게 보내는 경고의 메시지로 시인들에게 포착되기도 했다. (손미영, 「현대시에 나타난 '바다이미지' 고찰」, 『우리문학연구』 20, 우리문학회, 2006, 233, 240쪽.)

35) 박주택, 「정지용 시에 나타난 근대성 연구」, 『한국시학연구』 30, 한국시학회, 2011, 125쪽.

36) "배는 華麗한 김승처럼 짓으며 달려나간다./흘어저 날으는 갈메기떼 날개 뒤로 문짓 문짓 물러나가고,/어디로 돌아다보든지 하이한 큰 팔구비에 안기여/地球덩이가 동그랏타는것이 길겁구나."에서는 원근법에 의한 열린 세계가 드러나는데, 열린 세계로의 지향은 미래성과 입체성을 전제로 펼쳐진다. (송기한, 「정지용 시에서의 바다의 의미」, 『한중인문학연구』 42, 한국인문학연구회, 2014, 29쪽.)

였다. 많은 지식인들이 현해탄을 통해 일본으로 건너가 신지식을 배우고 새로운 세계를 경험했다. 임화는 「현해탄」이라는 시에서 "청년들은 늘 희망을 안고 건너가, 결의를 가지고 돌아왔다"며, "영원히 현해탄은 우리들의 해협"이라고 외쳤다. 김윤식은 임화의 현해탄을 "현해탄 콤플렉스"로 명명하며, 조선 지식인들이 근대화된 일본에 대해 가진 갈증과 열등감으로 해석한 바 있다. 그러나 최근에는 임화에게 미래에 대한 사유를 가능케 한 매개체이자, 미래를 현재에 귀환하도록 이끄는 가능성의 바다는 '현해탄'이 아닌 '태평양'이라고 밝힌 논의[37]도 있다.

　본고는 위의 논의를 눈여겨보고 발전시켜 김기림 역시 그의 시에 드러나는 바다가 '적도'의 바다임을 밝히고자 한다. 김기림은 초기시부터 해방 후까지 그의 시세계 전반에서 바다 이미지를 지속적으로 드러내는데, 그중 1930년대 시에서 핵심적으로 드러나는 바다의 이미지는 근대적 문명을 나타내는 은유로서 작용한다.[38] 김기림이 지향하고 도약하는 가능성의 바다는 적도에 위치한 열대의 바다이다. 김기림은 그가 위치한 현실의 바다를 그가 지향하는 더 큰 층위의 근대, 즉 태평양으로 대체한다. 무형의 유동적인 바다를 의도적으로 조직하고 기획하는 것은 김기림이 추구한 새로운 시도의 변증법적 건축술이라고 볼 수 있다.

　　「마네킹」의 목에 걸려서 까물치는/眞珠목도리의 새파란 눈동자는/
　　南洋의 물결에 저저있고나./바다의 안개에 흐려있는 파―란 鄕愁를 감

---

37) 김학중, 「임화 시에 나타난 "태평양"의 의미 연구」, 『한민족문화연구』 52, 한민족문화연구회, 2015.

38) 김기림 시에서 바다는 크게 두 가지로 볼 수 있다. 하나는 가족의 죽음에서 기인한 유년시절의 상처와 관련된 그리움의 대상으로서, 나머지 하나는 미래의 문명 공간이자 지향점으로 상징된다. 특히 초기시에서 '이상향과 희망'의 이미지가 후기 시에는 '불안과 위기의식'이 드러난다. (조동구, 「1930년대 시에 나타난 '근대'의 세 표정」, 『한국문학논총』 76, 한국문학회, 2017, 362쪽.)

추기 위하야 너는 일부러 벙어리를 꾸미는 줄 나는 안다나.//너의 말없는 눈동자 속에서는/熱帶의 太陽 아래 과일은 붉을게다./키다리 椰子樹는/하눌의 구름을 붙잡을려고/네 활개를 저으며 춤을 추겠지.//바다에는 달이 빠저 피를 흘려서/미처서 날뛰며 몸부림치는 물결 우에/오늘도 네가 듣고싶어하는 獨木舟의 노젓는 소리는/유랑할게다.//永遠의 성장을 숨쉬는 海草의 자지빛 山林 속에서/너에게 키쓰하던 鰍魚의 딸들이 그립다지.//歎息하는 벙어리의 눈동자여/너와 나 바다로 아니가려니?/녹쓰른 두 마음을 잠그려가자/土人의 女子의 진흙빛 손가락에서/모래와 함께 새어버린/너의 幸福의 조악돌들을 집으러 가자./바다의 人魚와 같이 나는/푸른 하눌이 마시고 싶다.//「페이브멘트」를 따리는 수없는 구두소리./眞珠와 나의 귀는 우리들의 꿈의 陸地에 부대치는/물결의 속삭임에 기우려진다.//오— 어린 바다여. 나는 네게로 날어가는 날개를 기르고 있다.

　　　　　　　　　　　　　　　　 —「꿈꾸는 眞珠여 바다로 가자」 전문39)

　인용된 시의 화자는 쇼윈도우 앞에서 '마네킹'을 바라보고 있다.40) 더 정확히 말하자면, 마네킹의 목에 걸린 진주목걸이를 보고 있다. 화자의 시선은 '상품'으로 만들어진 진주목걸이 그 자체가 아니라, "진주목도리의 새파란 눈동자"인 진주알에 초점을 두고 있다. 화자는 진주를 '너'라고 부르며 진주의 고향인 "南洋"을 떠올린다. "南洋"은 태평양의 적도를 기준으로 하여 남북에 걸쳐있는 지역의 총칭이다. 화자가 진주의 출처를 태평양으로 판단한 점은 흥미롭다. 진주는 조선 시대부터 여성 장신구로 주

---

39) 김기림,『전집1』, 34—35쪽;「꿈꾸는 眞珠여 바다로 가자」, ≪朝鮮日報≫, 1931. 1. 23.
40) 강심호는「꿈꾸는 진주여 바다로 가자」의 화자가 도시의 쇼윈도우 앞에서 마네킹을 바라보며 '몽상'에 잠겨있다고 해석한다. 그는 김기림의 바다가 도시 공간의 풍물이 환기시킨 결과물이라는 점에서 양가적이고 환몽적인 특성을 띤다고 보았다. 김기림이 시에서 떠올린 바다는 도시의 상품이 의도한 원초적이고 이국적인 낙원의 이미지가 짙게 배어 있으며, 이는 근대적 소비사회에서 상품의 소비를 부추기는 '계산된 몽환극'에 불과하다고 보았다. (강심호,「김기림의 시와 수필에 나타난 '바다' 이미지 고찰」,『한국근대문학연구』3, 한국근대문학회, 2002, 144—149쪽.)

로 사용되었으며, 특히 혼례 시에 많이 사용되어[41] 화자가 이국의 보석으로 여길 만큼 그리 낯선 것이 아니었다. 이러한 점을 미루어 보아 화자가 진주를 통해 시에서 의도적으로 열대의 바다를 호명하였으리라 추측할 수 있다. "南洋"을 향한 진주의 "鄕愁"는 사실 화자의 것이다. 이는 "너와 나 바다로 아니가려니?"라는 화자의 물음에서 다시 확인할 수 있다. 바다에 가고자 하는 것은 너뿐만 아니라 "나"도 함께인 것이다. 화자는 적도의 바다를 지향하고 있다.

그렇다면 "南洋"은 어떤 곳인가. "熱帶의 太陽"이 작열하고 "미쳐서 날뛰며 몸부림치는 물결"의 역동적인 에너지가 존재하는 바다이다. 그곳에 "녹쓰른 두 마음을 잠그려가자"는 화자의 말을 통해 "南洋"은 오랫동안 쓰지 않고 버려두어 낡거나 무디어진 녹슨 마음을 회복할 수 있는 공간임을 유추할 수 있다. 「꿈꾸는 眞珠여 바다로 가자」를 발표하고 3개월 후인 1931년 4월 23일에 발표한 「제비의 家族」에서도 태평양은 비슷한 의미로 그려진다. 화자는 월동을 마치고 "긴 旅行"에서 다시 돌아온 "제비의 家族"을 반가워하면서, 그들이 "赤道에서 들은 수 없는 이야기"를 기대한다. 그 이야기란 다름 아닌 적도의 바다에 대한 것이다. "거기서는 끓는 물결이 太陽에로 향하야 가슴을 헤치고 미처서 뛰논다고 하였지?"라는

---

41) 진주에 대한 기록은 조선 중·후기에 이르러 등장하는데, 대부분이 명으로부터 하사받은 물품들이거나 궁중의 가례에 필요한 여성들의 수식품을 위한 것이었다. 당시 명에서는 정수리에 쪽을 짓고 이를 여러 장식으로 고정·장식하였는데, 명대 부녀층에서 사용되던 호화로운 수식품이 조선의 궁중뿐만 아니라 상류층에도 유입되었다. 진주는 일반반가의 혼례 시 착용하는 장신구에도 사용되었는데, 이후 서민들의 혼례일지라도 호화스런 족두리나 댕기 등을 마련하여 사치의 폐해가 나타나자 혼인물품준비에 관련된 금제(禁制)가 점차 나타났다. 한편, 기록을 통해 동해에는 진주가 많이 있었으며, 중국은 우리나라 진주를 최고급으로 쳤다는 점을 확인할 수 있다. (정진영, 『조선시대 보패류의 사용과 금제에 관한 연구』, 이화여자대학교 석사학위논문, 2007, 24−28쪽.)

화자의 말에서 "南洋"에 대한 이미지가 동일하게 반복되고 있음을 확인할 수 있다. "南洋"은 정적인 바다가 아니라 끓어오르며 뛰노는 역동하는 바다이다. 끊임없이 "부대치는 물결"은 그 "속삼임"마저도 "「페이브멘트」를 따리는 수없는 구두소리"를 뚫고 "眞珠와 나의 귀"를 기울이게 할 만큼 강력한 힘이 있는 존재이다. 김기림이 시에서 "南洋"이 품은 강력한 에너지에 주목한 것은 이 역동적인 힘이 곧 태풍이라는 새로운 존재를 형성하기 때문이다.[42]

김기림이 30년대 초부터 주목하고 갈망한 태풍은 그가 1936년 출판한 장시집 『氣象圖』[43)]에서 전면적으로 드러난다. 「氣象圖」는 발표된 당시 문학사적 의의는 인정받으면서도, 잡다한 이미지가 논리적 연락이 없이 나열[44)]되어 있으며 "詩人의 敬服할만한 努力과 計畵에不拘하고" "이트 大한 素材(태풍)를化合시키는 高熱에 達하지 못하고 그것을 겨우接合시키는데 그쳤"[45)]다면서 시의 구조상 허술함을 지적받았다. 이러한 부정적 평가는 해방 이후에도 지속되었으나, 일각에서는 장시에 걸맞은 하나의 주제 의식 아래 계획된 구성 방식을 취하고 있다는 점을 지적하며 긍정적 평가를 하기도 했다.[46)] 『氣象圖』에 대한 평가가 꾸준했던 만큼 시집의

---

42) 태양으로부터 강한 열량을 받는 열대 해상의 고온다습한 공기는 급상승 기류를 만들면서 강한 열대 저기압을 형성하는데, 수증기를 다수 포함한 공기가 상승하여 구름을 만들 때 숨은 에너지가 방출되고 이 에너지가 상승 기류를 더욱 가속화하며 태풍으로 발전한다. 지구의 자전의 영향을 받은 태풍은 시계 반대 방향으로 회전하면서 북동쪽으로 전진하며 점점 크기를 확장한다.

43) 『氣象圖』는 김기림이 『중앙』 1935년 5월호와 7월호, 『삼천리』 1935년 11월호와 12월호에 걸쳐 발표되었던 전체 7부의 장시 「氣象圖」를 시인 이상이 수차례 교정·편집하여 1936년 창문사에서 출간된 시집이다. (김유중 편, 앞의 책, 176쪽.) 김유중은 「氣象圖」가 김기림의 모든 역량을 집중시켜 완성한 회심의 역작이며, 일생일대의 야심작이라고 확언했다. (김유중, 「「기상도」의 주제와 '태풍'의 의미」, 『한국시학연구』 52, 한국시학회, 2017, 13쪽.)

44) 최재서, 『최재서평론집』, 청운출판사, 1961, 391쪽.

45) 박용철, 「乙亥 詩壇 總評」, ≪東亞日報≫, 1935. 12. 28.

핵심적 모티프인 '태풍' 역시 주목을 받아왔다. 많은 연구자들이 공통적으로 이해하고 있는 '태풍'의 의미는 '근대문명의 자기파괴적 말로'이다. '태풍'은 "서구 현대문명의 내습"[47)이자 동시에 "모순과 비리와 불합리로 인하여 파멸에 직면한 현대문명의 위기"[48)이며, 그 속에서 "난파당한 현대인의 정신적 붕괴상"[49)이다.

최근 연구에서 권영민은 태풍의 경로로 설정된 지리적 공간으로 마카오 혹은 홍콩을 지명하면서, 이에 대한 역사적 이해를 전제로 '태풍'을 탈식민주의적 관점으로 해석했다.[50) 김유중은 '태풍'은 세계대전의 상징이자, 근대문명이 지닌 부정을 백지상태로 되돌리려는 '정화'의 의미를 지녔다고 보았다. 이러한 연구 결과는 각기 그 나름의 근거와 타당성을 지니고 있으며, 시인의 의도와 구조를 파악하는데 상당한 기여를 했다. 본고는 선행연구의 결과를 존중하면서, '태풍'이 주체를 운동으로, 사유와 확장으로 이끄는 생명력인 '정동'임을 밝히고자 한다.[51) 김기림이 『氣象圖』에서 등장시킨 '태풍'이 그가 「氣象圖」를 연재한 1935년이 아니라 그보다 훨씬 앞선 시기부터 이미 기획된 것이라면, '태풍'의 의미는 『氣象

---

46) 김유중, 앞의 글, 12쪽.
47) 박철희, 「金起林論」, 『김기림』, 김유중 편, 문학세계사, 1996, 265쪽.
48) 문덕수, 「김기림론」, 『한국 모더니즘 시 연구』, 시문학사, 1981, 202쪽.
49) 김시태, 「김기림의 시와 시론」, 『한국문학연구』 4, 동국대 한국문학연구소, 1981, 113쪽.
50) 권영민, 「「기상도(氣象圖)」와 시적 모더니티의 성격」, 『진단학보』 131, 진단학회, 2018, 241−242쪽.
51) 정동은 정서(emotiom)로 재현되고 개념화되기 이전, 정서 너머에 있기를 고집하는 강렬한 생명력이다. 정동의 이행은 사유의 운동 주변에 끈질기게 남아있기에, 정동은 인식과 결코 완전히 구분될 수 없다. 사유 자체는 하나의 몸으로 체화된 것이기 때문이다. 정동은 타자에 의한 촉발, 즉 마주침의 힘과의 관계 속에서 생성하고 변화한다. 이에 정동은 정서의 증감을 수반하는 모든 사회적 관계의 그물망 안에 존재하고 발현된다. (Gregory J. Seigworth·Melissa Gregg, 「미명의 목록[창안]」, 『정동이론』, 갈무리, 2015, 15−17쪽.) '태풍'은 단순한 시적 기획이 아니라 김기림의 '정동'이기에, '건축'과 '태풍'은 연결된 의미망일 수밖에 없다.

圖』라는 한 시집에 국한시키기보다는 그의 시세계 전반으로 확대하여 숙고해야 할 것이다.

> 「바기오」의 東쪽/北緯 15度//푸른 바다의 寢床에서/흰 물결의 이불
> 을 차 던지고/내리쏘는 太陽의 金빛 화살에 얼골을 어더맞으며/南海의
> 늦잠재기 赤道의 심술쟁이/颱風이 눈을 떴다/(하략)
> ──「颱風의 起寢時間」부분52)

　인용한 시 「颱風의 起寢時間」은 제목에서도 드러나듯이 『氣象圖』에서 '태풍'이 처음으로 등장하는 작품이다. "颱風"은 필리핀 루손 섬의 동쪽 "北緯 15度"의 남태평양 해상에서 발생한다. "颱風"이 눈을 뜬 것은 "내리쏘는 太陽의 金빛 화살에 얼골을 어더맞"았기 때문이다. 실제로 태풍이 발생하기 위해서 가장 중요한 역할을 하는 것은 태양이다. 태양으로 인해 26-27℃의 수온과 고온 다습한 공기라는 태풍 발생 조건이 성립된다. "흰 물결의 이불을 차 던지고" 일어난 "颱風"은 "검은 모락"을 휘두르고 "구름빨"을 찢어 흩으며 엄청난 힘을 과시한다. 강한 풍우를 동반한 채로 "일어나/바야흐로/北進中"인 것이다. 적도 부근 해상에서 발생한 태풍이 북동쪽으로 전진하는 것은 자연의 이치이지만, 시인은 여기서 태풍이 북으로 전진하는 명확한 이유를 설정해준다. 바로 "잠잫고 있을 수가 없"기 때문이다. 잠자코 있을 수 없다는 것은 현실에 대한 부정을 전제로 한다. 또한 "颱風"과 대화하는 늙은 사공의 말을 빌려 "行動"하는 것의 중요성을 강조한다. 현재에 만족하거나 안주하는 것을 경계하고 늘 새로움을 추구하는 김기림의 의식은 "颱風"을 불러일으키는 시적 실천으로 이어진 것이다.

---

52) 김기림, 『전집1』, 132쪽; 「颱風의 起寢」, 『中央』, 1935. 5.

ⓐ태풍은 네거리와 公園과 市場에서/몬지와 休紙와 캐베지와 臙脂와/戀愛의 流行을 쫓아버렸다//헝크러진 거리를 이 구석 저 구석/헛바닥으로 뒤지며 다니는 밤바람/어둠에게 벌거벗은 등을 씻기우면서/말없이 우두커니 서있는 電線柱/엎드린 모래벌의 허리에서는/물결이 가끔 흰 머리채를 추어든다

ⓑ거츠른 발자취들이 구르고 지나갈 때에/담벼락에 달러붙는 나의 숨소리는/생쥐보다도 커본 일이 없다/강아지처럼 거리를 기웃거리다 가도/강아지처럼 얻어맞고 발길에 채어 돌아왔다//나는 참말이지 善良하려는 惡魔다/될 수만 있으면 神이고 싶은 짐승이다/그렇건만 밤아 너의 썩은 바줄은/웨 이다지도 내몸에 깊이 親切하냐/무너진 築臺의 근방에서는/바다가 또 아름다운 알음소리를 치나보다

ⓒ바다는 다만/어둠에 叛亂하는/영원한 不平家다//바다는 자꾸만/헌 이빨로 밤을 깨문다

—「올빼미의 呪文」 부분53)

　인용된 시보다 약 4개월 먼저 발표된 시「자최」에서는 "颱風"을 맞아 "痙攣하는 亞細亞"의 긴박한 상황과 "颱風"의 무시무시한 파괴력이 잘 드러난다면, ⓐ에서는 "颱風"이 거칠게 헤집고 간 밤거리의 풍경을 그리고 있다. "颱風"이 지나가고 난 이후 거리는 "헛바닥으로 뒤지며 다니는 밤바람"이 여전히 위협적이기는 하나 전체적으로 황량하면서도 정적인 분위기를 보인다. "電線柱"는 고된 모습으로 그저 "말없이 우두커니 서있"을 뿐이며, "모래벌"은 엎드러진 채 "가끔 흰 머리채를 추어"드는 "물결"을 하릴없이 맞고 있을 뿐이다. "어둠"은 시적 분위기를 더욱 적막하고 가라앉게 만든다. 이러한 상황에서 시적 화자가 느끼는 당혹스러움과 일말의 후회가 ⓑ에서 드러난다.

---

53) 김기림,『전집1』, 146—150쪽;「올배미의 노래」,『三千里』, 1935. 11.

"南洋"에서 "颱風"을 소환한 것은 자신이지만, 자신의 예상보다 강력한 "颱風"의 위력 앞에서 화자는 그저 담벼락 뒤에 숨어 생쥐보다도 작게 숨을 죽일 수밖에 없었다. 화자는 그러한 자신을 거리에서 "얻어맞고 발길에 채어 돌아"온 풀죽은 강아지로 비유한다. "어둠이 잠긴 地平線 너머는/다른 하늘이 보이지 않"고 페이지 "너멋장에는 結論이 없"어 보이는 현 상황에서 화자는 "모퉁이에 혼자 남은" 기분이 든다. "颱風"을 소환한 것도 마치 "失敗한 實驗"처럼 느껴진다. 그러나 화자는 결코 패배감과 비통함에만 머무르지 않는다. 화자는 자신의 마음 안에 상호 대척점에 있는 양자가 있음을 인지하고 자신의 목적을 다시 새긴다. "나는 참말이지 善良하려는 惡魔"이며, "될 수만 있으면 神이고 싶은 짐승"이다. 파괴자 '태풍'을 몰고 온 자신은 "惡魔"일지도 모르나 그 의도만큼은 "善良"한 것이었으며, 자신은 비록 초라한 강아지 같은 "짐승"이나 "神"처럼 새로움을 창조하고자 하는 강한 소망이 있었음을 고백한다.

화자가 모순적인 상황에 처해 괴로움과 비애를 느끼면서도 새로움을 추구하는 의식적인 노력을 하는 이유는 무엇일까. 자신은 더는 「타골」의 귀"처럼 안일하게 "물결의 노래에 취"하여 "소라처럼 幸福스러울" 수 없기 때문이다.[54] "밤"의 "바줄"은 무섭도록 "내몸" 깊이 "친절"하고 익

---

54) 손필영은 달도 거의 보이지 않는 그믐달에 처한 시적 화자가 이러한 어둠의 시간에도 물결의 노래를 들을 수 있는 인도 시인 타골은 물속의 소라처럼 행복할 것이라며 시인 자신과 비교하여 19세기와 다른 가치로 살게 된 당시를 절망하고 있다고 보았다. (손필영, 「『기상도』의 구조를 통해 본 상해와 태풍의 의미」, 『문화와 융합』 41, 한국문화융합학회, 2019, 651쪽) 그러나 「동양인」을 비롯하여 김기림의 시론 곳곳에서 발견되듯이 김기림은 19세기의 퇴영적 분위기와 인습에 젖은 회고를 강하게 비판했다. 따라서 19세기와 다른 가치로 살게 된 당시를 절망했다는 해석은 재고의 여지가 있다. 타골이 물결의 노래에 취해 소라처럼 행복하리라는 표현은 반어로써, 그믐달이 겨우 뜬 위기의 현실을 직면하지 못하고 안일하게 귀를 막아버린 것에 대한 비판의 목소리를 담고 있다고 볼 수 있다.

숙하지만, 화자는 그 "바줄"을 "썩은" 것으로 여기며 벗어나고자 한다. 여기서 밤은 단순한 시간적 배경이 아니라 "過去에의 구원할 수 없는 愛着과 停頓"으로서 화자를 迷惑하고 眩暈하는 밤이다.[55] 시의 말미에 이르러 ⓒ에서 "헌 이빨로 밤을 깨"무는 "바다"를 발견할 수 있다. 바다가 "밤"을 깨무는 것은 "어둠에 叛亂"하는 행위이며, 이 행위는 "영원"히 지속되리란 점을 확인할 수 있다. 비록 "颱風"이 지나고 간 거리는 엉망진창의 폐허가 되었지만, "颱風"은 자신이 적도 부근 "南洋"에서 끌어모은 역동적인 에너지를 바다에 넘겨주고 갔다.[56] 『氣象圖』 이전의 바다가 적막하고 비애가 넘치는 곳[57]이었던 반면, 태풍이 지나간 이후 바다는 "밤"이라는 환경에 적응하고 굴복하는 것이 아니라 "어둠"을 몰아내는 힘과 의지를 지닌 존재로 변모했다.

시론에서 동양의 단조로움과 편협함을 탄식하며, 주밀한 설계를 통한 큰 건축의 필요성을 부르짖던 김기림은 넘치는 에너지를 지닌 '태평양'을 자신의 현재 위치로 불러들이는 시적 실천을 이루었다. 김기림이 『氣象圖』에서 보여준 '태풍'은 '태평양'이라는 '가능성'의 바다를 현재로 위치

---

55) 김기림, 『전집1』, 15쪽; 「어떤 親한 「詩의 벗」에게」, 『太陽의 風俗』, 學藝社, 1939.
56) 실제로 태풍은 지구의 에너지를 분산시키는 역할을 하는데, 열대 지방에서 엄청난 에너지를 축적한 태풍은 고위도 지방으로 이동하여 그곳에서 소멸하면서 에너지를 내놓게 된다.
57) 달이 있고 港口에 불빛이 멀고/築臺 허리에 물결 소리 점잖건만/나는 도무지 詩人의 흉내를 낼 수도 없고/「빠이론」과 같이 짖을 수도 없고/갈메기와 같이 슬퍼질 수는 더욱 없어/傷한 바위 틈에 破船과 같이 慘憺하다.(하략) (김기림, 『전집』 1, 50쪽) 「破船」에서 화자는 차분한 달밤이 어울리는 "점잖"은 바다를 마주하며 "慘憺"한 기분을 느끼고 있다. "詩人의 흉내를 낼 수 없"다는 고백을 빌어 화자가 김기림 자신임을 확인할 수 있다. 김기림은 그저 고요하기만 한 현실의 바다를 보면서 "慘憺"한 기분을 감출 수는 없지만, 마냥 "슬퍼질 수는 더욱 없"다고 말한다. 그것은 "詩人"의 역할이 아니기 때문이다. "점잖"지만 어떤 에너지도 없는 현실의 바다를 보면서 "詩人"으로서의 역할과 책무를 고민하던 김기림은 먼 태평양, 그 약동하는 바다를 자신이 바라보고 있는 현실의 바다로 옮겨오고자 기획하고 실천한 것이다.

시키려는 김기림의 목적 아래 철저히 설계된 것이었으며, 그 계획은 이미 30년대 초반부터 준비되었음을 확인할 수 있었다. 김기림에게 있어서 '태평양'을 불러들이는 것은 바로 그가 희구한 "대건축"(「東洋人」)을 실현하는 것이었다. '태평양'은 김기림이 일본을 거쳐 유입되는 현실적 조건의 근대보다 더 큰 층위의 이상적인 근대를 추구했음을 표상한다. 이는 김기림이 시론에서 주장한 그만의 새롭고 확장된 기획이며, 시적 실천이라는 점에서 "대건축"으로 이해될 수 있다. 따라서 김기림은 시론보다 시적 성취가 낮다거나 그의 시적 주체는 현실을 피상적이고 도식적으로 파악한다는 기존의 평가는 재고되어야 한다. 「꿈꾸는 眞珠여 바다로 가자」, 「제비의 家族」에서 나타나는 바다는 '태평양'으로 짐작할 수 있으며, 김기림은 「破船」에서 드러나는 잠잠한 현실의 바다를 변화시키기 위해 '태평양'을 상상하고 불러들였다. 김기림은 누구보다도 자신이 직면한 현실에 대해 고민하고 갈등하면서도 그 세계를 적극적으로 변화시키고자 실천한 시인이었다.

4. 결론

김기림이 그의 시론에서 '건축'이라는 은유를 지속적으로 사용한 데 비해 기존 선행연구에서 '건축'은 크게 주목받지 못했다. 본고는 김기림이 언명한 '건축'의 의미를 밝히고, 그것이 시에서 어떻게 적용되는지를 살펴보았다. 김기림에게 '건축'은 그의 창작론은 물론 인식론과도 맞닿아 있는 주요한 키워드였다. 김기림은 그에게 주어진 시대적 현실의 한계를 뛰어넘는 가능성을 "대건축"의 근대 표상으로 기획하고 실천해낸다는 점을 확인할 수 있다.

김기림은 그의 시론에서 동양인들이 그들의 편협하고 안일한 사고와 시대 감각에 맞지 않는 인습에서 벗어나 새로움을 추구하면서 큰 건축을 해야 함을 주장하였다. 김기림의 이러한 주장은 그가 당대의 센티멘탈·로맨티시즘에서 벗어나서 새로운 가치로써 이미지즘을 선택하고 이후 '전체시론'으로 나아가는 의식과정과 매우 유사하다. '건축'은 능동적인 주체 즉, 목적을 지닌 설계자(제작자)를 전제로 한다. 김기림은 자신의 능동적인 기획에 따라서 대립·반발·통일의 과정을 밟아가며 변증법적 사고의 결과물인 '건축'을 실현해낸다. 김기림의 이러한 건축술은 그의 시에서 실현된다.

적막하고 고요해서 비애가 넘치던 현실의 바다는 『氣象圖』에서 발생한 '태풍'에 의해 '어둠'을 내몰려는 역동적인 반란가로 변모한다. 그러나 이러한 결과는 결코 우연이 아니다. 김기림은 30년대 초반부터 이미 적도 근처의 '태평양', 그 활력 넘치는 가능성의 바다를 상상하고 호명하고 있었다. 김기림은 자신의 목적을 실현하기 위하여 『氣象圖』에서 '태풍'이라는 수단을 활용한다. 실제 태풍이 열대 지방에서 축적한 에너지를 소멸하면서 방출하는 것처럼, 『氣象圖』의 태풍 역시 '태평양'의 역동적인 에너지를 현실의 바다로 옮겨 온다. 김기림은 자신이 처한 현실을 목도하고 그 속에서 자신의 역할을 고민한 결과 새롭게 도약하는 현실을 만들기 위하여 '태평양'이라는 '대건축'을 축조해낸 것이다.

본고는 이러한 과정을 살피면서 김기림은 시론보다 시적 성취가 낮다거나 그의 시적 주체는 현실을 피상적이고 도식적으로 파악한다는 기존의 평가는 재고되어야 함을 밝힌다. 김기림은 누구보다도 자신이 직면한 현실에 대해 고민하고 갈등하면서도 그 세계를 적극적으로 변화시키고자 실천한 시인이자 비평가였다.

---

* 육송이, 「김기림 문학에서의 근대 표상 재고」, 『어문연구』 100집, 어문연구학회, 2019, 317-344쪽.

참고문헌

강심호, 「김기림의 시와 수필에 나타난 '바다' 이미지 고찰」, 『한국근대문학연구』 3, 한국근대문학회, 2002.

강정구·김종회, 「김기림의 전체시론 재고」, 『우리문학연구』 36권, 우리문학회, 2012.

권영민, 「「기상도(氣象圖)」와 시적 모더니티의 성격」, 『진단학보』 131, 진단학회, 2018.

김기림, 『김기림 전집』 1·2·3, 김학동·김세환 편, 심설당, 1988.

김시태, 「김기림의 시와 시론」, 『한국문학연구』 4, 동국대 한국문학연구소, 1981.

김우창, 「한국시와 형이상」, 『궁핍한 시대의 시인』, 민음사 1982.

김유중, 「「기상도」의 주제와 '태풍'의 의미」, 『한국시학연구』 52, 한국시학회, 2017.

_____, 「김기림의 주지주의적 시론 연구」, 서울대 석사학위논문, 1989.

김정수, 「김기림 시론에 나타난 객관주의의 의미」, 『대동문화연구』 88권, 성균관대학교 대동문화연구원, 2014.

김학중, 「임화 시에 나타난 "태평양"의 의미 연구」, 『한민족문화연구』 52, 한민족문화연구회, 2015.

문덕수, 「김기림론」, 『한국 모더니즘 시 연구』, 시문학사, 1981.

박귀송, 「새 것을 찾는 김기림」, 『新人文學』, 三月號, 1936.

박용철, 「乙亥 詩壇 總評」, 『동아일보』, 1935.12.28.

박주택, 「정지용 시에 나타난 근대성 연구」, 『한국시학연구』 30, 한국시학회, 2011.

박철희, 「金起林論」, 『김기림』, 김유중 편, 문학세계사, 1996.

_____, 「김기림의 모더니티」, 『한국시사연구』, 일조각, 1984.

손미영, 「현대시에 나타난 '바다이미지' 고찰」, 『우리문학연구』 20, 우리문학회, 2006.

손필영, 「『기상도』의 구조를 통해 본 상해와 태풍의 의미」, 『문화와 융합』 41, 한국문화융합학회, 2019.

송기한, 「정지용 시에서의 바다의 의미」, 『한중인문학연구』 42, 한국인문학연구회, 2014.

송　욱, 「김기림 즉 모더니즘의 구호」, 『김기림』, 김유중 편, 문학세계사, 1996.

염　철, 「김기림 시에 나타난 주체의 양상」, 『어문론집』 37, 중앙어문학회, 2007.

오문석, 「시인과 바다」, 『한국시학연구』 51, 한국시학회, 2017.

오세영, 「과학으로서의 시학과 새로운 시」, 『한국현대시인연구』, 월인, 2003.

윤대석, 「김기림 시론에서의 '과학'」, 『한국근대문학연구』 7, 한국근대문학회, 2006.

이강숙, 『음악의 이해』, 민음사, 2009.

장도준, 「한국 현대시 텍스트의 시적 주체 분열에 대한 연구」, 『배달말』 31, 배달말학회, 2002.

정진영, 『조선시대 보패류의 사용과 금제에 관한 연구』, 이화여자대학교 석사학위논문, 2007.

조동구, 「1930년대 시에 나타난 '근대'의 세 표정」, 『한국문학논총』 76, 한국문학회, 2017.

주영중, 「김기림 시론 연구」, 『한국시학연구』 34호, 한국시학회, 2012.

최재서, 『최재서평론집』, 청운출판사, 1961.

최학출, 「1930년대 한국 모더니즘의 근대성과 주체의 욕망체계에 대한 연구」, 서강대 박사논문, 1994.

최현석, 『인간의 모든 감각』, 서해문집, 2009.

홍은택, 「영미이미지즘 이론의 한국적 수용 양상」, 『국제어문』 27, 국제어문학회, 2003.

Gregory J. Seigworth·Melissa Gregg, 「미명의 목록[창안]」, 『정동이론』, 갈무리, 2015.

정지용 문학에서의 '조선'이라는 기표의 의미
— '기행 산문'과 '고향 시편'을 중심으로

한주영

1. 서론

정지용은『鄭芝溶詩集』(1935) 이후로 카톨릭시즘을 기반으로 한 종교 시를 더 이상 발표하지 않는다. 그리고 이후『白鹿潭』(1941)까지 조선문화와 조선 예술에 관한 관심을 보이면서『文章』지를 중심으로 편집주간 이태준과 함께 저널리즘적 고전부흥론에 집중하게 된다. 소위 '상고주의'로 요약될 수 있는『문장』지의 편집 방향에 내재된 근대 초극의 논리는 '동양적 주체론'을 토대로 "조선어로 근대문학을 한다는 것"[1]에 대한 의식적 자각을 기반으로 한다. 정지용은 그 자신도 해방 이후 "萎縮된 情神이나마 情神이 朝鮮의 自然風土와 朝鮮人的 情緒 感情과 最后로 言語文字를 固守하였던 것이요, 政治感覺과 鬪爭意欲을 詩에 執中시키기에는 日警의 銃劍을 對抗하여야 하였"[2]다는 회고에서도 짐작해볼 수 있듯이, 조선어로 조선 전통을 노래하는 것이 "日警의 銃劍을 對抗"하는 일의 일

---

* 경희대학교 국어국문학과 강사
1) 차승기, 「동양적인 것, 조선적인 것, 그리고『문장』」, 『한국근대문학연구』 21, 한국근대문학회, 2010, 367쪽.
2) 정지용, 「朝鮮詩의 反省」, 『정지용 전집 2』, 서정시학, 2015, 633쪽; 본고에서는『전집』표기.

환이라는 인식을 가졌던 것으로 보인다.

그러나 주지하듯, 1930년대 중반부터 시작된 '조선학'과 '조선적인 것'에 관한 관심은 '세계 표상'의 이동에서부터 비롯된다. 서구몰락 이후 세계라는 기표는 '일본을 중심으로 한 동양'을 대체하는 것으로 급격하게 재편되었다. 여기서 동양이란 '반근대'나 '반서양'을 의미하는 것이 아니라, '특수'가 아닌 '보편'의 지위를 획득하는 지리적 정치학이 이입된 동양의 기표였다. 서구의 몰락과 함께 '동양으로 재편된 세계화'의 야욕은 일제가 제국주의적 신체제를 영위하는 데 근간이 된 사상이었다. 이는 지식인층에게서는 "일본의 시선을 통해 서구를 응시"[3]하는 모순적 문화주의의 전망을 촉발한다. 물론 이와 같은 모순의 시작은 당대 대외 정세를 간파하지 못한 피지배층 지식인층[4]의 시선들에서 공유되는 부분이라 할 수 있다.

세계 1차 대전을 시작으로 조선에서는 사회진화론에 기초한 과도한 '물적 경쟁'의 모순된 생활방식을 반성하는 한편 이전의 생활방식에서 벗어나기 위한 다양한 사상들이 결집된다.[5] 이러한 가운데 일본 역시 물질로 대변되는 외적 개조를 추구하며 '문화주의'에서 촉발한 개인의 인격적

---

3) 고봉준, 「모더니즘의 초극과 동양인식」, 『한국시학연구』 13, 한국시학회, 2005, 152쪽.

4) 가령, 정지용은 앞서 인용한 「朝鮮詩의 反省」의 서두에서 자신을 포함한 당대 예술인들을 "『國民文學』에 協力하던지 그렇지 않고서는 朝鮮詩를 쓴다는 것만으로도 身邊의 脅威를 當하게 된 것이었다. …… 藝術人 그 自身도 無力한 인테리 小市民層이었던 까닭이다."라고 지칭한다.

5) 최호영은 1920년대 조선 내의 사상을 종합적으로 엿볼 수 있는 『서광』의 내용을 정리하면서, "신종석, 「時代의 變遷과 吾人의 覺醒」, 『서광』 1, 문흥사, 1919. 11, 20—24쪽; 장도빈, 「精神的 墮落을 悲하노라」, 『서광』 2, 문흥사, 1920. 1, 36—38쪽; 이돈화, 「活動을 本位로 한 道德」, 위의 책, 122—124쪽; 장응진, 「改造의 第一步」, 『서광』 3, 문흥사, 1920. 2, 4—10쪽; 박달성, 「우리의 幸福과 責任을 論하야써 靑年동무에게 告함」, 『서광』 4, 문흥사, 1920. 3, 48—51쪽; 홍병선, 「改造論의 眞意」, 『서광』 5, 문흥사, 1920. 6, 23—28쪽 등"의 논의를 통해 '물질'보다 '정신'의 중요성을 강조하게 된 인류 보편 차원의 개조론을 살핀다. 최호영, 「자산(自山) 안확(安廓)의 내적 개조론과 '조선적 문화주의'의 기획」 『한국민족문화』 64, 부산대학교 한국민족문화연구소, 2017, 113—143쪽.

존재성 자각을 '내적 개조론'[6]으로 내세운다. 이 시기 조선 역시 담론 지층의 다양한 변화 양상을 드러내며 과거의 세계상을 벗어나 일본의 식민지인 현재 조선의 위치를 조정하고자 하는 절박함을 표출한다. 가령 조선의 지식인들 사이에서는 민족주의 의식에 뿌리를 둔 '조선적인 것'에 대한 관심이 대두되는 모습이 그렇다. '조선적인 것'에 대한 인식은 일제강점기 전반에 걸쳐 이미 다양한 형태로 드러났으나, 상기와 같은 배경에서 일제 말기 문화 담론의 주축을 차지하게 된 것이다.

예컨대 당대 비평논단의 변이된 양상을 살펴볼 필요가 있다. "1930년대 후반의 '조선적인 것'에 대한 논의가 기존의 문학적 지형의 변형 속에서 새로운 문학적 진영을 예고하는 논의가 되었다는 점"[7]을 상기해보자. 카프 해체 이후 임화가 '리얼리즘의 승리'의 슬로건을 재창하며, 우리 문학의 세계성 즉 보편 수준으로의 지위 상승을 논했었다면, 안함광은 「창작방법문제 논의의 발전 과정과 전망」[8], 「조선문학의 진로ー 문학과 생활」[9], 「문학에 있어서의 개성과 보편성」[10] 등에서 '조선 문학'은 보편적 차원에서 논해질 수 없는 특수한 개별 성격을 띠는 것으로 판단했다. 그러나 이러한 안함광의 시선은 자칫 '조선적인 것'='지방성'의 맥락으로 해석되는 논리 변질로 치우칠 가능성[11]에 놓여 있었다. 주지하듯, 조선문학에 대한 '지방성'의

---

6) 특히 이 시기 안확의 논의는 선행 연구자들에 의해 '일제의 식민 사관의 저항하려는 방점'(이행훈, 「안확의 '조선' 연구와 문명의 발견」, 『한국철학논집』 52, 한국철학사연구회, 2017, 213－241쪽.)과 '일본의 문화주의와 교섭하는 과정으로 가 닿는 당대의 자구책적 생성 원리'(류시현, 「1910－1920년대 전반기 안확의 '개조론'과 조선 문화 연구」, 『역사문제연구』 21, 역사문제연구소, 2009, 45－75쪽.)를 고찰하는 방식으로 개진된 바 있다.

7) 구재진, 「1930년대 사회주의비평과 '조선' 인식」, 『'조선적인 것'의 형성과 근대문화담론』, 소명출판, 2007, 63쪽.

8) 안함광, 「창장방법문제 논의의 발전 과정과 전망」, 《조선일보》, 1936. 6. 4.

9) ＿＿＿, 「조선문학의 진로」, 《동아일보》, 1939. 11. 30.~12. 8.

10) ＿＿＿, 「문학에 있어서의 개성과 보편성」, 《조선일보》, 1939. 6. 28.~7. 1.

지위 부여는 일제의 협력적 도구로 전락하기 쉬웠다. 고노에 내각이 '동아신질서 발표'(1938)를 하고, 연이어 '동아연맹'(1938) 조직 등으로 대동아공영권 질서가 확립되는 가운데, 최재서 등의 논의들에서도 유추할 수 있듯이, 일제에 협력하는 기본 논리가 되기 충분했다.

이처럼 '조선적인 것'에 대한 담론의 형성과 변화는 근대적 의미에서의 '민족'에 대한 자각과 긴밀한 영향 관계를 가진다고 볼 수 있다. 이는 '민족' 개념의 형성이 '조선적의 것'의 '발견'과 밀접한 형태로 전개되고 있었기 때문이다. 결국 '조선적인 것'을 둘러싼 담론은 일제강점기 넘어 해방 이후의 문학 진영의 변화 및 민족문학론의 방향성에까지 영향을 미치며 '민족 정체성의 확립에 깊이 관여'[12]하여 된다. 해방 이후에서도 민족 주체성을 확립하고자 했던 근현대문학사에서 '조선적인 것'에 대한 담론이 형성해내는 역사적·인식적·문화적인 의미의 중핵 현상은 『文章』파 이후 전통문협파가 남한문학을 장악[13]한 것으로 요약할 수 있다.[14] 이와 같은

11) 이와 같은 관점은 "임화 역시 「현대 조선문학의 환경」과 1938년 『경성일보』 좌담 「조선문화의 현재와 장래」에서 조선문학의 특수성을 강조하는 입장을 견지 …… 내선일체론 안에서 조선 문학의 특수성"(고봉준, 「일제 후반기 시에 타타난 향토성의 문제」, 『우리문학연구』, 30집, 우리문학회, 2010, 9쪽.)을 해명하는 논고들에서 반복하고 있다.

12) "실제로 해방 이후에 나타난 사회주의 문학자들의 분열 및 박태원, 김기림 등 모더니스트의 사회주의 문학 진영으로의 합류는 1930년대 후반에 미리 논리적으로 준비된 것이라고 볼 수 있을 것" 이라는 점으로 확인할 수 있다. 구재진, 같은 글, 63쪽.

13) 특히 『문장』지와 관련해서는 정지용이 선고위원으로 있었던 당시 청록파 시인들을 추천하여, 해방 이후 남한 시단을 장악하는 기여하는 효과를 냈고, 이태준 또한 김동리를 추천하여 같은 기여를 했다는 점을 함께 상기해볼 필요가 있다.

14) 조현일, 「『문장』파 이후의 문학에 나타난 조선적인 것」, 『'조선적인 것'의 형성과 근대문화담론』, 소명출판, 2007, 79-100쪽; 예컨대 『문장』의 '키드'라고 할 수 있는 김동리는 "고대 비극관, 근대비극의 운명관의 매료"와 함께, 이를 민속, 토속의 세계관으로까지 정착하기를 기획한다. '토속의 세계에서 창출한 비극적인 것'이 '정치적 문맥'으로 쉽게 교환했던 것이다. 다시 말해, '조선적인 것'에 대한 담론은 1920년을 기점으로 1970년대 민족문학 진형 형성에 이르기까지 누차 반복되었던 토대 담론의 성격을 띤다고 할 수 있다.

맥락에서 '조선적인 것'에 대한 담론의 변화와 발전이 지니는 의미는 일제의 지배 논리의 토대로 이용된 도구적 관점뿐만 아니라, 당대 피지배층이었던 지식인 계급이 향후 지식 담론을 기반으로 조선(남학)문학 장에 중심으로 부상하는 문학사 재편성 과정과도 밀접한 연관이 있다. 아울러 우리의 근현대사를 재조명하는 활동이자 '한국적인 것'의 정체성에 대한 적극적 모색으로도 볼 수 있을 것이다.

그렇다면 정지용 문학에서 '조선'이라는 기표는 어떠한 방식으로 탐미되었을까. 본고는 기존 연구사에서 정지용이 기행 산문에서의 '조선적인 것'에 탐구를 재독함과 함께, "朝鮮文學이란 朝鮮말로 씨워진 것입니다. 거기에는 朝鮮的인 音, 色, 喜, 愛樂, 모든 것이 재어짐니다."[15]이라는 조선문학의 개념과 '조선의 혼'을 고찰한다. 그리고 이와 더불어, 정지용 시편에서 전반기 '바다', 후반기 '산'에 몰입했던 장소애의 특수성을 해명하고다. 그의 장소 감수성은 '바다'와 '산'으로 단절된 것이 아니라 연속적인 측면에서 구현된 것임을 고찰하고 정지용 문학의 연속성을 '조선'의 기표를 통해 방증하려고 한다. 즉 그는 '바다'와 '산'만을 지칭했던 것이 아니라 그보다 더 큰 층위라고 할 수 있는 '조선 땅'을 기표로 해서 시적 정서를 투사했던 것이다. 이를 해명하기 위해 본고는 정지용의 고향 시편에서 드러나는 시나리오 문학적 면모를 경유하여 고찰한다. 그의 (고향)시편에서 발견되는 영화기법은 당대의 '조선 심'의 정서를 구체화했던 지용의 시적 전략이자 시와 산문 사이를 오가는 형식적 실험이었다. 동시에 '조선 심'의 정체성을 규명해내는 문화적 기획으로 볼 수 있다.

---

15) 정지용, 「明日의 朝鮮文學 — 將來할 思潮와 傾向」, 『전집2』, 158쪽; ≪東亞日報≫, 1938. 1. 1 ― 1. 3.

2. "朝鮮的인 音, 色, 喜, 愛樂"의 의미

일제 말기, 대동아공영권을 내세운 일본은 동아시아공동체를 건설하겠다는 체제하에 동양담론이라는 새로운 보편을 표명하고 있었다. 그러나 여기에서의 '동양'은 일본이 주장하는 바와 같이 동양 전체를 의미하는 것이 아니라, '동양'이라는 실체 없는 기표에 속한 국가와 국민이 '일본'이라는 명확한 실체를 가진 국가에 소속된 국민(신민)으로 대차되는 비합리성을 드러내는 것이었다. 서론에서 밝힌 바와 같이, 일제 말 조선문학 내에서 우리의 것이 무엇인지 고찰하는 모색이 활발하게 일어나고 있었다. '조선적인 것'에 대한 기존의 의미가 새롭게 해명되었으며, 그 특징은 범박하게는 '상고주의', '향토성', '전통주의의 발굴 및 해명', '민족주의적 저항' 등으로 정리할 수 있다. 이 시기 정지용의 시와 산문 또한 그렇다. 『白鹿潭』으로 상징되는 조선의 표상은 이미 선행 논자들에 의해 해명되기도 했거니와, 특히 정지용의 기행산문에서 다양하게 표상되는 향토성과 민족주의는 그가 논변한 바와 같이 '조선적인 것'에 대한 문화적 탐구16)로 드러난다.

1930년대 후반 조선 문학 내에서 『文章』지의 기능은 조선의 독자성을 말살시키는 일본의 동화적 정책, 즉 내선일체의 위험성을 감수하고서도 고향에 대한 그리움이나 민족의 정체성을 해명하는 논고들을 다분히 향

---

16) 박성준은 정지용 후기 시의 산문성 기반의 현상을 일본 문학에서의 자연주의적 문화관, 즉 개인의 사변적 생활을 기술하는 유행 기표로 해명한다. 즉 지용과 일본문학의 친연성으로 이 시기 조선 문학 내 문인들의 산문화 경향을 무력감으로 공유된 것을 밝힌 것이다. (박성준, 「정지용 후기 시의 산문성과 무력감 ―『白鹿潭』의 재평가와 「슬픈 偶像」의 재해석을 중심으로」, 『우리어문연구』 64, 우리어문학회, 2019, 참조.) 본고는 정지용의 이러한 산문화 경향을 단순히 무력감에 의한 사적 진술로 일괄할 것이 아니라, '조선적인 것'에 관한 고찰을 드러냄으로써 토속과 전통의 탐구를 넘어 조선문화를 고찰한 정지용의 새로운 기획이었다는 관점으로 본다.

토적인 입장에서 표출했다. 그리고 주지하듯 당시 정지용은『文章』지의 선고위원으로 이태준 등과 함께 '개인의 정체성'에서 '공동체적 정체성'의 탐구로 확장되는 문화적 기획에 동참한다. 이처럼 정열적인 모더니스트의 급격한 문학적 비전 변화는 당면한 시대에 거시적 입장을 표명할 수밖에 없는 개인성 상실 현상이라 명명할 만하다. 물론 이와 같은 지용의 변화를 낭만주의에서 수혈된 토속적·목가적 경향으로 판별할 수도 있다. 그러나 당시 유통된 정지용 문학의 상고주의적 경향은 단순히 향토성과 같은 선상에서 해명될 수는 없다. 당시 그가 노래한 산수의 개념은 일본의 시각이 배제된 '조선 혼'의 발굴이라는 맥락에서 해명될 수 있기 때문이다. 타자의 땅을 바라보는 타자의 시선을 토대로, 즉 지용에게는 '투어리즘'적 시선에서 조선 식민지와 조선문화를 생경하게 묘파해내는 일을 최대한 배제할 필요가 있었던 것이다. 일본 근대를 수혜 받은 인텔리의 시각을 소거한 채, 조선 지식인의 자립적 시각으로 우리의 산수를 재현해보는 것이 당시 정지용 연작 산문들의 독특한 시각이었다. 또한 정지용의 기행산문은 도시와 농촌 혹은 자연을 대비하여 전개되는 양상을 보였다. 이는 '조선의 혼'을 드러내는 다양한 기표로 표상된다.

木浦서 아홉시반 밤배를 탔습니다. 낮배를 탔더라면 좀도 좋았으리까마는 會社에서 濟州가는 배를 밤배 외에 내놓지 않았습니다. 배에 올르고보니 濟州 가는 배로는 이만만해도 부끄러울데가 없는 얌전하고도 예쁜 連絡船이었습니다. …(중략)… 이번에도 멀미가 오나 아니오나 누어서 기다리는 體裁를 하고 있노라니 징을 치고 호각을 불고 뚜―하고 울고 하였습니다. 뒤통수에 징징거리는 엔진의 鼓動을 한時間 이상 받았는데도 아직 아무렇지도 않았습니다. 船室에 누어서도 船體거 뉘(波濤)를 타고 오르고 나리는 것을 넉넉히 증험할 수가 있는대 그럴적에는 혹시 어떤듯 하다가도 그저 그대로 참을만하게 넘어가는 것입니다. 病中에 뱃멀미는 病中에도 戀愛病과 같은것이라 海峽과 春靑을 건늬어 가랴면 의례히 앓을만한 것으로 전자에 여긴적이 있었는데 나는 이제 뱃멀미도 아니 앓을만하게 나이를 먹었나봅니다. 실상 그럴수 바께 없는 것이 지금 내가 누어서 지나는곳이 올망졸망한 무수한 큰섬 새끼섬들이 늘어선 多島海 위가 아닙니까. 空海가 아니요 바다로치면 골목을 요리조리 벗어나가는 셈인데 큰 바람이 없는바에야 무슨 큰뉘가 일것이 겠읍니까. 天成으로 훌륭한 防波林을 끼고나가는데 멀미가 나도록 배가 흔들릴 까닭이 없었던것입니다. 이러고 보면 누어있을 까닭이 없다고 일어날가하고 망사리노라니 갑판甲板위에서 통풍기通風器를 通하여/『지용! 지용! 올라와! 燈臺! 燈臺!』하는 永郎의 소리였습니다(우리 一行은 永郎과 玄駒, 나 세사람이었습니다) 한숨에 甲板우에 오르고보니 갈포 고의가 오동그라질 듯이 신선한 바람이 수태도 부는 것이 아닙니까.

— 「多島海記(二) — 海峽病(1)」, ≪朝鮮日報≫,
1938. 8. 23 — 8. 30. (밑줄 강조 인용자)[17]

　　정지용은 목포에서 제주로 향하는 "連絡船" 안에 있다. 그는 "十年前玄海灘 건늬어다닐적" 앓던 "뱃멀미"의 "지극지긋한 追憶" 탓에 배가 출항하기 전부터 긴장하고 있었던 것으로 보인다. 그러나 "뒤통수에 징징거리는 엔진의 鼓動을 한時間 이상 받았는데도" 아무렇지도 않음을 그는 의아하게 여긴다. 분명 "船體"를 오르내리는 "뉘(波濤)"의 파동을 여실히 경험하고 있음에도 "참을만하게 넘어가"기 때문이다. 이는 멀미를 유발하는 물리적인 자극이 전보다 덜하거나 이를 경험하는 그의 신체가 이전보다 양호해서가 아니다. 오히려 현해탄을 넘어갔던 시기는 청년기였고, 산문에서의 현재 기점은 중년에 가깝다.

　　이렇게 서술자의 태도가 달라진 이유는 무엇일까. 우선 정지용이 다다

────────────

17) 정지용, 「多島海記(二) — 海峽病(1)」, 『전집2』, 501쪽; 『文學讀本』, 박문출판사, 1948, 112—113쪽.

르려고 하는 곳이 현해탄 너머 일본이 아니라 한반도의 최남단 제주이기 때문이다. 파도의 울렁임에 연락선이 같이 동요되지만, 이는 지용에게 멀미를 유발하는 벡터가 아니다. 그곳은 근대를 배우기 위해 일본으로 유학했던 여행길이 아니라 '조선 혼'의 흔적을 찾고자 하는 기대감과 설렘이 요동치는 곳이었다. 따라서 파도의 역동적인 움직임은 정지용의 기대심리와 어우러져 '조선적인 율격(音)'의 흔들림으로 변모하게 되는 것이다. 여기서 서술자의 정동 또한 경쾌하고 기분 좋은 흔들림으로 전유된다. 이는 산문의 말미에서 '조선적인 율격(音)'의 흔들림에서 파생되는 속도감과 상쾌함, 즉 "甲板 우"에 올라 "선선한 바람"을 맞는 만족감으로 드러난다.

이와 더불어 "뱃멀미는 病中에도 戀愛病과 같"다고 말한다. "戀愛病"은 곧 상사병으로, 남녀가 마음에 둔 사람을 몹시 그리워하는 데서 생기는 마음의 병이다. 즉 조선의 원형 공간으로 나아가는 길이 그에게는 마음의 병과 같은 차원에 상응한다. 그렇다면 현해탄을 오갈 때에는 무시로 겪었던 뱃멀미가 괜찮아진 이유를 공간성에 집중해서 고찰해보자. 왜 뱃멀미가 사라졌을까. 그것은 바로 그가 지나는 곳이 조선의 남해 "多島海"기 때문이다. "天成으로 훌륭한 防波林"인 "多島海"[18] 위에서는 멀미가 나도록 배가 흔들릴 까닭이 없다는 말은 "多島海"가 지닌 지형적인 특성으로 인해 "큰뉘(波濤)"가 일어날 리 없으며 그로 인해 자신이 멀미를 하

---

18) 정지용은 다도해의 모습을 "올망졸망한 무수한 큰섬 새끼섬들이 늘어선" 것으로 표현한다. 그의 간결한 설명에서도 조선의 자연에 대한 자부심과 애정을 느낄 수 있다. 우리나라 남해연안에 위치한 다도해에는 1,700여 개의 섬이 있는데 오랜 해식으로 기암괴석의 특이한 해안지형이 발달하였으며, 온난한 기후로 난대성 식물들이 어울려 뛰어난 경관을 이룬다. 이처럼 조선 풍경의 아름다움에 대한 감상과 찬탄은 그의 작품 곳곳에서 드러난다. 정지용은 「南海五月點綴 ─ 統營5」에서 "통영 포구와 한산도 일폭의 천연미는 다시 있을 수 없는 것"이라고 감탄하며, 자신은 "통영과 한산도 일대의 풍경 자연미"를 "문필로 묘사할 능력이 없다."고 단언한다. (정지용, 「南海五月點綴 ─ 統營5」, 『전집2』, 281쪽; ≪國都新聞≫, 1950. 6. 11.)

지 않았다고 주장하는 것처럼 과장돼 보인다. 이와 같은 언술은 조선인의 문화적 관습 속에서 통용되는 용례이다. 그럼에도 정지용은 자신이 이미 "船室" 안에서 "뉘(波濤)"의 파동을 신체로 확실하게 경험했음을 밝혔다. 결국 그가 강조하고 싶었던 것은 자신이 위치한 곳이 "多島海"였기에 마음의 병증을 느끼지 않았다는 것인데, 그렇다면 "多島海"는 그에게 안정감을 주는 '공동체적 장소'[19]라 볼 수 있다.

정지용은 "多島海", 즉 조선의 해상(海上)이라는 장소를 통해 '조선적인 것'에 대한 탐구와 만족감을 드러낸다. 정지용의 시와 산문에서의 '감각'은 서술자(시적 주체)를 통해 지각된 대상을 재현하고 형상화함으로써 시대적 현실에 대한 인식을 드러내는 데 적합한 장치라고 볼 수 있다. "連絡船"을 통한 '항해'라는 근대적 경험[20]은 체험이 이루어지는 장소가 "玄

---

19) "고향 땅에 대한 사랑은 역사로 설명할 수 있다. 아란다 족에게 산과 절벽, 샘물과 연못은 단순히 흥미롭거나 아름다운 볼거리가 아니다. 이는 자신의 존재가 여기에 이르도록 이끌어준 조상들의 수공예품인 것이다." Yi-Fu Tuan, 『토포필리아』, 이옥진 역, 에코리브르, 2011, 56쪽.

20) 정지용의 작품에서 심상지리는 근대적인 감각을 통해 새롭게 구축되면서 절제된 아름다움으로 의미화된다. (박진숙, 「식민지 근대의 심상지리와 『문장』과 기행문학의 조선표상」, 『'조선적인 것'의 형성과 근대문화담론』, 소명출판, 2007, 87쪽.) 정지용은 '조선적인 것'의 표상이 직접적이지 않은데, 이는 그가 근대의 모습이 투영된 감각화된 '조선'으로 간접적으로 표현하기 때문이다. 「多島海記」에서 연락선을 통한 항해의 과정이라는 근대적 체험을 활용했다면, 「南海五月點綴─汽車」에서는 제목에서도 알 수 있듯이 '기차'라는 근대문물을 경유한다. '나'는 근대적 산물인 기차를 타고 가면서 좌우로 열려나가는 풍경을 감상하고 음미하면서도, 자신이 타고 있는 기차는 "일제말기 내지 미군정시절의 비절애절한 열차"와는 다르며 "완전하고 깨끗하고 구비하고 아름다워졌다."고 평가한다. 그 이유는 자신이 탄 기차에 "일본 사람 하나 없"기 때문이고 "우리끼리 움직이고 달리는 기차"이기 때문이다. 정지용은 자신은 "쇄국주의자"가 아니나 "우리 겨레끼리 한번 실컷 살아보"고 싶다는 간절한 소망과 민족애를 드러낸다. 글의 마지막에 정지용의 시선은 "경상도 할머니"를 바라본다. 그는 조선의 노인을 "세상에도 깨끗하고 아름답게 늙으신" 존재로 상정하면서, "감개무량"의 감정을 느낀다. (정지용, 「南海五月點綴 ─ 汽車」, 『전집2』, 260─261쪽; ≪國都新聞≫, 1950. 5. 7.)

海灘"인지, "多島海"인지에 따라 "뱃멀미"라는 신체적 병증[21]을 결정한다. 정지용의 표현에 따르자면 "多島海"는 "골목길"이고, "玄海灘"은 "公海"이다. 일반적으로는 "公海"에서 느껴지는 광활함이 긍정될 수 있으나 정지용은 바다가 가진 "뉘(波濤)"라는 요소를 문제점으로 삼아 "골목길"을 "훌륭한 傍派林로"으로 전환해서 언술하다. "多島海"가 지닌 굳건한 요새의 이미지를 부각시키는 것이다.[22] 다시 말해 "공해"보다 "골목"의 공간 지표가 보다 큰 충위에서 인식되고 있다. 즉 이와 같은 대목에서 정지용이 당대 세계를 투사하는 거울이 더 이상 '현해탄'이 아니라 골목과 같은 '다도해'였다는 것을 방증해볼 수 있다.

　　진주성이 왜군에게 포위 함락되기 전에 당시 방백 徐元禮는 변복에 삿갓을 쓰고 말티 고개를 넘어 제 목숨 위하여 도망했고 三壯士, 崔慶會, 黃進, 金千鎰 등 이하 모든 충용한 장병들은 끝까지 싸우다가 옥쇄 자결하되…… 혹은 목을 찌르고 혹은 촉석에서 남강에 던졌다. 평화가 회복되자 논개사당 옆에 논개사당보다 조금 큰 충렬사가 섰다. 삼

---

21) 두 신체, 하나는 경험의 원리, 다른 하나는 그것의 대상인 극복할 수 없는 신체의 이원성에서 우리는 처음으로 감성 개념의 최상의 애매성과 직면한다. (중략) 하나는 느껴진 신체이고 다른 하나는 느껴지는 신체이다. (중략) 우리의 고유한 신체가 본래적으로 다른, 절대적으로 함께할 수 없는 두 관점에서 고려되고 기술될 수 있다는 사실." (Michel Henry, 「II. 살의 현상학 / 느끼는 신체와 느껴지는 신체 대립의 극복 시도: 후기 메를로─퐁티의 철학적 문제와 감각적인 것의 절대화」, 『육화, 살의 철학』, 박영옥 역, 자음과모음, 2012, 216─217쪽.) 미셸 앙리가 밝힌 바와 같이 우리의 신체가 만지고 만져지는 것은 다른 것이다. 우리의 신체는 느껴진 신체와 초월론적인 신체의 관계이므로 우리의 신체는 감각적 세계와의 관계에 의해 설명될 수 있는 것이다.
22) 우리나라 서남 해안에 위치한 다도해는 신라 시대의 장보고가 건설한 해상왕국 '청해진'과 조선 시대 충무공 이순신이 왜적을 격파한 전적지가 곳곳에 남아있다. 정지용이 다도해에 파도를 막아내는 방파림, 위협을 막아내는 요새의 이미지를 씌우는 것은 다도해라는 장소가 지닌 '조선적인 것', 즉 우리의 자랑스러운 역사가 지닌 의의를 환기시키는 작업이기도 하다.

장사 이하 모든 충혼을 모신 사당이다. ○○○○○○, 이십구일 삼장
사 제삿날이 된다. 제수와 일체 경비의 제수 음식 솜씨가 전부 진양계
원 노소기생의 손에서 나온다. 논개 제사를 권한적 없듯이 삼장사의
○○○○○○없다. 최근에는 진주사회 일부 남성들이 충렬사 제향에
대한 것을 일체 양도하라는 제의가 있다 한다. 진양계 측에서는 이 전
등식 의무를 양도할 의사가 없다. 나는 어떻게 되었는지 모른다. ○○
○○○○○○○○ 집을 볼 수 있지 않은가? 인정과 의리와 보수적
인 기풍이 경상도 진주에 와서 여태껏 눈물겨운 것이 ○○○○○하기
가 좋다. 유행가적 접대부가 아니라 기생의 자존심을 지닌 고전적인
기생을 앉히고 앞에 마조 대하니 어글어글한 눈매에 트인 이마에 골
격의 강건함이 육박하여 온다. 초로 미인 …… 하선여사의 말이,
『이뿐 것과 점잖은 것이 뭣뭣이 다릅니까?』 선소리 목청이 바로 창
해장풍이다. 평양기생들은 빈속으로 타양에 나가서 집을 작만하고 살
림을 작만하건만, 진주기생은 트렁크에 돈을 가득히 담고 나간다 할지
라도 나중엔 빈손으로 고향찾아 온다고 하는 말이 있다. 진주에는 자고
로 불교가 성행한다. 사찰에 늙어서 죽어서 모이기는 절대 많은 기생
정신녀들이라고 한다. 그들은 논개사당에 복을 비는 것이 아니고 향화
를 받들 뿐이요. 칠겁의 복락을 사찰불전에 의탁한다. 사찰 수입에도
지대한 관련이 진주기생에 있는 것이다. ○○○○너는 아름답다.
　　　　─「南海五月點綴 ─ 진주晋州 5」, ≪國都新聞≫ 1950. 6. 28.23)

　　정지용은 임진왜란 발발 당시 진주에서 벌어졌던 전투를 회상하며 글
을 시작한다. 임진왜란 때에 진주성이 함락되자 관기였던 논개가 촉석루
의 술자리에서 당시 왜장이었던 게야무라 후미스케를 껴안고 남강에 떨
어져 죽었다는 일화는 이미 주지하는 바이다. 그러나 정지용은 논개에 대
해 직접적으로 논하지 않는다. 그는 논개가 아니라 진주의 기생들에 대해
말함으로써, 논개의 존재를 환기시킨다. 즉 개인의 서사보다는 복원해야

23) 정지용,「南海五月點綴 ─ 진주晋州 5」,『전집2』, 292─293쪽; ≪國都新聞≫ 1950. 6. 28.

할 공동체적 염원이 드러난 서사를 기획했던 것이다. 더 정확히 말하자면, 인용한 기행산문은 '조선의 정신', '조선 혼'을 규명하기 위해서 진주 기생을 호명함으로써 잊혀진 전통을 현장감 있게 복원한다. 역사적 인물인 논개가 지녔던 '조선의 정신'은 그녀만의 특수성이나 '역사의 유물'로만 존재하는 것이 아니라, '진주의 기생들'로 대표되는 현실적 인물들을 통해 여전히 재현, 전이되고 있음을 환기시킨다.

　진주의 기생들은 누군가 권하지 않았는데도 "논개 제사"는 물론 "삼장사 이하 모든 충혼을 모신" 충렬사의 제사까지 살뜰히 챙긴다. 그들은 충렬사 "전등식 의무를 양도할 의사가 없다." 의무가 당위성을 지녔음을 생각했을 때, 진주의 기생들은 충렬사 제향에 대한 일체의 것을 '의무'라기보다 오히려 '권리'라고 판단하고 지키려는 무리처럼 보인다. 이들의 행동은 당시 기생들의 세태와는 전혀 다르다. 특히 '기생'이라는 직업이 대중에게 받는 편견으로 미루어보아 이와 같은 행동은 이질적으로까지 느껴진다. 일례로 "평양기생은 빈손으로 타향에 나가서 집을 작만하고 살림을 작만하건만, 진주기생은 트렁크에 돈을 가득히 담고 나간다 할지라도 나중엔 빈손으로 고향찾아" 온다고 정지용은 언술한다. 세속적인 욕망을 쟁취하는 "평양기생"은 현 세태에 가장 적합한 표상이다. 그러나 같은 기생임에도 불구하고 '진주 기생'은 오히려 "돈을 가득히 담고 나간다 할지라도 나중엔 빈손으로 고향"에 돌아온다는 것이다. 그들이 상대적으로 돈에 대한 가치를 모르거나 수완이 없다는 말이 아니다. '진주 기생'은 비록 돈을 다 잃고 비참하고 부끄러운 상황에도 도피하거나 합리화하지 않는다. 오히려 그 수치와 모욕을 견디며 자신의 고향으로 돌아온다는 풍토를 지용은 서술하고 있다. 즉 존재의 본질로 꿋꿋하게 회귀하는 인물 표상이라 볼 수 있다.

이것이 바로 정지용이 말한 "기생의 자존심"이자[24], '조선의 자존심', '조선의 정신'이라고 하겠다. 논개가 왜적에게 진주성이 함락당한 절망적인 상황에서 여인이자 기생이라는 자신의 신분을 들어 합리화하고 회피했다면 절망을 전복하는 승리[25]를 얻을 수는 없었을 것이다. 정지용은 '조선의 정신'을 지닌 진주의 기생들을 "고전적"이라고 평가한다. 고전적이란 옛날의 의식과 법식을 따르는 것을 말하지만, 정지용의 의도는 더 큰 함의를 품고 있다. 바로 '오랫동안 많은 사람에게 널리 읽히고 모범이 될 만한 내용과 의의를 가지는 것'이라는 뜻이다. 즉, 진주 기녀들이 지닌 '조선의 정신'의 기개와 힘이 회복되어 현실에서 그 정신이 공유되기를 지용은 바라고 있다.[26] 그는 '조선의 혼'이 "어글어글한 눈매에 트인 이마에 골격의 강건함이 육박하는" 단단함과 생동감을 지닌 것으로 형상화한다. "『이뿐 것과 점잖은 것이 뭣뭣이 다릅니까?』"라는 질문에서도 고찰

---

24) 당대의 "기생"을 바라보는 관점이 그대로 투영되어 있기는 하지만 정지용은 기생이라는 하층민의 층위만을 고찰한 것이 아니라 '민중의 얼'의 차원에서 고찰했다고 볼 수도 있다. '기생—하층민—민중'으로 이어지는 조선 민초들의 정서감을 기생이라는 대리자를 통해 해명했던 것이다.

25) 정지용은 무용인 조택원에 대해 이렇게 평가한다. "위로 솟아올라 춤추는 물이 噴水라고 하면 噴水와 같이 싱싱하고 날렵한 사람이 舞人 趙澤元이 아니랴. (중략) 噴水가 하도 熱烈하기에 不滅의 火焰으로 嘆美하는수바께 없으니 舞人 澤元은 停止와 沈滯를 忘却한 恒時 躍動하는 一個 優秀한 『生命』이 아닐 수 없다. 어디서 그러한 意力과 勇氣와 靑春과 喜悅이 無盡藏 솟아 오르는 것이냐!" (정지용, 「生命의 噴水 — 舞踊人이 趙澤元론(上)」, 『전집2』, 555쪽; ≪東亞一普≫, 1938. 12. 1.) 이를 통해 정지용이 조택원을 경유해서 바라 본 이상, 즉 '조선적인 것'의 특성을 확인할 수 있다. 바로 "停止와 沈滯"에 굴하지 않고 "躍動하여" "生命"을 창출해내는 것이다. 마치 논개가 성이 함락되고 패배로 끝난 비관적 상황에 굴복하지 않고 그녀의 의로운 기개를 떨친 결과 희망이 피어나고 그 결과 승리를 얻게 된 것과 그 성질이 다르지 않음을 확인할 수 있다.

26) 같은 관점에서 "정지용의 후기시가 고전적 전통주의에 닿아 있다는 점을 상기"(오문석, 「정지용의 시세계에서 종교시의 위상」, 『문학과종교』 제15권 2호, 한국문학과종교학회, 2010, 178쪽.)해볼 때, 당시 정지용의 기행산문과 시는 강한 인접성을 드러내고 있었다고 평가할 수 있다.

되듯, 정지용이 복원한 아름다움은 외형의 찬탄을 부정하며 내적 의식을 중요성을 피력하고 있는 것이다.

　그뿐만 아니라 정지용은 목포―제주, 통영, 진주 등지도 여행하며[27] 기행이라는 형식 속에서 조선적 공간을 새롭게 재구성한다. 지용에게 기행의 행위는 '조선적인 것'을 일깨우는 작업이 된다. 가령 이는 「畫文行脚」 연작 산문에서도 면밀하게 드러난다. 「畫文行脚 ― 平壤 3」은 기행 수필임에도 불구하고 이전 작품들에 비해서 오히려 '향토색'이 크게 드러나지 않는다. 이에 정지용이 추구한 '조선적인 것'과 큰 간극이 존재한다고 느껴지기도 한다. 그러나 「畫文行脚 ― 平壤 3」은 정지용이 '조선적인 것'을 새롭게 발화하는 언어적 미감과 그의 확대된 미적 자율성을 보여준다. 이는 먼저 수필[28]이라는 장르적 특성과 결부지어 확인할 수 있다. "길아재씨"는 "선네"와 대화를 주고받으며 그녀를 스케치북에 담아낸다. 이를 바라보는 시선은 에세이의 특성대로 개인적이며 관조적이다. 수필에서는 작가 내면에서 벌어지는 사건을 유추할 수 없다. 그러나 "선네"를 스케치하는 "길아재씨"에 대한 묘사[29]는 곧 정지용이 자신의 시선과 의

---

27) 정지용의 기행문은 다음과 같다. 일본 교토 여행기인 「鴨川上流」(上), 「鴨川上流」(下)가 있다. 금강산 여행기로는 「內金剛 素描 1, 2」, 「毗盧峯」 등이 있다. 그리고 남유 및 다도해 여행기인 「꾀꼬리」, 「동백나무」, 「多島海記 1－6」 등, 의주 등지를 여행한 「畫文行脚 1－13」, 남해 여행기인 「南海五月點綴」 연작시 등이 전해진다.

28) 김기림은 수필의 매력에 대해 논한다. "수필의 우월성은 무엇보다도 문장에 있다."고 주장한다. 즉 수필의 문제는 대상을 "어떻게 말하는가." 그것은 결국 대상을 어떠한 문장으로 표현해내는가에 달렸다고 볼 수 있다. 김기림은 수필의 특성을 빌려 '조선적인 것'이라는 대상을 '향토색'을 매개하지 않은 모던한 문장의 서술 방법을 활용한 정지용의 새로운 시각으로 말한다. 김기림, 「수필·불안·「카톨릭시즘」」, 『金起林 全集3』, 심설당, 1988, 109－110쪽.

29) 묘사는 곧 이미지를 말하는 것이다. 이미지스트들은 이미지의 창조를 목적하였으므로 따라서 새로운 가치에 있어서 '감각'을 발견하였다. 앞서 인용된 수필에서 정지용은 그러한 영상의 감각 즉, '선적인 색'을 통하여 역시 감정의 세계를 상징하고 있음을 확인할 수 있다. (김기림, 「시의 회화성」, 『金起林 全集2』, 심설당, 1988, 103－104쪽.)

식을 개입시켜 묘사한 것임을 확인할 수 있다. "머리를 고쳐 빗기" 위해 앉아 있는 "선네"의 "뒤태도"를 "길아재씨"는 자신의 화폭 안에서 "오롯이 차지할 수 있"으며, "살그머니 훔치듯하야 미끄럽게 나가는 鉛筆촉에 머리빗는 뒷몸매가 木炭紙에 옮겨놓일때 선네는 목이 간지럽기도 하다."와 같은 소묘의 감각은 정지용이 가지고 있는 언어의 미감을 잘 드러내고 있다. 특히 화폭에서 묘사되고 있는 '평양'의 여성은 도회적인 이미지 대신 전통적인 미를 지닌 것으로 표현된다. 정지용은 그 여인을 대할 때 '평양'이라는 실제적인 지명에 방점을 두어 의식적으로 "평양 여인"임을 강조하고 있다. 결국 '조선적'이지 않아 보였던 모습이 기존과는 다른 방식으로 '조선적인 색(色)'을 찾아내는 작업이자, 그 자체로 정지용이 자신의 언어적 미학의 층위를 드러내는 것이다.

정리하자면, 정지용은 그의 기행 산문에서 '다도해'(「多島海記(二) ― 海峽病(1)」)에서의 파도의 울렁거림을 통해 조선의 音과 율격을 복원하려 했으며, '진주 기생'(「南海五月點綴 ― 진주晋州 5」)과 '평양 여인'(「畫文行脚 ― 平壤 3」)을 통해 전통적 조선의 미감을 드러내면서 조선의 色을 복원해냈다. 그리고 이 과정에서 喜, 愛樂의 정동이 함께 호출하며, 조선의 자연과 풍토를 재규명해 나갔다. 특히 여기서 정지용은 조선의 자연을 찬탄하면서 그 장소가 지닌 역사적인 의의를 호출한다는 점이 주목된다. 또한 그가 발견한 '조선적인 것'은 상고주의로만 머무는 것[30]이 아니라 현재적 지평으로 확장된다는 점을 특히 주목해야 한다. 가령 "문장파로 일컬어지는 작가들을 중심으로 한 상고주의나 1930년대 중후반 조선 문단의 화두로 떠올랐던 '조선적인 것'에 대한 심미적 탐구의 측면을 강조 …… 이병기, 이태준, 정지용

---

30) 박성준의 경우 "『文章』지의 성격은 상고주의 감각과 자연으로 도피처"(박성준, 같은 글, 201쪽.)였다고까지 격하해서 논하고 있지만, 본고는 정지용의 상고주의적 취향을 단순히 도피처로 해명하는 것을 지양하기를 요청한다.

등의 작가들의 취향 및 작품에 대한 분석과 연동되어 그 실증성을 얻은 것이 사실"31)이라는 견해를 경유해 보아도 그렇다. 정지용뿐만 아니라 당대 문장파들의 문화적 기획은 ① 작품 차원에서의 조선적인 기표 투사, ② 자연 회귀로의 지향, ③ 고전과 전통의 현재적 효용과의 결합 등으로 압축해볼 수 있는데, 이는 정지용이 조선의 아름다운 자연을 근간으로 발견한 '조선적인 것'은 '조선적인 정신', '조선적인 혼'으로 확장되었다는 방증이다. 암울한 시대 상황에서도 민족적 기개와 힘을 약동시켜서 부정적인 상황을 전복시키고 생명을 자아냈던 것이다. 정지용은 이러한 '조선적인 자존심'이 회복되어 민족적 현실에서 공유되고 확장될 수 있기를 기대했다.

3. 시 세계에서의 조선적인 심상과 영화적 기법의 관계

앞장에서 살펴봤듯이 정지용의 기행 산문에서 다양하게 표상되는 향토성 및 민족주의적 요소는 조선적인 '음(音)', '색(色)', '희(喜)', '애락(愛樂)'의 양상으로 표상된다. 정지용 문학은 기법상 초기 모더니즘과 내용상 후기 전통주의로, 양분화되어 구분하는 것이 보편적 견해이다. 그렇다면 미학적 관점에서 정지용의 시 세계를 초기부터 후기까지 연속성을 지니고 있다고 파악할 수는 없을까? 혹은 기법적 측면에서의 변모 양상이나 초기 '바다', 중기 '종교', 후기 '산'과 같이 시편 속 표상의 층위에 따라 고찰하는 관행에서 벗어 날 수는 없을까? 다시 말해 '조선적' 요소의 시적 현현을 담보해서 정지용 시의 연속성을 해명32)해보자는 것이다. 특히 정지

---

31) 하재연, 「『문장』의 시국 협력 문학과 「전선문학선」」, 『한국근대문학연구』 22, 한국근대문학회, 2010, 452쪽.

32) 가령 정용호의 경우, "정지용의 시세계는 모더니즘 성향은 물론이고 전통지향적 성향까지 아우르며 다채롭게 전개" (정용호, 「정지용의 '民謠風詩篇'과 초기시의 다양한 형식에 나타나는 비근대적 사유의 양상」, 『語文學』 127, 한국어문학회, 2015,

용의 시편 중 고향의 장소감을 가지고 있는 시편들을 고찰해보면, '나—고향/
향토', '공동체—조선 국토/문화'로 확장되는 '조선 심'의 태동을 엿볼 수 있다.

넓은 벌 동쪽 끄트 로/ 넷니야기 지줄대는 실개천 이 회돌아 나가고,
얼룩백이 황소 가/ 해설피 금빛 게으른 우름 을 우는 곳,

—그 곳이 참하 쑴 엔들 니칠니야

질화로 에 재 가 식어 지면/ 뷔인 바 테 밤ㅅ바람 소리 말 을 달니
고,/ 엷은 조름 에 겨운 늙으신 아버지/ 집베개 를 도다 고이시는 곳,

—그 곳이 참하 쑴 엔들 니칠니야

흙 에서 자란 내 마음/ 파아란 한울 빛이 그립어 서/ 되는대 로 쏜 화
살 을 차지려/ 풀섭 이슬에 함추룸 휘적시 든 곳,

—그 곳이 참하 쑴 엔들 니칠니야

傳說바다 에 춤 추는 밤물결 가튼/ 검은 귀밋머리 날니 는 누의 와,
아무러치 도 안코 업볼것 도 없는/ 사철 발 버슷 안해 가,/ 싸가운 해
쌀 을 지고 이삭 줏 든 곳,

—그 곳이 참하 쑴 엔들 니칠니야

—「鄉愁」[33]

고향을 떠나온 자의 애상과 상실감을 노래한 「鄉愁」는 정지용이 유년
기에 습득한 고향의 언어가 점철되어 있다. 방언·고어 등의 토속적이고

455쪽.)되었다고 일번한다. 즉 지용 시의 비근대적 측면의 양상을 고찰한 것이다.
33) 정지용, 『전집1』, 484쪽; 『朝鮮之光』 65호, 1927. 3.

향토적인 어휘들은 어른이 된 이후 그의 고향을 다시금 복원한다. 고향 바깥에서 회복될 수 없는 고향을 그리워할 때 유년의 어휘는 가장 효과적으로 작용되는 것이다. 방언과 고어들은 자신들이 존재했던 고향의 이미지를 지금의 현실로 회복[34]시켜 독자들의 눈앞에 실감 나게 상영된다. "넓은 벌 동쪽 끝"으로는 "실개천이 회돌아 나가고" 들판에서는 "얼룩백이 황소" 한 마리가 있다. "해설피 금빛 게으른 울음을 우는 곳"에서 느껴지는 나른함과 여유는 평화롭고 안온한 고향의 자연 풍경을 그려낸다. 그러나 감각적 이미지로 재현된 고향의 모습에서 독자가 느끼는 정서는 평안함과 나른함이 아니다. 오히려 상실감과 애상감이다. 그 이유는 아무리 생생하게 눈앞에서 그곳이 재현되더라도, 시편 속에서 구현된 고향이 실제가 아님을 독자는 인식하기 때문이다. 이처럼 독자가 고향의 실제(현실)와 환영(재현)의 층위를 달리하여 인식할 수 있는 것은 정지용 시에서 활용된 시나리오 문학적 특징[35]으로 몽타주 기법의 효과라고 볼 수 있

---

34) 정지용은 고어와 토속어는 물론 변형된 신조어의 활용을 통해 자신만의 언어 발굴로 미지의 시간성을 부여하였다고 평가하였다. 남궁선, 『정지용 시에서 외국어의 수용과 조선어 활용─ 1920년대 시를 중심으로』, 『한국시학연구』50, 한국시학회, 2017, 251─251쪽.

35) 김남석은 당대 시나리오 문학이 유통되는 과정을 대중 종합잡지 『삼천리』에서 찾는다. 그는 "『삼천리』가 1930년대를 관통하며 출간된 거의 유일한 잡지라는 점"(김남석, 「1930년대 시나리오의 형식적 특성과 변모 과정 연구─『삼천리』에 게재된 초창기 시나리오를 중심으로」, 『현대문학이론학회』44, 현대문학이론학회, 2011, 99쪽.)을 상기하며, 심훈의 시나리오 「탈춤」(≪동아일보≫, 1926. 11. 28.)이래로 조선 문학 장 내에 시나리오가 문학 작품의 지위를 획득하며 유통되었다는 사실을 밝힌다. 이는 당시 『삼천리』와 『별건곤』, 『조광』으로 이어지는 문화사적 맥락에서 고찰이 가능한데, 본고에서는 주목하는 점은 시나리오 문학의 유통이 이미 20년대 후반부터 시작되었다는 점이다. 그리고 주지하듯 『삼천리』, 『삼천리문학』 등의 지면에서도 정지용은 가톨릭시즘의 영향 아래 '자유주의 연애관' 투사한 신변잡기를 발표한 바가 있다. 이는 정지용이 문화대중지에 대한 관심이 있었다는 방증임과 동시에, 새로운 문학(문화) 형식을 구축하기를 열망했던 당대 모더니스트 정지용에게 신극, 씨나리오 등의 주변 장르가 그의 언어 운용에 새로운 촉매가 되기

다. 「기술복제 시대의 예술작품」36)에서 매체 담론을 주창한 벤야민에 의하면 영화는 관객이 지금까지는 눈에 띄지 않은 채 지각의 넓은 흐름 속에 들어있던 사물들을 분리하여 분석하게 만들고, 이를 통해 인간의 지각 방식은 심화된다고 언술한다. 독자들은 시에서 카메라적인 시선으로 확대, 연장, 정지, 압축된 고향의 이미지를 통하여 자신들이 지금까지 상상하지 못했던 '시간적 무의식'의 공간을 확장시키는 것이다. 따라서 그들은 작품과의 객관적 거리를 유지하게 되고, 과거 고향과 현재 고향의 괴리감을 인식하게 된다.

여기서 벤야민을 더 경유해보는 것도 좋겠다. 벤야민은 '아우라'의 붕괴를 설명하기 위해, 대중에게 기차가 처음 공개되었던 당시를 예시로 삼는다. 달리는 기차의 역동적이고 산만한 창밖 풍경은 정지된 회화에 길들어져 있던 감상자의 눈을 자극하고 몰입을 방해했다. 몰입은 예술이 '지금, 여기'라는 시공간 안에 감상자를 제한시킴으로써 자신의 권위를 지키는 방법 중 하나였다. 이 예술의 권위가 벤야민이 말하는 '아우라'라고 볼 수 있다. 그러나 기술복제시대에 이르러 몰입은 실패하고, 아우라 역시 붕괴된다. 한편, 비슷한 시기 구소련의 에이젠슈타인은 영화에서 '몽타주' 이론을 개진했는데, 몽타주는 숏과 숏이 자연스럽게 연결되도록 편집하지 않고, 거칠고 인위적으로 조립하는 방식을 말한다. 영화에서 거침없이 충돌하는 이미지들은 관객의 몰입을 방해하고, 그 결과 관객은 예술의 권위에 휘둘리지 않고 작품과 객관적 거리를 두게 되는 것이다.37)

이러한 인식의 토대에는 정지용의 언어 운용 방식 역시 밀접한 영향

도 했었다는 점을 예증할 수 있다.

36) Walter Benjamin, 최성만 역, 『기술복제시대의 예술작품/사진의 작은 역사』, 길, 2007.

37) Walter Benjamin, 앞의 책, 64－96쪽 참조.

관계에 있다. 김기림은 정지용이 "시는 무엇보다도 우선 언어를 재료로 하고 성립되는 것이라는 것을 명확하게 인식하고 시의 유일한 매개인 이 언어에 대하여 주의한 최초의 시인"[38]이라고 평가했다. 이와 같은 김기림의 견해는 인용 시 안에서 더 구체화된다. 각 연마다 고향의 풍경이 펼쳐지고 "그 곳이 참하 꿈엔들 잊힐리야"라는 구절이 연 사이마다 반복되는 합창 구조를 통해, 정지용은 시선의 거리감을 불협시킨다. 이 과정에서 그의 개인적 차원이 아닌 조선의 일반적인 고향, 즉 농촌이 지닌 '향토색'을 형상화한다. 개별적 고향의 공간과 조선적 고향의 염원이 반복적으로 대치되는 구조를 활용함으로써, 종국에는 「鄕愁」에서 '조선적인 색(色)'이 드러나게 되는 것이다. 정지용이 고향의 풍경에 동화되지 않고, "그 곳"이라는 말로 재현된 고향을 객관화시킴으로써 지금의 현실과 재현된 고향 사이에 객관적인 거리를 독자들에게 다시금 강조한다는 점도 주목할 만하다. 정지용의 시공간감 안에서 그 둘은 분리되었기 때문에 역설적으로 '향수'가 가능해지는 상호의존적인 배치가 이루어지고 있는 셈이다. 이러한 거리감은 상실된 고향(조국)을 상기시키는 동시에 '그리움'이라는 정서를 더욱 강력하게 촉발시킨다.

화자는 유년시절 고향에서 자란 자신을 "흙 에서 자란 내 마음"이라고 표현한다. 시편 말미에 닿아서는 "고향"이란 화자가 지금 밟고 있는 곳, 조선의 "흙"과 동일화되면서 시 서두에서 줄곧 유지되었던 '객관적인 거리'는 사라지고, 나─현실─과거가 같은 지평에서 공존하게 된다. 이는 잘 알려져 있듯 지용 특유의 언어감이다. 대상과의 거리를 리드미컬하게 조율하는 유동적 감각이자, 고향이 재현될 수 없는 현실 속에서도 '조선적인 것'을 그리워하고 그것을 호명해내고자 하는 그의 의지의 표출로 볼 수 있다.[39]

---

38) 김기림, 『金起林 全集2』, 심설당, 1988, 62─63쪽.
39) 이러한 정지용의 유동적 감각은 카메라의 움직임과 유사하다. 카메라의 움직임은

배치의 차원에서도 마찬가지다. 「鄕愁」에서는 언어를 배치하는 리듬 역시 돋보이는데, 조사, 어미 등의 단어 차원에서 의도적으로 불규칙적·비상식적 어휘 사용이 잦은 점 또한 「鄕愁」의 형식적 특징이라 볼 수 있다. 이는 마치 유창하지 않은 "어린아이의 말"[40]과 호흡을 상기시킨다. 띄어쓰기에 유의하여 시를 읽을 경우, 시의 내용과 이미지는 분절되어 전달되는 효과가 반감된다. 하지만 어린아이가 어머니라는 존재만으로 울고 웃고 어머니를 온전히 갈구하듯이, 인간이 자신의 본향인 "파아란 하늘 빛"을 그리워하며 부르는 절실함은 규칙이 와해가 된 상태에서 보다 원형적인 정서를 확보할 수 있다. 이러한 '순수'에로의 갈망 역시 정지용에게는 민족의 태곳적, 원형적 어휘감을 환기시키며 조선 정신을 호출해내는 또 다른 기능으로 작용된다. 아울러 「鄕愁」가 1927년 발표작이라는 점 또한 주목할 만하다. "1937년 이후 조선에서 출간된 시집들의 대다수가 고향에 대한 그리움과 도시적인 삶의 곤핍함, 고독과 우울을 세계를 자연적인 비유에 근거해서 읊었던"[41] 것을 참조할 때, 정지용은 그보다도 10년을 앞서 이와 같은 '조선 심'의 정서를 현장화시켜낸 점을 간과해서는 안 된다. 다시 말해, 정지용 시에서 조선적인 것의 표상은 이미 초기 시의 기획에서부터 발현되는 정동이었던 것이다. 다른 고향시편 또한 살펴보자.

> 고향에 고향에 돌아와도
> 그리던 고향은 아니러뇨.
> 산꿩이 알을 품고

화면 속에서 깊이감, 공간의 느낌, 입체감, 속도감 등을 잘 표현하여 시청자들에게 시각적으로 만족감을 준다. 또한 나타내고자 의도나 목적을 강조하고 관객의 관심을 더욱 집중시키는 효과가 있다. (장기혁, 『HD영상촬영 이론과 실제』, 작은씨앗, 2011, 499쪽 참조.)
40) 정지용, 「詩의 擁護」, 『전집2』, 570쪽;『東方評論』 1932. 7.
41) 고봉준, 같은 글, 13쪽.

뻐꾸기 제철에 울건만,

마음은 제 고향 지니지 않고
머언 港口로 떠도는 구름.

오늘도 뫼끝에 홀로 오르니
흰 점꽃이 인정스레 웃고,

어린 시절에 불던 풀피리 소리 아니나고
메마른 입술에 쓰디쓰다.

고향에 고향에 돌아와도
그리던 하늘만이 높푸르구나.

―「故鄕」42)

　「故鄕」은 시각적 심상이 두드러지는 시편이다. 그러나 이 시를 단순히
시각의 차원에서 독해할 것이 아니라, 영화적 기법으로 해석했을 때 보다
다양한 층위에서 '조선 정신'에 관해 이해해볼 수 있을 것이다. 시적 화자
는 고향에서 돌아왔지만, 고향에 대한 상실감을 여전히 느끼고 있다. 타
향 이후에도 고향의 산천이 변함없다는 점에서, 화자가 상실한 것은 물리
적 공간으로서의 고향이 아니다. 실상 인용 시에서 화자가 감지하고 있는
고향은 변화가 느렸다거나 변화가 전혀 되지 않았다는 것이 아니다. 변화
가 되었더라도 변화되지 않았음을 믿고 싶은 반동적 정동으로 인식되고
있다는 점을 상기해야만 한다. 때문에 "고향에 고향에 돌아와도/ 그리던
고향은 아니러뇨."와 같은 한탄만이 연속될 뿐이다. 즉 자신이 어린 시절

---

42) 정지용, 「故鄕」, 『東方評論』 1932. 7.

경험했던 고향은 이미 회복이 불가능한 무궁, 원형의 공간이 되어버렸다.

그렇다면 이를 카메라의 시선43)으로 담아낸다고 가정한다면 어떠할까. 지용은 당시 영화에서 기법적으로 통용되었던 미장센의 방식을 시편 속에서 배치의 미학으로 구현한 것으로 보인다. 영상으로 표현할 수 있는 것은 변함없는 고향의 자연과 고향에 관한 인식이 변한 시적 화자의 표정 정도일 것이다. 하지만 표정만으로 인물의 심상을 다 나타낼 수는 없다. 정지용은 이를 표현하기 위하여, 인물의 표정이나 행위 이외에 '장소'에 대한 서레이드44)를 적극적으로 활용한다.

2연의 "산꿩", "뻐꾸기"와 4연의 "흰 점꽃"이 변화되지 않는 고향 풍경을 배경으로 보여주듯이 담아내고 있다면 "구름"은 정착하지 못하고 부유하는 인물의 상실감과 혼란스러움을 드러내는 객관적 상관물로 대체된다. 또한 변함없는 자연과 변화한 인간의 대비는 같은 장소와 구도에서 찍은 유년 시절 화자와 성인 화자의 모습을 천천히 오버랩시키는 것으로 표현될 수 있다. 관객(독자)은 변함없는 배경 속에서 변화한 인물을 시각적으로 인지하면서 시간의 전환을 경험한다. 여기서 사실적으로 자연을

---

43) 1930년대 후반 조선영화에서 '조선적인 것'을 구체화한 한 방식으로 농촌을 선택한다. "농촌이 '고향(故鄉)'이라는 어떤 특정한 심상을 환기시키는 것으로 대중적 공감"(이화진, 「식민지 영화의 네셔널리티와 '향토색' ― 1930년대 후반 조선영화 담론 연구」, 『상허학보』 13, 상어학회, 2004, 381쪽.)을 얻어가기 시작했으며, 조선적인 것에 관심을 경유해서 문학과 영화의 교류는 백철 「영화와 문학에 관한 프라크멘트」(『文章』, 1939. 3.), 오영진, 「영화와 문학의 교류」(『文章』, 1939. 10.), 채만식, 「문학작품의 영화화 문제」(≪동아일보≫, 1939. 4. 6.) 등에서도 줄곧 반복되고 있다.

44) 영상예술에서 언어를 동원하지 않고, 화면상의 소도구나 배우의 표정, 행위, 장소 등 비유적 테크닉을 통하여 배경 속에 숨겨져 있는 정보를 관객에게 정확하게 전달하는 표현 기술이 바로 서레이드(charade)이다. 서레이드는 시각예술로서의 영상의 장점을 최대한 활용한 것으로서, 일본에서 '시나리오의 아버지'로 존칭되는 아라이 하지메는 '서레이드'를 두고 간접적이지만 동시에 정곡을 찌르는 표현술이라고 말한 바 있다. (최현주, 『영상연출과 편집을 위한 기본원리 영상 문법』, 한울, 2011, 161−162쪽 참조.)

포착하는 방식, 즉 하늘에 흘러가는 구름을 그대로 잡아내는 방식은 당대 조선 영화에서 로컬을 드러내는 기법[45]이었다. 구름은 화자의 고향에 대한 유대감을 드러내는 상징물로, 유년 화자와 성인 화자의 심경 변화를 드러나는 매개체로 작용된다. "고향에 고향에 돌아와도/ 그리던 하늘만이 높푸르구나."는 구절에서도 나타나듯, 지용은 성인 화자의 쓸쓸한 감정을 표현하기 위해 시선의 이동을 시편 속에서 활용한다. 영화 기법으로 말하자면 이 마지막 구절은 카메라의 위치를 고정한 채 줌 렌즈의 초점 거리를 변화시켜 촬영물로부터 멀어져 가는 것처럼 보이도록 촬영한 것과 같은 맥락이다. 여기서 "높푸른 하늘"은 화자와 고향 간 좁아질 수 없는 심리적 거리감[46]을 시각적으로 형상화하고 있다.

그뿐만이 아니라 이와 유사한 시기에 발표된 「밤」(『新生』 37호, 1932. 1.)에서 풍경을 수식하는 시각적 심상이 '흐르다'라는 동사로 전개되는 점은

---

45) 반도 영화 제작소 제1의 작품 <한강> 스튜디오 촬영이 전혀 없는 조선에서 보기 드문 순사실 영화라는 평을 받는다. 그러나 이러한 영화 기법을 '풍경 선전급 소개 영화'라는 비판을 받으며 '기록 영화'라는 용례를 만들었다. 그러나 이러한 평가와는 달리 내지 관객(조선인)들은 <한강>에서 '조선적인 것'의 미감을 느꼈다. 즉 일본인들에게는 흥행에 참패했으나 조선에서는 성공을 거둔 것이다. 단순히 조선 땅을 기록한 다큐 영화임에도 상실된 땅을 복원했다는 것만으로도 조선인들은 <한강>에서 '조선 심'을 느꼈던 것이다. (정종화, 「조선영화는 어떻게 '반도예술영화'로 호명되었는가」, 『사이』 20, 국제한국문학문화학회, 2016, 196–199쪽 참조.) <한강>뿐 아니라 이런 조선 땅의 기록 영화가 일본에서는 실패한 영화가 조선에서 성공한 가장 큰 이유는 그 안에 조선적인 '회', '애락'이 조선 풍경을 경유해 유발되기 때문이다.

46) 그뿐만 아니라, 인용 시는 다양한 배경이나 인물이 등장하지 않음에도 불구하고 정적이기보다 동적으로 느껴진다. 묘사하는 풍경이 정적이기 때문에 관객(독자)은 무엇보다도 고향의 자연, 즉 조선의 산천에 많은 시선을 둘 수밖에 없는 상황이 연출된다. 이렇게 시선의 이동을 통해 구현된 고향의 산천은 지용의 어떤 시에서보다도 조선의 자연, 즉 '조선의 색(色)'을 강하게 드러내고 있는 것이다. 「故鄕」(1923) 이후에도 1930년대 후반까지 "향토색", "로컬 컬러" 같은 용어가 조선영화를 수식하고 설명하는 키워드로 논의되었다는 점, 또한 정지용의 시에서 시각적 요소들이 영화 기법과 밀접한 관계를 가지고 있다고 예단할 만하다.

카메라의 앵글이 조선의 자연을 그대로 따라가고 있음을 상기시킨다. 그리고 「할아버지」(『新少年』 5권 5호, 1927. 5.)의 경우 인물의 동작 곁에서 자연스럽게 카메라가 따라가면서 촬영하는 효과는 심상적 묘사의 언술 양식으로 나타낸다. 마찬가지로 「그리워」(『1920년대 시선 3』, 평양예술종합출판사, 1992; 발굴작 1920년대 중반 추정.)에서는 고향의 상실감을 드러내는 정서를 두리번거리는 인물과 동일한 카메라의 시선으로, 「비들기」(『朝鮮之光』 64호, 1927. 2.)에서는 새때에 움직임을 따라가는 카메라의 이동 경로로 화자의 정서감을 보충한다. 이 시편들은 모두 소품이라는 특징 때문에 그간의 정지용 시 연구에서 주목받지 않았지만, 당대 영화에서 카메라의 기법을 차용함과 동시에 상실된 조선의 산수 기록과 '조선 심'의 발굴이라는 측면에서 재해석해볼 가치가 있다. 또한 이 시편들이 모두 정지용의 초기 시에 해당하는 작품임을 상기해볼 때, 『文章』지 선고위원직을 수행했던 시기뿐만 아니라, 이미 그의 시 세계에서 '조선적인 것'에 대한 관심이 내재되고 있었던 것으로 보인다. 그러므로 그의 시 세계에서 '조선적인 것'의 현현은 후기에만 머무는 특징이라고 볼 것이 아니라 정지용 시 전반에서 반복적으로 호출되고 있던 정동이라 판단해야 할 것이다. 더불어 정지용이 조선의 '음(音)', '색(色)', '희(喜)', '애락(愛樂)'에 대한 관심은 후기 기행 산문에서뿐만 아니라 정지용의 시 세계를 지탱하는 토대 감각이라 호명될 만하다.

4. 결론

주지하듯 정지용의 문학은 『鄭芝溶詩集』(1935)으로 압축되는 초기 시의 모더니즘적 경향과 『白鹿潭』(1941)으로 상징되는 후기 시의 상고주의적 특징으로 해명돼왔다. 특히 조선문화와 조선 예술에 관심을 보인 후기 정지용 문학의 미적 성과는 "조선어로 근대문학을 한다"는 가능성을 토대로 조선적 전통을 자립적으로 재구성해냈다는 것이다.

　본고는 기존 연구사에서 정지용이 기행 산문에서의 '조선적인 것'에 탐구를 재독함과 함께, "朝鮮文學이란 朝鮮말로 씨워진 것입니다. 거기에는 朝鮮的인 音, 色, 喜, 愛樂, 모든 것이 재어집니다."이라는 조선 문학의 개념에서의 '조선의 혼'을 고찰해보았다. 특히 그의 기행 산문에서 '다도해'에서의 파도의 울렁거림을 통해 조선의 音과 율격을 복원하려 했으며, '진주 기생'과 '평양 여인'을 통해 전통적 조선의 미감을 드러내면서 조선의 色을 복원해냈다. 그리고 이 과정에서 喜, 愛樂의 정동이 함께 호출되며, 조선의 자연과 풍토를 재규명해 나갔던 것이 이 시기 정지용 문학의 특징이다. 정지용은 조선의 자연을 찬탄하면서 그 장소가 지닌 역사적인 의의를 호출했으며, '조선'이라는 기표를 탐미하며 후기 문학에서의 자신의 미학적 비전을 형성해나갔다.

　이와 더불어서, 초기 시부터 줄곧 유지하던 '조선 심'에 대한 가능성은 「鄉愁」, 「故鄉」, 「밤」, 「할아버지」, 「그리워」 등에서 반복되고 있으며, 이들의 대다수는 그간의 정지용 시 연구에서 주목받지 않았던 소품시편들이다. 이 시편들은 당시 '조선 심'을 기록 영화의 카메라 기법을 차용하는 것과 같은 인상을 구현해냄과 동시에, 정지용 시의 영화적 묘사(미장센) 기법과 시선의 다양성을 설명할 수 있는 주요한 작품이다. 본고는 이를 통해 정지용 문학에서 그가 가진 장소적 감수성이 '바다'와 '산'으로 단절된 것이 아니라 그보다 큰 기표인 '조선'이라는 측면에서 구현된 것임을 해명한다. 그러므로 정지용이 '조선적인 것'에 대해 탐미했던 것은 후기 시기의 특수성이라고만 볼 수는 없으며 정지용 시 전반에서 고찰할 수 있는 토대 감각이다.

---

* 한주영, 「정지용 문학에서의 '조선'이라는 기표의 의미-'기행 산문'과 '고향 시편'을 중심으로」, 『어문연구』101, 어문연구학회, 2019, 305-335쪽.

참고문헌

고봉준, 「모더니즘의 초극과 동양인식」, 『한국시학연구』 13, 한국시학회, 2005,

_____, 「일제 후반기 시에 타타난 향토성의 문제」, 『우리문학연구』, 30집, 우리문학회, 2010.

구재진, 「1930년대 사회주의비평과 '조선' 인식」, 『'조선적인 것'의 형성과 근대문화담론』, 소명출판, 2007.

김기림, 「수필·불안·「카톨릭시즘」」, 『金起林 全集3』, 심설당, 1988.

_____, 「시의 회화성」, 『金起林 全集2』, 심설당, 1988.

김남석, 「1930년대 시나리오의 형식적 특성과 변모 과정 연구―『삼천리』에 게재된 초창기 시나리오를 중심으로」, 『현대문학이론학회』 44, 현대문학이론학회, 2011.

남궁선, 『정지용 시에서 외국어의 수용과 조선어 활용 - 1920년대 시를 중심으로』, 『한국시학연구』 50, 한국시학회, 2017.

류시현, 「1910-1920년대 전반기 안확의 '개조론'과 조선 문화 연구」, 『역사문제연구』 21, 역사문제연구소, 2009.

박성준, 「정지용 후기 시의 산문성과 무력감 ―『白鹿潭』의 재평가와 「슬픈 偶像」의 재해석을 중심으로」, 『우리어문연구』 64, 우리어문학회, 2019.

박진숙, 「식민지 근대의 심상지리와 『문장』과 기행문학의 조선표상」, 『'조선적인 것'의 형성과 근대문화담론』, 소명출판, 2007.

오문석, 「정지용의 시세계에서 종교시의 위상」, 『문학과종교』 제15권 2호, 한국문학과종교학회, 2010.

이행훈, 「안확의 '조선' 연구와 문명의 발견」, 『한국철학논집』 52, 한국철학사연구회, 2017.

이화진, 「식민지 영화의 네셔널리티와 '향토색' ― 1930년대 후반 조선영화 담론 연구」, 『상허학보』 13, 상어학회, 2004.

장기혁, 『HD영상촬영 이론과 실제』, 작은씨앗, 2011.

정용호, 「정지용의 '民謠風詩篇'과 초기시의 다양한 형식에 나타나는 비근대적 사유의 양상」, 『語文學』 127, 한국어문학회, 2015.

정종화, 「조선영화는 어떻게 '반도예술영화'로 호명되었는가」, 『사이』 20, 국제한국문학문화학회, 2016.

정지용, 『정지용 전집1, 2』, 최동호 편, 서정시학, 2015.

조현일, 「『문장』파 이후의 문학에 나타난 조선적인 것」, 『'조선적인 것'의 형성과 근대문화담론』, 소명출판, 2007.

차승기, 「동양적인 것, 조선적인 것, 그리고 『문장』」, 『한국근대문학연구』 21, 한국근대문학회, 2010.

최현주, 『영상연출과 편집을 위한 기본원리 영상 문법』, 한울, 2011.

최호영, 「자산(自山) 안확(安廓)의 내적 개조론과 '조선적 문화주의'의 기획」 『한국민족문화』 64, 부산대학교 한국민족문화연구소, 2017.

하재연, 「『문장』의 시국 협력 문학과 「전선문학선」」, 『한국근대문학연구』 22, 한국근대문학회, 2010.

Michel Henry, 『육화, 살의 철학』, 박영옥 역, 자음과모음, 2012.

Walter Benjamin, 『기술복제시대의 예술작품/사진의 작은 역사』, 최성만 역, 길, 2007.

Yi-Fu Tuan, 『토포필리아』, 이옥진 역, 에코리브르, 2011.

오장환의 시에 나타나는 신체 공간과 '변이—주체' 양상

이지영

1. 들어가며

오장환이 신세대의 중추로 부상할 수 있었던 것은 현실을 포착하는 기민한 촉수와 자의식을 형상화하는 '새로움'인 바, 그것은 현대적 감정의 특수성[1]이자 단순성의 페시미즘[2]으로 가치 평가되었다. 세계에 대한 경험적 인식으로서 자기 정체성과 형상 가능성을 기획한 데 있다. 임화가 그의 시를 "의태와 허위를 섞지 않은 슬픔의 정"[3]으로 평한 것은, 자기 현실을 주관을 통해 실감을 주는 것으로서 '주관적 사실'[4]에 기인하기 때문이다. 전망 없는 현대와 그에 속박된 존재로서 불행한 자의식을 기치한 시 정신이 그러했다. 여기에는 발전 과정으로서의 현실을 어떻게 포착하고 표현할 것인가라는 문제가 놓여있으며, 오장환이 자기 현실에 충실한 주체를 재건한 맥락으로 읽을 수 있을 것이다. 즉 새로운 주체의 등장은 새로운 현실을 발견하는 데 있고, 그로부터 어떻게 존재할 것인가라는 문제와 결부되어 있다.

---

1) 김기림, 「『성벽』을 읽고」, ≪조선일보≫, 1937.9.18.
2) 임화, 「시단의 신세대」, 『임화 전집』 3, 소명출판, 2009, 397쪽.
3) 임화, 위의 글.
4) 임화, 「낭만적 정신의 현실적 구조」, 『임화 전집』 3, 소명출판, 2009, 22－23쪽.

현실의 주관적 반영으로서 자기(존재)를 문제 삼는 주체는 세계와 관계 맺는 방식으로서 존재가 어떻게 표상될 수 있는가라는 문제를 내장한다. 자기 비애와 부정성이 자아의 존재 방식과 결부됨에 따라 신체성에 대한 논의가 전개되었다. ① 신체 훼손 이미지를 통한 시적 인식의 부정성5)이나 ② 해방 전후 '병든 몸'의 변화 양상6), ③ 내적 모럴로서 '육체'의 퇴폐성과 윤리성7)을 제출한 바, 이들의 논의는 신체 기표를 통해 자아의 자기 인식과 현실 관계를 조명하며 오장환 시에 나타나는 신체성을 발견·확장하고 있다. 그러나 이러한 관점은 다음과 같은 문제를 드러내 재고의 필요성이 있다. ①의 경우 초기 시에서 감지되는 자기부정과 퇴폐성을 불가항력에 따른 자아의 수동적 반응으로 파악하거나, ②는 이를 극복의 대상으로 이해함으로써 초기 시에 나타나는 주체적 신체 양상에 대한 고찰이 부재한 실정이다. 또한 ③은 시적 주체의 자조적 태도를 자기 폭로에 제한하고 이를 돌파하기 위해 윤리적 차원의 타자로 도약하면서 존재가 내장한 퇴폐의 역능을 부각하지 못하고 있다. 무엇보다 근본적인 문제는

---

5) 오채운은 신체 훼손 이미지를 통해 시적 인식이 작동하는 방식을 해명함으로써 자아의 부정적 자기 인식과 타자, 공간으로 확장되는 부정성과 냉소적 태도를 의미화한다. 오채운, 「오장환 시의 신체 훼손 이미지에 나타난 시적 인식 양상 연구」, 『인문과학연구』16, 대구가톨릭대학교인문과학연구소, 2011.

6) 임지연은 신체성이 '병리적 신체'에서 '윤리적 신체로', '부정적 시선 주체'에서 '행동하는 생명 주체'로 변환된다고 보고, 오장환의 내력과 시적 여정을 아울러 조명한다. 전기 시와 후기 시를 연속적인 것으로 이해함으로써 소시민성을 극복한 윤리 주체로 거듭나는 '병든 몸'의 의미와 변화 과정을 좇는다. 임지연, 「오장환 시에 나타난 '병든 몸'의 의미와 윤리적 신체성」, 『비평문학』46, 한국비평문학회, 2012.

7) 남기혁은 육체가 퇴폐의 표상으로서, 시적 주체의 윤리적 허위성을 고발하고 부조리한 세계와 쟁투하는 장이라 해석한다. 시적 주체의 윤리적 균열을 직시하는 성찰은 구원의 문제와 결부되며 고향 모티프를 통해 타자에 대한 윤리적 책임의식을 내장한 기제로 파악한다. 남기혁, 「오장환 시의 육체와 퇴폐, 그리고 모럴의 문제—해방 이전의 시 창작을 중심으로」, 『한국문학이론과비평』54, 한국문학이론과비평학회, 2012.

신체성을 기표에 국한한 이미지 차원으로 귀속시키면서, 존재 자체에 대한 사유가 미진하다는 데 있다. 존재의 의미와 인식(자기—전통 부정과 비애, 근대 비판, 퇴폐성)에 선행하여 그것을 작동하는 힘이 무엇인지 규명할 때 비로소 존재론적 당위와 주체성이 드러날 것이다.

결국 오장환의 시를 신체 코드로 읽는 작업은 주체의 존재 방식을 규명하는 데 있다고 할 수 있다. 존재가 어떻게 드러날 수 있는가라는 문제는, 지각을 통한 공간적 관계의 대상으로서 세계 내 존재[8]가 자신의 '있음'을 물음에 부치며 세계로 기투하는 존재 가능성에 놓여있다. 나타남의 방식으로서 신체는 스스로를 느끼고 드러내는 역량으로서 "자기감응"[9]에 기인한다. 이러한 신체는 변화할 수 있는 역량을 통해 새로운 신체로 탈—영토화하는 생성의 공간이라 할 수 있다.[10] 따라서 오장환의 시에 나타나는 신체성은 식민지 근대를 경험적 감각으로 승화하는 존재의 문제이므로 '신체'와 '공간'이 분절된 채 표상만을 고찰할 것이 아니라, 그것을 긍정하고 현실과 길항하는 가운데 주체를 생산하는 하나의 벡터로 다루어야 한다. '신체 공간'은 주체가 발현하는 사건의 장(場)으로, 존재 그 자체를 긍정하는 오장환의 시적 사유를 규명하는 작업이 필요하다.

이로써 본 논문에서 다루는 신체 공간은 신체성에 대한 기존의 논의를

---

8) 메를로 퐁티, 류의근 역, 『지각의 현상학』, 문학과지성사, 2002.

9) 김석, 「육화된 코기토와 새로운 주체화」, 『철학과현상학』 41, 한국현상학회, 2009, 77면. 자기감응(auto—affection)은 미셸 앙리의 용어로, 스스로를 드러내도록 주체를 구성하는 몸의 능력이다.

10) 김은주, 「들뢰즈의 생성의 공간」, 『시대와 철학』 27, 한국철학사상연구회, 2016, 29쪽. 이에 따르면 신체는 위도와 경도가 교차하는 힘들의 장(場)으로서, 변화할 수 있는 신체의 역량인 변용능력은 존재를 지속하게 하는 능동적인 힘이다. 신체들의 결합을 통한 새로운 신체로의 변화('되기')는 곧 공간의 생성을 의미하며, 이 공간은 '되기'를 통해 변화를 거듭하는 가운데 이질적인 것들을 생산한다. 본고에서는 하나의 상태에서 다른 상태로의 변이를 의미하는 감응(affect, 변용태)에 착안하여 새로운 신체를 제시하는 존재 방식으로서 '변이—주체'라는 용어를 사용한다.

개진하여 주체에 대한 확장적인 이해를 도모하는 프레임으로 활용하고 자 한다. 이미지 차원에서 환기되는 신체성이 아닌 실재로서의 신체를 통해 시적 주체의 자기 부정성을 재고하고, 존재의 문제로서 오장환의 시적 응전과 주체성을 살펴보는 단서가 될 것으로 기대한다.

2. 새로운 신체의 태동 : '얼굴'과 '카메라'의 의미

주지하듯 오장환 시에서 감지되는 불안과 퇴폐적 감각은 현대의 불모성에 대한 자의식을 표방하며 자기 부정으로 귀결된다. 1930년대의 '방', '수인(囚人)' 모티프가 유폐된 신체를 수반한 존재론적인 고통과 현실 부정으로서 내면 보존에의 의지를 보여주면서[11], 현실 탐구와 시적 주체의 대응 문제가 표면화 되었다. 오장환은 실존의 한계에 육박하는 폭력적 현실을 '황무지'적 인식으로 무장한 신체 문제로 전환한다. 이 신체는 존재론적인 고통과 더불어, 고유한 감각적 형상으로 드러난다. 현실과 단절된 내면의 반영이 아닌 내적 응전으로서, 현실을 직시하는 가운데 시적 주체의 현재를 감지하는 기제이다.

신체성이 존재 그 자체를 가능하게 하는 신체적 역량이라면, 오장환의 시에 나타나는 신체는 단순히 훼손된 기표이거나 현실 인식의 반영에 그치지 않는다. 시적 주체의 존립 문제에는 존재론적 성찰과 반성이 내재되어 있기 때문이다. 오장환이 열망한 "참다운 인간"[12]은 경험적 감각을 통해 현실의 심연을 관통함으로서 훼손된 인간성을 회복하는 데 있었던 것이다. 철저한 자기반성을 통해 '생활하지 않는 사람의 원죄'로서 떠돎을 수행하는 가운데, "향배(向背)를 잃어버린 나의 방향은 어디에 있는가"를

---

11) 남기혁, 앞의 논문, 157－158쪽.
12) 오장환, 「문단의 파괴와 참다운 신문학」, 『오장환 전집』, 국학자료원, 2016, 608쪽.

자문하며 "생존의 의의"13)를 전망한다. 당대 분열된 인식과 분절된 신체를 통해 존재의 문제를 자기에로 귀소시킴으로써 현실적 속박 속에서 '있음'이 어떻게 드러나는가를 탐색한다. 현실의 심연을 직시하고 존재론적 위기를 타개할 새로운 사유가 요구됨에 따라, 기성의 자아를 탈각하고 새로운 신체를 강구한다. 그러자면 기성의 '자기'를 탈각하고 현실의 굴절된 내면을 반영하는 존재로서 새로운 형상을 모색해야 했다.

養魚場 속에서 갓 들어온 金붕어
어항이 무척은 新奇한 모양이구나

病室의 檢溫計는
오늘도 三十九度를 오르나리고
느릿느릿한 脈搏과 같이
琉璃항아리로 피어오르는 물ㅅ방울
金붕어는 아득—한 꿈ㅅ길을 모조리 먹어버린다.

몬지에 끄으른 肖像과 마주 대하야
그림자를 잃은 靑磁의 花甁이 하나
오늘도 시든 카—네숀의 꽃다발을 뱉어버렸다.

幽玄한 꽃香氣를 입에 물고도
충충한 몬지와 灰色의 記憶밖에는
이그러지고도 파리한 얼골.

金붕어는 지금도 어늬 꿈ㅅ길을 따루는가요
冊갈피에는 靑春이 접히어 있고
窓밖으론 葡萄알들이 한데 몰리어 파르르 떱니다.
                                        —「病室」전문

---

13) 오장환, 「팔등잡문」, 『오장환 전집』, 국학자료원, 2016, 709—710쪽.

'얼굴'은 곧 자화상이었다. '먼지에 그을린 초상'과 대면("마주 대하야") 하는 화자의 결단은 '충충한 먼지와 회색의 기억'과 '일그러지고 파리한 얼굴'을 드러내며 회복 불가능에 대한 인식으로 이어진다. 그림자를 잃은 청자 화병처럼 자아를 상실한 화자는 정체성의 부재 속에서 더 이상 이전의 자신과 동일시 할 수 없음을 자각하게 되는 것이다. 존재론적 자기 각성은 '창(窓)'을 경계로 안으로는 시적 화자가 자신을 진단하는 한편, 밖으로는 포도 알들이 파르르 떨며 모종의 불안을 암시한다. 화자는 새로운 세계에 입성한("어항이 무척은 新奇한 모양") 금붕어로 환치되고(느릿느 릿한 맥박＝물방울), 어항은 병실로 오버랩 된다. 근대라는 '어항'14)에서 '꿈길'을 좇는 화자는 병실 바깥의 조짐을 감지하며 이곳이 결코 안온한 곳이 아닌, 불안에 유폐된 공간임을 자각하게 되는 것이다.

이처럼 얼굴로 투영되는 비―현실적 구성은 인식 차원의 허상이 아니라, 경험적 감각을 통해 대상과 관계하는 신체의 능력이라 할 수 있다. '얼굴'은 단순히 신체의 일부가 아닌 내면의 초상 그 자체이자, 굴절된 자신을 마주해야하는 정언명령이다. 자기 성찰을 통해 자신을 진단하며 현재적 상태를 반영한다. 이는 현실에 압도된 양상으로서의 자기 부정이나 퇴폐성이 아니라, 고유한 신체를 통해 자신과의 관계를 전환하는 주체적인 대응 방식인 것이다. 정체성을 확립하지 못한 자아는 세계의 균열과 모순을 신체화함으로써 그 자체로 새로운 현재성을 구성한다.

경험적 현실을 육화하는 주체 문제가 고발의 에스프리로서 모랄을 실천적으로 구현하는 데 있다면,15) 오장환이 형상화한 것은 현실에 대한

---

14) 시적 주체는 근대라는 새로운 조건에 놓여있으면서 그에 내재된 모순과 균열을 감지하며 "너들은 푸른 燈불 밑에서 무슨 물고기와 같은 憂愁들이냐!"(「首府」), "야윈 靑年들은 淡水魚처럼/ 힘없이 힘없이 狂亂된 ZAZZ에 헤엄처 가"(「海獸」)는 형상으로 드러난다. 이러한 맥락에서 어항은 자아의 안전을 보장하는 공간이 아니라 시적 주체의 시선을 통해 곧 닥칠 존재론적 위기를 예감하는 곳이다.

15) 김남천, 「일신상 진리와 모랄」, 《조선일보》, 1938.4.19. 김남천에게 주체화 문제

감각적 경험이며, 굴절된 자의식을 형상화 하는 실천적 기지라 할 수 있다. "방바닥도 눅진눅진하고 배창사도 눅진눅진하여 空腹은 헌겁오래기처럼 쉬여저 나오고"(「雨期」), "寂寥한 마음의 領地로, 거믄 손이 나를 찾어 어루만"(「寂夜」)지는 행위로 드러난다. 만짐의 행위는 낯선 신체로 반영되며 지금—여기의 현재성과 자기성을 포착한다. 화자가 놓인 이 공간과 교섭하는 가운데 조짐과 징후로서 존재의 불구성을 드러낸다. 불길함과 질곡의 표상으로서 신체는 조화된 전체로서의 대상이 아닌 분절된 형상으로 나타나며 '섬뜩함(Uncanny)'16)을 초래하는데, 가령 "얼골이 검은 植民地의 청년", "不吉한 입가"(「船夫의 노래 2」), "큐—피드의 화살 맞었던 검은 心臟"(「湖水」), '밧삭 말른 종아리의 기녀'(「月香九天曲」), "젓가슴이 이미 싸느란 賣淫女"(「賣淫婦」)에서 드러나듯 구체적이고 생경한 감각을 통해 퇴폐적인 자기 인식에 이른다.

(寫 眞)
어렷슬 때를 붓드러 두엇든 나의 거울을 본다. 이 놈은 進步가 없다.

(不 孝)
이 어린 병아리는 人工孵化의 엄마를 가젓다. 그 놈은 正直한 不孝다.

는 '일신상의 진리'를 확보하는 실천적 모랄로, 자신의 경험적 현실을 육화함으로써 구체적인 몸의 언어를 얻는 과정이다. 이와 관련한 내용은 다음 논문을 참고한다. 이도연, 「창작 과정에 있어 '주체화'의 문제 : '일신상(一身上)의 진리' 개념을 중심으로」, 『한국학연구』 36, 고려대학교한국학연구소, 2011.

16) 프로이트가 정립한 "Uncanny"는 낯익은 것에서 느끼는 두려움으로, 지난날 억압된 것이 낯설고 기이한 공포로 회귀하는 것('억압된 것의 회귀')을 의미한다. 오장환의 시에서 나타나는 신체의 불구성은 식민지 근대 현실에 대한 시적 주체의 경험과 결부되어 회귀하는 실재적 공포라는 점에서 이해할 수 있다. 즉 현실은 시적 주체와 분리된 대상이 아니라, 잠재된 흔적으로서 시적 주체의 성찰적 각성을 통해 신체적 형상으로 드러나는 것이다. 프로이트, 정장진 역, 「두려운 낯설음」, 『예술, 문학, 정신분석』, 열린책들, 2004, 403쪽.

(白合과 벌) BAND "Lily"
벌은 이곳의 조그만 喇叭手다.

(復 讐)
―홍, 미친 자식!
그 놈을 비웃고 나니 그 놈의 애비가 내게 하든 말이 생각난다.
이것도 無意識中의 조고만 復讐라 할까?

(落 花)
무디인 食칼노 꽃비눌을 훑는 젊은 바람의 食慾. 나는 멀―니
낙시질을 그리워한다

(落 葉)
「아파―트」의 푸른 紳士가 떠난 다음에
산새는 아츰 日課인 철느진 「소―다」水를 斷念하엿다.

(서 낭)
仁義禮智―
當五.
當百.
常平通寶.
一錢. 一光武 二年―(略)
이 조그만 古錢蒐集家는 赤道의 土人과 가티 알몸둥이에 寶石을 걸엇다.

―「캐매라·룸」 전문

위의 시는 앞선 인용 시와 달리 형식적 이질이 뚜렷한데, 초기 시에 해
당하는 이 시기(1934년 「캐매라룸」, 1937년 「病室」) 오장환은 시적 자
아의 자의식을 내용으로 구성하는 한편, 형식적 새로움으로 산문성을 추
구하며 복합적인 특질을 보여준다. 산문성은 종래의 서정시가 담지하지

못한 현실을 구현하기 위한 방법적 매개로, 1930년대 새로운 시적 경향으로서 비판적 지성에 기반한 미학적 특질이다.17) 형식적 파격은 시적 자아의 발화 양식이자 현실과 내면을 투영함으로써 새로운 현실성을 확보하기 위한 선택이었던 것이다. 여기에는 장시를 비롯한 형식적 파격이 근대적 폐해에 대한 비판적 자의식을 드러내면서도, 검열로 인해 페이소스를 주조로 하는 아이러니의 양상이 내포된 것이기도 했다.18) 형식 실험은 현실의 이중적 압박(근대와 식민지의 폭력성)속에서 말할 수 없는 것을 말하고자 하는 시적 당위이자 전복적인 파토스로 드러난다.

이러한 맥락에서 인용시의 각 연에서 포착된 사건들은 다음과 같이 재구성 된다. '사진'—'복수'—'불효'—'落葩'—'백합과 벌'—'서낭'—'낙엽' 순을 따르자면, 화자는 거울을 보며 과거에 고착화된 자신을 성찰하며 무의식중의 분노를 표출한다. 부화의 섭리를 거스른 병아리는 불효로 태생한 화자 자신이며, 이 '정직한 불효'는 꽃을 훑는 바람의 욕망으로서 화자 내면에 이는 역동이자 현실에 대한 반역이기도 하다. 그러나 현실은 나팔수인 벌이 백합에 영합하여 소리(권력)를 행사하고, 전통의 표상이자 수호신인 서낭은 고전수집가로 전락했으며 화자는 일과를 단념하고 만다. 카메라의 시선은 순간을 찍어내듯 각각의 사건을 비—유기적으로 배치하며 화자 자신과 세계에 대한 분열적 인식으로 수렴된다.

이로써 시적 주체는 현실과의 불화 속에서 총체적 인식이 불가함을 내적 기제로 삼아 자신과의 관계를 재고한다. 세계에 대한 '황무지'적 인식

---

17) 서지영, 「오장환 시의 모더니티 연구」, 『한국근대문학연구』 2권 1호, 한국근대문학회, 2001, 141—142쪽.
18) 이와 비슷한 시기에 쓰여진 「수부」(1936), 「황무지」(1937년 ≪자오선≫에 일부 발표, 1994년 전문 원고 발굴), 「전쟁」(미발표)은 대형 서사를 기획하기 위한 시로, 일제 검열과 맞물린 출판 정황을 엿볼 수 있다. 남기택, 「오장환 시 연구」, 『비평문학』 37, 한국비평문학회, 2010, 191—192쪽.

은 어디에도 기입될 수 없다는 존재론적 자각과 더불어, 새로운 자아 모색을 위한 다른 공간으로 전환한다. 이를테면 인용시를 해석하는 하나의 코드로, 직관적 시선으로 포착한 근대적 이미지와 전근대적 가치의 무용성[19]은 자기 부정의 기제로서 경험적 감각을 현상하는 가운데 부정과 전복의 대상인 '나'를 탐지하는 공간인 것이다. 여기서 중요한 것은 전통과 근대의 상충 이면에 카메라 공간과 그 시선을 통해 시적 주체가 구성하는 것이 무엇인가를 추적하는 데 있다. '행위를 주시하는 시적 주체의 시선과 이를 주시하는 시선은 낯설고 생경한 감각을 통해 세계의 질서로부터 고리된 존재감을 각인[20]시키며, 이로부터 구성된 분절된 미장센은 신체적 감각을 통해 자아를 타자화하는 자의식의 공간화인 것이다.

형식적 파격과 더불어 파편화된 응시는 곧 자기 성찰에 기인한 내면의 반영이라 할 수 있다. 이는 단순히 근대적 폭력과 불안의 소산이라는 프레임에 제한되지 않고, 각자의 방식으로 '있음'을 표상하는 신체 공간과 결부된다. 단순히 대상을 나열하고 배치하거나 대상에 매몰되지 않고 "대상을 다면적으로 드러내는 몽타주"[21]로 불가지한 현실을 파헤치며, 부조리의 세계 속에서 살아가는 존재의 의미를 형상화 한다. 의식의 실체로서 드러난 이 공간은 신체에 반영된 현상을 포착하는 방식으로 드러남의 가능성을 모색한다.

결국 존재의 '있음'을 구하기 위해 존재론적인 자기 성찰이 요청되고, 이는 경험적 감각을 통해 새로운 존재 방식을 드러내는 신체 공간을 작동

19) 오세인, 「오장환 초기시에 나타난 이중성의 폭로와 욕망의 문제」, 『한국문학이론과비평』 47, 한국문학이론과비평학회, 2010, 172쪽.
20) 김지선, 「오장환·박인환의 '시선의 미학' 고찰」, 『비평문학』 43, 한국비평문학회, 2012, 93면.
21) 이성혁, 「1930년대-1940년대 초반 한국 아방가르드 시의 정치성 연구」, 『외국문학연구』 66, 한국외국어대학교외국문학연구소, 2017, 126쪽.

시킨다. 식민지 근대의 자화상으로서 '얼굴'은 부정성을 긍정하며 파편화된 '카메라'의 공간으로 재구성된다. 이는 세계의 균열을 반영하면서 시적 주체로 하여금 자신을 어떻게 현상할 것인가라는 존재론적 물음에 기인한다. 현실과 자기 직시를 통해 세기말적 존재로 드러나고, 다른 현실성을 확보하며 새로운 주체 정립으로 나아간다. 단순히 현상을 고발하거나 자의식의 고백에 그치지 않고, 새로운 주체를 정립에의 도약이자 가능성으로서 시적 태도인 것이다.

3. '변이—주체'의 존재론적 욕망과 기형성

주지하듯 오장환의 초기 시를 이해하는 주요 특질은 자기 부정과 퇴폐성으로, 이를 현실 인식에 기인한 자의식의 코드로 읽을 수 있을 것이다. 시적 주체의 세기말적 파토스는 남만서점을 통해 습득한 '다른 감각'[22]의 산물인데, 이는 신체의 역량으로서 새로운 존재와 공간을 생성한다. 경험적 현실을 구성하고 내적 응전으로서 새로운 신체를 모색하며 시적 주체의 존립 문제를 사유한다. 육체의 문제가 당대의 퇴폐상이 아니라 새로운 시대에의 희구와 재생의지를 드러내는 창작적 특성[23]임을 감안할 때, 변이 주체는 현실과 길항하며 존재 문제를 사유하는 실체로 출현할 당위성을 내장하게 된 것이다. 부정성을 넘어 실재로서 체현하는 신체는

---

22) '다른 감각'은 남만서점을 통해 기획된 오장환의 시적 기제로, 초기 시의 특질을 구축하는 주요 동력이라 할 수 있다. 1938년 개점한 남만서점은 그가 동경을 드나들며 사들인 진본과 호화판의 문학 서적으로 꾸려졌는데, 세계 문학의 경향과 지적 기반을 습득하는 가운데 감각의 혁신을 통해 근대 현실을 사유하는 '다른 감각'의 거점이라 할 수 있다. 남만서점과 '다른 감각'의 관계성은 다음 논문을 참고한다. 졸고, 「오장환의 '다른 감각'과 '생활'로서의 신문학」, 『한국시학연구』 58, 한국시학회, 2019.

23) 임수영, 「1930년대 시의 데카당스 연구」, 『대동문화연구』 83, 성균관대학교대동문화연구원, 2013, 324쪽.

세계 내 소거된 존재가 드러나는 방식으로, 이질적이고 끔찍한 것으로 형상된다. 이 기형은 퇴폐의 실체로서 속박과 폭력의 실재를 표상함과 동시에 그러한 방식으로 존재 가능성을 타전하는 미적 주체이다. 이성으로 포착되는 단일한 존재 방식을 전복하고 변화를 긍정하는 존재론적 욕망에 기인한다. 이러한 존재 방식은 기성의 질서로부터 탈주하여 새로운 신체로 나타난다.

"信賴할 만한 現實은 어듸에 있느냐!/ 나는 市井輩와 같이 現實을 모르며 아는 것처럼 믿고 있었"(「旅愁」)던 자에게 현실은 출구 없는 폐허였으므로, 존재 기반을 상실한 터전에서 자기 현현의 가능성을 묻는다. 이는 세계와 불화할 수밖에 없고 다시 돌아갈 수도 없는, 더 이상 '있음'을 지속할 수 없음을 자각하는 가운데 그럼에도 어떻게 '있음'을 제시할 수 있는가라는 물음을 마주한 자의 파토스이다. 즉 존재를 말살하는 현실의 위압 속에서 새로운 존재로 거듭나고자 하는 욕망은, 변화와 역동을 긍정하는 신체 공간을 작동시키며 변이 주체를 양산한다. 이는 재현과 경험에 선행하여 무엇을 할 수 있는가라는 역량의 문제로, 현실 너머 다른 공간을 해방시키며 존재의 본질을 제시한다. 이 변이 주체는 타락의 현실 공간에 소외되면서 동시에 그로부터 주체의 독자성을 확보하는 경계인이자 자아의 이중성을 드러낸다.24)

> 魔鬼야 따에 끌리는 네 검은 옷자락으로 나를 다려가거라
> 늙어지는 밤이 더욱 닥어들어
> 鐵柵안 김승이 운다.
>
> 나의 슬픈 노래는 누궐 爲하야 불러왔느냐
> 하염없는 눈물은 누궐 爲하야 흘려 왔느냐

---

24) 주영중, 「오장환 시의 낭만성 연구－『성벽』과 『헌사』를 중심으로」, 『비교한국학』 16권 1호, 국제비교한국학회, 2008, 434쪽.

오늘도 말 탄 近衛兵의 발굽소리는
城밖으로 달려갓다.

—「獻詞 Artemis」 부분

어둠의 街路樹여!
바다의 方向,
오 限없이 凶측마진 구렝이의 살결과 같이
늠실거리는 거믄 바다여!
未知의 世界,
未知로의 憧憬,
나는 그처럼 물 우로 떠단이어도 바다와 同化치는 못하여왔다.

家屋안 김승은 오즉 사람뿐
나도 그처럼 頑固하도다.

—「海獸」 부분

　세계와 단절하지도, 그렇다고 조화하지도 못하는 시적 주체의 괴리는 존재론적 사유로 이어지며 기괴한 형상으로 나타난다. 가령, 화자는 마귀를 호명하며 종언을 구하고 철책 안에서는 짐승이 울고 있다. 검은 바다는 미지를 동경하며 넘실거리나 '나'는 그에 실패하고 마는 완고한 짐승이다. 끔찍한 것은 마귀나 짐승, 구렝이, 검은 바다가 아니라, 이들의 움직임이 초래하는 파국과 균열에 대한 예감이다. 끝없는('늙어가는') 밤—철책에 갇힌 짐승은 속박된 채 죽음에로 향하는 존재이며, '흉측한 구렝이'—'넘실거리는 바다'의 역동과 '가옥 안 짐승'—'나'의 완고함이 대비되면서 시적 주체의 파토스는 절망으로 이끌린다.
　여기서 중요한 것은 이 시를 폭력적 현실과 퇴폐적 신체로 해명하기 이전에, 형상의 본질과 그 의미이다. '마귀'나 '짐승', '해수'로 화(化)하는 사건은 단순히 추상적 산물이 아닌 새로운 존재의 출현을 의미한다. 이들은 호명할 수 없는 비―인칭의 존재로서 현재의 균열을 보여줌과 동시에 파열을 일으킨다. 신체의 기형성은 존재론적 고통에 기인하며 스스로를 계시하며 자신을 느끼고 견디는 실체인 것이다. 이 자기 계시, 고통의 현전[25]은 압도적 현실 속에서 그 실재를 관철하고자 하는 감각 행위이자 드러남의 가능성이기 때문이다. 역동과 변화를 내장한 신체적 역량은 새로운 신체(변이―주체)를 해방시키며 은폐된 것들과 상호 이접하는 신체 공간을 작동시킨다.

밤이 달려들고 발굽소리가 탈주하며 넘실거리는 움직임들이 고유한 특성을 가지되 상호 부대끼며 이곳을 드러남의 장(場)으로 변화시킨다. 능동적으로 상호 관계하며 이곳을 변형하는 가운데 보이지 않는 것을 드러내 보이는 것이다. 이곳에서 확보한 존재의 의미는 '울음'으로 표상되는데, '김승들의 울음이로라/ 잠결에서야/ 저도 모르게 느끼는 울음이로라// 反芻하는 胃腸과 같이/ 질긴 風習이 있어'(「싸느란 花壇」) 등 짐승의 울음은 '나의 슬픈 노래'와 연계되면서 홀로('짐승'―'누귈 爲하야 불러왓느냐) 퍼져나간다. 언어 이전의 언어는 아무도 말하지 않는 것을 말하며, 재현과 경험을 넘어서는 새로운 발화 방식을 표상한다.[26] 기성의 질서에 대한 전복적 의지이자, 기형적 존재의 고유한 언술이라 할 수 있다.

따라서 이를 현실의 모순이나 불모성을 고발하는 데 그치거나, 무기력과 허무의 소산으로 해석하는 것은 존재의 주체성을 놓치기 쉽다. 시적 주체가 탈주의 불가능성 속에서 스스로를 느끼고 견딤 그 자체를 온몸(변이)으로 드러내기 때문이다. 이 불가능성은 신체적 한계가 아니라 그 가운데서 새로운 존재를 희구하는 결절점이기 때문이다. 변이―주체는

---

25) 미셸 앙리, 박영욱 옮김, 『육화, 살의 철학』, 자음과모음, 2013, 120쪽.
26) 오장환은 고독을 "가장 진솔한 투쟁과 선도적인 위치에서 오는 것"으로 이해하며 "환각"을 통한 "음악으로의 제휴" 가능성을 시사한다.(오장환, 「제칠(第七)의 고독」, 『오장환 전집』, 국학자료원, 2016, 697쪽.) 고독에 기인한 자기유폐가 자아의 도피처나 괴멸로 귀결되는 기제가 아닌, 감각적 형상화를 통해 경험적 현실을 구성하고 존재를 사유하기 위한 발화로 이해해야 한다.

폐쇄 공간('鐵柵', '家屋')을 울음이 울려 퍼지는 공간으로 전환함으로써 자신의 존재 가능성을 형상화 한다. 그것은 자기 분열하는 텅 빈 형식27) 가운데 스스로 탈(脫)하는 생성의 장이자, 도래하는 죽음28) 가운데 모든 관계를 파기하고 바깥을 사유하는 데 있다.

　　　나의 至大함은 隕星과 함께 타버리엇다.

　　　아즉도 나의 목숨은 나의 곁을 떠나지 않고
　　　언제인가 그 언제인가
　　　虛空을 스치는 별납과 같이
　　　나의 榮光은 사라젓노라

　　　내 노래를 들으며 오지 않으랴느냐
　　　毒한 香臭를 맛흐러 오지 않으랴느냐
　　　늬는 귀기우리려 아니하여도
　　　딱따구리 썩은 枯木을 쪼웃는 밤에 나는 한 거름 네 압헤 가마

　　　表情없이 타오르는 燐光이여!
　　　발길에 채는 것은 무거운 墓碑와 淡淡한 傷心

　　　川邊 가차히 가마구떼는 왜 저리 우나
　　　오늘밤 아— 오늘밤에는 어듸쯤 먼—곳에서
　　　물에 뜬 송장이 떠나오려나

　　　　　　　　　　　　　　　　　　　　　　—「無人島」 부분

---

27) 들뢰즈, 『차이와 반복』, 민음사, 2004, 254쪽.
28) 죽음은 자아 자신과의 관계를 파기하는 바깥에의 경험이다. 자아가 자기 동일화로 회귀할 가능성을 무너뜨리는 가운데, 미래와의 관계 속에서 현재는 무한히 지연되며 텅 빈 시간과 마주한다. 이러한 죽음의 외재성은 자아가 자신 너머에 존재함을 고함으로써 타자와의 관계에 열려 있음을 타전한다. 박준상, 「바깥, 죽음」, 『철학과 현상학 연구』 21, 한국현상학회, 2003, 167쪽.

시적 주체에게 죽음은 곧 '먼 곳'에서 도래하는 새로운 존재 가능성을 의미한다. 공허한 전망이나 위악적인 제스처를 취하기보다는 부정성을 넘어서기 위한 동력으로서 죽음을 요청하며 이곳을 의지와 생성의 공간으로 전환하고자 한다. 파국의 조짐은 세기말적 요소로 구성되어 "空腹은 헌겁오래기처럼 쉬여저 나오고 와그르르 와그르르 숭얼거리어 뒤ㅅ간 문턱을 드나들다 고이를 적셨다."(「雨期」), "모ㅡ든 길이 ㅡ제히 저승으로 向하여 갈 제/ 暗黑의 수풀이 城문을 열어"(「할레루야」) 임사(臨死)하는 곳이 된다. 죽음을 부정하거나 회피하지 않고 의연하게 "淡淡한 傷心"을 담지하며 "한 거름 네 압"으로 나아가는 화자는 비로소 새로운 죽음('먼 곳에서 올 송장')을 예감하는 것이다.[29]

'먼ㅡ곳'에서 떠내려 올 송장은 '내 노래'로 호명된 새로운 죽음으로, 여기서 주목해야 할 것은 화자의 '노래'이다. 듣지 않으려는 '늬' 앞으로 나아가 노래하는 행위는 파국(단절)으로부터 도래할 무언가(생성)를 암시한다. 이곳을 파괴하는 가운데 존재와 관계할 가능성으로서 울음ㅡ노래는 자신 너머의 존재를 감지하며 죽음을 긍정하는 것이다. 이로써 노래는 죽음이 도래하는 가운데 다른 죽음을 향해 존재할 수 있게 되며, 비ㅡ인칭으로서 자신 너머의 존재를 도래하게 한다. '먼ㅡ곳'은 죽음 가운데 도래할 미지의 공간, 이전 모든 것과의 단절이면서 동시에 죽음이 반복되는 공간이자 호명할 수 없는 것들(송장)이 존재하는 곳이 된다.

---

[29] 주영중은 오장환의 시에 나타나는 죽음 의식이 자아의 자성과 자기 단죄라기보다는 자신을 지탱하던 과거 자아와 길항하고 갈등하는 양상으로 나타난다고 본다.(주영중, 앞의 논문, 435ㅡ443쪽.) 죽음을 자아의 내적 갈등으로 확장하여 면밀하게 살핀 의미 있는 관점이지만, 관조적 태도와 분리의식에 기인한 부조화의 소산에 그치고 있다는 점에서 주체성을 결여하고 있다. 여기서 본고는 죽음이 존재론적 위기를 형상화 하는 가운데 새로운 주체와 현실을 구성하는 동력으로서 제시한다. 현실적 폭압 속에서 시적 주체의 죽음은 파국을 통해 회생함으로써 전망(새로운 주체의 재건)을 희구하는 존재론적 저항이자 의지이기 때문이다.

기존의 질서를 교란하는 가운데 변화로 역동하는 '무인도는 현실과 분리되어 가공된 도피처가 아니라, 죽음 속에서 '먼 곳'(미지)을 예감하며 다른 관계로 열리는 가능성의 공간이다. '무인도'와 '먼 곳'을 작동시키는 죽음은 세계의 속박에서 자아를 해방시키는 주체적 사건인 것이다. 여기에 '표정 없이 타오르는 燐光'으로 절망의 전망을 죽음으로서 받아들이는 견딤의 윤리가 작동한다. "모름직이 滅하여 가는 것에 눈물을 기우림은/分明, 滅하여 가는 나를 慰勞함"(「咏懷」)이어서, 시적 주체의 죽음[바깥]을 향한 존재 가능성은 소멸하는 과정 속에서 자기 너머 바깥에의 존재를 발견하는 데 있다. 그것은 자신과의 단절로부터 다른 것과의 관계로 나아가는 존재론적 의지라 할 수 있다.

　변이—주체는 자기 바깥에서 새로운 자기 자신을 마주하는 새로운 존재의 가능성이다. 자기 부정이나 자멸 그 자체를 추구함이 아닌, 능동적인 자기 현시로서 스스로 변화하는 힘인 것이다. 이로써 드러나는 존재의 기형성은 역동하는 신체공간과 교섭하며 현실과 길항하는 미적 주체가 존재하는 방식이다. 몸으로 사유하는 주체의 기형성은 재현과 경험에 선행하여 그것을 가능하게 하는 초월적 사건인 것이다. 가상의 착란이나 현실로부터의 유폐가 아니라, 존재할 수 없는 것들의 새로운 존재 방식이자 그 가운데 '지금 여기'를 작동시킨다.

4. 발굴작 「찢어진 심장을 꿰맨다」, 「야만」에 드러나는 신체공간을 중심으로

　앞장에서 살펴보았듯, 변이 주체는 능동적인 자기 변화를 통해 새로운 신체공간을 작동시키고, 이 공간은 다시 새로운 주체를 생산하는 상호 역동적인 관계를 보여준다. 주체의 존재 가능성을 시험하며 고유의 시적 특질을 보여준 한편, 이 시기 오장환은 일본어 시를 발표하며[30] 또 다른 도약을 시도한다. 현실과 내면의 투영으로서 변이 주체를 견지하며 작법 문제에 접어드는데, 여기에는 그의 행적과 일제 검열 문제가 맞물려 있다. 전자는 인텔리이자 애서가로서 동경 유학과 남만서점 운영[31]을 통해 지식과 사상을 습득하며 이를 시 쓰기의 기제로 활용했다는 데 있다. 후자는 오장환의 시가 시적 주체의 삶을 육화했다는 점에서 비―주변부로서의 근대를 환기하는 이중 언어가 내포한 이데올로기적 산물로서 검열과 결부된 것이다.[32] 즉 근대 현실의 혼란한 자화상이 경험적 감각을 통한 주체의 자의식으로 전환되고, 이는 곧 발화 양식으로서 이중어 문제를 내장하고 있었다.

1930년대 후반 조선어가 제국언어의 방언으로 공존의 가능성을 모색하는 상황에서,[33] 오장환이 일본어를 시적 언어로 다루었다는 점은 이로써 그가 무엇을 의도했는가라는 점에서 살펴야 한다. 근대 주체의 경험적 현실과 존재론적 성찰은 곧 식민지 인텔리의 자의식에 기인한 것이었으

---

30) 새로 발굴된 일본어 시는 총 10편으로, 「첫 화학실험」, 「시 No.6」, 「시 No.17」, 「시 No.11」, 「찢어진 심장을 꿰맨다」, 「야만」, 「여자의 마음을 얻는다」, 「스케치」, 「시 No.1」, 「포로」가 게재되어 있다.(熊木勉, 「오장환의 일본어 시」, 『지구적 세계문학』 9, 글누림, 2017.) 이 시들은 1934년―1935년에 일본 동인지 『일본시단』에 게재되었는데, 본 논문에서는 앞서 살펴보았듯 초기 시가 존재 문제로서 신체를 사유하며 시적 변화와 모색을 모색한 바, 이 시기 발표한 일본어 시를 검토함으로써 오장환의 시 쓰기를 존재론적 사유의 실천으로 읽을 수 있다는 점에서 중요하다.

31) 오장환은 1935년 동경 智山中學校에 전입하여 이듬해 수료, 1937년 메이지 대학에서 수학하며 지적 기반을 다지는 한편 당해 귀국하여 이듬해 남만서점을 개점했다. 현실을 관철하고자 하는 지적 충동과 새로운 감각을 추구한 다양한 시적 모색으로서 이해한다면, 일본어 시 쓰기는 친일의 소산이 아니라, 문학적 외연을 넓히는 도구로서 근대 조선을 관철하기 위한 시적 사유로 보아야 한다.

32) 천영숙, 「1930년대 오장환 시에 나타난 이중언어성과 검열에 대한 고찰」, 『한남어문학』 27, 한남어문학회, 2003, 204쪽.

33) 오문석, 「근대문학의 조건, 네이션≠국가의 경험」, 『한국근대문학연구』 19, 한국근대문학회, 2009, 219―220쪽.

므로, 그에게 일본어는 창작 방법으로서 근대 조선의 현재성을 포착하기 위한 또 다른 모색이었던 것이다. 게다가 일제의 근대를 체험한 그로서는 일본어가 곧 근대어와 등치하는 것이었고, '세계성과 보편성을 획득하고자 하는 문화적 야망으로서 세계어─일본어 문제'[34]가 도사리고 있었다. 이러한 사정은 오장환으로 하여금 내면의 분열을 근대의 것으로 표현하기 위한 시적 개혁을 희구하게 했으며, "심미적 포오즈화"를 통해 자기를 의식하는 자기분열의 실체로서 '미학적 자아'[35]를 전면화 한다.

　　도토리 형의 구리코(久利子). 미스·체인지.
　　두 개의 분수를 짜는 작은 거북이 찢어진 심장을 꿰맨다.

　　『심장은 하트보다 오래된 것이로다. 아마도이로다. 재봉시간이 길어지리라 여겨지노라. 아니 그 동안 나는 태양을 뒤집어쓰고 죽을 것이로다』

　　죽음─
　　◀
　　◀
　　●
　　·오오, 정숙한 죽음이여.

　　『나는 가끔 힘들 때에는 편안한 장소를 골라
　　『나는 태양 군을 상대로 옛날 사무라이처럼 둘이 그것도 외로이 도와주는 사람도 없이 서로 베어 싸우는 것이다.

34) 황호덕, 「동아시아 근대 어문 질서의 형성과 재편 ; 국어와 조선어 사이, 내선어의 존재론」, 『대동문화연구』 58, 성균관대학교대동문화연구원, 2007, 157쪽.
35) 김용희, 「식민지 지식인의 근대 풍경에 대한 내면의식과 시적 양식의 모색」, 『한국문학논총』 43, 한국문학회, 2006, 247─248쪽.

모래사장에서 일광욕을 한다.
눈물을 말리는 작은 거북은 찢어진 심장을 꿰맨다.

—「찢어진 심장을 꿰맨다」, 『일본시단』 전문

(나)
명부(名簿)에서는 빨간 잉크로 지워져 있었다.

F,OR,
비수에 베인 자국이다.
글자와 글자도 결투하나 보다. 뉴, 돈, 키호테, 라모사우시, 욘지유
니킨이다.

오늘도 그는 나의 기억 속에 놀러 왔다.
나의 하숙에도 자그마한 야만이 머물고 있는 모양이다.

—「야만」, 『일본시단』 전문

　　앞서 살펴본 바, 변이 주체의 죽음은 미지와 새로운 존재를 예감하는
기제로 작동하는데, 이는 일본어 시를 통한 시적 실험으로 확장되며 실천
적 모색을 보여준다. 먼저 시적 정황을 살펴보면, 시적 주체는 (가) 죽음을
기호화하며 자신과의 고독한 싸움을 벌이거나 (나) 명부(名簿)에 지워진
이름으로서 불길한 존재를 환기한다. 지워지고 실패한 흔적으로부터 우
리가 길어 올릴 수 있는 것은 존재에 대한 성찰과 자기 인식의 매개체로
서 구원을 희구하는 주체성 문제36)이다. 새로운 주체 정립은 전복적 자
의식에 기인한 자기 투쟁을 통해 무엇을 전망했는가를 묻기 때문이다. 일

---

36) 양소영, 「오장환 시에 나타난 훼손된 여성의 의미 연구」, 『국제어문』 60, 국제어문
　　학회, 2014, 424쪽.

본어 시의 시적 주체는 조선어 시에서 선보였던 자기 탐구를 담지하면서 식민지 근대의 불모성을 예각적으로 드러낸다. 언어 감각과 그에 따른 새로운 신체적 역량을 확보하기 위한 창작방법 차원이었다. 이로부터 구상한 신체공간은 오장환이 식민지 인텔리로서 현실을 직시해야만 하는 시적 당위가 투영된 곳이었기 때문이다.

인용 시를 살펴보면, 비수로 파편화된 글자들은 '죽음'의 산물로서 자멸과 분열을 환기하는 한편, 그러한 방식으로 현실과 길항하는 주체를 형상화 한다. 기표를 해체하고 재구성함으로써 질서를 전복하고자 하는 욕망을 드러냄과 동시에, 시적 주체가 존재하는 방식을 재고하는 것이다. ㈎ '죽음—/ ◀ /◢/ ● / ·' ㈏ 'F,OR,', '뉴, 돈, 키호테, 라모사우시, 욘지유니칸'에서의 분절된 의미와 혼종적인 언술은 시적 주체의 소멸과 하강, 분열적 자의식을 기호로 배치하며 세계와의 불화를 극단적으로 표출한다. 한편, 찢어진 심장을 봉합하는 '작은 거북'의 재봉술은 이 파편들을 재조합하고자 하는 의지를 드러내는데, 이 두 사건('화자의 베는 행위'와 '작은 거북의 재봉술')은 죽음을 회생의 지표로 삼는 단서를 제공한다. 죽음을 통해 해체된 기표는 흔적 그 자체로서 시적 주체를 발현하는 가능성인 것이다. 파격적 형식과 언술을 통해 분열적 자의식을 심화하면서, 허무와 절망을 딛고 세계와 응전하는 존재론적 욕망을 드러낸다.

이는 미개 상태를 의미하는 "야만"을 통해 근대 이전으로 돌아가 새로운 곳(고향)을 전망하는 것과 연동된다.[37] 고향을 상실하고 근대와도 결별해야 하는 시적 주체는 이 이중의 과제 속에서 이곳을 해체하고 재편함으로써 새로운 곳으로 돌아가고자 한다. 이는 존재를 가능하게 하는 신체

---

[37] 오문석에 따르면, 오장환이 전통과 근대 중 선택해야만 하는 맹목성에 함몰되지 않기 위해 두 항이 상호 비판적 관계를 유지함으로써 새로운 길을 개척했다고 보았다. 오문석, 「오장환의 사잇길」, 『한국언어문학』 95, 한국언어문학회, 2015, 459쪽.

공간과 상호 발동하는 (시적)혁신의 문제인 바, 자신과 세계를 능동적으로 구성하는 가운데 드러나는 존재 가능성이기 때문이다. "글자와 글자가 결투"하는 "나의 하숙"은 "야만"을 발동시키며, 존재가 생동하는 주체적 벡터로서의 신체공간으로 거듭나게 되는 것이다.

시적 주체의 존재 방식이 인식 차원을 넘어 발화 양식과 결부됨에 따라, 오장환에게 시 쓰기 실험은 필연적인 귀결이었다. "Ad, balloom은 재주놀이를 한다./ 오층 지붕 위에 무대를 정하고서"(「시 No.11」) 글자와 결투하는 시 쓰기는 일본어 시와 동시적으로 수행하며 또 다른 시적 감각을 모색한다. 조선어 시에서 보여준 변이 주체의 역능이 일본어 시가 가진 특질과 접합했을 때 어떤 양상으로 변주될지를 시험하고자 한 것이다.[38] 그렇다면 오장환이 일본어 시를 통해 어떤 비전을 기획했는가를 묻지 않을 수 없다. 조선어와 동시적으로 새로운 주체를 모색한 데에는 당대 시인들이 언어를 어떻게 취사선택 했는지를 경유해서 살펴볼 수 있다. 정지용은 근대시 양식으로서 일본어 시를 통해 식민지 지식인의 내면을 관철하며 시적 새로움을 추구하는 한편,[39] 이상의 일본어 시는 언술체계의 분열을 심화하며 상대적 지식 세계에 대한 욕망을 표출했다.[40]

---

38) "소화(昭和) 초년간에 내지(內地)서 주창되던 신산문시운동(新散文詩運動)이라든가 근가 연시(連詩) 운동이니 하고 진지한 추구를 하듯, 우리도 왕성한 개혁을 하려고 못한다 해도 어떻게 이 문제를 등한히 할까." 오장환, 「방황하는 시정신」, 『오장환 전집』, 국학자료원, 2016, 604쪽. 「카메라・룸」(≪조선일보≫, 1934.9.5.)의 일부 "어렸을 때를 붙들어 두었던 나의 거울을 본다.// 이놈은 진보가 없다."는 한 달 뒤 ≪일본시단≫에 「시 No.17」로 발표되는데, 이는 일본어 시와 조선어 시의 특질을 실험함으로써 새로운 창작방법을 모색하는 오장환의 의도를 엿볼 수 있다.

39) 이근화에 따르면 당대 조선의 지식인들은 근대 문물과 지식을 조선식으로 흡수하는 한편 민족적 전통성을 확보하기 위해 민족적인 것을 탐색했다. 정지용은 양자 간의 균형과 접합을 통해 첨예하고 다양한 감각을 드러내는데, 일본어 시 창작을 통해 조선적 감각을 탐구하는 계기로 삼았다. 이근화, 「정지용의 일본어 시 창작과 조선어 인식」, 『한국시학연구』 50, 한국시학회, 2017, 291-292쪽.

40) 문홍술, 「이상 문학의 일본어 시 텍스트에 나타나는 언술 주체의 분열」, 『한국현대문학연구』 32, 한국현대문학회, 2010, 97쪽.

이는 일본어 시를 통해 근대가 표방한 새로움과 변화를 욕망하거나 길항하며 조선적 정체성을 탐색한 데 따른 것이었다. 오장환은 내밀한 자기 탐구를 통해 새로운 현실성을 확보하며 근대 주체가 발현되는 양상에 주목한다. 일본어 시의 특질을 접목함으로써 언어 감각의 확장을 통해 조선 문단의 문제를 파악하고, 현실에 밀착하여 근대 주체를 구성할 창작 방법으로서 새로운 문학의 조건을 실험한다.

당대 조선 인텔리들이 일제의 근대를 통해 세계를 인식하며 조선적 자의식을 투영한 바, 오장환은 동경 유학과 남만서점을 통해 습득한 근대적 감각과 시적 개혁으로 세계인으로서 보편성을 희구했을 요량이 있었다고 할 수 있다. 그가 바라본 조선 문단은 "침뱉을 만한 절망과 무기력에서 나온 추종의 생활을 이웃게 되"고 "가장 주요한 인간의 본질과 창작의 내용을 잊어버"[41]림에 따라, 문학적 정체성의 위기에 당착하고 있었다. 당시 문단이 맹목적인 형식 추구로 인해 조선적 정신과 생활을 결여하고 있었으므로, 이를 극복하기 위해서는 "인간 전체의 복리"[42]를 위한 새로운 문학과 작가의 실천적 태도가 긴요했던 것이다. 따라서 기성의 고립된 문학을 파기하고 근대 주체를 위한 보편에의 희구로 나아갔으며, 이는 현실에 대한 태도로서 조선적 자의식을 견지하는 가운데, 근대어(일본어)를 통해 세계인에의 욕망을 실현하고자 했다. 언어 감각의 개혁이 시적 과제로 부상한 데에는 오장환이 구시대의 문학적 전통과 권위에 대한 반항의 정신을 새로운 형식 실험에서 추구한 일제의 시 운동을[43] 목도하며 시적 개혁을 기획했을 공산이 충분하다. 관습적 창작 방법과 감상성에 함몰되지 않고 조선의 현실을 적확하게 포착하는 새로운 언술 체계로서 일본어

---

41) 오장환, 「문단의 파괴와 참다운 신문학」, 『오장환 전집』, 국학자료원, 2016, 609쪽.
42) 오장환, 위의 글, 612쪽.
43) 임용택, 「일본 현대시의 포스트모던적 요소」, 『일본연구』 27, 고려대학교글로벌 일본연구원, 2017, 353쪽.

시를 선택한 것이다. 그에게 시는 새 시대를 선도하는 것으로서[44] 현실과 관계하는 사유의 프레임이자 촉수인 바, 감각하고 변화하는 신체적 역량을 통해 문제 상황을 고발하고 인식을 전환하는 한편 그것을 담지하는 언술 방식을 함께 모색한다.

이로서 오장환의 신체 기획은 시적 주체의 존재 방식과 현실을 능동적으로 구성하며 실천적 시 쓰기로 나아간다. 이 시기 조선어와 일본어 시를 동시적으로 발표한 사실은 오장환의 시 쓰기 스펙트럼을 보여주는 사례라 할 수 있다. 일본어 시의 형식적 특성을 반영함으로써 존재의 역동과 변화를 확장하며 새로운 신체 공간을 마련한다. 신체적 역량과 존재론적 의지를 내장한 주체는, 실패하는 시 쓰기에도 불구하고 이 실험을 그만둘 수 없는 시적 윤리를 작동시킨다. 그가 마주한 것은 근대와 조선, 인텔리로서의 책무와 절망, 부재와 도래의 경계에 놓인 시대정신이었다. 현실의 압도에도 불구하고 시적 혁신을 통해 존재의 문제를 시 쓰기로 전환하는 시적 태도는 새로운 주체 가능성을 실천하는 시 쓰기이다.

5. 나오며

본 논문은 오장환의 시를 '변이 주체'와 '신체 공간'으로 관철하여, 표층적 차원에서 신체를 이해하는 관점을 넘어 존재 방식으로서의 신체를 살펴보았다. 새로운 존재가 작동하는 공간으로서 신체성을 재고한 바, 시적

---

44) "우리는 그들에 비하여 말할 수 없을만큼 전고미증유(前古未曾有)인 현실의 폭주(輻輳) 속에서 그 어떠한 태도를 취하며 내려온 것인가. 어느 때에 있어서나 가장 새 시대에 관하여 남 먼저 냄새를 맡고 남 먼저 또 그곳으로 지도해야 할 시인의 운명으로서 우리는 어떠한 성과를 이루었다고 말할 것인가." 오장환, 「제칠(第七)의 고독(孤獨)」, 『오장환 전집』, 국학자료원, 2016, 697−698쪽.

주체의 변이 양상은 스스로를 느끼고 드러내며 현실과 길항하는 신체적 역량이다. 신체성은 경험적 감각을 통해 실재를 재건하고 그로부터 살아감의 본질과 의미를 형상하는 데 있다. 초기 시의 주요 특질인 자기 부정과 퇴폐성은 근대의 불모성에 기인한 존재 방식이자 시적 전위로, 경험적 감각을 살아감의 문제로 치환하는 주체적 실천이라 할 수 있다.

주체의 존립 문제는 변화와 역동을 긍정하며 신체 공간과 상호 교섭하는 새로운 신체를 모색하는 데 있다. '변이 주체'와 '신체 공간'은 상호 역동하며 감각적인 육화를 보여준다. 변이 주체는 자기 유폐를 통해 존재론적 위기를 감지하며 분절된 신체로 드러난다. 세계의 균열과 불화에 대한 경험적 감각은 기형적 존재로 신체화 되며 새로운 존재 방식을 형상화 한다. '얼굴'은 불길한 초상으로서 스스로를 진단하며 '카메라'로 비—유기적이고 파편화 된 존재를 현상한다. 이러한 존재론적 자기 성찰은 부정성을 넘어 자신을 변화시키고 신체 공간을 생성함으로써 새로운 존재 가능성을 제시한다. '있음'에 대한 존재론적 욕망과 이로부터 구획된 신체 공간은 자기 바깥의 존재를 예감하는 주체적 사건이 된다.

현실의 질곡을 아로새긴 신체는 자기 파괴로부터 생성된 바, 이를 담지하는 발화 양식으로서의 시 쓰기를 통해 존재 방식을 확장한다. 본고는 일본어 시를 오장환의 초기 시가 내장한 전위성의 도약·심화로서 존재론적 욕망을 실천하는 시 쓰기로 해명하였다. 일제의 근대를 통해 세계를 감지할 수 있었던 오장환은, 일본어 시가 내장한 근대적 특질을 접목하여 언술 체계를 전복하고 분열적 자의식을 심화하는 시적 실험을 기획했다. 시적 주체의 존재론적 욕망이 전위성을 띠면서 형식적 파격과 연동되고, 그에 따른 신체 공간은 존재를 극적으로 드러낸다. 오장환의 시적 실험은 단순히 현실 인식이나 자기 파멸에 국한되지 않고 존재론적 성찰을 통한 자기 구원에 있다고 할 수 있다. 새로운 주체에의 탐색은 변화와 역동의 신체적 장(場)을 확보하며 인식 방법과 존재 방식을 강구하는 시 쓰기로 귀결될 수밖에 없는 것이다.

오장환은 존재를 긍정하는 신체를 통해 존재론적 위기를 타개하고 자기 현실에 철저하고자 했다. 기존 연구들이 주목한 이미지나 인식의 차원을 넘어, 당대의 관습화된 창작방법과 현실인식의 부재를 배격하고 새로운 주체성(현실성)을 확보한 시적 혁신으로 이해한 데 본고의 의의가 있다 하겠다.

---

* 이지영, 「오장환의 시에 나타나는 신체 공간과 '변이—주체' 양상」, 『한국문학이론과 비평』 제23권 2호, 한국문학이론과비평학회, 2019, 63-89쪽.

참고문헌

1. 기본자료

오장환,『오장환 전집』, 국학자료원, 2016.

2. 단행본

熊木勉,「오장환의 일본어 시」,『지구적 세계문학』9, 글누림, 2017.
Gilles Deleuze,『차이와 반복』, 민음사, 2004.
Maurice Merleau Ponty, 류의근 역,『지각의 현상학』, 문학과지성사, 2002.
Michel Henty, 박영옥 역,『육화, 살의 철학』, 자음과모음, 2013.
Sigmund Freud, 정장진 역,「두려운 낯설음」,『예술, 문학, 정신분석』, 열린책들, 2004.

3. 논문

김　석,「육화된 코기토와 새로운 주체화」,『철학과현상학』41, 한국현상학회, 2009.
김용희,「식민지 지식인의 근대 풍경에 대한 내면의식과 시적 양식의 모색」,『한국문학논총』43, 한국문학회, 2006.
김은주,「들뢰즈의 생성의 공간」,『시대와 철학』27, 한국철학사상연구회, 2016, 29쪽.
김지선,「오장환·박인환의 '시선의 미학' 고찰」,『비평문학』43, 한국비평문학회, 2012.
남기택,「오장환 시 연구」,『비평문학』37, 한국비평문학회, 2010.
남기혁,「오장환 시의 육체와 퇴폐, 그리고 모럴의 문제―해방 이전의 시 창작을 중심으로」,『한국문학이론과비평』54, 한국문학이론과비평학회, 2012.
문홍술,「이상 문학의 일본어 시 텍스트에 나타나는 언술 주체의 분열」,『한국현대문학연구』32, 한국현대문학회, 2010.
박준상,「바깥, 죽음」,『철학과 현상학 연구』21, 한국현상학회, 2003.
서지영,「오장환 시의 모더니티 연구」,『한국근대문학연구』2권 1호, 한국근대문학회, 2001.

양소영, 「오장환 시에 나타난 훼손된 여성의 의미 연구」, 『국제어문』 60, 국제어문학회, 2014.

오문석, 「근대문학의 조건, 네이션≠국가의 경험」, 『한국근대문학연구』 19, 한국근대문학회, 2009.

_____, 「오장환의 사잇길」, 『한국언어문학』 95, 한국언어문학회, 2015.

오세인, 「오장환 초기시에 나타난 이중성의 폭로와 욕망의 문제」, 『한국문학이론과비평』 47, 한국문학이론과비평학회, 2010.

오채운, 「오장환 시의 신체 훼손 이미지에 나타난 시적 인식 양상 연구」, 『인문과학연구』 16, 대구가톨릭대학교인문과학연구소, 2011.

이근화, 「정지용의 일본어 시 창작과 조선어 인식」, 『한국시학연구』 50, 한국시학회, 2017.

이도연, 「창작 과정에 있어 '주체화'의 문제 : '일신상(一身上)의 진리' 개념을 중심으로」, 『한국학연구』 36, 고려대학교한국학연구소, 2011.

이성혁, 「1930년대─1940년대 초반 한국 아방가르드 시의 정치성 연구」, 『외국문학연구』 66, 한국외국어대학교외국문학연구소, 2017.

이지영, 「오장환의 '다른 감각'과 '생활'로서의 신문학」, 『한국시학연구』 58, 한국시학회, 2019.

임수영, 「1930년대 시의 데카당스 연구」, 『대동문화연구』 83, 성균관대학교대동문화연구원, 2013.

임용택, 「일본 현대시의 포스트모던적 요소」, 『일본연구』 27, 고려대학교글로벌일본연구원, 2017.

임지연, 「오장환 시에 나타난 '병든 몸'의 의미와 윤리적 신체성」, 『비평문학』 46, 한국비평문학회, 2012.

임　화, 「시단의 신세대」, 『임화 전집』 3, 소명출판, 2009.

_____, 「낭만적 정신의 현실적 구조」, 『임화 전집』 3, 소명출판, 2009.

주영중, 「오장환 시의 낭만성 연구─『성벽』과 『헌사』를 중심으로」, 『비교한국학』 16권 1호, 국제비교한국학회, 2008.

천영숙, 「1930년대 오장환 시에 나타난 이중언어성과 검열에 대한 고찰」, 『한남어문학』27, 한남어문학회, 2003.

황호덕, 「동아시아 근대 어문 질서의 형성과 재편 ; 국어와 조선어 사이, 내선어
의 존재론」, 『대동문화연구』58, 성균관대학교대동문화연구원, 2007.

4. 신문

김기림, 「『성벽』을 읽고」, ≪조선일보≫, 1937.9.18.

김남천, 「일신상 진리와 모랄」, ≪조선일보≫, 1938.4.19.

이육사 시의 공간 특징과 '날짐승' 시어 연구

―「꽃」, 「蝙蝠」의 의미 해석을 중심으로

김태형

1. 서론

　짧은 작품 활동 기간[1]과 시 작품의 양적 근소[2]에도 불구하고, 이육사는 한국 근대 문학사에 큰 발자국을 남긴 시인이다. 시·평론 등의 연구자료가 부족함에도 많은 연구와 연구방법론이 제시되었던 것은 이육사가 독립운동가인 동시에 의열단원·아나키스트·평론가·사회주의자 등의 다양한 층위의 시점에서 바라볼 수 있는 인물이라는 점에 힘입었다 할 것이다.

　이육사에 대해 가장 활발히 진행되고 있는 연구는 김윤식, 김춘수, 김학동, 박훈산, 이봉구 등이 회고·정리한 육사의 생애[3]를 토대로 '일제 강

---

1) 이육사는 1904년에 태어났으나 본격적인 문단 활동을 시작한 것은 신석초의 『다산문집』 간행을 도운 시점인 1935년으로 추정된다. 다만 최근 이용악이 육사에게 보낸 엽서(1936년 6월 29일)에서 "이육사를 '이활'이라 호명한 것"에 주목하여 이육사가 본격적 문학 활동을 시작하기 전에도 당대 문인들과 교류가 있었을 것이라 유추하는 연구들이 발표되었다.(김희곤, 『새로 쓰는 이육사 평전』, 지영사, 2000, 168면; 박성준, 「이육사 시에 나타나는 낭만성과 '다른 공간'들」, 『한국문예창작』 36, 한국문예창작학회, 2016, 7쪽 참조.)
2) 박현수에 따르면 현재까지 발견된 이육사의 현대시는 총 37편에 불과하다.(이육사, 『원전주해 이육사 시전집』, 박현수 편, 예옥, 2008. 이후 『시전집』 표기.)
3) 이봉구, 「육사와 나」, 『문화창조』, 1947; 박훈산, 「항쟁의 시인―육사의 시와 생애」,

점 말기의 저항시인'으로서 시인의 민족주의적 경향을 조명4)하려는 시
도이다. 이들은 이육사를 "청춘과 그리고 생명마저 송두리째 조국에 바
친"5) 청년, "투철한 민족정신"6), "修辭法이 아닌 次元"으로의 "거칠고 웅
혼한 言語"7) 등으로 회고한 바 있다.

반면 육사의 아나키스트적 행보8)나 사회주의 혁명가적 면모9)에 대한
재조명은 "투철한 민족정신을 가진 시인 이육사" 연구에 비해 크게 힘을
얻지 못했다.10) "조선혁명간부학교 학생 이활"11)이 서울에서 제2기생을
모집하려는 특명을 받았으나 1934년 3월 22일 경기도 경찰부에 검거되
었다는 역사적 사실 등을 밝혀지거나 이육사의 시학이 주리론의 자장 안

≪조선일보≫, 1956. 5. 25; 김춘수, 「그는 신념의 시인이었다」, ≪한국일보≫,
1964. 5. 14; 김윤식, 「소월·육사·만해론」, 『사상계』, 1966.
4) 정우택은 육사 연구에서 민족주의적 경향을 조명하게 된 것은 육사의 동생 이동영
이 반공 이데올로기가 극심하던 1950−60년대에 살아남기 위해 육사를 독립운동
가, 민족시인으로 재발견하고자 한 것이 그 시작임을 밝혔다.(정우택, 「李陸史 詩
에서 北方意識의 의미―號 '陸士'의 새로운 解釋을 중심으로―」, 『語文硏究』 33,
한국어문교육연구회, 2005, 196쪽 참고.)
5) 박훈산, 「항쟁의 시인−육사의 시와 생애」, 『시전집』, 265쪽.
6) 김학동, 「민족적 염원의 실천과 詩로의 승화」, 『이육사』, 김용직 편, 서강대학교
출판부, 1995, 39쪽.
7) 김윤식, 「絶命地의 꽃」, 『이육사』, 김용직 편, 서강대학교 출판부, 1995, 54쪽.
8) 김희곤, 「이육사의 생애에 대한 재검토」, 『한국근현대사연구』 13, 한국근현대사
학회, 2000.
9) 강만길, 「조선혁명간부학교와 육사 이활」, 『민족문학사연구』 8, 민족문학사학회,
1995.
10) "이봉구, 신석초, 김춘수, 김윤식 등에 의해 회고·정리된 이육사의 생애가 이 연구
들의 토대가 되면서 (중략) 다양한 해제의 가능성에서는 퇴보적 성격을 갖는다. 이
육사의 전기적 생애와 사회 활동에 너무 경도되어 육사의 작품을 역사적 조건 안에
서 해석하려는 경향이 두드러졌던 것이다."(박성준, 앞의 글, 10쪽 참고.)
11) 김원봉 등이 설립한 조선혁명간부학교에서 이육사는 군사학과 혁명수단(통신법,
폭탄 제조, 변장법 등)을 비롯한 교육을 받았으며, 강의 자료를 살펴보면 공업·노동
프롤레타리아 혁명의 필요성이나 토착 부르조아가 "진정한 조선의 계급적 혁명에
도달했을 때는 완전한 반동적 적"(강만길, 앞의 글, 172쪽 참고.)임을 강의하는 등
사회주의적 교육을 받았음을 알 수 있다.

에 놓인 것에 주목해 주리론의 특성을 바탕으로 이육사 시에 곧잘 등장하는 난해적 표현을 설명[12]하고자 하는 시도 등은 시인의 "민족적" 면모 이외의 부분을 조명하려는 고투였다.

하상일[13]은 이러한 육사의 전기적·사상적 배경에 기대어 이육사의 비평의식을 설명하고자 했다. 이육사가 "민족과 민중"을 말하면서도 "유학적 전통과 선비의식"에서 비롯된 엘리트적·보수적 의식을 가졌던 것, 이것이 한계가 되어 철저하게 현실주의적 성격을 견지한 시 세계에도 불구하고 실제 작품에서는 다분히 "이미지에 경도"되었던 것, 결론적으로 이육사의 시가 사회주의 리얼리즘의 성격을 가지고 있으나 이제까지 "반공주의의 논리 안에서 신비화"되어 민족주의적 해석으로만 치우쳐 왔다는 혐의를 제기했다.[14]

살펴보았듯 지금까지의 이육사 연구 다수는 육사의 전기적·사상적 면모에 주목해 왔다. 그러나 이러한 시선들이 육사를 민족주의자·사회주의자·무정부주의자로만 규정한 탓에 시작품 자체에 있어서는 오히려 해석적 난관으로 작용해 왔다.

한편 이육사의 낭만적 공간의식에 집중한 연구들은 육사가 시 속에서 "억압적 사회에 대한 부정의식"을 가졌으며, 이로 인해 "근대 주체의 낙원 의식"[15]이 발견됨을 주장하거나, 또 이육사의 특징을 "세 층위의 담론

---

12) "이육사는 퇴계의 직접적인 후손이면서 동시에 퇴계 주리론의 본산인 안동에서 주리론의 절대적인 영향력 내에 성장기를 보냈다."(박현수, 「이육사의 주리론적 수사관과 「서울」의 해석」, 『새국어교육』 61, 한국국어교육학회, 2001, 292쪽.)

13) 하상일, 「이육사의 사회주의사상과 비평의식」, 『한국민족문화』 26, 부산대학교 한국민족문화연구소, 2005.

14) 류현정 등은 육사가 "사회주의의 국내 확산"을 시도했으며, 그가 도시를 활동배경으로 택한 이유 역시 "육사 자신이 도시인의 심리를 잘 이해하고 있기 때문"이었다고 분석했다.(류현정, 「이육사의 정세인식—1930년대 시사평론을 중심으로」, 『안동사학』 7, 안동사학회, 2002, 169—170쪽 참고.)

구성체"로 고찰해, 시인의 작품에 사회주의 이상 국가 건설의 낭만주의적 특질이 있었음을 전제하고 "당대적 미적 특징"[16]을 구명하려고 시도했다. 그러나 앞선 낙원 연구[17]와 헤테로토피아 연구[18]가 각각 이육사의 지향(사회주의적 이상 국가)을 놓치고 있거나 낭만성에 갇혀 육사의 인간적 기획과 노력을 충분히 설명하지 못했음을 지적하고, 이육사 시에 나타난 유토피아적 이미지를 통해 그의 유토피아 지향 의식[19]을 살피려는 움직임 또한 있었다.

이육사 시의 미적 정황을 밝히려는 시도들[20]은 기존 연구의 전기적·사상적 이해가 미처 다룰 수 없었던 낭만적 지점으로 한 발 나아갔다는 의의가 있다. 또, 각각 낙원·헤테로토피아·유토피아라는 공간적 개념을 차용해 이육사 연구의 한가지 방향성을 제시했다는 점 역시 주목할 부분이다. 육사 시를 이해하는 데 있어 공간 개념을 차용하는 것은 시인의 의식(이상적 사회의식, 민족적 독립의지)을 현대적 개념의 방식으로 설명하

---

15) 육사는 시 속에서 "세계의 상실"과 "낙원의 상실"을 재현했으며, 이로 인해 시 속에서 "'유토피아'를 향한 끊임 없는 도정"을 보인다.(박주택, 「이육사 시의 낙원 의식 연구」, 『語文研究』 68, 한국어문교육연구회, 2011, 461쪽.); 아울러 박주택은 육사가 치열한 투쟁 끝에 시적 정서와 민족 저항 의식을 합일한 순교자였으나 끝내 실감한 것은 태초의 시간과 지상의 상실 그 자체인 절멸의 시간이었으며, 이것이 이육사가 '낙원'을 바랐던 이유라고 주장했다.

16) 박성준, 앞의 글, 13쪽.

17) 박주택, 위의 글, 478쪽.

18) 박성준, 위의 글, 25쪽.

19) 김경복, 「이육사 시의 유토피아 의식 연구」, 『한국문학논총』 74, 한국문학회 2016, 99쪽.

20) 이외에도 이육사 시의 낭만성, 리듬, 탈식민적 탐독 등이 진행되었으나, 본고의 이육사 공간의식 연구사 검토와 거리가 있어 생략한다. 관련된 주요 논의로는 권혁웅, 「이육사 시의 리듬 연구」, 『한국시학연구』 39, 한국시학회, 2014; 최윤정, 「이육사의 탈주의식과 타자성」, 『한국문학이론과 비평』 51, 한국문학이론과비평학회, 2011; 박성준, 「이육사 후기시의 연애시편—斑猫와 邂逅를 중심으로」, 『인문과학연구논총』 39, 명지대학교 인문과학연구소, 2018. 등이 있다.

려는 시도라고 할 수 있다. 반면 이육사의 낭만적 특질을 본격적으로 연구한 논문들이 육사의 일부 작품만을 다루거나 전체적인 작품의 성격만을 다루고 있는 것은 아직 이육사 시 언어의 미학적 면모에 대한 연구를 본격적으로 시도한 기간이 짧았던 까닭으로 보인다.

선행연구에서 고찰된 이육사 시의 낭만적 특질[21]은 이육사를 사상가가 아닌 시인으로 이해하는 데 필수적인 논의이다. 다만 앞선 연구들이 이육사 시에 등장하는 상실의 공간[22], 실제 실천 강령의 공간[23], 선취해야 할 먼 미래의 이상적 공간[24] 등 공간 그 자체에만 집중했다는 것, 공간 사이를 잇는 지표를 시의 내부적 장치가 아닌 단지 시대적·사상적 정황을 중심으로 설명하고 있다는 것은 아쉬운 점이다. 특히 시 속에 위치하는 공간과 공간 사이를 횡단하거나 왕복하는 시어에 관한 연구가 미비하다는 사실은 본고에서 다루는 '매개적 시어'의 연구 필요성을 뒷받침한다.

기존 연구에서는 낭만적 공간 자체에 대한 정의는 있었으나 그 공간과 공간 사이를 횡단하는 지표들에 있어서 분석적 '공백'이 발생하고 있다. 그리하여 본고에서는 상술한 '공간과 공간 사이의 공백'을 연결하는 "제안, 방향 표시 화살표"[25]로서의 시어가 있음을 살핀다. 르페브르에 따르

---

21) 앞서 언급한 논문들에서도 논의된 바이지만, 이육사 시의 낭만성을 이해할 때 비슷한 시기 활동했던 이상화·김동명 등 낭만주의 시인들과의 연관성을 생각해보지 않을 수 없다. 이수정은 김동명의 시를 분석하며 "낭만적 상상력"이 다만 "현실의 우울"에 천착하지 않고 "전원, 자연, 우주로 확장"하고 있음을 지적했는데, 이는 육사가 "공포의 시간"을 이겨내고 "근대가 주는 헛된 환각"을 이겨내며 "지상의 꽃城"을 찾으려 한 것과 연관하여 이해할 수 있다.(이수정, 「낭만주의의 미적 지향」, 『20세기 한국 시의 사적조명』, 태학사, 2003, 121쪽; 박주택, 앞의 글, 478쪽.)

22) "대지와 지상의 상실은 시간의 상실이다. 이 시간의 상실은 지속적인 인간의 결합체인 '국가'와 '민족'의 상실이다."(박주택, 위의 글, 460쪽.)

23) 육사는 '별'과 '강철 무지개'·'고원(북방)' 등을 통해 식민지 제국주의의 억압에 대항하는 실제 실천 강령의 장소인 '헤테로토피아'를 꿈꿨다.(박성준, 앞의 글, 25쪽.)

24) "일제하 당대의 현실에서 이러한 유토피아적 현실이 달성될 수 없다는 인식하에 먼 미래에 이러한 사회가 필연적으로 도래할 것이라는 신념"(김경복, 앞의 글, 125쪽.)

면 지배받는 공간에는 구속과 폭력이 도처에 존재하며, 권력 역시 편재되어 있다. 다만 공간 '그 자체'에는 아무런 권력이 없고, 공간의 층위에서 발생하는 모순이 권력을 잉태한다. 공간의 사용자들은 재현된 공간이 아닌 체험된 공간을 영위하게 되는데, 이를 '주관적 공간'이라 한다. 주관적 공간은 공간의 다양성을 가능하게 하며, 고정된 곳, 반만 고정된 곳, 이동 가능한 곳, 빈 곳으로 구분된다. 이 공간들은 사회적 내용을 담지하고 있지만, 이는 단지 제안, 방향 표시 화살표일 뿐[26]이다. 본고는 이 방향 표시 화살표로서의 시어가 이육사의 공간에서 갖는 기능을 연구하고자 한다.

이육사의 시에서 주로 등장하는 시어는 "별", "무지개", "날짐승" 등 세 가지이다. 이 중 "별"과 "무지개"는 방향 지표로 해석할 수 있는 시어가 없는 것은 아니나, 그 외에도 "긴 기다림 끝에 마침내 닿을 유토피아"나 "유토피아를 구성하는 의식" 등을 뜻하는 경우도 많다. 때문에 본고에서는 다양한 방식으로 쓰인 "별"과 "무지개"를 제외하고 공간 사이의 지표, 매개로써 주로 쓰인 "날짐승"에 집중하기로 한다. 2장에서는 이육사 시에 등장하는 공간 개념을, 3장에서는 공간 개념을 바탕으로 "날짐승" 시어가 사용되는 양상을 확인하는 것에 본고의 목적을 두고자 한다.

2. 원형 상실 이후 동경의 공간감

이육사는 유학자[27] 집안에서 태어나 일본과 중국을 거치면서 유학(儒學)[28]·아나키즘·사회주의를 공부했다. 특히 유학자, 즉 특권 계층으로서

---

25) 앙리 르페브르, 양영란 역,『공간의 생산』, 에코리브르, 2011. 517쪽.
26) _____, 앞의 책, 502−517쪽 참고.
27) 육사는 경상북도 안동구의 집성촌에서 태어났으며, 퇴계 14대손으로 한학을 배웠다. 1935년 경찰 진술 당시 육사가 자신의 종교를 유학이라 답한 것은 이러한 성장 배경에 기인한 것으로 생각된다.(김희곤, 앞의 책, 49쪽.)

책임감[29])을 가졌던 육사에게 국가를 상실했다는 시대적 상황은 큰 충격이었을 것이다. 이 상실의 정황은 후술할 육사 시 작품 속 공간 설정에 큰 영향[30])을 미친다.

육사의 시를 전체적으로 살필 때, 가장 눈에 띠는 것은 그의 시 속에 복수의 공간이 위치한다는 사실이다. 이육사의 시는 첫 발표작 「말」 등 몇 편을 제외하고

---

28) 조두섭은 이전까지의 대부분의 이육사 연구자들이 "시인의 유가적 집안 분위기, 독립운동 단체에서의 활동 경력, 북경 감옥에서 옥사한 것" 등으로 이육사 시의 특징을 밝히고 있었으나, "이러한 호출장치들"은 해명의 단서가 될 수 있을 뿐이며, 시인의 정신은 "호출장치로 설명할 수 있는 재생산 범주 안에 있는 것이 아니"라고 밝혔다. 그는 이러한 문제를 해결하고자 이육사를 호출하는 주자학·사회주의적·의열단의 세 개의 상이한 층위를 언급하고, 이를 큰 테두리에 통합하는 무의식적 초담론이 주자학임을 지적했다.(조두섭, 「이육사 시의 주체 형태」, 『어문학』 64, 한국어문학회, 1998, 330쪽.)

29) 김희곤은 육사의 집안이 가졌던 저항성에 주목했다. 육사가 출생한 하계와 원촌은 독립운동사에 이름을 남긴 인물을 다수 배출했으며, 특히 육사의 친가와 외가는 강렬한 항일투쟁의 분위기를 가지고 있었다. 대구격문사건 당시에도 이활(이육사)와 동생 이원일이 함께 구속되었고, 이후로도 여러 차례 투옥된 정황을 고려할 때 육사와 형제들이 가졌던 항일 의식은 집안의 교육에 어느 정도 영향을 받은 것으로 생각할 수 있다.(김희곤, 『이육사의 독립운동』, 이육사문학관, 2017, 27─98쪽.)

30) 김미영·장동천이 분석했듯 육사의 시는 "시대적 고통과 시인의 내면세계의 불일치"가 있었기에 특유의 균형미를 갖출 수 있었다. 해당 연구는 육사의 시(를 포함한 근대 이후 서정시)가 근대적 개인이 겪는 시대적 고통을 시적화자와 서정적 주체를 분리해 표현함으로써 미적 근대성을 획득하였다고 주장하고 있다.(김미영·장동천, 「광야의 상징성에 관한 소고─이육사의 광야와 목단의 재광야상을 중심으로」, 『중국어문논총』 86, 중국어문연구회, 2018, 268─269쪽.) 이러한 분석에서 확인할 수 있듯 일본의 군국주의적 지배라는 시대 상황은 육사의 시적 공간(시적 주체) 확립에 큰 영향을 미쳤다. 그러나 박성준이 지적했듯 이러한 인식은 "당대 문인들의 시대인식과 함께 전망찾기의 과제로 늘 공존"해 왔던 "극복해야할 무엇"에 대한 당대 문인들이 공통적으로 가지고 있던 성질이기도 하다.(박성준, 「한국근대시의 낭만주의 재검토와 저항성의 문제」, 『현대문학이론연구』 71, 현대문학이론학회, 2017, 183쪽.) 다만 육사가 가진 의열단과의 관계, 군사간부학교 졸업 이후 초급 간부 활동, 문필 활동 중의 대구청년동맹과의 연관성, 마지막 체포 직전 임시정부가 있던 연경으로의 움직임 등(김희곤, 『독립운동의 큰 울림, 안동 전통마을』, 예문서원, 2017, 143─156쪽.)은 군국주의적 지배 아래서 그가 당대 문인 중에서도 유달리 민감하게 반응한 인물임을 가리키고 있다.

는 "골목길—쌜딩"(「春愁三題」), "골방—『고비』·『아푸리카』"(「黃昏」), "상술집—冷害地"(「失題」) 등 어떤 임의의 공간, 혹은 또 다른 하나의 공간을 제시한다.

우선 살펴보아야 할 것은 고향이다. 고향은 육사가 시를 쓰고 있는 시점에서 이미 상실한 공간이다. 시인이 고향을 상실했다는 인식에 대해 선행 논자들은 육사가 대지 그 자체나 보금자리로서의 공간, 혹은 실존적 거처를 그리워하고 있는 것이라 정리한 바 있다.

> 딴은 내 일찍이 눈물을 흘리지 않는 사람이 되려고 마음먹어 (…) 어쩐지 이 시절이 되면 마음 한편이 허전하고 무엇이 모자라는 것만 같아 발길은 저절로 내 동리 강가로만 가는 것이었습니다. (…) 본래 내 동리란 곳은 겨우 한 백여 호나 될락 말락한 곳, 모두가 내 집안이 대대로 지켜 온 이 땅에는 말도 아니고 글도 아닌 무서운 규모가 우리들을 키워 주었습니다. (…) 얼마 안있어 국화가 만발한 화단도 나는 잃었고 내 요람도 고목에 걸린 거미줄처럼 날려보냈나이다.
> ─「季節의 五行」부분(밑줄 인용자 강조)[31]

육사가 상실한 고향의 원형은 그의 산문에서 찾아볼 수 있다. 육사가 "마음 한편이 허전하고 무엇이 모자라는" 기분일 때 그가 찾았던 "내 동리 강가", "우리들을 키워주었"던 동네는 시 속에서 이미 상실되고 없다. 시인은 "국화가 만발한 화단"도, "요람"도 상실하고 기억 속의 "내 동리 강가"로 돌아갈 수 없는 비극적 경험[32]을 겪었다. 이러한 경험은 본인의 작품 속에서 고향을 "오잖는 무덤 우에 이끼만 푸르"(「子夜曲」)른 공간으로

---

31) 이육사,『이육사 전집』, 이용직 편, 깊은샘, 2004, 150─151쪽.(이후『전집』표기)
32) 조선혁명간부학교를 졸업한 이육사는 1933년 조선혁명간부학교 제2기생 모집을 위해 서울에 잠입한 후에 1934년 3월 22일 경기도 경찰부에 검거되고 만다. 이후 미결 신분으로 7개월을 지내게 되는데, 강만길은 "이후 국내생활이 평온했을 리 없다"고 추측했다. 즉, 본격적인 문필활동 중(1935년 이후)의 이육사는 이미 이전의 "동리"를 상실한 상태인 것이다.(강만길, 앞의 글, 175쪽 참조.)

묘사하는 데에 큰 영향을 미친 것으로 보인다.³³⁾

다만 이러한 이해 속에서 확실히 해야 할 것은, 시인이 서술하는 '고향'이 물리적으로 완전히 사라진 땅은 아니라는 사실이다. 지정학적 논리에서, '고향'은 시인의 기억 속 위치에 존재하고 있다. 하지만 시인은 이 '남겨진 장소'를 고향과는 다른 공간, 또 하나의 공간으로 취급하고 있다. 이 '같지만 다른 공간'은 같은 곳에 있되 같은 의미일 수 없다. 육사는 상실 이후의 세계에서 자신이 마음이 허전할 때 찾았던 "내 동리 강가"를 영원히 발견할 수 없음을 깨닫고, 이 '상실 이후의 공간'이 '고향이 아닌 곳'임을 인지한다.

> 1 이른아츰 골목길을 미나리장수가 기—ㄹ게 외우고 갑니다./할머니의 흐린瞳子는 蒼空에 무엇을 달리시난지,/아마도 ○에간 맛아들의 입맛(味覺)을 그려나보나봐요.//2 시내ㅅ가가 버드나무 이ㅅ다금 흐느적어림니다,/漂母의 방망이소린 웨저리 모달가요,/쨍々한 이볏살에 누덱이만 빨기는 싸증이 난게죠.//3 쎌딍의 避雷針에 아즈랑이 건너서 헐덕어림니다,/도라온 제비떼 抛射線을 그리며 날너재재거리는건,/깃드린 옛집터를 차저못찻는 괴롬갓구료.
>
> —「春愁三題」 전문(밑줄 인용자 강조)³⁴⁾

강조한 "골목길", "시내ㅅ가", "쎌딍"은 한때 고향이었던 위치에 존재하는 고향이 아닌 '장소'다. 이 공간들이 고향이었던 시절에는 "○에간 맛

---

33) 나카무라 유지로가 분석했듯 장소는 ①존재근거로서의 장소, ②장소로서의 신체, ③상징공간으로서의 장소, ④언어적 토포스로 구분된다.(나카무라 유지로, 『토포스』, 그린비, 2012, 82쪽.) 육사의 시적 공간, 특히 고향 공간을 분석할 때 주목해야 할 것은 '존재근거로서의 장소'이다. 장소가 존재의 근거로 기능할 때, 개인은 집단과 상호 결부되어 있다. 집단에 귀속되지 않은 개인은 단지 벌거숭이이자 빈곤한 추상적 존재일 따름이다. 즉 군국주의적 권력에 의해 고향이라는 공동체, 존재 근거로서의 장소를 상실한 육사가 시 내부에서 떠올리는 고향은 현재 "오잖는 무덤우에 이끼만 푸르"른 공간에 지나지 않는다.

34) 『전집』, 31쪽.

아들"도, "누덕이만 빨"던 일도, "옛집터를 차저못찾는 괴롬"도 없었을 것이다. 하지만 '현재의 고향', 즉 非고향은 이미 상실의 상황이 진행된 이후의 공간35)이기 때문에 이와 같은 비극적 현실36)이 산재하고 있다.

상실 이후의 현재 시점에서 시인은 고향이었던 곳이 아니라 다른 곳에 위치한 '또 다른 공간'을 인식한다. "『고비』沙漠·『아푸리카』"(「黃昏」), "『코―카사스』平原"(「海潮詞」), "江건너 하늘긋에 沙漠도 다은곳"(「江건너간노래」) 등은 상실의 현실에 놓인 시인이 반복해서 등장시키는 '다른 곳'이다. 시인은 비고향 이외의 장소에서도 '현재'를 인지하는 것이다. 육사가 묘사하는 비고향이 정황상·위치상으로 조선에 위치하는 반면, '다른 곳'37)으로 호명하는 공간들은 이국 혹은 '상실을 겪지 않은 "이국"에 위치하고 있다.

> S군! 나는 지금 그대가 일찍이 와서 본 일이 있는 S寺에 와서 있는 것이다. (…) 지금쯤 생각하면 어릴 때 일이라 도리어 우습긴 하나, 오늘 이곳에서 해당화가 만발한 것을 보니 내 童年이 무척 그립고저워라. (…) 그러나 S군! 역시 山氓들이라 밉기도 하려니와 사랑할 수도 있는 사람들이다. 그러면 오늘은 이만 하고 뒷산 숲 사이에 부엉이가 밤을 울어 새일 동안, 나는 이곳에서 꿈을 맺어 볼까 한다.
>
> ―「山寺記」 부분(밑줄 인용자 강조)38)

---

35) "고향이 곧 신체이며 우주로서 신체―고향―우주가 한 거주처를 이룰 때 그것이 성화(聖化)된 생명을 감득하기 때문이다. 따라서 공간의 상실은 곧 세계의 절멸이다."(박주택, 앞의 글, 458쪽.)

36) "이러한 특징은 식민지 조국의 '피의 현실'을 정시(正視)하면서 그것을 개변하기 위한 혁명(革命)을 하려는 사무친 '진정성'(sincerity)에서 비롯되었다고 할 수 있다."(도진순, 『강철로 된 무지개』, 창비, 2017, 27쪽.)

37) 푸코는 "서양의 경험에서 공간은 그 자체의 역사를 갖는다"고 말한다.(미셸 푸코, 이상길 역, 『헤테로토피아』, 문학과지성사, 2014, 42쪽.) 즉 육사의 시에서 '이국'은 그 자신의 역사를 가진 '다른 곳'으로 등장한다. 이국의 역사에서는 시인이 경험한 '상실'의 역사가 없다. 「蝙蝠」, 「꽃」 등의 시에서 이국으로 떠나는 주체들이 등장하는 것은 이러한 '비상실'에 의거한 결과일 것이다.

38) 『전집』, 187―191쪽3

S사를 찾은 이육사는 그곳의 자연을 자랑하고, 이후 도회로 가게 되어 "새로운 풍속"[39]을 보게 되면 도리어 자연 속에서의 유쾌한 기억을 더럽히게 될까 걱정하고 있다. 그가 자연 속에서 "童年이 무척 그립고저워"진 이유는 S사가 간직하고 있는 성질들이 당대의 비고향에 더는 존재하지 않는 까닭이다. 주목해야 할 점은 S사가 고향과 유사한 장소, 즉 비고향인 도회와 단절되어 있는 장소라는 사실이다. 육사의 시적 공간인식으로는 S사가 위치한 사하촌 역시 비고향이 아닌 곳으로 분류할 수 있다. 육사는 사하촌을 떠나 도회로 다시 들어가는 순간 '동년이 떠오르는 유쾌한 기억'이 오염되고 변질할 것을 알고 있지만, 그 예감을 애써 뒤로하고 "이곳에서 꿈을 맺어 볼까" 하는 바람을 적고 있다.

> 섯달에도 보름께 달발근밤/압내江 쌩쌩어러 조이든밤에/내가부른 노래는 江건너갓소//江건너 하늘끗에 沙漠도 다은곳/내노래는 제비가티 날러서갓소//못이즐 게집애 집조차 업다기에/가기는 갓지만 어린 날개 지치면/그만 어느모래불에 써러저 타서죽겟소.//사막은 끗업시 푸른하늘이 덥혀/눈물 먹은 별들이 조상오는밤//밤은옛일을무지개 보다곱게 싸내나니/한가락 여기두고 쏘한가락 어데멘가/내가부른 노래는 그밤에 江건너 갓소.
> ──「江건너간노래」 전문(밑줄 인용자 강조)[40]

육사의 바람은 작품 속에서도 발견할 수 있다. 인용한 시에서 육사는 "압내江"을 경계로 시인이 추구하는 가치[41]들이 상실된 "여기"(비고향),

---

39) 이육사는 도회에 간 후 "선남선녀들이 모여앉아 화투를 치거나, 마장을 하는 따위의 다른 풍속이 벌어지리라."며 비고향에 도착했을 때 시인이 S사에서 찾았던 가치를 상실할 것이라 예견했다.(『전집』, 188쪽.)
40) 『시전집』, 72쪽.
41) 육사는 작품 속에서 제국주의의 폭거와 그로 인한 절망을 그렸다. 그러나 절망을 절망으로 끝맺는 것이 아니라 원인인 제국주의를 타도하고 민족해방까지의 머나

절멸의 상황을 탈출하려면 꼭 닿아야 할 "江건너 하늘꼿"(이국)을 구분하여 서술했다. 해당 시에서 시인의 "노래"는 강 건너 '이국' 공간에 닿기 위해 "어린날개"에 의지하는 위험, "어느모래불"에 떨어질 위험마저 감수한다.42) 이러한 불고의 노력은 비고향이 상실한 가치가 이국에는 남아 있기 때문이리라 추측해볼 수 있다.

고향에서 상실한 가치가 이국에 있다고 가정한다면 앞서 열거한 "『고비』沙漠·『아푸리카』"(「黃昏」), "『코―카사스』平原"(「海潮詞」), 더해서 "江건너 하늘꼿"에도 육사가 찾는 정신적·사상적 가치가 존재할 것이다. 즉 육사는 고향이 절멸의 비극을 겪으며 상실한 대지를 비고향에, "동년"의 추억과 자주국으로서의 가치를 이국에 두어 현실을 인식하고자 한 것이다. S사에 간 육사가 "이곳에서 꿈을 맺어 볼까 한다"고 서술했던 것은 육사의 공간인식이 이러한 이분법적 사고에 바탕을 뒀기 때문이다. 이육사의 과거, 현재 공간인식은 현실을 인식하고 그것을 극복·초월하고자 했다는 점에서 오상순, 이장희, 김동명 등 낭만주의와 궤를 같이하는 부분43)이 있다. 하지만 이러한 유사점은 이육사가 가지고 있었던 '이상적

먼 길을 구도하는 자세로 나아간 것이 육사 시의 특징이다. 시인이 추구하던 것들은 당대에 존재하지 않는, 까마득한 이상세계에서만 꿈꿀 수 있었던 자유, 해방, 민족적 공통정서 등의 가치였을 것이다.

42) 이는 육사가 당시 만주의 사회적·국제적 환경을 겪은 탓에 가지게 된 태도일 수 있다. 차성연은 봉건적 신분제도가 파괴되고 새로운 민족·계급 담론이 고개를 들던 만주의 표상체계를 ①문명/야만 ②건강성/퇴폐로 정리했다. 「山寺記」에서 "자연 속에서의 유쾌한 기억"을 '퇴폐한 풍속'으로 어지럽게 되는 것을 경계했던 육사의 태도에서 당대의 사회적 환경에 대해 차성연의 분류와 비슷한 생각을 가지고 있었음을 유추해볼 수 있다.(차성연, 「'국가'와 '조국자' 담론의 서사적 표상체계 연구를 위한 시론(試論) — '만주' 표상의 통시적 변모 양상을 중심으로」, 『국제한인문학연구』7, 2010, 168쪽 참고.)

43) "한편으로는 상징주의를 수용하면서 나름의 낭만적 세계를 형성한 시인들이 있었다. 오상순은 초인의 면모를 지닌 자유로운 혼의 낭만적 동경을 통해 허무의식을 극복하고 있으며, 이장희는 상징주의의 계보를 이으면서 그것을 신선한 감각으로

사회'에 대한 바람을 설명하는 도구44)에 지나지 않는다.

外國의 支配를 注射침 끝처럼 날카롭게 感受하는 善良한 幸運兒들
이 紺碧의 蒼空을 치여다볼때 그들은 煤煙에 잠긴 都市가 실타기보다
갑싼 享樂에 지친 倦怠의 (…) 나도 이 空과 虛에서 나의 世界를 (…) 나
의 意思대로 손쉽게 創造한들 엇덜랴 그래서 이 地上의 모든 容納될수
업는 存在를 그곳에 그려본다해도 그것은 나의 自由이어라. (…) 나의
現實은 엇지 이다지도 錯綜이 甚한고? 마음은 蒼空을 그리면서 몸은
大地를 움겨듸더 보지 못하는가?
　　　　　　　　　　　— 「蒼空에 그리는 마음」 부분(밑줄 인용자 강조)45)

　창천, 곧 푸른 하늘은 향락에 빠지고 자유를 상실한 사회 속에서 육사
가 발견한 유일한 희망46)의 공간이다. 현시대에 "容納될수 업는 存在",
즉 자주적·이상적 시민사회는 육사의 마음속에만 그려지고 있는 것이다.
창천의 '푸른색'은 이육사 시에서 다양한 희망의 상징으로 등장한다. 육
사가 "바라는 손님"은 "청포"(「靑葡萄」)를 입고, 희망적 미래를 상징하는
"구름"은 "희고 푸른 즈음"(「少年에게」)에서 떠오르며, "西風"은 "하늘
끝없이 푸른데"(「西風」)서 온다. 육사는 작품 속에서 창천을 배경으로 희

<hr>

변주하고 있다. 김3동명은 초기에 보들레르에의 경사를 보였지만 이후 건강한 전
　원과 초월적 우주의 상상력으로 나아간다."(이수정, 「낭만주의의 미적 지향」, 『20
　세기 한국 시의 사적조명』, 2003, 122쪽.)
44) 육사의 이상적 세계에 대해 선행 논자들은 그가 문학의 기능 중 혁명적 기능에 집
　중했다는 점, 타 시인들이 낭만적 주조나 자기 헌신에 그쳤던 것과 다르게 강력한
　실제 행동으로 현실에 대한 저항 의식을 불태웠다는 점 등을 지적하며 시인이 꿈꾸
　던 이상적 사회를 설명한 바 있다.(김경복, 앞의 글, 97쪽; 박주택, 앞의 글, 476쪽.)
45) 『시전집』 133−134쪽.
46) 르페브르는 도시인들이 '공간의 질'을 되찾고자 한다고 주장한다. 육사가 꿈꿨던
　'가치의 회귀'가 이루어진 이상적 공간은 해당 공간이 상실했던 '공간의 질'을 되찾
　았을 때 도래할 수 있는 공간인 것이다.(앙리 르페브르, 앞의 책, 504쪽 참고.)

망을 노래했던 것이다. 그러나 창천을 환희와 행복의 공간이라 볼 수는 없다. 비록 창천 속에서 희망의 실마리를 발견하고 있지만, 현재의 육사가 겪고 있는 시대는 비고향과 이국이 분열된 절멸의 시간일 뿐이다. 시인이 시 속에서 노래한 세계는 비고향의 대지와 이국의 가치를 창천 속에서 지켜낸 희망으로 엮어낸 '그 이후의 세계'이다.

> Ⓐ내가 바라는 손님은 고달픈 몸으로/청포를 입고 찾아 온다고 했으니 (「靑葡萄」)
> Ⓑ그리고 새벽하날 어데 무지개 서면/무지개 밟고 다시 끝없이 헤여지세(「芭蕉」)

육사가 바라는 미래는 "내가 바라는 손님"의 형상으로, 또 "무지개"가 있는 공간으로 드러난다. 이러한 미래가 다가올 때까지 시인은 시 속 영원의 기다림 속에서 손을 "흠뻑" 적시거나, "동굴보다 어두"운 가슴으로 설렘의 감정을 지닌 채 고투하는 것이다.

정리하자면, 창천은 창천 그 자체로 공간이 아니라 그 이후에 올 공간을 위해 존재하는 꿈, 혹은 희망의 불씨라 할 수 있다. 육사에게 꿈이란 "유쾌한 것, 영원한 것"이요, "헛된 꿈"이라도 "꿈 그대로 살아보는 것도 쾌"47) 한 것이었다. 그러므로 시인은 길고 고통스러운 기다림을 창천의 희망 속에서 견뎌낼 수 있었던 것이다.48)

---

47) 『시전집』, 169쪽.
48) 육사는 결국 자신이 꿈꾸던 이상 세계가 도래할 것임을 믿고 있었다. 그의 「江건너 간노래」나 「꽃」, 「靑葡萄」를 비롯한 여러 작품 속에서 '오랜 기다림'에도 불구하고 필연적으로 찾아오게 될 세계에 대한 선취의식을 엿볼 수 있다. 하이데거적 시선으로 이해하자면, 작품 속에서 '그 이후에 올 공간'은 "역사적 시간을 회상"하거나 "도래하는 것들을 기다"리는 과정 중에 비롯하는 것이다. "가장 시원적인 것은 가장 먼 미래에 도래할 것의 다른 이름"이며 이러한 예감은 육사가 "남은 시간을 감내" 하는 선취의식의 주된 요소였을 것이다.(김동규, 『하이데거의 사이—예술론』, 그

3. 시어 '날짐승'의 의미; 「꽃」, 「蝙蝠」의 경우

2장에서 살펴보았듯이, 이육사 시에서의 공간은 크게 네 종류로 구분된다. 르페브르의 전유 공간 개념을 빌리자면 가치를 상실하기 이전 (과거의)고향(고정된 곳), 고향의 가치를 상실한 비고향(반만 고정된 곳), 고향과 연관은 없지만 육사가 추구하는 가치들을 함의하는 이국(이동 가능한 곳), 비고향·창천의 희망을 바탕으로 이국의 분열된 대지·가치를 통합한 후 도래할 '그 이후의 세계'(빈 곳)로 구분할 수 있다. 이 공간들은 작품속에서 서로의 특성을 공유하지 않으며 각각의 기능을 보유한다.

공간들이 서로 교집합을 가지지 않는다는 것은 그 경계면이 맞닿아있지 않고 사이가 떨어져 공백이 발생한다는 뜻이다. 하지만 육사가 작품속에서 최종적으로 추구하는 공간, 즉 상실했던 가치를 회복한 '그 이후의 세계'에 도달하기 위해 고향과 비고향, 이국과 창천의 희망(혹은 공간과 공간 사이의 성질)을 매개하는 시어가 필요 불가결했을 것이다.

앞서 고찰한 「江건너간노래」를 다시 살펴보자. 이 작품에서는 육사의시적 공간 중 비고향과 이국이 동시에 등장한다. 하지만 두 공간은 강을사이에 두고 서로를 침범하지 않는다. 즉, 시 속에서 강은 두 공간을 분할하는 '공백'이 된다. 이 공백을 넘을 수 있는 것은 "제비가티" 날아간 "내노래" 뿐이며, 이마저도 "어린날개"가 지친다면 "어느모래불"에 떨어져죽게 될 위험을 안고 있다. 하지만 시인이 죽음의 위험을 무릅쓰고 노래를 날려 보내는 것은 그것만이 비고향과 이국 사이의 분열을 해소하는 것만이 창천의 희망을 실체화할 방안이며, 이상적 세계의 등장을 앞당기기위한 시도이기 때문이다.

린비, 2009, 220쪽 참고.)

비고향—이국 사이 공백 이외에도, 육사 시 작품에는 비고향—'이후의 세계' 사이 공백("낡은이따(낡은 이 땅)"—"한개의地球" : 「한개의 별을 노래하자」), 고향—비고향 사이 공백("옛집터"—"셀딩" : 「春愁三題」), 고향—'이후의 세계' 사이("내 고장"—"우리 식탁" : 「靑葡萄」) 등의 공백 정황이 다수 발견된다.

    ㉠낡은이따 ←노래→ 한개의地球(「한개의 별을 노래하자」)
    ㉡옛집터 ←제비떼→ 셀딩(「春愁三題」)
    ㉢내 고장 ←청포도→ 우리 식탁(「靑葡萄」)

위 시들은 작품에 공간이 복수로 존재하고 있으나, 화자 그 자신은 어느 한쪽의 공간에만 머무르고 있다는 공통점을 갖는다. 그들은 공간에 종속되어 있으며, 다른 공간을 인지하지만 자신이 위치한 곳을 벗어날 능력은 없다. 즉, 화자는 'A공간←공백→B공간' 구조에서 공백 정황을 뛰어넘을 수 없으며, 다만 공백을 횡단할 수 있는 시어를 '보내거나'(노래, 청포도), 혹은 공백을 넘어온 시어를 '목격'(제비떼)하는 것으로 다른 공간의 존재를 그려낼 뿐이다.

> 모든 사회의 곳곳에서 절대 공간은 위협과 상벌, 그로 인한 감정적 동요를 통해서 지성이 아닌 육체에 호소하는 의미를 담고 있다. 이 공간은 인지된 공간이 아니라 '체험된' 공간, 다시 말해서 공간 재현이라기보다 재현 공간이라고 할 수 있다. 이 공간은 인지되는 순간 고유한 특성이 약화되고 급기야는 사라져버린다.49)

---

49) 앙리 르페브르, 앞의 책, 354쪽; 르페브르에 따르면 사용자의 공간은 곧 체험된 공간이다. 체험된 공간은 '주체들'의 주관적 공간으로, 이는 시련과 습득, 결핍으로 점철된 유년을 근원으로 삼는다. 주관적 공간에서는 '사적인 것'이 주가 되며 '공적인 것'에 저항하는데, 육사가 '사적인'(=초법적) 저항 의식으로 당대 '공적인' 식민 지배에 대응했음을 고려한다면 르페브르의 공간이론으로 시인의 공간의식을 이해할

이러한 현상은 화자가 위치한, 혹은 체험한 공간이 "고정된 중심"으로서 특권을 지닌 공간이기 때문으로 이해할 수 있다. 그 공간은 화자가 주체적으로 인지한 공간이라기보다는 어쩔 수 없이 '체험한' 공간이다. 르페브르는 이 체험한 공간을 더는 '공간 재현'으로 호칭하지 않으며, '재현 공간'이라 명명하고 있다. 이러한 절대 공간에서는 탈출, 더 나아가 탈출의 의지를 박탈당하는 것이 일반적이지만, 시인은 이러한 절망적 상황을 인지하고자 하는 수단으로 자신이 존재하는 공간 이외에 또 다른 공간을 등장시키고 있다.

　하지만 공간의 불구를 인지하기 위해서는 다른 공간을 등장시키는 것만으로는 부족하다. 시인이 갇힌 공간과 등장시킨 공간 사이에는 간격, 즉 공백이 존재하기 때문이다. 하여 시인에게는 이 공백을 횡단할 수 있는 존재가 필요해지는데, 이런 기능을 갖는 것이 전술한 '공백을 횡단하는 시어'인 것이다. 시인은 다른 공간의 정보·기억 등을 실어 온 시어를 마주한 후에서야 절대 공간의 단일성을 훼손시킬 수 있게 된다. 시인으로 인해 단일성에 손상을 입은 공간은 드디어 '이후의 세계'로 나아갈 가능성(낭만적 동경)을 손에 쥐는 것이다.

　상술한 것처럼 이육사의 시는 공간 사이의 공백을 횡단하는 시어를 필요로 한다. 이는 육사의 시세계를 완결시키고, 창천 이후의 세계를 꿈꾸기 위해 필수 불가결한 존재였기 때문이다. 육사 시 작품에서 공간 사이 공백을 횡단하기 위해 사용하는 시어는 대체로 형체가 없는 것(노래, 소리, 향기), 물을 건너는 것이나 물 자체(돛단 배, 바다), 날개가 달린 것(새, 박쥐, 나비) 등이 있는데, 이 중 가장 많이 사용되는 것이 날개가 달린 것, 즉 '날짐승' 시어이다.

　절대적인 작품 수가 적음을 고려한다면 이육사 시에서의 '날짐승' 시어

수 있을 것이다.

사용은 두드러진 편이다. 물론 서론에서 언급한 바와 같이 육사의 작품에는 '별'·'무지개' 등의 시어도 자주 사용되고 있으나, 이들 시어는 공백을 넘나드는 매개라기보다는 공간 그 자체를 설명하는 기능을 맡는 경우가 많아 날짐승 시어만큼의 매개적 활용·매개적 시어로서의 이해는 기대하기 어렵다. 한편 '노래', '향기', '소리'·'배' 등의 시어는 날짐승 시어와 같이 매개적 역할을 하는 것으로 볼 수 있다. 하지만 그 등장 편수가 현저히 부족해 날짐승 시어와 같이 표본화하기 어렵다는 문제를 가진다. 반면 날짐승 시어의 경우에는 시 작품 총 37편 중 16편에 사용되고 있으며, 개별 단위로 센다면 사용 횟수는 30회에 달한다.

<표 1> 이육사 시에서 매개적으로 활용되는 '날짐승' 시어

성질	시어	출처
회귀성	제비떼	「春愁三題」
	쌕쥐	「草家」
	흰나비	「斑猫」
탈출성	종달새	「草家」
	참새	
	제비	「江건너간노래」
	나비	「邂逅」
	제비	「잃어진故鄕」
	大鵬	「蝙蝠」
왕복성	비닭이	「小公園」
	갈멕이	「獨白」
	빡쥐	
	제비떼	「꽃」
	빡쥐	「蝙蝠」
전유성	나븨	「꽃」
	노랑나븨	「子夜曲」
※그 밖의 날짐승 시어 : 힌갈메기들(「黃昏」), 白孔雀·해오래비·힌오리째(「小公園」), 白鳥(「湖水」), 닭(「獨白」·「나의 뮤—즈」), 비닭이(「小公園」·「蝙蝠」), 앵무·딱짜구리·杜鵑새·胡琴鳥(「蝙蝠」), 물새(「바다의 마음」) 등			

물론 육사 시에서 날짐승 시어가 단순 수식이나 일반적 시어로 사용된 경우도 있어 모두 공백을 횡단하는 매개 시어로 사용된 것이라 보기 어렵다. 새 시대의 시작을 알리는 시어로 쓰인 '닭'이나 「蝙蝠」에서 쓰인 '비닭이', '앵무', '딱짜구리', '杜鵑새', '胡琴鳥' 등은 단지 '빡쥐'의 비극성을 묘사하기 위한 시어이므로 방향 지표 기능으로서 이해할 수는 없을 것이다.

우리가 이육사의 공간 매개적 시어를 다룰 때 가장 먼저 알아야 할 사실은 그의 산문에 공간 매개적 시어에 대한 어떠한 단서도 발견할 수 없다는 것이다. 육사는 오직 시에서만 두 공간의 공백을 메우기 위한 도구를 사용한다. 이러한 현상이 일어나는 이유는 간단하다. 작품 속의 화자가 단절된 공간에 갇혀 있지만, 현실에서의 이육사는 부자유할지언정 스스로 분열된 공간 사이를 이동할 수 있었기 때문이다. 이렇게 시와 실제 시인이 가졌던 공간 인식의 차이는 본고가 지적한 시어들이 공간 매개적 시어로 쓰인 것이라는 사실을 부각시킨다.

추상적 공간과 달리 구체적 공간은 공간 안의 주체들을 지배한다. 현실에서 상실을 체험한 육사는 시 속의 공간에서 단절적·단편적인 공간을 설정했고, 그 공간의 내용은 스스로 공간 안에 갇혀 움직일 수 없었다. 이러한 상황에서 육사가 선택한 것이 "방향 표시 화살표"로서의 매개 시어인 것이다. 육사 시 속에서 매개적으로 쓰이는 날짐승 시어는 크게 네 가지 성질을 지닌다. ①다른 공간에서의 회귀성, ②다른 공간으로의 탈출성, ③공간 사이의 왕복성, 마지막으로 ④움직이지 않음으로서 다른 공간의 성질을 가져오는 전유성이다. 매개 시어가 보이는 방향성은 대부분 화자가 다른 공간에 대해 갖는 심상에 따라 달라진다.

①삘딩의 避雷針에 아즈랑이 걸려서 헐덕어립니다,/도라온 제비떼 抛射線을 그리며 날너재재거리는건,/깃드린 옛집터를 차저못찾는 괴

롬갓구료.(「春愁三題」 부분)

②제비야/너도 故鄕이 있느냐//그래도 江南을 간다니/저노픈 재우에
힌구름 한쪼각(「잃어진故鄕」 부분)

③갈멕인양 떠도는심사/어데 하난들 끝간델 아리/오롯한 思念을 旗幅
에 흘리네(「獨白」 부분)

④수만호 빛이래야할 내 고향이언만/노랑나븨도 오쟐는 무덤우에 이
끼만 푸르리라.(「子夜曲」 부분)

인용한 구절로 시어의 성질을 살펴볼 수 있다. ①은 상실의 비극 이후
"쎌딩"이 들어선 곳에 "제비떼"가 돌아와 "옛집터"를 찾지 못하고 있는
상황을 그리고 있다. 이 시의 "제비떼"는 상실의 비극을 겪지 않았던, "옛
집터"가 존재하던 고향의 공간에서 "쎌딩"이 들어선 비고향으로 넘어온
것이다. 반면 「春愁三題」의 화자는 이미 상실의 비극을 겪고 그 공간에
가두어진 존재로서, 맏아들을 잃은 할머니나 누덱이를 빠는 표모의 모습
에서 상실의 흔적을 느끼던 중 제비떼를 보며 상실의 경험을 간접적으로
다시 체험하게 된다.

②는 화자와 같은 공간에서 "江南"으로 떠나는 "제비"의 상황을 포착
하고 있다. 이 시는 ①과 같이 고향과 비고향을 다루며, 화자 역시 비고향
에 갇혀 있으나 "제비"의 방향성에서 차이점을 보인다. 이 방향성의 차이
로 인해 앞선 "제비떼"가 고향에서 비고향으로 이동해 화자가 겪었던 상
실의 비극을 다시 한번 겪은 것과는 달리 이 "제비"는 회귀를 꿈꾸며 "江
南"으로 표상되는 고향으로 떠나가는 것이다.

반면 ③의 "갈멕이"는 비고향에서 "죽엄에 물든" 화자의 심사를 반영
해 공간 내부를 떠돌고 있다. 하지만 이 내부에서의 이동으로 보이는 것
은 결국 "닭소리" 이후 오게 될 '이후의 세계'를 기다리는 행위로써, 두 공
간 사이의 시간적 공백을 넘나들고자 하는 시도인 것이다.

④는 앞서 살핀 ①, ②, ③과는 다른 매개적 양상을 보인다. 매개적 시어인 "노랑나븨"가 화자 앞에 나타나지 않음으로써 다른 공간에 대한 기억을 불러일으키는 것이다. 화자의 기억 속 고향에선 "노란나븨"가 분명히 존재하고 있다. 하지만 "노란나븨"는 화자가 있는 비고향의 공간에 나타나지 않음으로써 화자에게 상실의 비극을 또 한 번 전유하도록 만드는 것이다.

이육사의 시 속에 나타나는 매개적 시어, 그중에서도 날짐승 시어가 특별히 많이 쓰인 것은 시어 자체가 가진 이동 능력에 이유가 있는 것으로 보인다. 이육사가 체험한 고향·비고향의 대지와 이국 공간이 갖는 물리적 거리는 날짐승이 아니면 배와 같은 이동수단, 혹은 향기·노래·소리 등 형체가 불분명한 시어만이 넘나들 수 있기 때문이다. 작품에서 쓰인 매개 시어는 육사의 다층적인 공간을 횡단하며 복합적인 양상을 보인다. 이는 화자는 한 명이지만 인식하고 있는 공간이 복수인 까닭에 발생하는 현상이다.

기존 연구들은 이육사의 시에 등장하는 '북방'을 시련과 비극의 공간인 동시에 저항정신, 투쟁정신이 남아 있는 이념적 공간으로 이해했다. 하지만 정우택50)은 이러한 해석의 기저에 "'現實'과 '詩'의 관계를 二元的으로 分離·結合"하려는 "民族主義的 觀點"이 있었음을 지적하고, 육사의 '북방'은 "想像力이 펼쳐지는 근원"이며 "지향했던 詩의 理想"이었다고 주장한 바 있다. 즉, 기존 연구는 육사의 '북방'을 시인의 이념적 근원이자 이상적 공간으로 파악하고 있다. 하지만 본고는 앞서 육사의 공간의식을 정리하며 북방(이국)이 아닌 창천의 희망이 그리는 '이후의 세계'가 시인의 이상적 공간임을 확인한 바 있다. 그리하여 기존 연구에서 다루었던

---

50) 정우택, 앞의 글, 206-207쪽.

'북방' 시 중 복수의 공간의식과 '날짐승' 시어가 등장하는 「꽃」과 북방을 거의 언급하지 않으나 본고의 논지인 공간의식, 그리고 '날짐승' 시어가 전면에 활용된 「蝙蝠」 두 편을 대표작으로 삼아 해석하고자 한다.

「꽃」에서 화자가 위치한 이국과 앞으로 다가올 미래 사이를 왕복하는 "나븨"나, 「蝙蝠」에서 몰락한 비고향을 떠나 이국으로 떠난 "대붕" 등은 '낭만적 가능성'을 찾아 공간을 뛰어넘는 시어로 읽힌다.

> 동방은 하늘도 다 끗나고/비 한방울 나리쟌는 그따에도/오히려 꽃츤 밝아케 되지안는가/내 목숨을 꾸며 쉬임업는 날이며//北쪽 「쓴도라」에도 찬 새벽은/눈속 깁히 꽃 맹아리가 옴작어려/제비떼 까마케 나라오길 기다리나니/마츰내 저버리지못할 約束이며!//한 바다 복판 용소슴 치는 곳/바람결 따라 타오르는 꽃城에는/나븨처럼 醉하는 回想의 무리들아/오날 내 여기서 너를 불러보노라
>
> ─「꽃」 전문[51]

「꽃」에서의 화자는 "「쓴도라」", 즉 북방의 이국에 있다. 이 이국의 땅은 "하늘도 다 끗"난 곳에 위치하며, "비 한방울 나리쟌는" 메마른 땅이다. 하지만 화자는 이 극동의 땅에서도 "눈속 깁히 꽃 맹아리"가 있어 "제비떼"가 오는 그 날까지 기다리는 것이라 말한다. 이 시에서 "제비떼"가 가지고 있는 일차적 의미는 계절의 변화일 것이다. 하지만 해당 시어를 공간과 공간을 매개하는 시어로 읽을 수도 있다.

위 시에서 찾을 수 있는 공간은 '이국'과 '그 이후의 세계'이다. 북방의 "「쓴도라」"에 위치한 이국은 "눈속 깁히 꽃 맹아리"를 지닌 곳, 즉 육사가 바라던 자주국으로서의 가치를 지닌 공간이다. 이 가치가 피어나고 결국에 "「쓴도라」"가 "꽃城"으로 변화하는 것은 "제비떼"가 "約束"처럼

---

51) 『시전집』, 169쪽.

현재와 미래를 매개한 결과인 것이다. 즉, 이 시에서의 "제비떼"는 미래의 공간과 현재의 이국 공간을 횡단하고 있다.

한편, "나븨"는 미래의 "꼿城"에 나타날 예정이며 화자와 같은 공간에 존재하는 대상이 아니다. 하지만 이국의 공간에 있는 화자가 "오날 내 여기서" 나비의 무리를 부름으로써 미래에 올 "꼿城"에 대한 의지를 확인하고, 상술한 "제비떼"의 "約束"과 동일한 의미의 시어로 화한다. 제비 떼가 '미래에 대한 약속'의 씨앗을 물고 오는 회귀적 매개 시어라면, 나비는 제비 떼가 물어온 씨앗이 툰드라 공간의 극한을 이겨내고 개화해 꽃성이라는 공간으로 마침내 도래할 것을 암시하는 전유적 매개 시어인 것이다.

> 光明을배반한 아득한洞窟에서/다썩은 들보와 문허진 城砦의너덜로
> 도라단이는/가엽슨 빡쥐여!어둠에王者여!/쥐[52]는 너를 버리고 부자집
> 庫간으로도망햇고/大鵬도 北海로 날러간 지 임이 오래거늘 (…) 種族과
> 횃(塒)를 일허도 갈곳조차업는/가엽슨 빡쥐여!永遠한「보헤미안」의 넉
> 시여!// (…) 너의 머ー ㄴ 祖先의 榮華롭든 한시절 歷史도/이제는「아이
> 누」의 家系와도 같이 서러워라./가엽슨 빡쥐여!滅亡하는 겨레여!//運命
> 의 祭壇에 가늘게 타는 香불마자 꺼젓거든/ (…) 한토막 꿈조차 못꾸고
> 다시 洞窟로 도라가거니/가엽슨 빡쥐여!검은 化石의 妖精이여!
> ─「蝙蝠」부분(밑줄 인용자 강조)[53]

「蝙蝠」에서 "빡쥐"는 "아득한洞窟"을 나와 "다썩은 들보와 문허진 城

---

52)『시전집』에서 박현수는 해당 작품에서의 "쥐"를 "목전의 현실에 너무나 쉽게 영합하고 힘 있는 자에 빌붙는 것을 능사로 삼는 순응주의자의 상징", 혹은 "일제에 훼절하여 영합한 무리들의 상징"으로 해제한다. 본고에서는 이러한 이해를 존중하되 추가적으로 시 본문에서 박쥐를 설명하는 "滅亡하는 겨레"에 주목해 육사에게 있어 "쥐"로 대표되는 인물들이 더는 겨레로 받아들여질 수 없는 존재였을 것이라 추정하며 논의를 이어나가고자 한다.

53)『시전집』, 200쪽.

砦의너덜"을 돌아다니는 존재로 그려진다. 화자는 박쥐를 "어둠에 王者", "永遠한「보헤미안」의 넋", "化石의 요정" 등으로 지칭한다. 이는 박쥐가 과거에는 '왕자'였으나 동족과 햇대를 잃고 '「보헤미안」', '화석'과 같이 영락했음을 알게 한다. 한편 화자는 박쥐를 "滅亡하는 겨래"로 인식하고 있다. 이는 두 주체가 서로를 동일시하는 같은 처지의 '실향민'이며, 박쥐에게 향하는 듯한 외침들이 사실 화자에게 향하고 있음을 뜻한다. 작품의 박쥐는 날개가 달렸음에도 대붕처럼 북해로 떠나지 않았는데, 이와 같은 결정은 그가 "「아이누」"의 가계와 같은 서러움을 겪는 원인이다. 한때 고향이었던 공간에 남기로 했다는 것만으로 박쥐는 선조의 영화와 갈 곳을 잃은 "滅亡하는 겨래"가 되어 어두운 동굴, 무너진 폐허를 전전하는 것이다.

위 시의 공간은 다른 육사 시에서 A공간←공백→B공간의 형식을 취한 것과 달리 "문허진 星彩" 등으로 그려지는 비고향, "北海"로 그려지는 이국, "부자집 庫간"으로 그려지는 제3의 공간으로 나뉜다. 하지만 제3의 공간을 비고향의 참혹성을 강조하는 장치[54]로 이해한다면, 「蝙蝠」 역시 화자가 존재하는 A공간과 존재하지 않는 B공간으로 구성된 시라고 할 수 있을 것이다.

박쥐는 상실을 넘어 파괴된 비고향을 전전한다. 이미 떠나버린 대붕이나 쥐와 다르게 동굴에 기거하며 한때 광명이었던 곳을 돌아다니는 것이다. 일견 의미가 없어 보이는 박쥐의 배회는 망국의 시인이 경험하고 있는 식민지 생활을 투영하고 있다. 육사는 산문 「嫉妬의 叛軍城」에서 "그

---

54) "부자집 庫간"이 '부잣집'이라 지칭되는 것으로 보아 해당 공간은 영락한 비고향이나 날개 달린 "大鵬"이 닿을 수 있었던 이국과는 또 다른 공간, 국가를 버린 "쥐"와 같은 자들이 사는 공간일 것이라 유추할 수 있다. 하지만 앞선 공간 논의와 이육사의 다른 시(「絶頂」, 「靑葡萄」 등 다수)에서 볼 수 있듯 시인이 시에서 꿈꾸고 실현하고자 한 것은 이들에 대한 철퇴가 아닌 가치 회복 후의 이상 세계 도래이므로 이 '제3의 공간'은 본고의 공간 논의에서 의미 있는 공간이 아니라 단지 '비고향'의 참혹성을 강조하는 장치로서 이해하기로 한다.

러나 '生活이 없다'는 순간이 오래오래 연속되는 동안 그것이 생활이라면 그것은 구태여 부정하고 싶지 않다"며 "다른 어떤 사람도 분배를 요구치 않는 고민을 내 혼자 무한히 고민한다는 것"이 자신의 향락임을 설명했다. 즉, 박쥐처럼 파괴된 비고향을 전전하는 행위는 육사─화자에 있어 현실 속의 고민을 반복하는 일종의 생활인 것이다. 이러한 육사의 인식은 박쥐가 비고향을 끊임없이 왕복하는 성질로서 드러나고 있다.

한편 대붕은 비고향(A공간)과 이국(B공간) 사이의 공백을 뛰어넘는 존재로 그려진다. 이미 파괴되어 가지고 있던 가치를 상실한 비고향에서 아직 상실을 겪지 않은 이국으로 탈출한 것이다. 다만 「江건너는노래」에서의 "노래"나 "제비떼"와는 다르게 「蝙蝠」의 화자는 대붕에게 어떤 기대나 희망을 걸고 있지 않다. 이는 작품에서 집중하고 있는 대상이 지금 현재를 살아가고 있는 화자 그 자신이기 때문이다.

이와 같은 사실을 경유해보면 이육사가 인식한 시적 공간은 작품 내에 병치되어 나타남을 알 수 있다. 또 「꽃」의 제비떼가 미래의 가능성인 "봄"을 묻혀 오거나, 「蝙蝠」의 박쥐가 현실을 인식하고 견뎌내는 등 병치된 공간 사이의 공백을 횡단하기 위해 사용된 시어들은 시인이 꿈꾸는 미래를 확신하고 있음을 보여주고 있다. 육사는 시 속에서 '창천'의 상상력을 발휘하고 있으며, 이러한 상상력은 당대의 시인으로서 가졌던 '낭만적 가능성'의 예지라 할 수 있다.

4. 결론

기존 이육사에 대한 민족시인, 저항 시인으로서의 이해가 잘못되거나 그를 왜곡하여 이해하도록 만들지는 않았으나, 육사에 대한 다각적 이해를 어렵게 만든 측면은 분명 가지고 있었다. 육사의 아나키스트적, 사회주의자적 면모에 대한 연구가 등장한 것은 이러한 저항시인 일변도의 이해에서 벗어날 수 있도록 하여 육사를 재조명할 수 있도록 한 점에서 그 의의가 크다.

본고는 이육사 시어의 공간 매개적 성질을 해명하기 위해 2000년대 이후 선행된 이육사 시의 낭만성 연구를 경유한다. 이러한 연구들은 육사 시의 근대적 미학성을 해설하기 위해 작품 속에서 각각 낙원, 유토피아, 헤테로토피아 등 이상적 공간을 발견하고자 했다. 그러나 기존 연구의 숫자가 절대적으로 적고 공간 자체에만 집중한 탓에 공간 사이의 공백에 대한 연구가 미비하다는 점은 개별 작품 분석을 어렵게 하는 요인이었다. 이에 본고는 개별 작품, 개별 시어 분석에 앞서 이육사 시 작품 속 공간인식을 정리하였다. 2장에서는 이육사가 처했던 시대적 상황에 기초하여 육사 시의 공간을 분류했다. 상실의 경험 이전의 공간(고향), 상실의 경험 이후의 고향이 있었던 공간(비고향), 상실의 경험 이후 고향이 지녔던 가치를 가지는 공간(이국), 창천의 희망과 대지의 복원, 가치의 획득 등이 이루어지고 긴 극기의 세월 후에 찾아올 미래의 공간(그 이후의 세계)로 분류할 수 있었다.

이러한 공간인식을 기반으로 육사는 화자를 하나의 공간에 가두고, 그 공간에서 다른 공간을 인지하게 만드는 수단으로 공간 매개적 시어를 사용한다. 공간 매개적 시어에는 형체가 불분명한 것(노래, 향기, 소리 등), 물을 이용한 교통수단이나 물 그 자체(돛단 배, 바다), 날개가 달린 짐승 등이 있었으나 시어의 사용 빈도를 고려했을 때 날짐승의 공간 매개적 사용이 두드러짐이 발견되었다.

이를 바탕으로 본고에서는 육사가 사용한 날짐승 시어를 도표화한다. 그리고 시어들이 사용된 양상을 분석해 작품 속에서 매개 시어를 ①다른 공간에서 화자가 위치한 공간으로의 회귀성, ②화자가 위치한 공간에서 다른 공간으로의 탈출성, ③화자가 위치한 공간과 다른 공간 사이의 왕복성, ④움직이지 않음으로서 다른 공간의 성질을 가져오는 전유성 등 네 가지 성질로 나누어 각각의 작품을 분석했다. 또 실제 작품의 분석을 통해 각 성질이 육사의 작품에 나타나는 양상을 살폈다.

이육사 시의 공간 매개 시어 분석은 앞으로 육사 시에 등장하는 공간을 공간 그 자체로 보고, 육사를 전기적 사실이나 사상적 분석에서 벗어나 이해하는 데에 도움이 되리라 생각한다. 본고에서는 날짐승 시어를 제외한 공간 매개적 시어에 대한 분석이 미흡하고, 다룬 시가 적어 공간에 대한 예시가 모자르다는 아쉬움이 크다. 향후 이육사 연구에서는 공간이론을 바탕으로 한 작품 분석이 더욱 확장되기를 기대한다.

---

* 김태형, 「이육사 시의 공간 특징과 '날짐승' 시어 연구 - 「꽃」, 「蝙蝠」의 의미 해석을 중심으로」, 『국제한인문학연구』 24, 국제한인문학회, 2019, 7-37쪽.

참고문헌

1.자료

이육사,『원전주해 이육사 시전집』, 박현수 편, 예옥, 2008.
_____ ,『이육사 전집』, 이용직 편, 깊은샘, 2004.

2.국내 논문 및 평문

강만길,「조선혁명간부학교와 육사 이활」,『민족문학사연구』8, 민족문학사학
  회－민족문학사연구소, 1995.
김경복,「이육사 시의 유토피아 의식 연구」,『한국문학논총』74, 한국문학회,
  2016.
김미영·장동천,「광야의 상징성에 대한 소고」,『중국어문논총』86, 중국어문연
  구회, 2018.
류현정,「이육사의 정세인식－1930년대 시사평론을 중심으로」,『안동사학』7,
  안동사학회, 2002.
박성준,「이육사 시에 나타나는 낭만성과 '다른 공간'들」,『한국문예창작』36,
  한국문예창작학회, 2016.
_____ ,「한국근대시의 낭만주의 재검토와 저항성의 문제」,『현대문학이론연구』
  71, 현대문학이론학회, 2017.
_____ ,「이육사 후기시의 연애시편」,『인문과학연구논총』39, 명지대학교 인문
  과학연구소, 2018.
박주택,「이육사 시의 낙원 의식 연구」,『語文研究』68, 어문연구학회, 2011.
박현수,「이육사의 주리론적 수사관과 「서울」의 해석」,『새국어교육』61, 한국
  국어교육학회, 2001.
정우택,「李陸史 詩에서 北方意識의 의미－號 '陸史'의 새로운 解釋을 중심으로」,
  『어문연구』33, 한국어문교육연구회, 2005.
차성연,「'국가'와 '조국자' 담론의 서사적 표상체계 연구를 위한 시론(試論)－'만
  주' 표상의 통시적 변모 양상을 중심으로」,『국제한인문학연구』7, 2010.

하상일,「이육사의 사회주의사상과 비평의식」,『한국민족문화』26, 부산대학교
　　　　한국민족문화연구소, 2005.
_____ ,「이육사와 중국」,『배달말』60, 배달말학회, 2017.

3.국내외 단행본

김동규,『하이데거의 사이 — 예술론』, 그린비, 2009.
김용직,『이육사』, 서강대학교 출판부, 1995.
김학동,『이육사평전』, 새문사, 2012.
김희곤,『새로 쓰는 이육사 평전』, 지영사, 2000.
_____ ,『독립운동의 큰 울림, 안동 전통마을』, 예문서원, 2017.
_____ ,『이육사의 독립운동』, 이육사문학관, 2017.
도진순,『강철로 된 무지개』, 창비, 2017.
박주택 외 9명,『한국 현대시의 공간연구』, 2018.
나카무라 유지로, 박철은 옮김,『토포스』, 그린비, 2012.
미셸 푸코, 이상길 옮김,『헤테로토피아』, 문학과지성사, 2014.
앙리 르페브르, 양영란 옮김,『공간의 생산』, 에코리브르, 2011.

공간 체험에 따른 윤동주 시의 종교적 실존과 낭만성

—「病院」창작 시기와 구원의 문제를 중심으로

박성준

1. 서론

윤동주 시에서 '기독교 정신'의 기여도를 찾는 것은 그의 시를 저항시로 읽는 등식만큼이나 현재 우리 문학 장 내에서 관성화된 독해 방식이다. 주지하듯 대부분 논자들은 정음사 판 유고시집『하늘과 바람과 별과 詩』(1948) 출간 이후[1]로 윤동주의 시를 저항성의 맥락에서 검토해왔다. 윤동주 연구에서 그가 가졌던 '기독교 신앙'이란 윤동주의 생애와 시를 함께 연동하여 고찰하는 과정에서 토대가 되거나 보충적으로 검토되는 부분이었다. 또한 "대부분의 연구들은 한 번씩은 윤동주의 신앙의 회의기를 언급하고 있다"[2]는 견해처럼, '저항성'만큼이나 윤동주 시에 나타

---

1) 윤동주 유고시집의 판본에 따른 기획의 변모양상을 검토한 논의로는 정우택, 「『하늘과 바람과 별과 詩』초판본과 재판본의 사이」, 『한국시학연구』제52호, 한국시학회, 2017; 유성호, 「세 권의『하늘과 바람과 별과 詩』」, 『한국시학연구』제51호, 한국시학회, 2017의 연구가 있다. 정우택은 "'기독교적 순절의 시인', '저항시인', '민족시인'으로서의 상징 획득"하는 과정을 초판과 재판 사이의 공백(한국전쟁 상황)으로 심도 있게 검토하는 한편, 유성호는 자필 시고(1941), 초판(1948), 재판(1955)의 기획의도를 계보적으로 되물어가며 한국시사에서 예외적 존재로 "모방할 수 없는 아이콘"으로 남아버린 문학사 내의 '윤동주 시인'의 배타적 창조 조건을 해명한다.

난 기독교적 특징을 보충적으로 해명해왔다.

물론 이에 반하여, 일찍이 윤동주 시에서 나타나는 기독교 정신에 대한 문제를 오세영과 김윤식이 반기독교적이거나 서구적 교양의 수준으로 격하하여 고찰한 것이 대표적인 논의라고 할 수 있다. 오세영은 "모더니즘이 첫째 거부한 것은 크리스챤 휴우머니즘"3)이라면서 "尹東柱는 …… 鄭芝溶이나 金光均의 시에 가까운 언어세계를 보여"4)주는 것임에 주목했고, 김윤식은 "근엄한 기독교 장로의 손자이며 교육자의 장남이었다"는 사실이 종국에는 "기독교와 더불어 이러한 바탕은 서구적 교양 체험에 직결되는5)" 문제라고 판단했다. 그러나 이와 같은 견해 또한 여러 공백이 발생하고 있다. 가령 오세영은 윤동주 시의 전범을 1930년대 모더니즘 시와 연계하여 해명하려고 했었다. 그러니 윤동주가 가지고 있던 기독교 신앙에 관해서는 의도적으로 축소하거나 배제했던 것으로 보인다. 김윤식 또한 마찬가지다. 셸리식의 프로메테우스 신화와 더불어 우리의 구토설화와 상호텍스트성을 가지고 있는 윤동주의 「肝」을 고찰6)하는 가운데, 기독교 사상의 접촉뿐만 아니라 더욱 거시적인 차원에서 "서구 정신사를 배운다는 것은 아마도 지식의 차원으로 봄이"7) 마땅하다는 논지를 펼쳤다. 다시 말해 그러니 두 논자 모두 윤동주 시에 나타난 기독교 정신의 침윤에 대해 일단은 반하는 견해를 취하고 있지만, 기독교 정신의

---

2) 박지은, 「윤동주 시에 나타나는 신앙의 회의와 극복의 문제」, 『한국시학연구』 제51호, 한국시학회, 2017, 193쪽.
3) 오세영, 「윤동주의 문학사적 위치」, 『현대문학』 1975. 4, 287쪽.
4) _____, 같은 글, 288쪽.
5) 김윤식, 「어둠 속에 익은 사상」, 『윤동주 연구』, 문학사상, 1995, 194쪽.
6) 「肝」에 나타난 프로메테우스 설화에 따른 낭만성과 연전시절 접촉한 셸리를 비롯한 낭만주의 사상에 관한 논고로는 박성준, 「윤동주 시의 낭만성과 戀歌」, 『한국문학이론과 비평』 제75집, 한국문학이론과 비평학회, 2017, 47-56쪽 참조.
7) 김윤식, 같은 글, 196쪽.

완전한 배제를 논하기란 어려웠다고 볼 수 있다. 주지하듯 윤동주의 생애에서 기독교가 차지하고 있는 중량감이란 윤동주의 시에서 드러난 기독교 정신이 침윤된 문제보다, 더욱 총제적인 맥락에서 윤동주의 삶을 종속해왔다.

윤동주의 조부 윤하현은 알려진 대로 명동촌 형성 초기에 식솔들을 데리고 이주하여 마을을 건설하는 주체적인 역할을 했던 인물이었고, 명동촌 마을은 강한 유교적 질서를 바탕으로 한 기독교 신자들의 마을이었다. 특히 윤동주에게 유년시절 직접적인 기독교 신앙을 전수했던 전수자로 꼽을 수 있는 인물은 외삼촌이었던 김약연이다. 이 시기 김약연[8]은 평양 장로신학교에서 수학한 후 명동소학교 교장을 지내고 있었으며, 아버지 윤영석 또한 명동소학교의 교원으로 일하고 있었다. 기독교 가정에서 태어난 윤동주는 이미 기독교 유아세례를 받았던 것은 물론이고, 간도 이주민 3세대이자 유교와 기독교 문화가 교착된 명동촌이라는 특수한 환경 속에서 자라왔다. 여기서 윤동주가 받아왔던 교육환경을 주목해볼 필요가 있다. 순교 직전까지 학생신분이었던 윤동주에게는 가정환경만큼이나 교육환경 또한 그의 자아를 형성하는 데 있어 주요한 맥락으로 작용했을 것이다. 수학했던 교육기관을 되짚어보면 명동소학교, 은진중학교, 숭실중학교, 연희전문학교 등 무려 18년이 넘는 기간 동안[9] 윤동주는 기독

---

[8] "김약연이 윤동주에게 끼친 영향은 막대하다. ……(중략)…… 기독교를 기반으로 한 독립운동을 성공적으로 전개하여 북간도지역의 중요한 지도자로 추앙을 받고 있었다. ……(중략)…… 그는 기독교로 개종한 후에도 계속 유교를 제자들에게 가르쳤다. ……(중략)…… 평양 장로교신학교는 보수적이어 서 새로운 신학적 경향을 경계시하고 근본주의적인 경향이 강해서 문화나 사회 참여에 대해 부정적인 태도를 견지하고 있었다." 이대성, 「윤동주에게 영향을 준 기독교의 특징에 관한 연구」, 『신학과 실천』 49권 49호, 한국실천신학회, 2016, 644쪽.

[9] 일제의 강압에 의한 평양 숭실학교에서의 학업 중단 이후 광명중학에서의 2년과 동경 유학 시절인 릿쿄대학과 도시샤대학의 1년 반 정도를 제외하고는 윤동주는 모두

교계 미션스쿨에서 공부해왔다. 그러니 이러한 이력만을 상기해보더라도, 윤동주 시에서 기독교란 "문학의 차원에서 큰 성과를 거두고 있을 뿐만 아니라, 신앙의 차원에서도 독자들에게 크나큰 도전"[10]이라는 비전과 비평적 수사가 보충될 정도로 주요한 테마였다고 볼 수 있다. 그의 시에서 종교적 교리나 기독교의 상호텍스트성이 드러나는 것을 단순히 피상적인 독법으로 취급할 수 없을 만큼 그의 생애에서 기독교의 영향력은 막강했다.

그뿐만이 아니다. 가령 윤동주와 덴마크의 실존 철학자 키르케고르와의 상관성을 해명하는 논고들이 그렇다. 이 논의들은 윤동주가 "기독교 신앙을 確立하게 된 데에는 키르케고르의 實存思想이 적지 않은 영향을 미친"[11] 것으로 판단하고, 연전시절과 그 이후의 시편들을 기독교 사상의 연장선에서 파악하려는 시도들이라 볼 수 있다. 이는 윤일주와 문익환의 회고담 속에서도 충분히 증언되었던 부분이기도 하다. 예컨대 윤일주는 윤동주가 방학이 되자 그의 짐 속에서 가지고 온 서적들을 열거하며 회고한다. "앙드레·지이드全集 旣刊分全部, 또스토예프스키 硏究書籍, 바레리詩全集, 佛蘭西名詩集과 켈케고올의 것 몇卷, 그밖에 原書 多數입니다. 켈케고올의 것은 延專卒業할 즈음 무척 愛讚하던 것입니다."[12]와

미션스쿨에서 수학했던 셈이다.

10) 류양선, 「윤동주의 시에 나타난 기독교 신앙 : '십자가'를 중심으로」『한국시학연구』 제31호, 한국시학회, 2011, 142쪽.

11) 류양선, 「윤동주의 시에 나타난 종교적 실존」, 『어문연구』 제35권 제2호, 한국어문교육연구회, 2007, 198쪽; 류양선은 윤동주가 연전시절 접하게 된 키르케고르의 논고와 당시 지인의 회고담을 근거 삼아 윤동주가 연전 졸업을 즈음하여, 이 시기 기독교 신앙의 정립을 이루었다 시사한다. 또한 류양선은 개인이 절대자 앞에서 '영혼의 경험' 즉 이성을 넘어선 경험을 언술해낼 수 있다고 주장했던 키르케고르와 그와 같은 경험을 자신의 시편으로 묘사해낼 수 있었던 윤동주의 시적 성취를 「돌아보는 밤」을 중심으로 해명한다.

12) 윤일주, 「先伯의 生涯」, 『하늘과 바람과 별과 詩』, 정음사, 1955, 215쪽.

같은 대목이라든가, "연희전문 졸업 무렵에는 키에르케고오르를 읽으면서 나이 어린 나에게도 그에 대한 이야기를 들려 준 것을 보면 꽤 심취"[13]되었다고 고변했던 대목들이 그렇다. 윤동주는 이때 신과 개인적 교감을 하는 신앙인으로서의 실존의식과 관련한 키르케고르의 사상들과 밀접한 시기를 보냈으며, 논자들에 따라 이 시기를 전후하여 윤동주는 신앙 회의기[14]가 있었다고 판단하기도 한다. 그러나 그런 신앙의 회의라는 것도 기독교 신앙을 바탕으로 일어나는 정동임을 감안해볼 때, "그의 키르케고르에 관한 이해가 신학생인 나보다 훨씬 깊은 데 놀라지 않을 수 없었다"[15]는 문익환의 회고에서도 재확인되듯, 윤동주는 "키에르케고르의 윤리적 인간에 대한"[16] 탐독을 통해 자신이 처한 경성 생활에 대한 불안과 좌절을 이겨내기 위한 한 방편으로 기독교 철학[17]에 심취하여 현실에 대한 돌파구를 찾았던 것으로 보인다. 또한 이와 같은 맥락에서 문익환은 "나는 그에 나타난 신앙적인 깊이가 별로 논의되지 않은 것이 좀 이상하게 생각되곤 했었다. 그의 시는 곧 그의 인생이었고, 그의 인생은 지극히 자연스럽게 종교적이기도 했다"[18]라는 증언으로 이 시기의 윤동주

---

13) ____, 「윤동주의 생애」, 『나라사랑』 23집, 외솔회, 1976 여름, 159쪽.

14) 박지은은 "윤동주에게 신앙의 회의는 단순히 돌출적인 '사건'에 그치는 것이 아니다."(박지은, 같은 글, 193쪽.)는 것을 문제삼는 한편, 종국에는 "윤동주가 신앙의 회의를 극복하는 과정에서 가장 중요한 것은 '부끄러움'과 '용서'의 문제"(박지은, 같은 글, 221쪽.)라고 약술한다. 신앙과 현실 사이에서 갈등하는 자아가 자기 용서와 구원을 획득하는 과정을 윤동주의 시 창작 행위와 연동하여 고찰하고 있다.

15) 문익환, 「동주형의 추억」, 『원본 대조 윤동주 전집 하늘과 바람과 별과 시』, 연세대학교출판부, 2004, 316쪽; 문익환, 「동주형의 추억」, 『하늘과 바람과 별과 詩』, 정음사, 1968.

16) 정현종, 「마음의 우물」, 『원본 대조 윤동주 전집 하늘과 바람과 별과 시』, 연세대학교출판부, 2004, 358쪽.

17) 물론 현재까지, 이때 윤동주가 읽은 키르케고르의 저서가 정확히 어떤 것인지는 해명된 바가 없다.

18) 문익환, 같은 글, 316─317쪽.

의 문학적, 신앙적 방황 상태를 방증하고 있다.

이렇듯 윤동주와 기독교와의 관계는 윤동주의 삶의 배경에서는 물론이거니와 사후 유고 시집이 거듭 출간되는 과정뿐만 아니라 이후 윤동주 시 연구에서도 토대가 되는 한 방향성이라 할 수 있다. 특히 윤동주 시에 나타나는 윤리적 자아의 발생론적 정동이라 할 수 있겠다. 이에 본고는 윤동주 시의 기독교적 성찰에 대한 논고들의 성취를 대다수 인정하는 가운데, 윤동주가 수혜받았던 기독교의 전후 맥락을 고찰하여 그의 시에 나타난 기독교와 낭만주의의 상관성을 해명한다. 특히 윤동주의 시편 중에서 그 시적 성취가 가장 높은 수준으로 판단되고 있는 연희전문 시절의 자선 『하늘과 바람과 별과 詩』를 묶을 무렵의 시편들을 살핀다. 이 시기의 시편들은 시적 주체의 내면에서 기독교 정신과 현실인식 사이의 부딪힘을 만들며, 자아와 세계의 괴리 내지 갈등을 '부끄러움'이라는 맥락을 가시화하고 있다. 이러한 갈등적 상황에서 윤동주가 품었던 '전망'이란 이곳에 없는 '무한한 동경의 세계'를 상정했던 것으로 압축할 수 있는데, 그 세계의 가장 앞에 놓이는 시편이 「病院」이라 할 수 있다. 「病院」은 윤동주의 시적 성숙기를 개방했던 시편으로 이 논문은 「病院」을 중심으로 창작 공간의 변동, 기독교 정신과 낭만주의의 맥락을 고찰한다.

이와 같은 문제의식은 앞서 김윤식이 언급하는 수준에서만 머물렀던 '서구 정신사를 배운다는 지식적 측면에서의 기독교 사상'을 보다 명징하고 본격적으로 고찰하는 논제라고 할 수 있다. 아울러 저항시인들의 시편들 속에서 저항성의 그늘에 가려 주로 연구되지 않았던 '낭만성의 문제'[19]를 재검토하는 데 그 의의가 있을 것이다.

---

19) 근대시 형성기의 낭만주의와 저항성의 상관관계를 해명한 논고로는 박성준, 「한국 근대시의 낭만주의 재검토와 저항성의 문제」, 『현대문학이론연구』 제71집, 현대문학이론학회, 2017 참고.

2. 기독교와 낭만주의의 교차점에서의 윤동주

일반적 관점에서 언뜻 기독교 사상[20]은 신 중심주의 정신 활동을 총괄하고 있는 개념처럼 인지되고, 낭만주의는 인간 중심 사상이라 정립되기 쉽다. '낭만'이라는 의미가 '고전주의'나 '계몽주의'에 반동하는 상호 대립적 의미 구조 속에서 호출된 것은 사실[21]이지만, 낭만주의의 전조라고 할 수 있는 17세기의 바로크나 르네상스 인문주의의 자장 안에서 인식되었던 '휴먼'(인간)에 대한 관심은 낭만주의만큼이나 프로테스탄트 진영과도 밀접한 인접성을 가지고 있었다. 가령 '프로테스탄트'라는 어원부터가 그렇다. 16세기 초엽 로마의 다수 구교파(가톨릭계)와 소수 신교파(루터계)가 독일 슈파이어에서 열린 제국회의에서 대립하자, 신교파 제후들이 자신들의 종교적 신념을 끝까지 당당하게 피력했다는 점에서 이들을 라틴어로 '항의'의 뜻을 가진 '프로테스타티오'(protestatio)로 칭하게 되었고, 이후 이것이 청교도 어원의 유래가 되었다. 다시 말해 기독교의 분파는 '항거하는 개별집단의 발생'이자 전체에서 결락된 일부 집단이 가진 욕망의 표출 그 자체로 '저항의 종교'였던 것이다. 그리고 더 나아가 프로

---

20) 본 장에서 '기독교'란 거시적으로 '가톨릭'을 칭하는 것이다. 논증 과정에서 '개신교'나 '프로테스탄트'와 같은 신교의 예시를 들기는 하지만 '기독교'로 통칭하여 낭만주의와 상관성을 해명하는 부분들은 모두 구교 '가톨릭'을 지칭한다.

21) "계몽주의(레싱!)와 낭만주의(노발리스!)를 배타적인 대립으로 바라보는 것이 얼마나 그릇 된 일인지 명백해진다."(Jens, Walter·Küng, Hans..『문학과 종교』, 189쪽 재인용; 김주연,『사라진 낭만주의』, 서강대학교출판부, 2013, 105쪽.)고 주장한 큉의 견해를 김주연은 다음과 같이 해석한다. 큉은 "계몽주의와 낭만주의를 친족으로 생각하면서, 낭만주의가 계몽주의 소산임을 말한다. 인간 자체의 해방으로 향하는 길목에서 양자는 완전히 하나였음을 강조한다."(김주연, 같은 책, 105쪽.) 다시 말해 낭만주의를 고전주의나 계몽주의 반하는 대립적 개념이라고만 판단할 것이 아니라 낭만과 계몽이 원천적으로 인간에 관한 관심을 재고했다는 것에서 동류한다는 것이다.

테스탄트의 태동은 '개인의 욕망'의 가능성이 시사된 사건이라 번안해 말해볼 수 있겠다. 서구 낭만주의가 '인문주의'라는 아명 아래 중세의 종교적 도그마를 무너뜨리는데 옹호된 것이라면, 실제로 종교의 도그마에 대해 항거하며 실천적 정신 운동을 이어온 것이 르네상스 이후의 기독교 사상의 핵심이었던 것이다. 이런 문맥에서 단순히 '계몽'과 '낭만'을 대립적 요소로 인지할 수 없는 것22)은 물론이고, 기독교적 세계관 여러 지성사적 분파를 형성에 기여하며 근대정신을 태동23)해갔다. 그리고 이후 종교적 변혁 운동은 인간의 본성을 바탕으로 한다는 것은 이미 주지된 사실이다.

당대 프랑스의 경우에서도 마찬가지다. 이성의 붕괴에 있어 18세기 "루소의 사상이 근대 기독교사상에 대하여 가지는 의미는…… 낭만주의적 계몽주의와 자유주의적 개신교 양자의 자원들 중의 하나였던 심오한 감정과 도덕적 감성을 이성에"24) 불어넣었다는 점이 중핵이라고 할 수 있는데, 이러한 루소의 사상적 기획은 당대 프랑스 지성인들의 회의주의와 교착하면서 불균형을 이루게 된다. 이에 대표적인 인물이 샤토브리앙이다. 샤토브리앙은 알려진 대로 낭만주의에서 인정하는 쾌락이나 삶의 관능 등을 지향했던 낭만주의자였지만, 역설적으로 가톨릭의 위계질서, 봉건성 또한 상실한 전통을 회복한다는 맥락에서 옹호했던 가톨릭 옹호

---

22) 실제로 윤동주가 경험한 북간도의 기독교는 전체적 맥락에서 계몽주의적 특성이 강하며, 조선 내 개신교가 정착하는 과정 또한 계몽주의로 해석할 여지가 강하다. 그러나 본고는 이 또한 거시적 차원에서의 '인간' 본성에 관심을 둔 지성사의 문맥으로 이해한다.

23) 이러한 맥락에서 기독교적 세계관의 지탱 없이 낭만주의를 논하는 것은 불가능하다. 그러나 역담론적으로 '기독교적 세계관이 낭만주의적이다'라는 식의 명제는 필연이 될 수가 없다. 때문에 본고에서 문제화하는 부분이 바로 윤동주 시('신앙 회의기 이후')에서 나타나는 기독교적 세계관과 낭만성의 교차점이다.

24) Livingston, James C.. 「낭만주의와 프랑스 가톨릭사상」, 『현대기독교사상사1』, 이형기 옮김, 한국장로교출판사, 2000, 303쪽.

자였다. 그러나 이런 샤토브리앙의 종교 지향적 태도를 구교를 옹호했다는 것만으로 단순히 보수성으로 이해해서는 안 될 것이다. 낭만주의에서 '개성'이 존중되는 만큼 개별주체로서의 '천재성'이 옹호되었듯이, 당대 가톨릭에서 또한 '개성'과 '천재성'이 가진 불가역의 양자관계를 신의 영역에 도달하려고 하는 '영적 갱신'으로 이해해왔다. 인간이 가 닿을 수 없는 '성스러움의 세계' 즉 '추상화된 질서'25)를 그 중심으로 둔 채 교회와 사회를 억압하는 상징화 시스템을 줄곧 이어 왔던 것이 샤토브리앙에게는 구교의 옹호를 가능하게 했던 것이다. 물론 종교에서의 근대성이란 이러한 숭고한(숭고화 된) 전통을 무너뜨리는 정신활동에서부터 시작되었다고 말해볼 수 있겠으나, '신'='성스러운 세계'='추상화된 질서'와 같은 등식으로 공고히 정립된 자리가 무너지고 그 공백에, '인간'='속의 세계'='합리적인 질서'와 시스템이 들어서는 과정은 일별 순식간에 대체된 것이 아니다. 그것들은 서로 길항하며 근대성을 형성해간 것은 이미 주지된 사실이다.

샤토브리앙의 견해와 초기 독일 낭만주의 토대를 마련한 노발리스의 견해는 또한 상통한다. 『기독교 혹은 유럽』(1799)26)에서 노발리스는 성

---

25) Livingston, James C.. 같은 책, 91-92쪽; 가톨릭이 대중에게서 멀어진 가장 큰 이유를 리빙스턴은 구교의 '추상성'과 '지성성'으로 꼽고 있는데, 같은 맥락에서 이 시기 낭만주의자들이 지향해온 '추상'과 '지성'의 세계는 교조적 가톨릭이 가지고 있던 권위이자 전통의 다른 이름이었다. 그럼에도 불구하고 대중에게 구교가 외면받았던 것과 달리 낭만주의가 호소력이 있었던 것은 낭만주의에서의 '추상'이 당시 억압되어 있던 인간의 자율성을 분출시키는데 기여한 바가 컸기 때문이다.

26) "노발리스가 예나에 모인 낭만주의자들 앞에서 자신의 논문 『기독교 혹은 유럽』을 읽었던 1799년 11월 ……(중략)…… 그들의 종교는 바로 '판타지 종교'내지 '판타지의 종교'였다. 계시종교는 상상력의 유희를 분출시키는 종교로서는 적합하지 않았다."(Safranski Rüdiger, 「낭만주의의 종교」, 『낭만주의 판타지의 뿌리』, 임우영 외 옮김, 한국외국어대학교 출판부, 2012, 137-138쪽.)는 구문들 미루어보아, 당시 낭만주의자들의 복고적 태도는 "나폴레옹 그 자체가 세속적 정신의 팽창과 역

공간 체험에 따른 윤동주 시의 종교적 실존과 낭만성 - 박성준 219

스러움이 부재된 상태에서의 유럽을 되찾는 방식을 기독교를 통한 통합이라 주창한 바 있다. 다시 말해 나폴레옹이 유럽의 새로운 지배자가 되려고 하고, 프랑스군이 교황 피우스 6세를 죽이는 파국의 국면 속에서 유일한 자구책은 국경을 초월한 정신적 통일 즉 기독교로의 회귀라는 것이다. 이와 같은 태도는 일종의 '반동적 유토피아'[27]로 읽히기도 하지만, 종국에는 이런 주창이 당대 낭만주의자들에게는 '유토피아'의 한 방편으로 인식되었다는 점을 더 주목해볼 필요가 있다. 요컨대 이러한 낭만주의에서의 태도는 '무한한 동경'과 그 맥이 닿아 있다.

> 낭만주의자들에게 공통되는 것은 자연의 배후에 어떤 정신(Spirit)이나 생명력(Vital Force)이 활동하고 있다는 느낌이다. 자연 안에 있는 이 정신은 대개 신으로 명명되는데, 이신론자들이 이야기하는 중재자로서의 신이나 그가 창조한 것들과 관계없이 초월해 있는 신이 아니고, 모든 것에 내재하는 생명력있는 정신이며 그 안에서 모든 것이 움직이고 존재하는 창조적 에로스다. <u>이러한 무한한 정신(infinite spirit)에 대한 느낌과 또 이 정신과의 교제를 갈망하는 것은 낭만주의에 명확하게 종교적 감수성을 심어주었다.</u>[28] (밑줄 강조 인용자)그러나 노발리스의 다음과 같은 고백이 전형적이다.

인용한 바와 같이 낭만주의자들이 승인했던 신이란 "자연의 배후에 있는 어떤 정신"이나 그곳에 깃든 "생명성"이었으며[29] 그들에게 신은 세속

동성을 의미"(루디거 자프란스키, 같은 책, 127쪽.)하고 있을 때 성스러움의 옹호 즉 낭만주의에서의 '무한한 동경'의 옹호를 종교를 경유하여 주창한 것이라 볼 수 있다.

27) 노발리스의 이러한 태도는 "중세의 통일과 사명, 프랑스 혁명의 돼먹지 못한 자세와 그 원인으로 작용하고 있는 종교 개혁에 대한 비판"(김주연, 「독일 낭만주의의 본질」, 『문예사조의 새로운 이해』, 문학과지성사, 1996, 64쪽.)이라고 할 수 있다.

28) Livingston, James C, 「기독교와 낭만주의: 개신교 사상」, 같은 책, 186쪽.

29) 이 같은 태도는 윤동주의 시에서도 반복적으로 드러난다. 특히 창씨개명을 해야 한

적 세계에서 합의에 따른 신이 아니라 "모든 것이 움직이고 존재하는 창조적 에로스"였다. 즉 "무한한 정신" 그 자체를 의미했던 것이다. 그러므로 저마다 유토피아를 갈망하는 파토스와 동경의 정신을 낭만주의자는 현세에서 상징 기표화된 신의 모습으로 현현했던 것이다. 그리고 낭만주의에서의 '동경'뿐만이 아니라 '신비'나 '마술'과 같은 이미 세속화된 정신 활동마저도 '추상'과 그 '너머'라는 의미로 현세에서는 '신'과 대체되는 기표로 사용해왔던 것이다. 노발리스를 비롯한 "낭만주의자들은 자신보다 큰 영적인 실체의 한 부분"[30]이 있다고 믿어왔으며, 그것은 항상 '유일한 것'(개인)이기도 하지만 그 안에 내재된 정동이란 '무한한 것'이라는 영적 믿음으로 낭만주의의 기저에 깔린 종교적 본질을 예증해왔다.

이러한 맥락에서 윤동주의 시에 나타나는 기독교 사상 또한 거시적인 측면에서는 낭만주의와 교차하는 부분이 적지 않다. 가령 "유토피아적 열망을 토대로 통일을 지향하는 낭만주의적 상상력이 종교적 근원이 되고 여기서 우러나오는 진실한 시적 파토스"[31]가 윤동주 시에서 '무한한 동경'으로 드러나는 부분들이 특히 그럴 것이다. 독일 낭만주의가 "유랑 민족적 바탕을 지닌 독일 민족이 찾아낸 구체적인 정신적 구심점에 해당

다는 정서적 압박감이 내재해 있었던 시기에 창작된 「별헤는밤」(1941. 11. 5.)에서 자연물의 이름을 불러주는 과정이 그렇다. 별과 함께 호명되는 비둘기, 강아지, 토끼, 노새, 노루 등 자연물들은 시적 자아가 이름을 빼앗기고 난 시적 주체의 비존재화 이후, 재호명되는 전원적 심상들이다. 이는 독일 낭만주의의 자연관과 연동하고 있다.

30) Livingston, James C, 앞의 글, 186쪽.

31) 유성호, 「한국 현대시에 나타난 종교적 상상력의 의미」, 『근대시의 모더니티와 종교적 상상력』, 소명출판, 2008, 139쪽; 유성호는 김현승과 윤동주를 "가정과 학교들 그리고 죽음 때까지 자신들의 그 범주 안에서 살게 했던 신앙적 분위기로 하여 정신의 발생론이 비교적 투명하고 명징한 시인들"(유성호, 같은 책, 139쪽.)이라 평가하면서, 그들에게 기독교가 낭만주의적 맥락에서 "관념적 진실"이었다는 점을 지적한다. 이는 본고에서 살핀 샤토브리앙이나 노발리스가 가진 낭만주의 태도와도 연동되는 부분이라 할 수 있다.

된 것"32)에서부터 출발했다면, 윤동주 또한 그 가계의 특성이 유랑했던 간도 이주민 3세대라는 것에서 유사하다. 간도 이주민 중 윤동주가 속해 있던, 명동촌 이주민들이 교육열이 강했던 점은 이미 알려진 사실이다. 고등교육을 통해 결손된 민족 주체의 주변부가 아니라, 그 중심부로 가서 민족 재건의 소임을 다하며 살겠다는 의지를 윤동주와 그의 가정은 줄곧 표출해왔다. 이는 역설적으로 유랑의식을 바탕으로 한 '낭만화 경향'이라 설명이 가능하다.33) 즉 시대적 책무와 개별적 상승 욕망이 교착되면서 다른 세계에 대한 동경으로 표출되는 예증이라 할 수 있다.

아울러 윤동주가 경험했던 기독교 신앙의 특수성 또한 윤동주 시가 낭만주의와 깊은 유대가 있었던 지점이라 할 수 있겠다. 대개 기독교 문학이라 하면, "기독교의 궁극적 목표인 구원이나 부활의 사상에 도달하기 위해 어떻게 대응해 갔는가의 과정이 선명히 부각되어야 하는"34) 목표를 작품 내에 적절히 투사해야 하는 것으로 인지되어 왔다. 아울러, 그 저류에 흐르는 종교적 사유가 "'부재하며 동시에 현존하는' 신의 속성이 인간에게 이른바 '비극적 세계관'을 배태"35)시키는 것으로 이해되기도 했다. 그러므로 종교시는 신성과 비극, 인간 사이를 역동적으로 견지하여, 희망

---

32) 김주연, 앞의 글, 43쪽.

33) 윤동주는 기독교 교육의 수혜를 받는 성장 과정을 거치면서 종국에 자신이 조선 내에 자리 잡은 지식인이 되려는 의지를 표출한다. 이는 이미 유명한 일화가 된 의대 진학을 염두에 둔 부친과의 갈등에서도 드러나는데, 윤동주의 가정에서는 학업을 마치고 다시 간도로 돌아와 향토의 일꾼이 되는 것을 바랐던 것이 아니라, 조선이나 일본에서 소위 '성공한 사람'이 되기를 바라고 있었다. 특히 부친이 연전 입학 직전까지 "꼭 의사가 아니라도 '고등고시'란 걸 붙으면 크게 출세한다"(송우혜,『윤동주 평전』, 서정시학, 2016, 214쪽.) 생각을 가지고 윤동주를 대했던 점이 그렇다. 아울러 이런 가정적 분위기에 수긍해갔던 윤동주 또한 학업 과정에서도 더 큰 세계에 대한 열망과 그에 대한 동경을 품었었다고 볼 수 있다.

34) 박이도, 「한국 현대시의 관류하는 기독교 의식」,『종교연구』7, 한국종교학회, 1991, 227쪽.

35) 유성호, 위의 글, 139쪽.

의 세계관으로 되돌리는 시적 의지의 표명이 명징해야만 하는 난제를 가지고 있기 마련이다. 이러한 기독교 문학의 특장들은 윤동주에게 와서는 그가 살아왔던 식민지 체제와 연유하여 발동된다. 가령 초기 개신교의 전파의 과정만을 살펴보아도 그렇다. 구교인 가톨릭이 개인의 평등과 자유를 기반으로 하여 민중 의식 속에 투입되어 아래에서부터의 <u>전파 경로를 따라 오랜 박해를 받아왔었다.</u> 이와 달리, 개신교는 자유와 평등의 주체를 거시적으로는 이미 잃어버린 나라인 '조선'에 상정하고 빼앗긴 나라를 되찾아야 한다는 구국 정신36)과 호환되어 매우 조직적인 사상 전파 과정을 거쳤다. 이에 따라 대개 개신교는 사회사업과 계몽운동을 기반37)으로 전개되면서 비확정된 민중주체가 아니라 특정 계급층, 다시 말해 인텔리겐치아 계급을 육성하는 방식으로 전파되었다는 특수성을 가지고 있었다. 그래서 이는 제도적 관점에서 서구 문명을 일본이라는 경유지 없이 직접적으로 수혜받을 수 있었던 직항의 경로였다. 이후 낭만성과 저항성이 연동되는 과정에서38) 개신교뿐만 아닌 기독교 사상이 본질적으로 식

---

36) 이 시기는 '민족'이나 '국가'의 개념 혹은 그 경계가 명확히 정립되지 않았던 시기였다. 특히 윤동주 경우는 민족관이나 국가관이 간도 이주민 3세대라는 것에서 특수성을 띠고 있다. 그래서 이들의 '구국'이란 윤동주 입장에서는 경험해본 적이 없는 ① 상상된 국가 조선에 대한 구국이기도 하지만, ② 간도 이주민의 삶의 터전에 대한 층위에서 구국, ③ 자유와 평등의 실천 사상으로서의 구국, ④ 기독교적 구원의 층위에서 모두 고찰이 가능하다. 즉 윤동주의 '민족의식'이라는 것 또한 이러한 맥락에서 함께 고려해야할 사항이다.

37) "감리교 선교사 아펜젤러가 세운 최초의 학교 배재학당의 문경호가 지은 애국가역시 신앙과 나라사랑이 한데 어우러져 있다. / 기독교인이 주축이 된 독립협회 발기로 독립(獨立門)이 건립되어 준공에 즈음하여 지은 애국가의 내용이다. ……(중략)…… 애국과 신앙과의 사이에 한치의 간격이 없었다. 초기 한국교회의 애국적이며 시위적(示威的)으로 충군적(忠君的)인 공동체였다. 당시 교회는 제국주의 식민주의에 대항할 수 있는 민중 세력의 집결된 조직체로서 무기력한 국가를 대신하여 우리 민족의 지를 표명해 나갔던 강력한 집단이었다." 박효생, 「일제하 기독교인들의 나라사랑」, 『새가정』, 새가정사, 1986. 3, 31—32쪽.

38) 기독교에서는 일제치하의 저항의식을 당시 번안되었던 찬송가에서 찾기도 한다. 가

민지 조선에 미친 영향은 적지 않다. 다시 말해 새로운 세계를 개방하려는 욕망, 즉 낭만적 지향은 당대 기독교 정신의 특수한 한 맥락이자 조건이었던 것이다. 그러니 당내 조선 내의 기독교의 본질이란, 식민지 내에서 이상 세계와 현실과의 괴리 내지 갈등을 현현시키면서 더불어 더 혁혁하게 새로운 낙원을 꿈꾸게 하는, 민족 사상에 기여한 바39)가 컸다.

객관적 현실인식과 민족주의적 낭만성이 교착된 사상적 태도는 윤동주 문학에서는 "기독교의 예언자적 '종말'은, 세속적 권력을 '낡은 체제'로 비판하면서 '새로운 체제'의 필요성을 제시하는 상징적 개념'"40)이라는 견해와도 깊이 연동된다. 또한 "윤동주는 죽음을 극복하고, 현실을 초월하기 위해 기독교 구원관을 택하고 있다."41)는 견해와도 상통하는 지점이다. 윤동주의 시가 현실인식의 방점에서는 그 시적 주체가 가진 부끄러움으로 압축되어 논의되어 왔고, 기독교 사상의 관점에서는 속죄의식이나 초월 의지, 구원관 등이 투사된 저항성의 맥락에서 논의되는 점을 상기해보아도 그럴 것이다. 그러니 범박하게는 '현실—좌절—부끄러움' 계열의 정동과 '기독교 세계—속죄·초월 의지—낭만적 동경' 계열의 정동들이 병치 회전하면서 윤동주라는 특수한 저항시인의 기표를 만들어내고 있는 셈이다.

령 이상화의 「빼앗긴 들에도 봄은 오는가」의 상호텍스트성을 가진 찬송가가 그렇다. 1922년 지어진 「삼천리 반도 금수강산」(371장)의 내용인 "삼천리 반도 금수강산/ 하나님 주신 동산/ 봄 돌아와 밭 갈때니/ 사방에 일군을 부르네/ 곧 금일에 이 가려고/ 누구가 대답할까."라는 구절을 빌어, 기독교 문학에서는 민족의 역사를 '봄'으로 상징하는 부분이 그 맥을 같이 한다고 보고 있다.(박효생, 같은 글, 36쪽 참조.)

39) 지금껏 조선과 북간도에서 수혜받은 개신교에 대해 '계몽주의' 특성에 방점을 두고 논의해온 점이 없지 않다. 본고는 당시 개신교의 특수성을 '계몽'과 '낭만'으로 단순 정리할 수도 없거니와, '계몽주의적 경도'뿐만 아니라 '낭만주의적 경향'까지 나타나고 있음을 전제로 한다.

40) 김옥성, 「일제 강점기 시인의 분노와 저항」, 『일본학연구』 제39호, 2013, 252쪽.

41) 권성훈, 「한국 기독교시에 나타난 치유성 연구」, 『종교연구』 제66집, 한국종교학회, 2012, 233쪽.

아울러 예각적으로는 윤동주가 경험했던 기독교 신앙에 대한 특수성에 대해서도 주목해야한다. 간도에서 경험한 기독교는 유교질서와 기독교가 교섭된 형태였으며, 연희전문에서 경험한 기독교는 민족주의와 기독교가 교섭된 형태였던 것이다. 전자의 경우 명동촌 이민을 이끌었던 지도자들이 전부 유학생(儒學生)이었다는 것부터가 유교의 성행을 방증하고 있는데, 이는 "1)제사와 집요한 신분의식으로 대표되는 유교 전통/ 2)독특한 언어문화/ 3) 높은 교육열"42) 등으로 초기 명동촌 이주민들의 문화적 특장을 약술할 수 있다. 이주가 시작되었던 1899년부터 이후 1909년 5월 경 명동교회가 건립되기 전까지는 명동촌의 이주민들을 지배하고 있는 의식은 유교전통이었다. 명동촌에서 기독교를 수용하게 된 것은 앞서 약술한 바와 같이 북간도에서 저명한 사회적 지위를 가지고 있었던 김약연의 역할과 상동 되는데, 유학자들의 기독교 개종은 기독교적 '평등의식'이나 '우상금지'와 같은 교리들로만 상기해보더라도 유교질서에서는 거의 혁명에 가까운 문화였을 것이다. 그러나 1909년부터 시작된 간도 지방의 사회·정치적 지각변동을 감안해보지 않을 수 없다. 청일 간의 간도협약과 안중근의 의거, 한일합병, 신해혁명 등은 간도 이주민들 사이에서 신학문을 받아들여 새로운 자구책을 마련하지 않으면 안 된다는 삶의 불안을 야기시켜왔다. 게다가 북간도 지방은 이후 독립운동의 거점이 되면서 사회주의를 비롯한 서구 사상의 교착지가 된 것 또한 이들의 개종 이유를 보충하는 사료라 할 수 있을 것이다. 이렇게 명동촌에서 융합된 '유교적 기독교'43)는 유교 전통의 엄숙주의와 상대적으로 자유주의에 가

---

42) 송우혜, 같은 글, 42쪽; 명동촌 유교 질서의 와해 과정에 대해서 송우혜, 같은 책 42－49쪽 참조.

43) 엄국현은 "가톨릭 교리서인『천주실의』 등을 지은 마테오 리치는 유교적인 용어를 가지고 그리스도교의 교리를 해설하였는데, 이렇게 유교적으로 정리된 그리스도교의 문헌이 한국에 수입되어 한국교회는 발생하고 성장"(엄국현,「윤동주 시에 나

까웠던 기독교 사상(장로교의 보수성)이 교차되면서 억압의 시대에 자유와 평등이라는 개인의 욕망과 그것을 실제로 실천할 수 없는 처지에서의 현실을 받아들이는 전근대적 보수성의 형틀로써 유교적 생활이 적절하게 보충된 것이다. 특히 이런 유교적 질서는 북간도 지방의 강한 민족의식과도 교우된다는 것은 이미 주지된 사실이다. 아울러 간도 이주민들의 생활 속에서는 그러한 '유토피아적 의지의 표출'이 자식에 대한 '교육열'과 같은 욕망으로 쉬이 교환되어 나타나기도 했으며, 윤동주의 경우 또한 그러했다. 윤동주가 가족들의 독려와 함께 평양, 경성, 동경 등 수차례 유학을 감행했던 그 행적만을 살펴보더라도 이와 같은 맥락에서 크게 벗어나지 않았던 것으로 보인다. 그러니 민족의식 함양을 그 배면에 두고 '유토피아적 지향'(상급학교 진학)을 해온 윤동주의 행적은 명동촌의 '유교적 기독교'와도 연관되었던 것44)이다.

물론 연희전문 진학에서 수혜 받은 기독교의 특장도 유사맥락에서 고찰이 가능하다. "연희전문학교는 그 전통과 교수, 그리고 학교 분위기가 민족적인 정서를 살리기에 가장 알맞은 배움터"였으며, "당시 만주땅에

타난 유교적 기독교와 종말론」, 『한국문학논총』 제46집, 한국문학회, 2007, 270쪽.)했다는 것과 "한국에 전래된 초기 한국기독교의 유교와의 종교적 혼합현상을 지칭하는 데 적합한 용어가 '유교적 기독교'"(엄국현, 같은 글, 270쪽; 이은선·이정배, 『현대이후주의와 기독교』, 다산글방, 1993, 509쪽 재인용.)라고 밝히고 있다. 특히 이 논고에서 엄국현은 "마음의 수양을 위한 유교의 도덕적 노력"과 "기독교의 종말론", "최후 심판 후 예수의 재림"과 같은 기독교적 사상이 윤동주 시와 어떻게 교차했는지 고찰하고 있다.

44) 진은영은 윤동주 시에 나타난 '부끄러움'을 '수치심'으로 번안해 고찰하면서, "시 세계의 사상적 기반을 '유교적 기독교'에서 찾는 시도는 양자의 유사성에 의한 융합관계에 중점을 두고 있어서 이 사상적 틀로는 그의 시 세계에 나타난 부끄러움의 정조를 해명하는 데 한계"(진은영·김경희, 「유교적 수치심의 관점에서 본 윤동주의 시 세계」, 『한국시학연구』 제52호, 한국시학회, 2017, 304쪽.)가 있다고 역술하기도 하였으나, '부끄러움'뿐만 아니라 윤동주 시 세계 전반에 기여한 '유교적 기독교'의 사상적 측면을 간과할 수만은 없다.

서는 볼 수 없는 무궁화가 캠퍼스에 만발"45)했다는 장덕순의 회고만을 보아도 그럴 것이다. 실제로 당시 조선총독부에서 승인이 이루어진 고등 교육기관은 경성제국대학이 유일했고, 경성제대를 통해 근대 고등교육이 실업·전문 교육 중심으로 이루어졌다는 점은 당대 지식인들을 다루려는 일제의 야욕이 그대로 드러났던 지점이다. 기독교계 대학이었던 연희전문의 경우는 이러한 일본의 식민지 근대를 공고히 하는 식민사관 교육에 항거하는 측면에서 근대 지식을 '조선화'46)하는 데 심도를 기울였다. 미국 기독교 북장로교, 남북 감리교, 캐나다 장로교 선교부 연합위원회의 관리 아래47)에서 연희전문은 기독교 사상을 토대로 건학되었으나 실제 학풍은 기독교 정신만큼이나 민족정신 함양에 경도된 면이 강했던 것으로 보인다. 가령 "민족운동·사회운동에 참여한 학생들의 상당수는 졸업하지 못하고 퇴학당하거나 스스로 학업을 중도에 포기하는 경우가 많아서 졸업생 명부에서 그 이름 자체를 확인할 수 없다."48)는 근래에 발표된 졸업생 현황 연구만을 살펴보아도 이러한 특징을 그대로 상기시킨다.

이처럼 윤동주는 기독교 정신의 수혜를 통해 민족성, 저항성 등 당대 식민지 사회의 윤리적 시선을 확보할 수 있었으며, 그와 연동되고 있는

---

45) 장덕순, 「윤동주와 나」, 『나라사랑』 23집, 외솔회, 1976 여름, 143쪽.
46) "일본 제국주의의 물리적·제도적 억압 속에서 조선인 사회가 근대적·민족적 고등교육을 위한 차선책으로 선택한 하나의 길은, 제도로서는 전문학교의 지위를 받아들이되 그 실제 운영에서는 인문·사회과학과 자연과학의 기초 학문을 교육과정에 포함하여 사실상 대학으로서의 근대 고등교육을 실현하는 방법이었다. ……(중략)…… 사립 전문학교들 중에서 숭실, 연희, 이화는 모두 기독교 계통의 교육기관이라는 공통점을 지니고 있다. 일제 강점기에 기독교계 전문학교들은 서구의 미국·기독교계와의 밀접한 관계를 통해 서구적 근대성을 직접 수용하고 조선화함으로써, 일제가 이식하려는 식민지근대성과 경쟁하는 지식의 공간을 창출한 점에서 독특한 위상을 지닌다."(김성보, 「연희전문학교 졸업생들의 사회 진출 기초 연구」, 『동방학지』 173호, 국학연구원, 2016, 2—3쪽.)
47) 송우혜, 같은 책, 219쪽.
48) 김성보, 같은 글, 16쪽.

낭만주의 또한 서구 사상의 교양이라는 측면에서 균질하게 수혜받아 왔었다. 특히 이러한 낭만주의적 상상력과 종교적 상상력의 표출은 윤동주 시에서는 시적 자아의 변모 양상을 통해 구체화된다. 현실에 대한 회의감과 불안의 정동이 심화되었다고 할 수 있는 연희전문 졸업 무렵과 도일 직전에 썼던 윤동주의 시편들에서 이러한 특징이 강하게 천착된다고 할 수 있겠다.

3. 「病院」 창작 이후 나타난 낭만성

윤일주와 문익환의 증언[49]으로 알려진 연희전문 시절 윤동주의 '신앙 회의기'는 그의 절필 시기와 겹쳐져 있다. 윤동주가 1939년 9월 「自畵像」, 「츠르게네프의 언덕」 등을 창작한 이후 1년 넘게 작품을 쓰지 않다가 다시 작품을 쓰기 시작한 시기는 1940년 12월이다. 그동안 기독교적 세계관과 유년시절에 경험한 명동촌의 아름다운 기억 공간을 기반으로 동시(童詩) 계열의 시편들을 다수 창작해왔던 윤동주는 1939년에 와서는 그런 화해의 시선이 무너지고 있는 양상을 보인다. 이후 1년이 넘는 침묵은 윤동주에게 있어서 화해가 불가능한 현실을 직시했던 시기[50]였다고 할 수 있는데 특히 절필 직전에 쓴 시편들에서 이러한 특징들이 강하게 노출된다. 「自畵像」의 경우 발화 주체에게 입체적으로 인지되고 있는 우물

---

49) "그에게도 신앙의 회의기가 있었다. 연전(延專) 시대가 그런 시기였던 것 같다. 그런데 그의 존재를 깊이 뒤흔드는 신앙의 회의기에도 그의 마음을 겉으로는 여전히 잔잔한 호수 같았다. 시도 억지로 익히지 않았듯이 신앙도 성급히 따서 익히려고 하지 않았던 것이리라." 문익환, 같은 글, 2004, 317쪽.

50) 물론 이 시기 이전에 평양 숭실학교가 일제의 탄압으로 폐교하자, 만주국 일본 관제 학교였던 '광명중학'에서의 암울한 심정을 투사한 시편들이 선행한다. 광명중학 시절 시편을 집중해 고찰한 논고로는 류양선, 「윤동주의 시에 나타난 종말의식: 광명중학 시절 시편들을 중심으로」, 『어문연구』 제44권 제1호, 한국어문교육연구회, 2016 참고.

속과 우물 밖의 사나이가 등장하면서 자아의 불연속적인 정동과 분열증적 증세 내지 내적 갈등이 형상화되기도 한다. 「츠르게네프의 언덕」에서는 시적 주체를 지나친 세 소년 거지들의 분열적인 일화들을 통해, 현실에 대한 강한 풍자의식을 드러내기도 했다. 그뿐만 아니라 윤일주의 증언대로라면, 이 시기 윤동주의 시 세계는 연전 시절 경성 공간으로 대변되는 개인적 경험치의 이채로움으로 인해, 세계를 인식하는 "시야가 넓어지면서"51) 주어진 현실에 대면하는 그의 자세 또한 기독교적 사상만으로는 현실을 응전하기에 역부족했던 것으로 보인다.

이미 중일전쟁에서 승리한 일본은 1939년 태평양전쟁을 일으키고 제국주의적 자아도취에 빠져 '대동아공영권' 체제에 박차를 가했다. 1940년 2월 조선총독부는 창씨계명제를 실시했고 잇따라 ≪동아일보≫와 ≪조선일보≫는 폐간이 되었으며, 연희전문의 경우도 '신사참배' 대신 '신사참례'로 겨우 폐교를 면한 상태52)였다. 그런 가운데 윤동주가 침묵을 깨고 쓴 시가 「病院」(1940. 12.)과 「慰勞」(1940. 12. 3.), 「八福」(1940. 12. 추정)이라는 것에 주목할 필요가 있다. 특히 「病院」은 윤동주가 연전 시절 스스로 묶은 『하늘과 바람과 별과 詩』의 본래 제목이기도 했던 시편53)으

---

51) 신앙 회의기에 대한 윤일주의 회고를 보면 다음과 같다. "3학년 때부터는 교회에 대한 관심이 덜해졌다는 느낌을 받았다. 그때가 그의 시야가 넓어지면서 신앙의 회의기에 들었던 때인지 모른다. ……(중략)……하루는 할아버지께서 "오늘은 동주가 기도 드리지"하고 명하시었다. 동주 형은 무릎을 꿇고서 예전과는 달리 꽤 서투른 기도를 드렸다" 윤일주, 같은 글, 157쪽.

52) "연전의 원한경 교장은 학교를 일본인에게 빼앗기지 않으려고 '신사참배'가 아닌 '신사 참례(神社參禮)'의 선에서 타협을 하여 폐교를 면했다고 한다." 송우혜, 같은 책, 220쪽.

53) "「서시」를 11월 20일에 쓴 것으로 되어 있다. 이로 보아 알 수 있듯이 「별 헤는 밤」을 완성한 다음 동주는 자선 시집을 만들어 졸업 기념으로 출판하기를 계획했었다. 「서시」까지 붙여서 친필로 쓴 원고를 손수 제본을 한 다음 그 한 부를 내게다 주면서 시집의 제목이 길어진 이유를 「서시」를 보이면서 설명해 주었다. 그리고 처음에는(「서시」가 되기 전) 시집 이름을 『병원』으로 붙일까 했다면서 표지에 연필로

로 윤동주가 파악했던 당대 현실에 대한 보다 구체적인 정동이 드러나 있다.

　　살구나무 그늘로 얼굴을 가리고. 病院뒷 뜰에 누어, 젊은 女子가 흰 옷아래로 하얀다리를 드려내 놓고 日光浴을 한다. 한나절이 기울도록 가슴을 알른다는 이女子를 찾어 오는 이, 나비 한 마리도 없다. 슬프지도 않은 살구나무가지에는 바람조차 없다.

　　나도 모를 아픔을 오래 참다 처음으로 이곳에 찾어왔다. 그러나 나의 늙은 의사는 젊은이의 病을 모른다. 나안테는 病이 없다고 한다. 이 지나친 試鍊, 이 지나친 疲勞, 나는 성내서는 않된다.

　　女子는 자리에서 일어나 옷깃을 여미고 花壇에서 金盞花 한포기를 따 가슴에 꼽고 病室안으로 살어진다. 나는 그女子의 健康이 ── 아니 내 健康도 速히 回復되기를 바라며 그가 누엇든 자리에 누어본다.
　　　　　　　　　　　　　　　　　　　　　　　　　　 ─「病院」전문54)

　　인용한 「病院」에서 독특한 지점은 시적 자아의 태도이다. 병원 뒤뜰에서 "日光浴을 한다"는 "젊은 女子"에게 아무도 찾아오는 이 없는 이유는 무엇일까. 가령 이 여자의 병적 증세를 "가슴을 알른다는" 병, 즉 결핵으로 환치시켜본다면, 그녀의 병은 개인 주체의 병증이라기보다는 당대 청년들이 공유하며 앓고 있었던 병적/정신적 매개가 된 증상으로 볼 수 있다. 폐결핵은 근대적 질병임과 동시에 "죽음을 조소함으로써 죽음을 직시하고자 하는 아이러니의 정신"55)을 반영한 근대적 질병이었다. 그 병

　　'병원(病院)'이라고 써넣어 주었다. 그 이유는 지금 세상은 온통 환자 투성이이기 때문이라 하였다." 정병욱, 「잊지 못할 윤동주의 일들」, 『나라사랑』 23집, 외솔회, 1976 여름, 140쪽.
54) 왕신영 외 엮음, 『사진판 윤동주 자필 시고전집』 (2판), 민음사, 2002, 146-147쪽.
55) 김윤식, 「결핵의 속성과 결핵문학」, 『이상 연구』, 문학사상사, 1987, 110쪽.

적 증세가 근대 낭만주의와 깊이 연유된 것은 물론이거니와 소진해가고 있는 자신을 재인지 하는 과정을 통해, 육체의 낭비됨을 현현하는 기표이기도 했다. 또한 스스로를 유폐시키는 행위를 통해 오히려 낭만적 주체를 더더욱 건립하는 하나의 방법론[56]이 근대문학 속 결핵의 의미 기표인 것이다. 게다가 결핵이란 앓은 주체에게 있어서 숨조차 제대로 쉴 수 없는 현실적 사태를 병증으로 드러내기 때문에, 근대 문학작품 일반 속에서 결핵을 앓는 주체들이 가진 감흥적 지위는 쉽게 격상되곤 한다. 좌절의 시대를 읽어내는 매우 독특한 기표 그 자체로서 낭만화되어 있다고도 평가할 수 있을 것이다.

시어 수준에서만 살펴보더라도 그렇다. 여자는 "살구나무 그늘로 얼굴을 가리고" 있고, 나무처럼 수동화되어 "日光浴"을 하고 있으나 나무와 달리 "이女子"에게는 "찾어 오는 이, 나비 한 마리도 없다." 다시 말해 여자의 몸은 어떤 생명력도 깃들여져 있지 않은 파국의 상태라는 것이다. 그러나 이런 모든 사태는 시적 주체인 '나'에게서 일어나는 일이 아니라 타인인 "젊은 女子"에게서 일어난 일이며, 1연까지 나는 그런 여자를 병원에 찾아와 "病院뒷 뜰"에서 목격하고 있는 단순 관찰자에 불과하다. 그리고 실제로 내가 겪고 있는 현실이란 2연에 포진된 정황들이다.

나는 스스로도 "모를 아픔을 오래 참다 처음으로 이곳에 찾어왓"음에도 불구하고 의사는 나의 병을 모른다고 말한다. "나안테는 病이 없다고"

---

56) 김윤식의 견해에 따르면, 결핵은 근대 낭만주의와 관련이 깊은 병증이라 할 수 있는데, 이는 '낭만파 문학'과 관련하여 18세기 중엽 "세련된 성품의 감수성의 지표였던 것"으로 "건강함이란 야만스런 취미의 징후로 간주"되는 반면에 "감수성있고자 하는 자는 결핵에 걸리고 싶었"다는 귀족적 욕망으로 병증이 하나의 메타포로 작용된 사례이다. "결핵은 감수성 예민한, 그러니까 창조력이 풍부한 특이한 인물의 소유물이라는 점이 널리 유포되"었으며 이는 근대문학에서의 낭만적 주체들과 교착되어, 문학작품 속에서 형상화되었다고 할 수 있다. 김윤식, 「메타포로서의 결핵」, 『현대문학』, 1993. 3, 325쪽 참조.

하는 것이다. 여기서 시적 주체는 이러한 의사의 진단을 "늙은 의사"의 진단과 "젊은이의 病"으로 표상하면서 세대론적 충돌로 환기시키는데, 먼저 이 가운데 유발되는 시적 정서는 기성과 젊은 세대 간의 인식 격차라고 볼 수 있다. 젊은이는 자신의 병도 모른 채 병을 앓고 있는/앓고 싶어 하는 낭만화된 주체이고, 늙은 의사는 정확한 진단을 하고 있는지 도무지 알 길이 없는 미궁의 객체이다. 일단 의사의 경우 젊은이에게 병이 없다고 위계적 억압을 행사하는 주체이기도 하지만, 병의 유무를 진단하는 문제를 떠나 병을 '모르는' 주체이기도 하다.

　그런데 여기서 더 주목해서 볼 점은 "늙은 의사"를 호명함에 있어 "나의 늙은 의사"와 같은 소유격 조사를 사용했다는 점이다. "나의 늙은 의사"란 누구인가. 단순히 기성세대의 질서를 대변하는 외부적 주체[57]라고만 인지할 수밖에 없는 것인가. 시적 사태만을 상기해보더라도, 앞서 언급했듯 늙은 의사는 내(젊은이)가 앓고 있는 병의 존재 유무와 병증을 판단하는 입법자의 지위를 가지고 있다. 내가 아무리 병을 앓고 있더라도 그가 병이 없다고 하면 없는 것이고, 나에게 전혀 증상이 없더라도 그가 병이 있다고 한다면 있는 것이다. 그러므로 "나의 늙은 의사"의 지위란 '나의 신' 즉 기독교적 신의 자리를 대리하는 대리적 상징 기표라고 할 수 있다. 그러므로 이어지는 시적 주체의 육성을 주목해서 독해할 수밖에 없다. "이 지나친 試鍊, 이 지나친 疲勞, 나는 성내서는 않된다."는 육성은 신 앞에서 성을 낼 수 없다는 의지의 투사가 아니라 종국에는 '성을 내서

---

57) 이은실은 「병원」과 윤동주의 산문 「화원의 꽃이 핀다」를 비교·대조하면서 다음과 같이 고찰한다. "화원이 아픈 상처를 지니고 있음에도 여전히 희망을 잃지 않은 청춘, 즉 젊은이들의 모임을 뜻하는데 비해, 병원은 병들어 있는 줄도 모르는 기성세대로 이루어진 사회, 그러니까 진짜 환자들로 가득 한 이 세상을 뜻하는 것"(이은실, 「윤동주 시 「병원」에 나타난 타자성 연구」, 『한국시학연구』 제49호, 한국시학회, 2017, 132쪽.)으로 판단한다.

는 안 되는' 지침으로 서 있는 윤동주가 가진 '거역하기 힘든' 신앙적 윤리라 할 수 있다. 그러한 가운데 역설적으로는 윤동주가 겪고 있었던 당대 사회에 대한 불안감이나 이제까지 가지고 있던 자신의 신앙에 대한 회의감이 '시련'과 '피로'와 같은 넋두리로 표현되고 있는 것이다.

이처럼 「病院」에서 2연까지 '시련'과 '피로'로 압축되고 있는 윤동주의 정동은 이 세계를 구원하지 않고 버려둔 신(혹은 기성세대)을 탓하는 듯한 인상으로 시상이 전개된다. 하지만 그것이 '지나치다'는 것에서 시적 주체로 하여금 정서적 고양이 유발되고 결국 3연에서는 전혀 다른 국면이 펼쳐진다. 3연에서 "金盞花 한포기를 따 가슴에 꼽고 病室안으로 살어진다"는 이 젊은 여자가 시적 주체 대신 병증을 앓고 있는 타자처럼 보인다는 점이 「病院」에서 가장 흥미로운 지점 중 하나다. 기독교적 사상을 경유해서 호명하자면 이 "젊은 女子"는 현존하는 예수의 또 다른 재현 양상이라 할 수 있다. 특히 「病院」을 종결하는 마지막 문장이 그렇다. "그가 누엇든 자리에 누어본다."는 의미는 결국 시적 주체로 하여금 여성의 병증과 동류하며, 객체로서 바라보던 주체의 시선이 타자와 총체적 통일이 되는 국면으로 이 시가 마무리 된다는 것인데, 이는 이 세상에 존재하지 않는 '영적 체험'[58]과도 같다. 이들에게 서로 "速히 回復되기를 바라"는 마음이 현실적 인식에서 기인한 것이라면, 내가 "젊은 女子"의 자리로 가서 나조차 '속죄양'이 되는 것은 종교적 인식의 심층부에서 기인했다고 볼 수 있다. 이런 구조라면, 「病院」 전체에서 낭만적 풍조로 그려낸 여자가 앓고 있는 결핵의 병증은 숨도 제대로 쉴 수 없었던 윤동주 자신의 '종

---

58) 대다수의 개신교에서는 성부, 성자, 성모, 성령 중 성령의 개념을 중요시하는 것은 기독교 신자인 개인이 '영적 경험'을 통해 성령을 직속으로 만난다는 지점 때문이다. 이는 윤동주의 시편 속에서도 드러났듯이 인간이 직속으로 신에게 가 닿아 '위로'를 받는다는 종교적 실존의 개념과도 연유한다.

교적 실존'59)에 대한 자각이다. 끝끝내 윤동주는 종교적 관점에서 영원한 동경의 대상인 구원자의 위치에 설 수 없었고, 낭만주의적 관점에서도 동경의 병증인 폐결핵을 앓지도 못하는 주체였다. 즉 이 시는 '천재적 감각'을 내재할 수 없음에 대한 통고의 자각이자 불안감의 표출이라 할 수 있겠다.

이와 같은 맥락에서 같은 시기에 창작한 것으로 알려진 「慰勞」와 「八福」 또한 고찰이 가능하다. 먼저 「慰勞」의 경우 일반적으로는 나비와 거미의 관계 때문에 나비는 조선과 거미는 일본이라는 등식적인 해석을 선행하는 경우가 다수였다. 그러나 이는 윤동주의 시를 저항성의 맥락으로 독해하려는 시각이 반영된 결과다. 「慰勞」는 「病院」과 같은 공간인 "病院 뒤ㅅ뜰"을 공유하고 있으면서 "거미가 쏜살같이가더니 끝없는끝없는 실을뽑아 나비의 온몸을 감어버"릴 때 겨우 "거미줄을 헝크러 버리는 것 박에"60) 할 수 없는 시적 주체의 행위를 구체화하는 시편이다. 여기서 주목할 점은 "사나이"에게 위로를 행하는 주체가 이미 죽은 나비를 구하는

---

59) 류양선은 윤동주의 종교적 실존이 시편 속에서 현현되는 기점은 1941년 이후 창작된 시편들로 한정하고 있다. 이 시기 「별혜는밤」, 「참회록」, 「서시」 등 독자들에게 큰 감응력을 주는 시편들이 포진되었다는 것과 졸업 무렵인 연전 4학년 때에 이르러서는 종교적 성숙기로 접어들어 "시인이 어떤 교리나 사상체계에 따라 사유하는 것이 아니라 신앙 그 자체가 시인의 실존을 떠받치고 있다는 것을 말해준다. 정히 종교적 실존으로 우뚝 서게 된 것"(류양선, 「윤동주의 시에 나타난 시간과 영원: 쉽게 씌어진 詩분석」, 『한국시학연구』 제34호, 한국시학회, 2012, 160–161쪽.)이라고 판단한다. 그러나 본고는 종교적 실존과 더불어 윤동주 시에 나타나는 기독교 세계관과 낭만성의 상관성을 고려해볼 때, 종교적 사유만큼이나 윤동주가 겪었던 실제 생애에서의 좌절 또한 주요한 실존의식으로 작용했을 것으로 판단한다. 때문에 '신앙의 성숙'이라는 판단은 유보하고 '신앙 회의기'를 전후해서 가장 절실하게 현실을 인식했던 시기, 즉 연전 3학년(1940) 때부터를 윤동주 시의 '시적 성숙기'로 지칭한다. 이때부터 윤동주는 기독교 인식과 그 안에 내포된 낭만성을 동시에 확보하는 '갈등(부끄러움)의 정동'을 가시화했던 것으로 보인다. 이와 같은 세계의 개방에는 「病院」이 놓여 있다.

60) 왕신영 외 엮음, 같은 책, 171쪽.

시늉만 할 수밖에 없었다는 것이다. 시적 주체가 행사했던 위로의 방법("이사나이를 慰勞할말이")은 죽은 나비를 구하려고 했다는 것에서 이미 사후적인 처방이며, 근본적으로 "거미란 놈이 흉한 심보"로 조직해낸 거미줄을 끝내 거두지 못하고 "헝크러 버리는" 수준으로밖에 행하지 못했다는 점에서 수동적이며 타협적이다. 이처럼 적극적이지 않은 현실 개선의 의지는 독자로 하여금 시적 주체를 보다 미약한 상태로 보이게 한다. 때문에 옥외요양(屋外療養)을 하고 있다는 "사나이"와 발화자 '나'의 상태는 동류[61]를 이루게 되는 것이다. 동시에 「病院」과 마찬가지로 '위로'를 필요로 하는 주체들로 재현되면서, 발화자에게 "사나이"란 존재는 병증을 앓는 "젊은 女子"(「病院」)의 경우에서처럼 동등하게 위로의 대상이자 탐미의 대상이 되고 있는 셈이다.

이러한 '병'과 '위로'에 대한 집착은 「八福」에서도 마찬가지다. 마태복음 5장 3―12절을 인유해서, 「八福」 종국에는 "슬퍼 하는자는 복이 있나니// 저히가 永遠히 슬플것이오."[62]라는 종말론적 결론에 도달한다. 그러나 여기서 주목할 점은 윤동주가 자필 시고에서는 앞서 제시한 종결과 달리, "저히가 永遠히 슬플것이오." 대신 "저히가 슬플것이요./ 저히가 위로함을 받을 것이요."를 썼다가 수정했다는 것이다.[63] 즉 현실에서 떨어진

---

61) 발화 주체와 "사나이"의 관계는 같은 시기 창작된 「病院」에서도 유사한 구도이지만, 「自畵像」에서 자기 분열적 분신으로 "사나이"를 제시한 것과도 유사한 구도라고 할 수 있다.

62) 왕신영 외 엮음, 같은 책, 170쪽.

63) 자필 시고 원고를 보면 이와 같은 수정 흔적(왕신영 외 엮음, 같은 책, 170쪽; 상단부 사진판 원고 자료 참조.)들이 그대로 드러나는데, 「八福」 개작 과정에서 두 가지 경우 추측이 가능하다. ① "슬퍼 하는자는 복이 있나니/ 저히가 슬플것이요./ 저히가 위로함을 받을 것이요."로 시를 마무리했으나 두 행을 지우고 "저히가 永遠히 슬플것이요."로 마무리를 지었던 경우이거나 ② "슬퍼 하는자는 복이 있나니/ 저히가 슬플것이요./ 저히가 위로함을 받을 것이요.// 저히가 永遠히 슬플것이요."까지 시 전문을 썼다가 중간에 두 행을 ①에서처럼 지웠던 경우이다. ①이든 ②이든 두

속죄양인 우리의 '슬픔'을 신이 "위로"를 한다는 맥락이 수정 과정에서는 결락된 것이다. 이 시기 윤동주에게는 자신을 위로해줄 수 있는 종교(신)의 기능만큼, 자기 슬픔의 당위가 되는 세계의 좌절감이 선행했던 것으로 보인다. 아울러 개작과정 흔적 중에서 한 가지를 더 짚고 넘어가자면, 글씨의 형체가 명확하지 않아 확정할 수는 없지만,「八福」의 마지막 연 "저히가 永遠히 슬플것이오." 또한 "永遠히" 대신에 "마히"라는 단어를 썼다가 지운 흔적이 보인다. 만약 개작 전 "저히가 마히 슬플것이기오."로 해석을 하게 된다면, 우리가 '화합하여 슬퍼하겠다는 의미'를 획득함으로써 1940년 12월에 창작된 3편「病院」,「慰勞」,「八福」에서 공통적으로 엿보이는 발화자의 인칭 문제 또한 설명이 가능해진다. 이 세 편 모두 발화자가 윤동주=나 등식을 띠고 있는 것이 아니라 시대를 대표하고 있는 공적 주체내지 공동체적 주체의 모습을 취한다는 점이 특징이다. 결국 시대의 '슬픔'이든 그에 대한 '위로'든 사적 영역에서의 감흥이 아니라 거시적 차원에서의 시대적 감수성을 윤동주가 시를 통해 형상화했다는 점에서 의미를 찾을 수 있다.

다시 말해 신앙 회의기(절필 시기)를 지나 윤동주가 다시 시를 창작하기 시작한 1940년 12월 무렵은 윤동주의 세계인식 자체가 고등적 차원에 들어서게 된 시점이며, 이는 동시적 세계와의 결별을 뜻하는 것은 물론이거니와 시적 성숙기로 접어든 단계라고 할 수 있는 것이다. 그리고 이듬해인 1941년에 창작하게 되는 시편들의 수가 이전보다 다수로 포진되고 있다는 점[64]이 이에 대한 방증이다. 그리고 미약했던 주체의 내적 갈등

경우 모두 슬픔을 위로받는다는 의미가 결락되었다는 것에 본고는 주목한다.

64) 윤동주는 연전에서 보낸 마지막 1년이었던 1941년 한 해에만「무서운時間」,「눈오는地圖」,「새벽이올때까지」,「太初의아츰」,「또太初의아츰」,「十字架」,「눈감고 간다」,「바람이불어」,「못자는밤」,「看板없는거리」,「또다른故鄕」,「길」,「별헤는밤」,「序詩」,「肝」 등 다수의 시편을 창작한다. 이는 졸업기념 자선 시집을 출판

이 '부끄러움'의 맥락으로까지 치달아 읽힐 수 있었던 시편들, 가령 「별헤는밤」(11. 5.), 「序詩」(11. 20.), 「肝」(11. 29.) 등과 더불어 도일 직전 「懺悔錄」(1942. 1. 24.)을 창작했다는 점 또한 주목해보아야 할 것이다. 이들 시편들은 현재까지 '시인 윤동주'를 가능하게 했던 가편들이었음을 물론이거니와 아울러 이 시기 창작된 시편 "거의 전부가 基督敎 신앙과 관련된 작품들"[65]이라는 것 또한 간과할 수 없는 맥락일 것이다. 그리고 이 시기 시편들부터 더욱 더 공통적으로 드러나는 '하늘', '밤'과 같은 수직적 상상력과 자기 성찰적 태도[66]는 이후 윤동주 시의 대표적인 알레고리로 자리매김 되었다. 낭만적 동경이 투사된 다른 세계에 대한 지향성이 짙은 시적 행보가 주목되는 시기였다고 평가할 수 있다.

뿐만이 아니다. 예컨대 "나는 별 하나에 아름다운 말 한마디식 불러봅니다. 小學校때 冊床을 같이 햇든 아이들의 일홈과, 佩, 鏡, 玉 이런 異國 少女들의 일홈과 벌서 애기 어머니 된 게집애들의 일홈과, 가난한 이웃사람들의 일홈과, 비둘기, 강아지. 토끼, 노새, 노루, 「프랑시쓰·쨤」「라이넬·마리아·릴케」 이런 詩人의 일홈을 불러봅니다."[67]라는 구절에서도 드러나듯이, 「별헤는밤」에서 시적 주체가 호명하는 존재들은 별을 대체하는 '동경의 대상'이자, 이름 잃은 시적 주체와 달리 이름을 잃지 않는 절대화된 존재이다. 즉 "무한한 정신(infinite spirit)"이 깃든 낭만화된 존재들[68]이다. 또한 「序詩」에서 종횡적 이미지의 교차를 통해 구현된 "모

하려는 계획과도 맞물려 있기는 하지만, 이 시기 창작한 작품들의 고른 수준을 고려해보더라도 윤동주의 시가 원숙한 상태에 이르렀음을 반증하고 있다.

65) 류양선, 「윤동주의 시에 나타난 종교적 실존」, 『어문연구』 제35권 제2호, 한국어문교육연구회, 2007, 196쪽

66) 윤동주 시에서 나타난 '밤'과 서정성의 연관성을 고찰한 논고는 고봉준, 「윤동주 시 세계의 이해: '밤'과 '성찰'의 연관성을 중심으로」, 『현대문학의 연구』 63, 한국문학연구학회, 2017 참조.

67) 왕신영 외 엮음, 같은 책, 165쪽.

든 죽어가는것을 사랑"하는 마음이라든가, 「肝」에서 해석하는 윤동주 식
의 프로메테우스의 존재론과 「懺悔錄」에서의 욕이 되는 자신의 얼굴은
"구리 거울속"이라는 낭만적 공간 속에 가라앉혀 자기 존재를 재인식하
는 고립적 정황69) 또한 모두 시적 주체의 '무한한 낭만적 동경'이 투사된
지표들이다.

이와 같은 시편들에서 상대적으로 낭만성보다는 현실 지향적 태도인
'부끄러움'이 강화된 시적 주체들은, 이런 낭만적 대상과의 끊임없는 교
착을 통해 이곳에 아직 당도하지 않는 '유토피아적 전망'을 확보한다. 그
때문에 자아와 세계에 대한 갈등 각을 더욱 더 가파르게 상승하는 효과를
거두며, 결국 그 안에서 '지금 이곳'에 없는 '새로운 차원의 윤리성'이 생
성70)되었던 것이다. 정리하자면, 윤동주는 신앙 회의기와 절필 시기를

---

68) 김재혁은 윤동주가 인유하기도 했던(「별헤는밤」) 릴케에 대한 독서력(『말테의 수
    기』)을 근거 삼아 릴케와 윤동주의 과거 회상의 공간 조직과 관련하여 순수미학적
    공간으로서의 '전원적 유토피아'를 상정하여 고찰한다. (김재혁, 「문학 속의 유토
    피아: 릴케와 백석과 윤동주: 시적 주체와 공간의식의 관점에서」, 『헤세 연구』 26,
    한국헤세학회, 2011, 140−148쪽 참조.) 이와 같은 견해는 윤동주의 시의 낭만성과
    도 깊이 연유하는 부분이다.

69) 「懺悔錄」, 「序詩」를 비롯한 윤동주의 시에서 '부끄러움'이 특정화된 시편들은 키르
    케고르가 역설했던 '윤리적 실존'의 양상과 관련이 깊다. 가령 "「죽음에 이르는 병」
    에서……절망이란 인간이 인생에 대한 참다운 의식에 도달하기 직전에 맛보지 않
    으면 안 된다고 하는 점"(제임스 C. 리빙스턴, 같은 책, 805쪽.)에서 헤겔을 경유한
    변증법적 고찰이나, 신이 아닌 ""너 자신을 선택하라"는 명령으로 요약"(제임스 C.
    리빙스턴, 같은 책, 806쪽.)되는 키르케고르의 실존 철학은 인간이 자신의 삶에 있
    어 어떤 선택을 하는 결과보다 그 과정 속에서 얻게 되는 '도덕적 의지'와 '결핍'의
    상황에 대해 주목했다. 키르케고르에 의하면 그 안에 내재한 윤리가 종교적 실존에
    가닿는 이상주의적 단계라는 것이다.더불어 키르케고르는 본고에서 관심을 두는
    낭만주의적 관점에서는 "심미적 실존의 영역을 낭만주의의 감수성과 동일시시켰"
    (제임스 C. 리빙스턴, 같은 책, 804쪽.)던 견해가 있다.

70) 본고와 다른 방점에서, 윤동주의 낭만성은 1930년대 후반 지성사와 네오휴머니즘
    의 맥락에서 고찰이 가능하다. "탈민족적 차원의 인간애를 형상화함으로써 앞으로
    지성인으로서 어떤 행동 양식을 통해 이 시기를 살아내야 하는지"(박성준, 「일제강

지나 「病院」 외 두 편의 시를 창작한 이후 종교성의 심화와 더불어 낭만
성의 심화가 윤동주 시편들 속에서 나타났던 셈이다.

4. 결론

윤동주 시에 나타난 기독교적 특징은 '저항성'만큼이나 주요한 논제였
다.그러나 기존 연구들의 방향성은 시학과 종교학(기독교)을 서로 매개
로 두면서, 비교 연구적 고찰만을 되풀이해 온 측면이 없지 않다. 당대 수
용된 기독교는 단순히 종교적 사상에만 국한되었던 것이 아니다. '서구
정신사를 배운다는 지식적 측면'(김윤식)에서 기독교 정신은 교양과 근대
성이 내포되어 있던 근대정신의 보고(寶庫)였다는 점을 간과할 수는 없
는 것이다.

서구 낭만주의와 기독교의 관계가 샤토브리앙이나 노발리스의 경우에
서처럼 종교에서의 '신'의 자리를 속세에서는 인간이 가진 정동 중 '동경'
과 '무한한 정신'으로 대체하여 생각했다는 점이 그렇다. 특히 윤동주가 받
아들였던 기독교 또한 이러한 '동경'에 대한 의식이 강하게 침윤될 수 있었
던 '유교적 기독교'였음은 이미 알려진 사실이다. 그의 시편들 속에서 낭만
주의적 표상이 식민지 조선을 응전하는 하나의 비전으로써 민족 정서를 함
양하고 있는 것은 물론이거니와 개인과 종교, 개인과 사회의 대립적 맥락에
서도 '갈등'으로 특정화되면서 고민하는 근대 자아의 윤리적 면모가 표출된
것은 지금까지도 윤동주의 시를 읽는 토대적 독해방식이 되고 있다.

특히 윤동주가 경험했던 서구 근대 사상으로서의 기교독와 그 안에 내

점기 저항시인의 세계인식과 글쓰기 전략: 이육사, 윤동주를 중심으로」, 『비평문
학』 제65호, 한국비평문학회, 2017, 134쪽.) 윤동주는 낭만성과 더불어 당대에는
상상할 수 없었던 최상위 층위의 윤리성을 시편 속에 내재했다.

포된 낭만주의에 대한 해명은 윤동주 시의 '시적 성숙'을 가시화하는 새로운 방법론으로써 의의를 가진다. 「病院」이 창작된 1940년을 기점으로 윤동주의 시편들을 단순히 종교성이나 저항성과 같은 맥락으로 고찰하기는 힘들다. 시학과 종교학을 길항하는 낭만적 비전을 부끄러움의 정동으로 내재하면서, 보다 고등적 차원의 윤리의식을 윤동주는 자신의 시에 투사했던 것이다. 아울러 보다 거시적으로는 본고는 윤동주를 비롯한 저항시인의 시편들 속에서 저항성의 그늘에 가려 주로 연구되지 않았던 '낭만성의 문제'를 재검토하는 데 그 의의가 있다고 하겠다.

---

* 박성준, 「윤동주 시에 내재된 기독교 세계관의 낭만주의적 성격」, 『현대문학의 연구』 64, 한국문학연구학회, 2018, 187-221쪽.

참고문헌

1. 기본 자료

송우혜, 『윤동주 평전』, 서정시학, 2016.
왕신영 외 엮음, 『사진판 윤동주 자필 시고전집』 (2판), 민음사, 2002.
정현종 외 엮음, 『원본 대조 윤동주 전집 하늘과 바람과 별과 시』, 연세대학교출
　　판부, 2004.
Livingston, James C, 『현대기독교사상사1』, 이형기 옮김, 한국장로교출판사,
　　2000.

2. 논문 및 단행본

고봉준, 「윤동주 시 세계의 이해: '밤'과 '성찰'의 연관성을 중심으로」, 『현대문학
　　의 연구』 63, 한국문학연구학회, 2017.
권성훈, 「한국 기독교시에 나타난 치유성 연구」, 『종교연구』 제66집, 한국종교
　　학회, 2012.
김성보, 「연희전문학교 졸업생들의 사회 진출 기초 연구」, 『동방학지』 173호,
　　국학연구원, 2016.
김옥성, 「일제 강점기 시인의 분노와 저항」, 『일본학연구』 제39호, 2013.
김윤식, 「결핵의 속성과 결핵문학」, 『이상 연구』, 문학사상사, 1987.
_____, 「메타포로서의 결핵」, 『현대문학』, 1993. 3. −
_____, 「어둠 속에 익은 사상」, 『윤동주 연구』, 문학사상, 1995.
김재혁, 「문학 속의 유토피아: 릴케와 백석과 윤동주: 시적 주체와 공간의식의
　　관점에서」, 『해세 연구』 26, 한국해세학회, 2011.
김주연, 「독일 낭만주의의 본질」, 『문예사조의 새로운 이해』, 문학과지성사,
　　1996.
_____, 『사라진 낭만주의』, 서강대학교출판부, 2013.
뤼디거 자프란스키, 「낭만주의의 종교」, 『낭만주의 판타지의 뿌리』, 임우영 외
　　옮김, 한국외국어대학교 출판부, 2012.
류양선, 「윤동주의 시에 나타난 기독교 신앙: '십자가'를 중심으로」 『한국시학연

구』제31호, 한국시학회, 2011.

_____, 「윤동주의 시에 나타난 시간과 영원: 쉽게 씌어진 詩 분석」, 『한국시학연구』제34호, 한국시학회, 2012.

_____, 「윤동주의 시에 나타난 종교적 실존」, 『어문연구』제35권 제2호, 한국어문교육연구회, 2007.

_____, 「윤동주의 시에 나타난 종말의식: 광명중학 시절 시편들을 중심으로」, 『어문연구』제44권 제1호, 한국어문교육연구회, 2016.

문익환, 「동주형의 추억」, 『원본 대조 윤동주 전집 하늘과 바람과 별과 시』, 연세대학교출판부, 2004.

박성준, 「윤동주 시의 낭만성과 戀歌」, 『한국문학이론과 비평』제75집, 한국문학이론과 비평학회, 2017.

_____, 「일제강점기 저항시인의 세계인식과 글쓰기 전략: 이육사, 윤동주를 중심으로」, 『비평문학』제65호, 한국비평문학회, 2017.

_____, 「한국근대시의 낭만주의 재검토와 저항성의 문제」, 『현대문학이론연구』제71집, 현대문학이론학회, 2017.

박이도, 「한국 현대시의 관류하는 기독교 의식」, 『종교연구』7, 한국종교학회, 1991.

박지은, 「윤동주 시에 나타나는 신앙의 회의와 극복의 문제」, 『한국시학연구』제51호, 한국시학회, 2017.

박효생, 「일제하 기독교인들의 나라사랑」, 『새가정』, 새가정사, 1986. 3.

엄국현, 「윤동주 시에 나타난 유교적 기독교와 종말론」, 『한국문학논총』제46집, 한국문학회, 2007.

오세영, 「윤동주의 문학사적 위치」, 『현대문학』1975. 4.

유성호, 「세 권의 『하늘과 바람과 별과 詩』」, 『한국시학연구』제51호, 한국시학회, 2017.

_____, 「한국 현대시에 나타난 종교적 상상력의 의미」, 『근대시의 모더니티와 종교적 상상력』, 소명출판, 2008.

윤일주, 「先伯의 生涯」, 『하늘과 바람과 별과 詩』, 정음사, 1955.

_____, 「윤동주의 생애」, 『나라사랑』23집, 외솔회, 1976 여름.

이대성, 「윤동주에게 영향을 준 기독교의 특징에 관한 연구」, 『신학과 실천』49권 49호, 한국실천신학회, 2016.

이은실, 「윤동시 「병원」에 나타난 타자성 연구」, 『한국시학연구』 제49호, 한국
　　　시학회, 2017.

장덕순, 「윤동주와 나」, 『나라사랑』 23집, 외솔회, 1976 여름.

정병욱, 「잊지 못할 윤동주의 일들」, 『나라사랑』 23집, 외솔회, 1976 여름.

정우택, 「『하늘과 바람과 별과 詩』 초판본과 재판본의 사이」, 『한국시학연구』
　　　제52호, 한국시학회, 2017.

정현종, 「마음의 우물」, 『원본 대조 윤동주 전집 하늘과 바람과 별과 시』, 연세대
　　　학교출판부, 2004.

진은영·김경희, 「유교적 수치심의 관점에서 본 윤동주의 시 세계」, 『한국시학연
　　　구』 제52호, 한국시학회, 2017.

해방기 '다른 공간'의 의미와 "세계시민"으로서의 연대 가능성
-『새로운 都市와 市民들의 合唱』을 중심으로

박은지

1. 문제제기

8·15 해방은 문학적 공백기를 경험한 문인들에게 정체성 탐색을 위한 힘을 마련해주었으며 새로운 문학에 대한 가능성을 열어주었다. 그러나 곧 이념 대립과 분단이 이어지며 한국문단은 해방이 촉발한 가능성을 충분히 탐색하지 못하고 혼란을 맞닥뜨릴 수밖에 없었다.

그럼에도 불구하고 해방기[1] 시인들이 어떤 감정을 느꼈고, 어떻게 대응했는지 살펴보는 것은 일제강점기와 1950년대 문학사를 잇는 동시에 격변 속에서 태동하는 문학의 흐름을 확인할 수 있다는 데서 의미를 갖는다. 해방기 문학은 조선문학건설본부, 조선프롤레타리아 동맹, 조선문학가 동맹, 전조선문필가협회, 청년문학가협회 등 문학 단체가 중심이 됐

---

[1] 1940년대 중반은 용어사용에 있어 해방 직후, 해방공간, 해방정국, 미·소군정기, 8·15 직후, 해방 3년, 해방 8년, 평화적 민주건설 시기(북한) 등 범위 및 관점에 따라 혼재된 양상을 보인다. 본고에서는 해방에서부터 비롯된 사건들이 남북국가수립 혹은 한국 전쟁까지 연속성을 지닌다는 논리에 따라 해방기라는 용어를 사용하겠다.(김종회·강 정구, 「민족을 기억하는 문학적인 방식 -1940년대 중반 기념시집을 중심으로」, 『한국현대문학연구』 30, 한국현대문학회, 2010, 291쪽 참조.)

고, 이는 시대적 상황에서 개인보다는 집단의 행동이 더 필요했기 때문이라고 볼 수 있다.

각종 문학단체들이 뭉치고 흩어진 해방기에는 그만큼 공동 시집[2] 출간이 활발했는데, 제목만 살펴보아도 해방기 시인들의 문학적 대응을 단적으로 파악할 수 있다. 시인들은 『해방기념시집』, 『해방기념시집 횃불』, 『삼일기념시집』 등 외적 현실, 즉 해방을 기념하는 제목을 사용하거나, 『전위시인집』, 『청록집』, 『신시론 1집』 등 창작 주체의 지향성을 표출하는 내용을 제목으로 내세웠다. 이는 현실에 대한 직접적인 관심을 유발하는 시대적 특성에서 기인한 것[3]으로 보이며, 해방 직후 분위기를 짐작해볼 수 있게 한다.

본고에서 눈여겨보고자 하는 시집은 '新詩論' 동인[4]의 두 번째 작품집인 앤솔로지 『새로운 都市와 市民들의 合唱』이다. 이 공동 시집은 전 시대 모더니즘에 대한 비판과 그들과의 차이를 보여주며, 신시론 동인의 모더니즘적 이상을 '도시'와 '시민'이라는 개념을 통해 표현했다는 평을 받고 있다.[5]

『새로운 도시와 시민들의 합창』의 특이할 만한 부분 중 하나는 시집 제목에서 드러나는 문학적 기획이다. 앞서 살펴본 해방기 공동 시집과 비교했을 때 가장 큰 변별점이기도 하다. 『새로운 도시와 시민들의 합창』에서는 '해방' '기념' 등 역사적 사건에 대한 직접적인 표현이나, '전위' '동

---

2) 해방기에 출간된 공동 시집으로는 중앙문화협회 편, 『해방기념시집』, 중앙문화협회, 1945; 권환 외, 『해방기념시집 횃불』, 우리문학사, 1946; 조선문학가동맹시부 편, 『삼일기념시집』, 건설출판사, 1946; 김광현 외, 『전위시인집』, 노농사, 1946; 박목월·조지훈·박두진, 『청록집』, 을유문화사, 1946; 조선문학가동맹시부위원회, 『연간조선시집』, 아문각, 1947; 김경린 외, 『신시론』 1집, 산호장, 1948; 김경린 외, 『새로운 都市와 市民들의 合唱』, 도시문화사, 1949. 등이 있다.

3) 박용찬, 『해방기 시의 현실인식과 논리』, 역락, 2004, 15쪽.

4) 김경린, 김경희, 김병욱, 박인환, 임호권 등이 1947년 결성했다. 1948년 4월 『新詩論』 1집 간행 이후, 김경희, 김병욱이 탈퇴하고 김수영, 양병식이 합류하며 1949년 4월 『새로운 都市와 市民들의 合唱』을 간행했다.

5) 허윤회, 『한국의 현대시와 시론』, 소명출판, 2007, 346-359쪽.

인 이름' 등 지향성이나 정체성을 보여주는 표현을 찾아보기 어렵다. 신시론 동인은 구체적이고 해석의 여지가 있는 제목을 선택한 것이다.

신시론 동인은 이미 1948년『신시론』1집을 출간했기에 그들에게는 '신시론 2집'이라는 비교적 간단한 선택지도 존재했다. 물론 '새로운'이란 단어가 신시론 동인을 지칭하며, 동인의 정체성과 맞닿아 있다는 해석도 가능하다. 그러나 국가가 아닌 '도시', 국민이 아닌 '시민'이 뒤따른다는 점, '합창'이라는 표현을 제목에 내걸었다는 점은 신시론 동인이 공동 시집 제목에 많은 의미를 내포하려 했었다는 것을 상징적으로 보여준다.

신시론 동인은 시단의 기성 질서에 대한 대담한 반역과 기성창조(旣成創造)에의 끝없는 도전을 시도6)했다.『신시론』1집의 공동 선언문 성격을 지닌「ESSAY」에는 그 지향성이 잘 드러나 있다. "여러 湖水…들이 한 시냇물이 되어 바다를 向하여 흘러가려고 한다. 湖水…들은 제가끔의 族譜와 風習을 지니고 있었으나. 그들은 圍繞…했던 年代의 歷史에서 비슷한 名詞를 지니고 있었다."처럼 각기 다른 역사와 풍습을 지닌 여러 호수가 한 시냇물이 되어 바다를 향하여 흘러간다는 것은 신시론 동인이 처음부터 확고한 이념으로 뭉친 것이 아니라 다양성을 토대로 결성되었다는 것을 보여준다.

이는 신시론 동인이 모더니즘과 리얼리즘 계열의 시인이 함께 참여했으며,『신시론』1집 발간 당시에는 현실 참여적인 리얼리즘 계열의 작품이 우세하였다가『새로운 도시와 시민들의 합창』에 와서 모더니즘 계열의 작품이 주류로 떠올랐다는 연구7)와도 맥을 같이 한다. 동인의 분화 과정8)과도 연결되는데, 갈등을 겪으면서도 동인을 해체하지 않고『새로운

---

6) 이봉래,「朴寅煥과 댄디즘」, 金光均 외,『歲月이 가면』, 槿城書齊, 1982, 108쪽.
7) 권경아,「'신시론' 동인의 역할과 위치 연구」,『어문연구』62, 어문연구학회, 2009, 264−265쪽.

도시와 시민들의 합창』을 간행한 이유 또한 이들의 지향점이 모더니즘이나 리얼리즘으로 갈릴 수 없다는 데 있다. 확고한 이념을 공유한 것이 아닌 각기 개성을 간직한 느슨한 조직으로서 신시론 동인의 지향점 또한 모더니즘이나 리얼리즘 논의로는 설명이 불충분하다.

본고에서는 먼저 신시론 동인 각각의 시적 지향성과 개별성을 살피도록 하겠다. 서로 다른 시적 지향성을 갖고 있음에도 불구하고, 동인을 결성한 이유에 답하기 위한 단초가 될 것이다. 해방기 한국의 현실은 해방 이전에 꿈꾸던 독립국가와는 달리 좌-우 이데올로기 대립, 제국주의의 영향, 자본주의의 상륙으로 난항을 겪고 있었다. 이 같은 현실에서 신시론 동인은 '새로운 도시'를 꿈꾸기 위해 상상과 현실이 통합된 헤테로토피아를 생성해낸다. 따라서 푸코의 헤테로토피아 개념을 기반으로 '새로운 도시'의 의미를 살피고, 새로운 도시를 꿈꾸며 연대의 가능성을 타진하는 신시론 동인의 세계시민적인 면모를 함께 검토하고 그 의의를 밝히고자 한다.

2. 신시론 동인의 개별성과 지향성

『새로운 도시와 시민들의 합창』에는 김경린, 임호권, 박인환, 김수영이 창작시를, 양병식이 번역시를 실었다. 김경린, 임호권, 박인환은 창작

---

8) 『새로운 도시와 시민들의 합창』에 김수영은 시 두 편만을 발표했는데, 그 이유에 대해서는 다음을 참고할 만하다. "인환이가 새로운 도시와 시민들의 합창을 계획했을 때 병욱도 처음에는 한몫 끼일 작정을 하고 있었는데, 경린이와의 헤게모니 다툼으로 병욱은 빠지게 되었다. 그러지 않아도 인환의 모더니즘을 벌써부터 불신하고 있던 나는 병욱이까지 빠지게 되었다는 말을 듣고, 나도 그만둘까 하다가 겨우 두 편을 내주었다. 병욱은 이때 내가 일본말로 쓴 「아메리카 타임지」를 우리말로 고쳐서 내주라고 했던 것 같다. 그래서 그에 대한 반발로 히야까시적인 내용의 작품을 히야까시조로 내준 것 같다."(김수영, 「연극 하다가 시로 전향」, 『김수영전집 2』, 민음사, 2003, 334쪽.)

시와 함께 서문격의 짧은 산문을 실었는데, 이는 시인의 시론이라고도 볼 수 있다. 공동 시집으로 묶였지만, 각 시인의 개성이 뚜렷하게 나타난다.

김경린은 서문 「魅惑의 年代」에서 "低俗한 <리얼리즘>에 對抗하기 爲하여 出發한 現代詩"라며 '현대시'라 일컬은 김경린이 추구하는 시와 리얼리즘 시 사이에 분명한 차이를 밝히고 있다. 또한 "우리의 많은 先輩들도 自己 스스로가 <모—던이스트>임을 自處했고 또한<아방·갈트>임을 자랑하였으나 (…) 詩의 國際的인 發展의<코—스>와는 正反對의 方向에 기울어져가고 말았든 것"이라며 모더니즘 시가 국제적인 흐름이지만 일제강점기 등 현실의 여러 문제로 발전하지 못했음을 밝힌다.

한국시 또한 "하나의 歷史的인<코—스>를 向하야" 발전해야 한다고 강조9)하는데, 리얼리즘 시에 대해서는 "너무나 많은 未解決의 問題가 散在하여 있지않는가"라며 자신의 모더니즘적 지향이 한국 현대시 역사를 이끌어 가야함을 선언한다. 김경린이 시를 "前進하는 思考"로 파악한 것도 같은 맥락이다. 문학이 발전경로를 갖고 있다는 의식과 함께 그 선두에 모더니즘 문학이 있다는 것을 강조한다.

비슷한 시기에 발표한 김경린의 산문 「現代詩와 言語」를 보면 그가 추구한 모더니즘 문학에 대해 보다 구체적으로 파악할 수 있다. 김경린은 시가 "言語의機能에關한 새로운實驗으로부터 出發하여 온것"10)이라 보는데, 이는 "象徵語의 記號로서만이 아니라 思考하기위한 言語"로, "우리

---

9) 김경린이 대표 집필하고, 동인들의 동의하에 실은 『새로운 도시와 시민들의 합창』후기에는 "하나의作品 한 끄룹의 藝術活動의 存在理由가 그것이 時代性을 忘却하지 않는限 그리고 詩의 歷史的正統을 無視하지않는限 成立될 수 있"다며, 신시론 동인이 추구하는 시가 당대의 '시대성'을 갖추고 있고, '역사적 정통' 아래 존재함을 밝힌다. '역사적인<코—스>'와 '역사적 정통'은 모더니즘 문학의 정당성을 담보하기 위한 발언으로 보인다.

10) 김경린, 「現代詩와 言語」(上), <경향신문>, 1949. 4. 22.

들의思考의 方向 또는그의 內容에 우리의 思考力과 同等의 指導力을 가짐으로서 思考의 修正과 또는이를 全혀새로운 方向으로이끄러 나"간다.11) 언어를 사고 수단으로 간주하며, 언어에 대한 실험 정신을 강조하고 있다. 이는 '이미지'를 통해 구체적으로 드러나는데, 그 배후에 자리잡은 것은 '시대감각'이다.12) 새로운 양식으로서의 지적 모더니즘을 추구한 김경린의 인식은 도시 인식과 속도감으로 나타나며 1950년대 모더니즘의 기반을 만드는 데 일정 역할을 담당하게 된다.13)

임호권의 서문 「雜草園」은 김경린과 매우 상반된 입장을 내비친다. "바야흐로 轉換하는 歷史의 움직임을 모더니슴을 통해 思考해 보자는 新詩論同人들의 意圖와는 내 詩는 表現方式에 있어 距離가 멀다"며 의도적으로 자신의 시가 모더니즘과 차별화되어 있음을 강조한다.14) "偶然한

---

11) 김경린, 「現代詩와 言語」(下), <경향신문>, 1949. 4. 23.
12) 김경린의 이 같은 모더니즘적 지향은 『신시론』 1집에 실린 김경린의 평론 「현대시의 구상성」에서도 확인할 수 있다. 김경린은 "우리들의 새로운 詩의 思考를 表現하기 爲하야 하나의 現實은 科學的인 面에서 正確한 速度로 探擇되어야 하며, 그 現實은 現實과 現實과의 새로운 結合에서 新鮮한 繪畵的인 이메이지네이슌으로서 具象되여야 한다. 이러한 새로운 結合을 規定하는 것은 詩的 思考이며, 다시금 이 새로운 思考에 速度를 加하는 것은 技術의 綜合的 액숀인 것이다."라며 새로움과 회화성을 강조하고, 언어의 자유가 중요함을 역설한다.
이진영은 김경린의 「현대시의 원근」(<조선일보>, 1954. 12. 13.), 「방법론 서설」(<연합신문>, 1959. 10. 12.) 등을 검토하며, 김경린이 "시인의 생리와 언어는 밀접한 관계에 있으며, 새로운 세계를 구상하기 위해서는 필연적으로 언어의 기능에 관한 새로운 실험이 필요하다고 주장한다"고 보았다. 김경린이 이후에도 이 같은 모더니즘적 지향을 계속 견지한 것으로 해석할 수 있다.(이진영, 「전후 현실의 조응으로서의 모더니즘 문학론」, 『한국문예비평연구』 33, 한국현대문예비평학회, 2010, 329쪽.)
13) 권경아, 「김경린3 시에 나타나는 현대성 연구」, 『아시아문화연구』 17, 가천대학교 아시아문화연구소, 2009, 203-204쪽 참고.
14) 엄동섭은 임호권의 이 같은 발언을 두고 "김경린이 주도한 모더니즘에 대한 반발일 가능성이 높다"고 해석한다.(엄동섭, 「『新詩論』 1집의 해제와 新詩論에 대한 새로운 이해」, 『근대서지』 1, 근대서지학회, 2010, 315쪽.)

機會에 손들을 잡은 友情이며 그리고 또한 同人들이 固執아닌 나의 生理를 寬容하기에 나는 여기에 參列한채 그냥 나대로의 詩의 世界를 菲才이나마 거러가는 연고다"라는 부분에서는 임호권의 시적 자유에 대한 고민을 확인할 수 있다. 또한 앞에서 확인한 바와 같이 신시론 동인이 "우연한 기회"로 결성되었으며, 서로의 시적 지향을 존중하는 느슨한 조직임을 짐작하게 한다.[15]

임호권은 김경린이 언어에 집중한 것과는 다르게 해방기 민중들이 겪는 가난과 불안하고 혼란스러운 상황을 반영하며, 이를 모더니즘적 인식으로 극복하기 위해 노력한 시인으로 평가[16]받는다. 이 같은 임호권의 현실 지향적 경향은 『신시론』 1집에서도 확인할 수 있다. 『신시론』 1집에 발표한 「불노리」[17]에는 '휘트맨'이 등장한다. 휘트먼(Walt Whitman)은 민중의 정서를 대변하며 기존 시 형식과는 다른 혁신적인 작품으로 미국 민주주의 정신을 노래한 시인이다. 시인과 사회는 공생관계에 있다고 보았으며, 미국의 물질주의를 비판하고 인격의 필요성을 강조했다.[18] 시에서

15) 이는 『신시론』 1집 박인환의 후기에서도 확인할 수 있다. "어느날 茶房에서 T.S.애리옷의 「荒蕪地」의 飜譯에關하여 이야기하고있는분을 처다보았더니 그는 내가잘 아는 C氏의 親友인 金景熹氏라는 것을 알게되었다. 며칠後 前記茶房에서 雜談비슷한 同人誌의말을 하고 있었는데 偶然이도 나타나신분이 張萬榮氏이다. 張氏는 곧 당신네들이 새로운詩運動을 끝끝내 하신다면 넉넉지못한 財政이나마 힘자라는데까지 協力을 하여주겠다는 믿을수없는 善意의 말이였다. 그리하여 그길로 林虎權氏 金璟麟氏를 찾었다."(박인환, 「후기」, 『신시론』 1집, 산호장, 1948, 16쪽.) 박인환이 마리서사를 운영하며 문인들과 교류했던 것을 기반으로 신시론 동인이 만들어진 것을 확인할 수 있다.

16) 맹문재, 「임호권의 시 연구」, 『한국문예비평연구』 50, 한국현대문예비평학회, 2016, 171-172쪽.

17) "별들이 誕生하는 밤/히야신스 꽃닢이 시드는밤/都市의 지붕우에/불노리는 噴水…같이 오르고/炸裂하는 음향아레/사람들은 흐터진다/그래도/한곳에선/휘트맨의 會話가 들려 온다/바람이어/항시 젊음이어/밤은/인생과 등불을 싣고/장마의 아츰/世界史의 코ㅡ스로/運河같이 흘러간다"(임호권, 「불노리」, 『신시론』 1집, 산호장, 1948.)

휘트먼을 인유했다는 것은 휘트먼의 사회 인식이 임호권이 지향하는 바와 상통했기 때문이다. 같은 책에서 인종차별에 저항하고 흑인의 해방을 표현한 미국의 시인 랭스턴 휴즈(Langston Hugh)의 작품인 「YESTERDAY AND TODAY」를 번역해 소개한 것도 이와 같은 맥락이다.[19]

> 나는 不毛의文明 資本과思想의 不均整한 싸움속에서 市民精神에離反된 言語作用만의 어리석음을 깨닫었었다
> 資本의 軍隊가 進駐한 市街地는 지금은 憎惡와 안개낀 現實이 있을 뿐…… 더욱멀리 지낸날 노래하였든 植民地의 哀歌이며 土俗의 노래는 이러한 地區에가란져간다
> 그러나 永遠의 日曜日이 내가슴속에 찾어든다 그러할때에는 사랑하든 사람과 詩의 散策의 발을 옮겼든 郊外의 原始林으로간다 風土와 個性과 思考의自由를 즐겼든 詩의 原始林으로간다
> 아 거기서 나를 괴롭히는 無數한 薔薇들의 뚜거운 溫度
> ─박인환, 「薔薇의 溫度」 서문

한편 신시론 동인과 후반기 동인 결성에 결정적인 역할을 한 박인환은 '언어 작용'만의 시는 '문명 자본과 사상'과 싸워야 하는 상황에서 '시민 정신'에 반하는 것이라 말한다. 시는 '언어 작용'을 넘어 '시민 정신'에 부합해야 한다는 것이다. 박인환에게 현실은 "자본의 군대가 진주한 시가지"이자 "증오와 안개 낀 현실"로, 자본주의와 제국주의로 인해 암담하다. 그러나 이러한 현실이기에 박인환은 "풍토와 개성과 사고의 자유를 즐겼던 시의 원시림"으로 간다.[20] 물론 '원시림'이라는 비유적인 표현만

---

18) 맹문재, 「『신시론』의 작품들에 나타난 모더니즘 성격 연구」, 『우리문학연구』 35, 우리문학회, 2012, 223-224쪽.
19) 권경아는 임호권이 번역한 랭스턴 휴즈의 시가 사랑 노래임을 지적하며, 임호권이 사회 현실에 대한 관심을 서정의 형식으로 표현하려 한 것이라고 설명했다.(권경아, 「'신시론' 동인의 역할과 위치 연구」, 『어문연구』 62, 어문연구학회, 2009, 256쪽.)

으로 박인환의 시적 지향을 명확하게 알기는 어렵다. 그러나 박인환의 시적 지향이 '문명 자본'과 제국주의에 대한 비판에 있다는 것은 분명히 확인할 수 있는 바이다.[21]

번역시를 실은 양병식을 제외하고 모두 5편씩 창작시를 발표한 것과 달리 김수영은 "明白한 노래"라는 제목으로 「아메리카·타임誌」와 「孔子의 生活難」 두 편만을 발표했다. 이는 앞서 살펴본 바와 같이 동인 분화 과정의 여파로 판단할 수 있다. 김수영은 「공자의 생활난」에서 무능력한 지식인을 등장시키며, "동무여 이제 나는 바로 보마"라고 말한다. '事物'의 '生理' '數量' '限度' '愚昧' '明晳性'을 명확히 인식하겠다는 것이다. 생활난에 대처하지 못하는 지식인을 '공자'로 표현하며 현실의 고난을 벗어나기 위해 기존의 인식에서 벗어나 사물을 '명백'하게 바라보고, 새로운 방향을 모색하겠다는 태도가 드러난다.

살펴본 바와 같이 신시론 동인은 『새로운 도시와 시민들의 합창』이라는 제목으로 앤솔로지를 발간했으나, 같은 동인으로 묶인 시집임에도 불구하고 개인의 시적 지향이 매우 다르다. 김경린은 지속적으로 모더니즘

---

20) 공현진·이경수는 이에 대해 "원시림으로 간다"는 것은 현실을 저버리고 영원의 세계로 회귀하겠다는 다짐이라기보다 오히려 『신시론』에서 박인환이 강조했던 "형상적 생명에 현실적 정신을 부합시키"려는 노력으로 본다. 시대정신 속에서 형상적인 생명 또한 잃지 않고 새로운 모더니즘을 추구하려는 박인환의 다짐과 의도로 해석했다. (공현진·이경수, 「해방기 박인환 시의 모더니즘 특성 연구 ― 『신시론』 제1집과 『새로운 도시와 시민들의 합창』을 중심으로」, 『우리문학연구』 52, 우리문학회, 2016, 333쪽.)

21) 해방기 박인환의 시적 경향에 대한 보다 자세한 논의는 다음을 참고할 수 있다. 송기한, 「역사의 연속성과 그 문학사적 의미 ― 박인환의 경우」, 『문학사와 비평』 1, 문학사와 비평, 1991; 엄동섭, 「해방기 朴寅煥의 문학적 변모 양상」, 『어문논집』 36, 중앙어문학회, 2007; 정우택, 「해방기 박인환 시의 정치적 아우라와 전향의 반향」, 『비교어문연구』 32, 비교어문학회, 2012; 공현진·이경수, 「해방기 박인환 시의 모더니즘 특성 연구 ― 『신시론』 제1집과 『새로운 도시와 시민들의 합창』을 중심으로」, 『우리문학연구』 52, 우리문학회, 2016.

을 호명하며, 임호권은 김경린과 다른 편에 서 있다고 언급, 현실지향적인 면모를 보인다. 박인환은 자본주의와 제국주의 비판에 기울어 있으며, 김수영은 동아시아 지식인의 특성을 보여준다.

이 같은 개별성에도 불구하고 이들이 하나의 시집에 목소리를 담은 연유는 이들이 지향하는 바가 '새로움'에 있기 때문이다. 그렇다면 이들이 그리는 '새로움'이란 무엇인지, 특히 '새로운 도시'는 어떤 면모를 띠고 있는지 그 의미를 탐색해볼 필요가 있겠다.

3. '새로운 도시'라는 다른 공간: '등잔'과 '지하실'의 의미

신시론 동인의 '새로운 도시'에 대한 논의는 대부분 모더니즘적 시각에서 출발했다. 대표적으로 이봉례[22]는 '새로운 도시'가 새로운 희망과 의지를 불러일으키고, 역동적으로 창조되어야 할 곳으로 그려지고 있다고 평가한다. 이 같은 모습은 해방기라는 시대적 특징과 시인들이 갖고 있었던 모더니즘에 대한 기대와 의지가 표현된 것이라고 분석한다. 한편 조제웅[23]은 모더니즘 시는 도시에서 소외되고 가난한 서민들의 삶의 모습을 형상화한다고 한정지으며 임호권의 시를 집중적으로 분석한다. 박인환과 김경린의 시에 대해서는 문명 발달로 인해 변화하는 도시의 측면에서 서술한다.

한국문학에서 도시성은 도시적인 현상, 즉 '근대성'[24]으로 인식하거

---

22) 이봉례, 「해방기 모더니즘 시의 '도시'와 '시민정신' 분석」, 『남도문화연구』18, 순천대학교, 2010, 157쪽.

23) 조제웅, 「엔솔로지『새로운 도시와 시민들의 합창』연구」, 영남대학교 대학원 석사학위 논문, 2003, 35-47쪽 참조.

24) 이는 문학에 나타난 도시체험과 이 체험이 주는 충격을 문학적으로 형상화한 것으로, 주로 대도시의 정신적 삶에 대한 연구를 통해 도시인의 삶을 조명한 게오르그 짐멜이나 산책자 개념으로 파리를 분석한 발터 벤야민의 문화이론에 근거하고 있

나, "자본주의 메커니즘이 작동하는 '공간화된 자본주의'인 도시"[25]로 한정해왔다. 생각해볼 점은 이 두 경향이 분석의 대상을 각각 모더니즘이나 리얼리즘 작품으로 한정짓지 않는다는 것이다.[26] 모더니즘이 아니라 문학적 '모더니티'로 접근할 필요가 있는데, 도시적 경험은 사회적, 역사적 경험이면서, 새로운 미적 경험이 새로운 미적 주체를 형성하는 경험이기 때문이다.[27]

이를 극복하는 방안 중 하나는 '새로운 도시'를 모더니즘적 관점에서 벗어나 헤테로토피아로 접근하는 것이다. '다른 공간'으로 번역할 수 있는 헤테로토피아[28]는 실재하는 공간의 위상이 변해 발생하는 공간이고 양립 불가능한 공간을 마주하는 공간이기도 하며, 시간이 단절되는 공간으로 나타나기도 한다.[29] 즉 헤테로토피아는 매체의 특성이 융합 또는 간섭, 변형이 일어나는 가상의 공간이지만, 상상의 경계가 허물어진 현실

다.(이양숙, 「한국문학과 도시성」, 『국문학연구』 30, 국문학회, 2014, 116-117쪽.)
25) 김명인, 「근대소설과 도시성의 문제」, 『민족문학사연구』 16, 민족문학사학회, 2000, 192쪽.
26) 이양숙, 위의 논문, 118쪽.
27) 위의 논문, 119쪽.
28) "유토피아는 실제 장소를 갖지 않는 배치다. 그 배치는 사회의 실제 공간과 직접적인 또는 전도된 유비관계를 맺는다. 그것은 그 자체로 완벽한 사회이거나 사회에 반한다. 그러나 어쨌거나 유토피아는 근본적으로, 그리고 본질적으로 비현실적인 공간이다.
마찬가지로 아마도 모든 문화와 문명에는 사회 제도 그 자체 안에 디자인되어있는, 현실적인 장소, 실질적인 장소이면서 일종의 반(反)배치이자 실제로 현실화된 유토피아인 장소들이 있다. 이 안에서, 실제 배치들, 우리 문화 내부에 있는 온갖 다른 실제 배치들은 재현되는 동시에 이의 제기당하고 또 전도된다. 그것은 실제로 위치를 한정할 수 있지만 모든 장소의 바깥에 있는 장소들이다. 이 장소는 그것이 말하고 또 반영하는 온갖 배치들과는 절대적으로 다르기에, 나는 그것을 유토피아에 맞서 헤테로토피아라고 부르고자 한다."(미셸 푸코, 『헤테로토피아』, 문학과지성사, 2014, 46-47쪽.)
29) 김학중, 「재만 조선인 시에 나타난 '다른 공간' 문제 연구」, 『비교한국학』 23권 1호, 국제비교한국학회, 2015, 93-94쪽 참조.

의 공간이기도 하다.30)

해방을 맞이한 한국은 진정한 독립국가를 꿈꾸며, 유토피아를 그릴 수 있는 희망의 공간이 될 기회를 가졌다. 그러나 현실은 해방 이전의 상상과 완전히 달랐다. 고향을 떠났던 이들이 서울로 몰려들었고, 일자리와 먹을 것이 부족했을 뿐 아니라 강도가 빈번하게 출몰했다. 완전한 독립국가를 형성하지 못하고, 또 다른 형태의 식민 상황을 맞닥뜨렸다는 인식이 팽배했다. 친일파와 미군정, 좌·우 이데올로기 대립 또한 심화되고 있었다. 도시는 일제강점기를 거치며 정치적으로는 식민 권력이 공간적으로 구현31)돼 제국주의의 영향이 남아 있었으며, 경제적으로는 자본주의의 영향을 피할 수 없었다. 이러한 해방 공간의 특성은 '다른, 낯선, 다양한, 혼종된' 헤테로토피아를 생성해냈다. 김경린의 시부터 살펴보자.

> 길가에
> 氾濫하는 言論의 流行과
> 바람에 나부끼는 季節과
> 오
> 구든 時間의 그림자 마저없는
> 市民들은
> 샘물이 흐르는 都心地帶를 向하야
> 疾走하고 있었다.
>
> 그러나
> 多感한 地面에
> 푸른 瞬間이 왔다하여

---

30) 윤수하, 「1930년대 한국모더니즘 시의 상상 공간 연구」, 『비평문학』 65, 한국비평문학회, 2017, 180쪽.
31) 김백영, 「식민지 도시성에 대한 이론적 탐색: 공간사회학적 문제설정」, 『사회와 역사』 72, 한국사회사학회, 2006, 193쪽.

그대들이여
새로운 衣裳을 準備할 必要가 없다
地球의 表面을 달리는
選手들의 손바닥우에
빛나는 速度를 보라

　　　　　　　　　　　　　―김경린, 「나부끼는季節」 부분.

　김경린은 많은 시편에서 '속도'에 집중하는데, 이 시에서도 역시 '빛나는 속도'라는 시어를 통해 "시는 결국에 있어서 전진하는 사고"라는 자신의 모더니즘적 시각을 드러낸다. '빛나는 속도'는 '새로운 미래'를 의미한다고 볼 수 있는데 '빛나는'이라는 표현에서 알 수 있듯, 김경린은 미래를 매우 낙관적으로 전망하고 있다. 시민들이 '굳은 시간', 즉 과거의 '그림자' 없이 '샘물이 흐르는 도심지대를 향해 질주'하며, 과거에서 새로운 미래로의 이행을 추구하는 것도 마찬가지다.

　문제는 김경린이 꿈꾸는 '새로운 도시'가 어떤 모습인지 가늠하기 어렵다는 데 있다. 오히려 '언론의 유행이 범람'하고, '바람에 계절이 나부끼는' 혼란스러운 현재 상황이 시에 보다 구체적으로 형상화되어 있다. 김경린은 '새로운 도시'에 대한 막연한 지향만 갖고 있지, 이를 현실에 구체적으로 어떻게 구현해낼 것인가에 대한 인식이 부족한 것으로 보인다. 김경린에게 '새로운 도시'는 그야말로 비현실적인 '유토피아'였던 것이다.

　한편 임호권의 시에 대한 기존의 논의는 자신이 겪는 궁핍함을 민중들의 형편과 연관 지어 담아냈다고 해석, 리얼리즘에 가깝다고 한정지어 왔다. 그러나 해방 공간에서 임호권이 그려낸 헤테로토피아적인 요소에 초점을 맞추면 다른 시각으로의 접근이 가능하다.

밤의 문이 열리어
고양이 같이 어둠이 기어와도
불은 오지 않는구나
慧敏아
등잔에 불을 켜라

(…)

慧敏아
동생 스에타 ─ 짜는 엄마 곁에서
너는 어서 독본을 외어라
이밤
깜박이는 석유불 밑이나
나도 써야할 原稿가 밀렸다

들창 넘어
바람이 울고
눈보래가 휘모라 처도
우리는 맞어야 할
봄을 그리며 살어가자
그리하여
忍冬의 날이 끄치면
오색 테이프와
네온의 波長이
거리마다 휘황 할께다

　　　　　　　　　　　　　　　─임호권, 「등잔」 부분.

　임호권의 현재는 가난하고, 추운 밤이다. 화자는 '등잔에 불을 켜라'라
고 말하는데, 이 '등잔'이 매우 상징적이다. 시에서 가난과 추위, 어두움
을 이겨낼 수 있게 하는 것이 등잔이기 때문이다. 화자는 등잔 아래서 '봄

을 그린'다. 그가 그리는 '봄'은 '새로운 도시'라고 할 수 있다. '오색 테이프와 네온의 파장이 거리마다 휘황한' 축제의 공간이며, 이는 시의 마지막 행에서 '봄의 축제'로 직접적으로 표현된다.

주목할 만한 부분은 '등잔'이 '봄'의 요소를 가지고 있다는 것이다. 등잔 밑에서 원고를 쓰며 가난을 견디는 장면, '휘몰아치는 눈보라' 속에서도 '봄'을 꿈꾸는 장면에서 우리는 '실제로 현실화된 유토피아'를 목격하며, 헤테로토피아적 배치를 확인할 수 있다. 이는 마지막 연에서 절정에 이른다. '가난하고 선량하던 시민'인 '너와 나'가 '무수한 등잔'을 부수는데, 이는 '가족' 단위에서 벗어나 마을, 도시, 국가 더 나아가 세계적 차원의 유토피아로 확대하자는 소망을 담고 있다고 해석할 수 있겠다.

임호권의 시「生活」에서도 비슷한 배치가 드러난다. '항시 어두운 일곱 식구 살림'을 걱정하는 시인은 '별빛만이 쏟아지는 마당'에서 '밤차의 기적소리'를 듣는다. 밤차는 '사람들의 꿈을 싣고 내일을 위해 떠나가는' 중이다. '내일'이라는 유토피아는 구체적으로 그려지지 않지만, '어둡고 긴 터널'을 '지나가는 곳'이라고 여길 수 있는 건 '밤차' 덕분이다. '밤차'는 제국주의와 자본주의의 그늘에 놓인 해방 공간에서 현실화된 유토피아, 즉 헤테로토피아인 것이다. 박인환의 시도 살펴보자.

黃褐色階段을 내려와
모인사람은
都市의地平에서 싸우고왔다

눈앞에 어리는 푸른시·그·날·
그러나 떠날수없고
모다들 鮮明한 記憶속에 잠든다

달빛아래
우물을푸든 사람도
地下의秘密은 알지못했다

(…)

겨울의 새벽이어
너에게도 地熱과같은 따스함이있다면
우리의이름을 불러라

아직 바람과같은
速力이 있고
透明한 感覺이 좋다

—박인환, 「地下室」 부분.

　위의 시에서는 헤테로토피아적 배치가 보다 직접적으로 드러난다. 지하실에 모인 사람들은 '도시의 지평에서 싸우고' 돌아왔다. 도시는 싸움의 공간이면서 '떠날 수 없는' 공간이다. '비밀의 공간'으로 그려지는 지하실엔 '지열의 따스함'이 있다. 싸우고 지쳐 돌아온 사람들이 회복할 수 있는 공간이다. '바람과 같은 속력'을 감지할 수 있고, 그것을 투명하게 느낄 수 있게 하기 때문이다. 다시 말해 혼란스러운 해방 공간의 '바깥에 있는 장소'인 지하실, 즉 헤테로토피아에서 사람들은 '새로운 도시'를 꿈꿀 수 있는 힘을 얻는다.

　박인환의 이 같은 인식은 「列車」에서도 드러난다. 열차의 출발점은 '폭풍이 머문 정거장'으로 현재 해방 공간은 '폭풍' 속에 있는 것 같은 '황폐한 도시'이다. 그러나 '열차'에 올라서면 '죽음의 경사를 지나' '미래에의 외접선을 눈부시게 그으며' '핑크빛 향기로운 대화'를 나눌 수 있다. 일

종의 현실화된 유토피아인 열차를 타고 그들이 도착할 곳은 '처음의 녹지
대', '황홀한 영원의 거리'다. '혜성보다도 아름다운 새날보담도 밝은' '새
로운 도시'를 꿈꿀 수 있게 하는 공간이 '열차'인 것이다. 임호권의 '밤차'
와도 연결되는 지점이다.

유토피아가 실제 장소를 점유하지 않는 관념적 균질 장소를 제시한 데
반해, 헤테로토피아는 실제 장소를 점유하고 있는 실존이면서도, 장소와
장소 간 배치의 이질성에 따라 일상의 세계에서 이질의 세계로 건너가도
록 하는 공간의식이다.[32] 이상에서 볼 때 신시론 동인이 해방공간에서
그리는 '새로운 도시'는 유토피아로, 관념적인 공간이라 할 수 있겠다. 그
러나 이렇게 유토피아를 상상할 수 있는 것은 등잔, 밤차, 지하실, 열차
같은 헤테로토피아에서 그 힘을 찾았기 때문이다. 일상적 공간을 이질적
공간으로, 유토피아적 공간으로 탈바꿈할 힘을 얻는 것이다.

4. '합창'—연대의 가능성 앞에 선 (세계)시민

신시론 동인이 1930년대 김기림의 시와 시론에 영향을 받았다는 것은
주지의 사실이다.[33] 신시론 동인은 이미지즘으로 대표되는 김기림의 모
더니즘을 적극 확대해 나갔는데, 그것은 일제강점기를 거치며 심화된 모
더니즘 시의 단절을 극복하기 위해서라도 필요한 일이었을 것이다. 김기

---

32) 박성준, 「이육사 시에 나타나는 낭만성과 '다른 공간들'」, 『한국문예창작』 15권 1
　　호, 한국문예창작학회, 2016, 16쪽.
33) 박인환이 신시론 동인 결성에 적극적으로 참여한 것은 김기림의 영향이 컸는데, 박
　　인환이 김기림의 영향으로 개인적 차원을 넘어 집단적 차원의 모더니즘 시 운동이
　　필요하다고 자각했기 때문이다. 또한 모더니즘 시가 지향해야 할 방향에 대해서도
　　영향을 받았다.(맹문재, 「「신시론」의 작품들에 나타난 모더니즘 성격 연구」, 『우
　　리문학연구』 35, 우리문학회, 2012, 216쪽.)

림은 신시론 동인 이후 후반기 동인 결성에도 영향을 미쳤다. 따라서 신시론 동인의 영미모더니즘 문학 수용 양상의 실마리를 김기림으로부터 찾는 것은 유의미한 작업일 수 있다.

김기림으로 대표되는 1930년대 모더니즘 문학은 '새로움'을 추구하면서도 시적 태도로서의 현실 인식을 잃지 않으려는 면모를 보였다. 김기림은 "이미 그 역사적 의의를 잃어버린 偏向化한 기교주의는 한 전체로서의 시에 종합되어야 할 것이다. 그것은 한 조화 있고 충실한 새 시적 질서에의 지향이다. 전체로서의 시는 우선 기술의 각 부면을 그 속에 종합 통일해가지고 있어야 할 것이다. 그러한 전체로서의 시는 그 근저에 늘 높은 시대정신이 연소하고 있어야 할 것이다."34)라며 '전체시'를 내세우면서도 '역사적 의의'와 '시대정신'을 놓지 않는다.

이는 김기림이 '뉴 컨트리 그룹(New Country Group)'35)을 호출한 것과 무관하지 않다.36) 오든(W. H. Auden)을 비롯해 스티븐 스펜더(Stephen Spender), 맥니스(L. McNeice), 데이 루이스(C. Day Lewis) 등 뉴 컨트리 그룹은 인간의 내면을 실험적 형식으로 표현한 엘리엇(T. S. Eliot)과는 결을 달리하며 시대와 사회에 집중한다. 당시 영국을 포함한 유럽 대륙은

---

34) 김기림, 「시에 있어서의 기교주의의 반성과 발전」, 『김기림 전집』, 심설당, 1988, 99쪽.

35) '뉴 컨트리 그룹(New Country Group)'는 오든(W. H. Auden)을 좌장으로 '오든 그룹'(Auden Group)이라고 불리기도 한다. 이들은 자신들의 시를 모아 1932년 『New Signature』, 1933년 『New Country』라는 공동시집을 발간했는데, 이러한 이유로 그들을 '뉴 시그나츄' 혹은 '뉴 컨트리'라는 이름으로 불렀다.

36) 1930년대 시문학의 뉴 컨트리 그룹 수용과 그 의미에 관한 논의는 다음을 참고할 만하다.
홍성식, 「한국 모더니즘 시의 스티븐 스펜더 수용」, 『동서비교문학저널』 13, 한국동서비교문학학회, 2005.; 김준환, 「1930년대 한국에서의 동시대 영국시 수용」, 『영어영문학』 53권 3호, 한국영어영문학회, 2007.; 신주철, 「한국시단과 W. H. Auden」, 『세계문학비교연구』 35, 세계문학비교학회, 2011.

전쟁에 대한 공포와 함께 대공황으로 인해 경제적 고통을 겪고 있었고, 파시즘의 광기는 유럽 전역을 뒤덮어 1939년 제2차 세계대전 발발로 절정에 달하는 절망적인 시기를 건너고 있었다. 뉴 컨트리 그룹이 시대와 사회에 관심을 둘 수밖에 없었던 이유이다.

뉴 컨트리 그룹 시인들은 자신들을 사회 부조리의 희생물로 파악하며 인간과 사회의 관계를 지속적으로 보여주는 시를 썼다. 또한 인간 개인의 문제는 개인에게 국한되는 것이 아니라 집단 또는 사회에 의해 해결되거나 심화될 수도 있다고 판단했다.[37) 김기림이 뉴 컨트리 그룹에 관심을 둔 것은 모더니즘을 지향하면서, 식민지라는 부정적인 현실을 극복하려는 역사적 사회적 존재로서의 의지를 반영한 것이라 평가할 수 있겠다.

모더니즘을 표방한 신시론 동인도 뉴 컨트리 그룹의 영향을 받았다. 스펜더의 시「決코實在하지는 않지만」을 양병식이 번역해『새로운 도시와 시민들의 합창』에 실은 것이 그 흔적이라 하겠다. 그러나 뉴 컨트리 그룹을 보다 본격적으로 호출한 것은 신시론 동인에서 이어진 전후 '후반기' 동인[38), 특히 박인환이다.[39) 박인환은 "나는 오래 전부터 S. 스펜더 씨의 시 작품과 그 문예 비평 또한 그의 시인으로서의 사회적 참가에 크게 공명한 나머지 해외의 시인으로서는 그의 오랜 친우인 W. H. 오든과

---

37) 허현숙,『오든』, 건국대 출판부, 1995, 35쪽.
38) 남승원은 이봉래의 시론을 중심으로 영미 모더니즘 수용의 한국적 특수성에 주목하며 전후 모더니즘 시론의 논의 과정에서 현실에 대한 인식이 어떻게 시적 태도와 방법으로 자리 잡는지 살펴보았다.(남승원,「이봉래 시론의 현실인식과 영미 모더니즘」,『한국문예비평연구』59, 한국문예비평학회, 2018.)
39) 박인환과 뉴 컨트리 그룹에 관한 논의는 다음을 참고할 만하다.
박몽구,「박인환의 도시시와 1950년대 모더니즘」,『한중인문학연구』22, 한중인문학회, 2007.; 공현진·이경수,「해방기 박인환 시의 모더니즘 특성 연구」,『우리문학연구』52, 우리문학회, 2016.; 맹문재,「박인환의 시에 나타난 엘리엇과 스펜더의 시론 수용 양상」,『동서비교문학저널』41, 한국동서비교문학학회, 2017.; 최라영,「박인환과 S. 스펜더의 문명 의식 연구」,『한국시학연구』51, 한국시학회, 2017.

아울러 가장 존경했고 건방진 표현이긴 하나 크게 영향을 받은 바 있다"[40]고 밝히기도 했다.

> 오덴은 그의 사회적인 책임은 시를 쓰는 데 있고 인간에 성실하려면은 이 세계 풍조를 그대로 묘사하여야만 한다고 생각하고 있는 것이다. 이는 오덴뿐 아니라 현대시의 발전을 위하여 한국의 일각에서 손가락을 피로 적시며 시의 소재와 그 경험의 세계를 발굴하고 있는 후반기 멤버의 당연된 최소의 의무일지도 모른다.[41]

박인환은 전후 후반기 동인의 의무로 '사회적 책임'을 강조한다. 전쟁과 자본주의, 제국주의에 대항해 "손가락을 피로 적시며" 현실 세계를 사실적으로 형상화한 박인환의 시 정신을 재확인할 수 있는 맥락이기도 하다. 전후 황폐해진 현실의 위기를 극복하기 위해 다시금 뉴 컨트리 그룹이 필요했던 것이다. 이처럼 한국 시문학은 30년대와 50년대 험난한 역사를 통과하며 문학적 위기를 겪을 때마다 영미 모더니즘, 뉴 컨트리 그룹을 수용하며 새로운 시문학을 향한 도전을 이어나갔다.

30년대와 50년대 호명된 뉴 컨트리 그룹의 영향은 해방기에도 존재했다.『새로운 도시와 시민들의 합창』에 실린 스펜더의 번역시는 차치하더라도 동인들의 시편에서 그 내용을 확인할 수 있다. 먼저 박인환은 '사회적인 책임'을 국내로 한정짓지 않고, 전 지구적으로 확대해 인도네시아, 말레이시아 등 식민국가의 고통에 동참하는 면모를 보인다. 뉴 컨트리 그룹으로부터 문명과 시대를 바라보는 관점에 영향을 받았음을 보여주는 동시에, 제국주의의 침탈로 황폐화된 식민지에 집중한다는 측면에서 그

---

40) 문승묵 편,『박인환 전집』, 예옥, 2006, 262쪽.
41) 박인환, 「현대시의 불행한 단면」, 김경린 편,『한국 모더니즘 시운동 대표동인 시선』, 앞선책, 1994, 95쪽.

들과의 차이점을 보여준다.

이를 가장 잘 드러내고 있는 시가 박인환의 「인도네시아 人民에게주는 詩」이다. 제국주의에 대항하여 "힘 있는 대로 영웅 되어 싸"운 "우리와 같은 식민지의 인도네시아"에 보내는 시이다. 이 시에서 화자는 "사랑하는 인도네시아 인민"에게 식민지 역사에서 벗어나 진정한 독립을 위해 함께 모여 투쟁하여야 함을 독려한다. 시인의 현실 인식과 사회적 책임이 전 세계, 특히 식민국가로 확장된 모습을 확인할 수 있다.

"전 인민은 일치단결하여 스콜처럼 부서져라"와 같은 구절에서 박인환은 인민들이 모여야만 해방이 온다고 주장하며, "인도네시아의 인민"과 "조선에 사는 우리"가 무관하지 않음을 이야기한다. 연대의 의욕을 고취시키는 것인데 이 같은 연대는 유토피아적 상상력이 기반인 것으로 보인다. 연대가 관념적으로 비춰지기도 하는데, 실제 삶의 현장에서 연대가 이루어졌다기보다 막연한 상상 속에서 구현된 것이기 때문이다.

연대를 통해 기대하는 전망이 환상에 가까우리만큼 낙관적이기도 하다. 그러나 박인환에게 인도네시아는 유토피아로 그치지 않는다. "피흘린 자바섬(島)에는 / 붉은 간나의꽃"이 피는 인도네시아는 현실화된 장소로 나타난다. 인도네시아는 "죽엄의보람이 南海의太陽처럼 / 朝鮮에서는 우리에게도 빛"이며, 이 공간을 통해 "海流가 부디치는 모든 陸地에선 / 거룩한 인도네시아 人民의 / 來日을 祝福"할 수 있다. 인도네시아를 통해 유토피아를 꿈꿀 수 있는 것이다. 이 같은 헤테로토피아적 공간에서 제국이 취했던 폭력적인 방식 대신 전통악기인 '가믈란'과 자바의 대표무용 '스림피'를 통해 '독립'을 꿈꾸는 풍경에서 '새로운 나라'를 건설하려는 시인의 의지가 읽힌다. 인도네시아에 재현된 저항정신과 독립운동은 반제국주의적 사상뿐만 아니라 해방기의 혼란스러운 정국을 극복하려는 의지가 담겨 있다.[42]

이처럼 사회 안에 존재하며 유토피아적인 기능을 수행하는, 실제로 현실화된 유토피아인 헤테로토피아는 임호권의 시에서 그의 친구 '배인철'로 그려진다.

그 모습 별처럼 꺼졌는가
니·그·로·의 詩人아
빛갈을 통해
弱小民族의 슬픔을 노래하던
그대 육체란
흑인部隊 실은 列車이던가
남기고 간 많지 않은 詩稿들은
목 메어 외치던
서글픈 汽笛소리

밤도 와
사랑과 眞實
때로는 拳鬪 얘기로
수다스러웠던 그대
異邦을 찾어 가던
따스한 호흡은
모든 黑人種의 마음 우에 부어준 香油

色있는 비애

---

42) 박인환은 그의 또 다른 시 「南風」에서도 말레이시아, 캄보디아, 베트남 등 남쪽에서 벌어지고 있는 반제국주의 투쟁을 그린다. 또한 "亞細亞 모든 緯度 / 잠든 사람이어 / 귀를 기우려라"라며 아시아의 잠든 이들이 깨어나 항쟁하는 국가에서 나는 총소리에 귀를 기울이고 그 열기에 공동으로 대응하여야 한다고 역설한다. 눈을 뜨면 "가난한 가슴팩으로 슴여드는" "南方의 향기"를 통해 '새로운 나라', 제국주의로부터 벗어난 세계를 꿈꿀 수 있으며, 이 같은 내용을 비추어볼 때 유토피아적 기능을 수행하는 헤테로토피아로 그려지고 있음을 확인할 수 있다.

테이프는 끊기지 않고
迫害의 그림자 머므른체 있는데
不死鳥의 정신만 풍기우고
바람처럼 떠나 갔는가
검은 동무를 노래한 詩人아
— 임호권, 「검은 悲哀— 故 裵仁哲에게」 부분.

임호권은 위의 시에서 배인철을 "니그로의 詩人"으로 그리고 있는데, 실제로 그는 "검은 동무를 노래한 詩人"이었고, "빛갈을 통해/弱小民族의 슬픔을 노래하던" 시인이었다. 인종 차별을 고발하는 것은 물론 제국주의에 맞선 인물로 평가받는다. 배인철이 "남기고 간 많지 않은 詩稿들은/목 메어 외치던/서글픈 汽笛소리"였고, 그의 "따스한 호흡은/모든 黑人種의 마음 우에 부어준 香油"였다. 그의 "넘어진 육신은/人種線 넘어 검둥이들 가슴패기에 묻헛"을 정도로 "사랑과 眞實"을 추구했다. 그렇지만 그는 "무슨 운명이"었는지 "유달리도 짧았던 生涯"를 살았다.[43]

배인철은 흑인시를 통해 제2차 세계대전 후 미국 중심으로 제국주의 질서 체제가 재편되는 모습을 파악하고 대항해나갔다. 백인에 의해 인종 차별을 받는 흑인들이나 미군정에 의해 억압받는 조선 민중들의 처지가 유사하다고 인식하고 연대 투쟁을 추구한 것이다. 인종 차별을 개별적이거나 지역적인 문제로 간주하지 않고 정치적인 문제로 접근했다. 그리하여 그의 흑인시는 미국의 정체성을 알려주고 해방기 조선의 상황을 인지

---

43) 1947년 5월 10일 이화여대 학생이었던 김현경과 서울 남산에서 데이트를 하다가 총격을 받고 28세의 나이에 사망한 것이다. 이 사건은 '치정에 얽힌 살인 사건'으로 종결되었지만, 그가 남로당의 조직에 깊이 관여했을 뿐만 아니라 그에 대한 우익들의 미행이 있었던 정황 등으로 보아 정치적인 사건일 가능성이 크다.(맹문재, 「배인철의 흑인시에 나타난 주제 의식 고찰」, 『한국시학연구』 42, 한국시학회, 2015, 102-103쪽.)

시키는 데 기여했다고 평가받는다.44)

임호권의 시에 등장하는 화자 역시 미군정의 상황을 간파하고 있다. 흑인을 약소민족의 민중으로 인식하고 노래한 배인철을 추모한 데서 확인된다. 배인철이 있었기에 화자는 해방기의 불합리한 미군정에 대항할 수 있었고, "그대 별들과 습唱하는 / 새로운 검은노래"를 상상할 수 있었다. 배인철과 연대하며 임호권은 유토피아를 탄생시킬 수 있었던 것이다.

박인환과 임호권의 시에서 확인한 '연대'45)는 신시론 동인의 현실 반영의 결과이다. 뉴 컨트리 그룹의 영향은 역사적 사회적 존재로서 자각할 수 있게 했고, 이는 세계시민으로서의 역할을 생각해보는 계기가 되었다. 그리고 이들이 찾아낸 답은 연대이다. 연대를 통해 이들은 유토피아를 꿈꿀 수 있으며, '인도네시아'나 '배인철' 등을 통해 헤테로토피아적 공간으로 거듭난다.

덧붙이면 신시론 동인이 개별 시집이 아닌 엔솔로지를 발간한 것도 이같은 연대가 직접적으로 드러나는 방식이었기 때문으로 추측된다. 신시론 동인 개개인이 가진 개별성에도 불구하고 이들이 하나의 시집에 목소리를 담은 연유는 이들이 지향하는 바가 '새로움'에 있다는 것과 동시에 '연대'를 드러내기 위해서다. 합창이 의미하듯, 서로 다른 목소리가 모여 새로운 사회, 유토피아를 결성해보겠다는 의미를 내포하고 있다.

---

44) 맹문재, 위의 논문, 121쪽.
45) 신시론 동인의 시편에서 확인할 수 있는 '연대'와 관련한 논의는 박인환에 집중돼 있다. 강계숙은 박인환의 시에서 '시민'은 예술과 정치를 하나로 실현하는 자의 이름이라 칭하며, 연대를 형제애로 파악, 어려운 역경을 딛고 연대하는 자를 '새로운 시민'으로 일컫는다.(강계숙, 「불안의 정동, 진리, 시대성 박인환 시의 새로운 이해」, 『현대문학의 연구』51, 한국문학연구학회, 2013, 449쪽.)

5. 나오며

　지금까지 신시론 동인의 두 번째 작품집인 『새로운 도시와 시민들의 합창』을 살피며 그들의 문학적 기획을 확인하고, 해방기 시인들의 시적 대응을 검토했다. 신시론 동인은 확고한 이념 아래 결성된 조직이라기보다 느슨한 조직이었다. 그들의 시적 지향은 각각 매우 다른데, 김경린은 지속적으로 모더니즘을 호명하고, 임호권은 김경린과 다른 편에 서 있다고 언급, 현실지향적인 면모를 보인다. 박인환은 자본주의와 제국주의 비판에 기울어 있다.

　이 같은 개별성에도 불구하고 이들이 하나의 시집을 낸 연유는 이들이 지향하는 바가 '새로움'에 있기 때문이며, 이 같은 새로움은 해방공간을 헤테로토피아로 인식하는 데 있다고 보았다. 앤솔로지 제목의 '새로운 도시'는 유토피아로 관념적인 공간이라고 할 수 있지만, 동인들은 '등잔', '밤차', '지하실', '열차' 등 상상과 현실이 통합된 헤테로토피아를 생성해내며, 유토피아를 꿈꿀 수 있는 가능성을 찾았다. 이 같은 인식은 기존의 모더니즘 계열, 리얼리즘 계열 등으로 구분지어 시인들을 평가하는 데서 벗어난 시각이다.

　또한 김기림부터 이어진 뉴 컨트리 그룹의 수용은 신시론 동인에게도 영향을 미쳐 이들이 역사적 사회적 존재로서 자각할 수 있게 도와주었고, 세계시민으로서 식민 국가들과 연대할 수 있는 태도를 확보해주었다. 박인환의 시에 나타난 '인도네시아'와 임호권의 시에 등장한 '배인철'은 세계시민으로서 연대할 수 있는 실질적 공간인 헤테로토피아로 '사회적 책임'을 인지하고 있었던 신시론 동인의 현실 반영을 보여준다.

　한편 앤솔로지 그 자체가 바로 헤테로토피아적 공간이며 연대가 직접적으로 드러나는 방식이라고 볼 수 있다. 개별 시인들의 '다른 공간'들이

합산돼 새로운 사조를 꿈꿀 수 있는 공간으로 기능하기 때문이다. 또한 문학적 합창이 의미하듯, 서로 다른 목소리가 모여 새로운 사회, 유토피아를 결성해보겠다는 의미도 내포하고 있다. 헤테로토피아로서의 앤솔로지는 충분히 해명하지 못한 측면이 있어 추후 논의로 남겨둔다.

* 박은지, 「해방기 '다른 공간'의 의미와 "세계시민"으로서의 연대 가능성─『새로운 都市와 市民들의 合唱』을 중심으로」, 『국어문학』 70, 국어문학회, 2019, 181─210쪽.

참고문헌

김경린 외, 『신시론』 1집, 산호장, 1948.

김경린 외, 『새로운 도시와 시민들의 합창』, 도시문화사, 1949.

강계숙, 「불안의 정동, 진리, 시대성 박인환 시의 새로운 이해」, 『현대문학의 연구』 51, 한국문학연구학회, 2013.

공현진·이경수, 「해방기 박인환 시의 모더니즘 특성 연구 —『신시론』 제1집과 『새로운 도시와 시민들의 합창』을 중심으로」, 『우리문학연구』 52, 우리문학회, 2016.

권경아, 「'신시론' 동인의 역할과 위치 연구」, 『어문연구』 62, 어문연구학회, 2009.

_____, 「김경린 시에 나타나는 현대성 연구」, 『아시아문화연구』 17, 가천대학교 아시아문화연구소, 2009.

김경린, 「現代詩와 言語」(上), <경향신문>, 1949. 4. 22.

_____, 「現代詩와 言語」(下), <경향신문>, 1949. 4. 23.

김기림, 「시에 있어서의 기교주의의 반성과 발전」, 『김기림 전집』, 심설당, 1988.

김명인, 「근대소설과 도시성의 문제」, 『민족문학사연구』 16, 민족문학사학회, 2000.

김백영, 「식민지 도시성에 대한 이론적 탐색: 공간사회학적 문제설정」, 『사회와 역사』 72, 한국사회사학회, 2006.

김수영, 「연극 하다가 시로 전향」, 『김수영전집 2』, 민음사, 2003.

김종회·강정구, 「민족을 기억하는 문학적인 방식 —1940년대 중반 기념시집을 중심으로」, 『한국현대문학연구』 30, 한국현대문학회, 2010.

김학중, 「재만 조선인 시에 나타난 '다른 공간' 문제 연구」, 『비교한국학』 23권 1호, 국제비교한국학회, 2015.

남승원, 「이봉래 시론의 현실인식과 영미 모더니즘」, 『한국문예비평연구』 59, 한국문예비평학회, 2018.

맹문재, 「「신시론」의 작품들에 나타난 모더니즘 성격 연구」, 『우리문학연구』 35, 우리문학회, 2012.

_____, 「배인철의 흑인시에 나타난 주제 의식 고찰」, 『한국시학연구』 42호, 한

국시학회, 2015.

_____,「임호권의 시 연구」,『한국문예비평연구』50, 한국현대문예비평학회, 2016.

_____,「『신시론』의 작품들에 나타난 모더니즘 성격 연구」,『우리문학연구』 35, 우리문학회, 2012.

문승묵 편,『박인환 전집』, 예옥, 2006.

미셸 푸코,『헤테로토피아』, 문학과지성사, 2014.

박성준,「이육사 시에 나타나는 낭만성과 '다른 공간들'」,『한국문예창작』15권 1호, 한국문예창작학회, 2016.

박용찬,『해방기 시의 현실인식과 논리』, 역락, 2004.

박인환,「현대시의 불행한 단면」, 김경린 편,『한국 모더니즘 시운동 대표동인 시선』, 앞선책, 1994.

엄동섭,「『新詩論』1집의 해제와 新詩論에 대한 새로운 이해」,『근대서지』1, 근 대서지학회, 2010.

윤수하,「1930년대 한국모더니즘 시의 상상 공간 연구」,『비평문학』65, 한국비 평문학회, 2017.

이봉래,「朴寅煥과 댄디즘」, 金光均 외,『歲月이 가면』, 槿城書齊, 1982.

이봉례,「해방기 모더니즘 시의 '도시'와 '시민정신' 분석」,『남도문화연구』18, 순천대학교, 2010.

이양숙,「한국문학과 도시성」,『국문학연구』30, 국문학회, 2014.

이진영,「전후 현실의 조응으로서의 모더니즘 문학론」,『한국문예비평연구』33, 한국현대문예비평학회, 2010.

조제웅,「엔솔로지『새로운 도시와 시민들의 합창』연구」, 영남대학교 대학원 석사학위 논문, 2003.

허윤회,『한국의 현대시와 시론』, 소명출판, 2007.

허현숙,『오든』, 건국대 출판부, 1995.

▶ 필자소개

▲ 김태형 경희대학교 국어국문학과 박사과정

주요 논저로 「김기림 초기시론의 적용양상 연구」, 「이육사 시의 공간 특징과 날짐승 시어 연구」 등이 있다.

▲ 박성준 경희대학교 후마니타스칼리지 강사

주요 논저로 『일제강점기 저항시의 낭만주의적 경향 연구』, 「친일시인 김용제 재고」, 「1939년 조선문학 살롱」 등이 있다.

▲ 박은지 경희대학교 후마니타스칼리지 강사

주요 논저로 「백석 시에 나타난 공간의식 고찰」, 「해방기 '다른 공간'의 의미와 "세계시민"으로서의 연대 가능성」 등이 있다.

▲ 박주택 경희대학교 국어국문학과 교수

주요 논저로 『낙원회복의 꿈과 민족정서의 복원』, 『반성과 성찰』, 『현대시의 사유구조』 등이 있다.

▲ 육송이 경희대학교 국어국문학과 박사 수료

주요 논저로 「백석 시의 낭만성 고찰」, 「김기림 문학에서의 근대 표상 재고」 등이 있다.

▲ 이지영 경희대학교 후마니타스칼리지 강사

주요 논저로 「1920년대 계몽적 글쓰기 공간으로서의 『開闢』」, 「오장환의 '다른 감각'과 '생활'로서의 신문학」 등이 있다.

▶ 정은기 가톨릭대학교 학부대학 교수

주요 논저로 『한국 근대시 형성기의 「순수」 담론 고찰』, 근대계몽기 순수 담론 연구-신채호의 '國粹' 이념과 〈 天喜堂詩話 〉를 중심으로-」, 「'순수'문학 개념의 전개와 변용― 근대문학 형성기 문학 장에서의 '순수' 관련어 활용 양상을 중심으로」 등이 있다.

▶ 조창규 경희대학교 국어국문학과 박사과정

주요 논저로 「신경림 시의 공간 연구」, 「김소월 시에 나타난 '산'과 '거리'의 장소화 연구」 등이 있다.

▶ 한주영 경희대학교 국어국문학과 강사

주요 논저로 「김기림 시론에서의 다중 시선의 가능성과 영화시 연구」, 「정지용 문학에서의 '조선'이라는 기표의 의미」 등이 있다.

한국 현대시의 공간연구 2

초판 1쇄 인쇄일	2019년 10월 25일
초판 1쇄 발행일	2019년 10월 31일

지은이	김태형 박성준 박은지 박주택 육송이 이지영 정은기 조창규 한주영
펴낸이	정진이
편집/디자인	우정민 우민지
마케팅	정찬용 정구형
영업관리	한선희 최재희
책임편집	최재희
인쇄처	제삼인쇄
펴낸곳	국학자료원 새미(주)

등록일 2005 03 15 제25100-2005-000008호
경기도 파주시 소라지로 228 2 (송촌동 579 4 단독)
Tel 442-4623 Fax 6499-3082
www.kookhak.co.kr
kookhak2001@hanmail.net

ISBN	979-11-89817-98-5 *93800
가격	23,000원

* 저자와의 협의하에 인지는 생략합니다.
 잘못된 책은 구입하신 곳에서 교환하여 드립니다.
 국학자료원·새미 북치는마을 LIE는 국학자료원 새미(주)의 브랜드입니다.
* 이 도서의 국립중앙도서관 출판예정도서목록(CIP)은 서지정보유통지원시스템 홈페이지(http://seoji.nl.go.kr)와 국가자료공동목
 록시스템(http://www.nl.go.kr/kolisnet)에서 이용하실 수 있습니다.